UN NOËL À RIVER FALLS

Libraire pendant plusieurs années, passionné de littératures de genre, Alexis Aubenque a commencé par écrire des *space opera* dont le fameux cycle de *L'Empire des étoiles*. Également auteur de thrillers, auxquels il se consacre entièrement aujourd'hui, il a publié *Sept jours à River Falls* ou encore *Un automne à River Falls*.

Paru dans Le Livre de Poche :

SEPT JOURS À RIVER FALLS

UN AUTOMNE À RIVER FALLS

ALEXIS AUBENQUE

Un Noël à River Falls

ROMAN

CALMANN-LÉVY

ISBN : 978-2-253-16147-9 – 1re publication LGF

PROLOGUE

Lundi 8 décembre 2008

— À la prochaine, lança Virginia.

Le sourire aux lèvres, Harry McCoy referma la portière de son camion, un imposant Coronado qui faisait sa fierté.

Sous l'éclairage de la zone de stationnement réservée aux poids lourds, Harry regarda sa belle retourner vers le snack-bar, et sentit son sexe, tout juste dégorgé, se dresser de nouveau. Il hésita à klaxonner pour une nouvelle partie de jambes en l'air, mais voyant l'heure, il renonça. Il devait être au port de Seattle dans quatre heures et n'avait plus de temps à perdre s'il ne voulait pas se faire remonter les bretelles par le boss.

Il mit le contact. Le ronronnement du moteur de son monstre de métal lui procura une intense satisfaction. Malgré le peu de sommeil, Harry se sentait débordant d'une fougue matinale. Le ciel était encore noir. Il était près de 6 heures du matin. Le plus beau moment de la journée. Harry adorait rouler de nuit et voir l'aube se lever entre les frondaisons des forêts des Rocheuses. Cette pâle lumière avant l'embrasement de l'aurore faisait remonter quantité de souvenirs d'enfance.

À cinquante-six ans, il avait brûlé la vie par tous les bouts, et se moquait éperdument de sa future pension de retraite. « Je crèverai avant d'en toucher le moindre cent ! » disait-il toujours à ses amis de beuverie.

Le Coronado quitta la zone de repos. Jetant un dernier coup d'œil en direction de Virginia, Harry la vit rentrer dans le snack, emmitouflée dans son manteau de fausse fourrure. Selon le calendrier, l'hiver n'était pas encore arrivé, mais la nuit, les températures avoisinaient régulièrement le zéro.

Harry alluma une cigarette et en apprécia l'odeur au son de WKFM, la seule radio qu'il écoutait dans le secteur. « Second Chance », de Shinedown, résonnait dans l'habitacle molletonné du camion. Des petits gars pleins de talent pour qui Woodstock était un mythe et non « un putain de bon souvenir » ! Ah, jeunesse envolée…

Mais Harry ne regrettait rien. Marié trois fois, autant d'enfants, il admettait n'avoir été ni un bon mari ni un bon père, et n'en voulait pas à ses anciennes compagnes de l'avoir quitté pour des hommes guère meilleurs que lui. Il n'en voulait pas davantage à ses deux filles ni à son garçon, qui daignaient le voir une fois l'an. « Peut-être me rattraperai-je avec mes petits-enfants », ruminait-il quand il avait l'alcool chagrin. Mais la lucidité revenue, il savait bien qu'il n'en serait rien. Sa vie, c'était la route. Sa véritable compagne. Un amour exclusif et non négociable.

« Dans une autre vie peut-être », songea-t-il en jetant sa cigarette consumée par la vitre entrouverte avant de la remonter.

Il venait de passer un col. Le paysage fit naître sur ses lèvres un large sourire. La vallée de River Falls s'étalait devant lui. Combien de fois, gamin, s'était-il retrouvé au poste dans ce coin pour des larcins en tout genre ! La ville était magnifique, de ses quartiers populaires jusqu'aux somptueuses bâtisses de Golden Hill où résidaient ceux de la haute.

Il se revit, avec ses deux frères, dans l'appartement de quarante mètres carrés. Ça avait été de dures années, mais leur mère était là pour leur faire oublier les problèmes d'argent. Elle les aimait d'un amour viscéral et protecteur. Si seulement elle n'avait pas rencontré Bob Stempleton…

Une vive émotion le saisit. Ses yeux s'embuèrent.

— Merde, t'es trop vieux pour ça ! grogna-t-il en s'essuyant le coin de l'œil.

L'approche des fêtes de fin d'année lui faisait toujours le même effet.

À la radio, les premières notes de « Not meant to be » de Theory of a Deadman s'enchaînèrent. « Maudites ballades », pensa Harry, dont les talons d'Achille étaient la musique et l'alcool.

Alors qu'il glissait une nouvelle cigarette entre ses lèvres, une forme jaillit des fourrés et se planta au milieu de la route. Dans un réflexe, il freina et braqua sur la gauche. Mais à cause du poids de la remorque et bien qu'il ait effectué la bonne manœuvre, il ne put freiner à temps pour empêcher la collision. Une vingtaine de mètres plus loin, il s'arrêta, remerciant les cieux que la remorque ne se soit pas couchée en travers de la route.

Il attrapa sa lampe torche dans la boîte à gants, et après une légère hésitation, prit aussi sa carabine, avant de retirer les clés du contact. Le *truck-jacking* était plutôt rare dans le nord des États-Unis, mais il n'avait pas envie de prendre le moindre risque. Il n'était pas certain que son assurance le rembourserait en intégralité en cas de vol.

Il descendit de son camion et verrouilla les portières. Il n'avait pas eu le temps de bien voir, mais il était certain que c'était un homme qui s'était jeté devant lui. Même s'il avait beaucoup ralenti, l'impact lui avait semblé d'une terrible violence.

« Si tu comptais me prendre mon camion, c'est raté », se dit-il sans vraiment réussir à sourire. Outre le fait qu'un complice pouvait rôder tout près, Harry craignait surtout d'avoir écrasé un pauvre bougre.

Il remonta la route. Il aurait bien aimé qu'une voiture s'arrête pour l'aider à chercher. Mais à cette heure très matinale, il n'y avait personne. Il avança prudemment, d'un pas peu assuré, éclairant la route de sa lampe. Pas de gémissements ni d'appels à l'aide. Ça ne sentait pas bon du tout.

Mais alors que d'autres seraient partis sans demander leur reste, Harry avait sa conscience pour lui. Il ne pourrait pas vivre un jour de plus s'il apprenait par le journal qu'un type était mort écrasé alors qu'il aurait pu être sauvé.

Malgré son blouson, le froid le saisit. Un léger voile de buée sortait de sa bouche.

Soudain, un bruit de moteur parvint de la forêt toute proche. Peu de temps après, les phares d'une voiture percèrent les ténèbres. Harry s'arrêta sur le bas-côté en faisant des signes avec sa lampe torche. Les phares l'aveuglèrent, mais au son du moteur il comprit que la voiture ralentissait. Cependant, arrivé à quelques mètres de lui, le conducteur accéléra et le dépassa à toute vitesse.

— Espèce de connard ! jura Harry, en brandissant son fusil de sa main droite.

De fait, quelle piètre image il avait dû donner de lui ! Un *redneck* surgi dans la nuit, un fusil à la main. Le type avait dû se croire dans la suite de *Délivrance* !

Il écarta cette image de son esprit et se remit en marche. Un corps apparut devant lui. Son cœur s'emballa. Puis il se ressaisit et se précipita. Il posa lampe et fusil et se pencha vers sa victime.

Un adolescent. Quinze, seize ans tout au plus. Le visage imberbe. Du sang coulait de son cuir chevelu.

— Sainte merde ! laissa échapper Harry, sentant le poids de la culpabilité s'abattre sur ses épaules.

Quand il perçut les faibles pulsations de la carotide du garçon, il remercia le Seigneur. L'espace d'un instant, il pensa l'emmener à River Falls, à l'hôpital central. Mais une autre idée plus pertinente chassa cette première impulsion.

— Urgences de l'hôpital George-Washington. Pamela Surgates. Que puis-je pour vous ?

— Il y a eu un accident. Il s'est jeté sous mes roues. Qu'est-ce que je dois faire ? balbutia Harry.

— Surtout, gardez votre calme. Vous me comprenez ? répondit Pamela.

— Oui, dit Harry en se reprenant.

— Dites-nous où vous vous trouvez. Nous vous envoyons tout de suite une ambulance, et surtout restez près de lui. Ne le bougez pas. Il a peut-être une hémorragie interne. Tout mouvement pourrait accentuer la gravité de la blessure. Vous me comprenez ?

— Oui. Mais ne perdez pas de temps, je vous en supplie.

Puis il indiqua sa position, qu'il estimait être à trois kilomètres de la périphérie de River Falls sur Old Oak Road. La standardiste le pria une nouvelle fois de garder son calme et le mit en attente pendant qu'elle contactait une équipe médicale. Elle le reprit très vite, et lui adressa encore quelques recommandations avant de raccrocher.

Les mains tremblantes, Harry défit le premier bouton du manteau du garçon.

Une voiture arrivait par l'est. Comme la première, elle accéléra en arrivant à leur hauteur.

— Espèce de fumier, jura Harry.

Il continua de le déboutonner et remarqua enfin la matière poisseuse qui lui collait les doigts. Il attrapa la lampe posée sur la route et la braqua sur le torse. Des taches suspectes maculaient le vêtement. Il déplaça le faisceau lumineux sur ses mains. Pas de doute : c'était du sang.

« Tu parles d'une hémorragie interne ! » se dit Harry, qui finit d'ouvrir le manteau.

Avec précaution, il releva le pull-over et le sous-pull du garçon. Cherchant la source de cette effusion de sang, il le palpa doucement. Aucune plaie ouverte.

Ce sang n'était pas le sien.

Lundi 8 décembre 2008

1

Le téléphone sonna. Logan se réveilla en sursaut et attrapa le combiné posé sur la table de nuit, avant de maugréer un « allô » des moins chaleureux.

— Shérif, excusez-moi de vous déranger, mais je tenais à vous avoir personnellement, répondit une voix d'homme.

Logan se redressa et cala un oreiller dans son dos. Il jeta un œil sur le réveil : 6 h 15.

— Qui êtes-vous ? fit-il d'une voix pâteuse.

— Je suis le docteur Nunn.

Logan se redressa tout à fait. C'était le chirurgien qui l'avait opéré après sa blessure à l'abdomen.

— On vient de nous amener un blessé qui a été percuté par un camion en bordure de la forêt, sur Old Oak Road. Le garçon vit encore. Ses jours ne sont pas en danger.

Logan passa une main sur sa barbe du week-end, priant pour que l'homme aille droit au but. Il avait désespérément besoin d'une bonne douche pour sortir de cet état apathique dû à un réveil brutal.

— Et alors ? fit-il d'un ton peu conciliant.

— Il se trouve que nous avons trouvé du sang sur ses vêtements, mais de toute évidence, ce n'est pas le sien.

« N'est pas Sherlock Holmes qui veut », songea Logan, sarcastique, agacé d'avoir été réveillé pour si peu.

— Vous avez entendu parler du braconnage ? demanda-t-il d'un ton peu avenant. Du sang d'animal, à n'en point douter. Et votre gars doit être un de ces pauvres bougres qui vivent dans les anciennes scieries.

Un silence, puis Logan reprit :

— Écoutez, faites une analyse du sang. De mon côté, j'envoie des hommes sur place retrouver le corps de la « chose ».

— Oui, bien sûr, dit Nunn.

— Et au fait, pourquoi n'avez-vous pas appelé directement le central ?

— Vous m'aviez donné votre carte en me disant que je pouvais vous joindre en cas de problème, répondit Nunn avant de raccrocher, sans plus de formalités.

Logan alluma la lampe de chevet et attrapa une cigarette qu'il fit tourner entre ses doigts avant de la renifler avec délice et de la reposer.

Six mois qu'il avait décidé d'arrêter et deux mois qu'il n'en avait plus fumé une seule. Malgré des nerfs à fleur de peau, il s'était étonné de la facilité avec laquelle il s'était sevré. Les patchs et les encouragements de Hurley l'avaient beaucoup aidé à tenir sa résolution. Malgré quelques sautes d'humeur qui devenaient de plus en plus rares, il se sentait guéri et aimait bien se confronter à son ancien vice, histoire de voir si sa volonté était réellement plus forte que l'addiction passée.

« Une semaine de plus », se dit-il, fier de lui. Il sortit du lit et d'un pas serein alla s'enfermer dans la salle de bains. Vingt minutes plus tard, il en ressortait en pleine forme, en peignoir, rasé de frais, prêt à affronter ce premier jour de la semaine.

Il repensa à l'appel de Nunn. Même s'il ne prenait pas l'inquiétude du médecin très au sérieux, il lui avait promis d'envoyer une équipe. « Je lui dois bien ça », pensa-t-il en effleurant la fine cicatrice sur son ventre, à l'endroit où le couteau de Paul Ringfield s'était enfoncé dans ses chairs.

Logan secoua la tête et s'obligea à ne plus y penser. Si l'année précédente avait été un véritable enfer, celle-ci se révélait nettement plus calme. Des crimes et des délits ordinaires, qui, excepté pour les victimes, n'avaient pas menacé la tranquillité de River Falls.

Logan s'habilla rapidement avant de descendre prendre un petit déjeuner.

Pas un bruit. Hurley passait de plus en plus de temps à Seattle, mais le rejoignait tous les week-ends. 6 h 45, indiquait l'horloge de la cuisine. Logan se posta devant la fenêtre et porta la tasse de café à ses lèvres.

Des lumières s'étaient allumées dans les autres maisons de l'allée pavillonnaire. Des enfants se levaient. Des parents leur préparaient le petit déjeuner. Des familles ordinaires de la classe moyenne. Rien à voir avec le couple qu'il formait avec Hurley.

Il avait réellement craint de ne pas supporter son absence au quotidien. Il avait tant souffert durant leur séparation que l'idée qu'elle le quitte toute la semaine lui avait paru insurmontable. Pourtant, il se rendait à l'évidence, c'était le meilleur choix possible. Désormais, tous les moments qu'ils passaient tous les deux étaient plus intenses que lorsqu'ils habitaient ensemble à plein temps. Les week-ends étaient toujours trop courts.

« Oui, se dit-il, mais il y a un bémol : Hurley n'est pas rentrée ce week-end. »

Elle l'avait appelé le vendredi après-midi pour le lui annoncer. Expert psychiatre près les tribunaux, elle devait terminer son rapport sur une sombre histoire de viol en réunion. Elle n'avait pas une seconde pour les frivolités.

Logan lui avait donné sa bénédiction. Mais avait-il eu le choix ? Serait-elle venue s'il la lui avait refusée ? Il pinça les lèvres. Il connaissait la réponse. Mais c'était aussi cela qu'il aimait chez Hurley, une certaine forme d'indépendance. Les amants meurent de se dompter l'un l'autre.

Il finit son café et posa la tasse dans l'évier. Il était temps de partir pour le commissariat et d'envoyer des hommes sur les lieux de l'accident.

Si seulement Nunn avait directement appelé le central, les agents de nuit seraient déjà sur place et auraient retrouvé la dépouille d'un malheureux cerf. Mais non, Nunn devait penser que son statut lui donnait le droit de réveiller le numéro 1 de la police locale.

Logan soupira, sortit de la cuisine et attrapa son blouson suspendu dans le placard de l'entrée. Il éteignit les lumières et sortit de chez lui dans un froid de loup. Il enfila ses gants, grimpa dans sa Cherokee et partit en direction du centre-ville, pour une journée qu'il espérait aussi tranquille que celles de la semaine précédente.

– Bonjour, shérif, vous êtes tombé du lit ? s'étonna Hugh Barnett, l'agent d'accueil.

La pendule derrière lui indiquait 7 h 04. Le personnel de jour ne prendrait le relais qu'une heure plus tard.

— Non, je voulais juste voir si tout se passe bien quand je ne suis pas là, fit Logan sans cacher son sourire.

Barnett sourit à son tour, comprenant qu'il n'en saurait pas plus.

— Dans ce cas, vous n'allez pas être déçu. Le sergent Portnoy et le lieutenant Heldfield sont partis vers Old Oak Road. Un appel anonyme pas très clair parlait d'un accident ou d'un meurtre, avec un camion arrêté en bord de route, un type avec un fusil et un corps allongé sur le sol. Puis l'hôpital a appelé et nous a donné le numéro de portable du conducteur.

Le docteur Nunn avait certainement senti son manque d'enthousiasme.

— Il y a longtemps qu'ils sont partis ?

— Une bonne demi-heure. On aurait peut-être dû vous prévenir, mais après avoir téléphoné au chauffeur, Heldfield penchait plutôt pour un accident. À cet endroit, la route est assez étroite et l'homme jure que l'adolescent est sorti des fourrés comme un fou.

Logan hocha la tête. Il ne lui restait plus qu'à attendre leur retour pour avoir un rapport complet de la situation. Même s'il était persuadé que le sang retrouvé sur le jeune était d'origine animale, il se devait de le vérifier.

— Je vais dans mon bureau. Je peux te le prendre ?

L'édition du week-end du *Daily River* traînait sur le comptoir de la réception.

— Bien sûr, mais je vous préviens, j'ai fait tous les sudokus.

Logan sourit. Il aimait bien cette jeune recrue. Pas une flèche, mais parfait pour l'accueil. Il était important que ses concitoyens soient reçus dans ce commissariat avec un sourire avenant. À l'instar des hôpitaux, c'était un lieu où l'on ne venait jamais de gaieté de cœur.

Il emprunta la longue allée qui coupait l'open space en deux, saluant au passage les autres agents de permanence de nuit. Arrivé dans son bureau, il posa le journal devant lui et attrapa le combiné du téléphone. Après deux sonneries, Heldfield décrocha :

— Shérif ?

Logan perçut de l'étonnement dans sa voix.

— Lui-même. Alors, raconte-moi ce qu'il se passe.

Heldfield se garda de lui demander la raison de sa présence si matinale dans les locaux de la police et lui fit un rapport clair et concis de la situation : il se trouvait dans la forêt avec Portnoy et le chauffeur du poids lourd qui avait percuté le garçon. Ils étaient en train de fouiller les environs de l'accident pour comprendre ce qui avait amené la victime à traverser la route de façon si imprudente.

— Tu crois que ce type dit la vérité ? Peut-être que le garçon était avec lui dans le camion, si tu vois où je veux en venir.

Il y eut un silence. De toute évidence, Heldfield n'avait pas mis en doute la version du chauffeur.

— Possible, mais franchement, je n'y crois pas. L'homme possède un fusil. S'il avait voulu tuer le garçon, il était bien plus facile de lui tirer dessus que de le faire descendre du camion et de l'écraser. Sans compter que c'est lui qui a averti l'hôpital.

Logan n'y trouva rien à redire, mais cela demandait tout de même vérification. Surtout s'ils ne trouvaient rien de concluant dans la forêt.

— Écoute, je vous rejoins avec des renforts dès que l'équipe de jour commencera à arriver.

— Très bien, à tout à l'heure.

Logan se leva. Il s'étira longuement puis se posta devant la machine à café. Il n'avait pas envie d'aller affronter le froid glacial de ce mois de décembre et pria pour que Heldfield retrouve au plus vite la dépouille du cerf braconné. Néanmoins, cela n'expliquait pas l'apparition affolée du garçon sur la route… À moins qu'il n'ait fui un autre animal.

Bien sûr, se dit Logan en souriant. Le garçon devait être en train de charcuter son trophée quand un prédateur lui avait foncé dessus.

Soulagé par cette pensée, Logan attrapa sa tasse de Nespresso et commença à feuilleter le *Daily River*.

2

Une fine bruine s'était mise à tomber. Gerald actionna les essuie-glaces, maugréant tout seul dans sa voiture. Déjà qu'il était en retard, cette saleté de petite pluie allait lui faire perdre encore un peu plus de temps. Il avait cours à 8 heures, et le professeur Mandel fermait son amphithéâtre dès que la sonnerie retentissait.

— Avance, grosse vache ! fit-il quand il se trouva bloqué derrière une vieille Ford qui roulait à moins de cinquante kilomètres à l'heure.

Gerald regarda sa montre : 7 h 46. Un quart d'heure pour atteindre l'université, se garer, monter au deuxième étage du bâtiment B et s'asseoir dans l'amphithéâtre Thomas-Edison. C'était jouable, mais il n'y avait pas une seconde à perdre.

C'était une route à deux voies, avec peu de voitures en sens inverse. Il accéléra et déboîta sur la gauche, coupant la ligne blanche sans vergogne. Moins de cinq secondes plus tard, il se rabattait devant la vieille Ford. Un klaxon rugit derrière lui, mais Gerald n'en tint pas compte et accéléra de plus belle.

Quelques instants après, il arrivait aux abords de River Falls. L'université se trouvait à moins de trois minutes. Ça devrait aller. Il desserra les dents et sentit la tension diminuer d'un cran. Non qu'il soit un passionné d'astrophysique, mais il tenait à la ponctualité.

Voilà, il y était. Un dernier coup d'œil à sa montre : 7 h 55. À l'heure, et sans même avoir à courir, se dit-il en jetant un œil au bâtiment B, au bout du parking.

Il attrapa son sac et sortit de sa Toyota Fortuner. Un pick-up que son frère lui avait offert en mars pour son vingtième anniversaire. Il n'en revenait toujours pas. Todd était vraiment le meilleur des frères, et malgré les milliers de kilomètres qui séparaient Wall Street de River Falls, il ne l'avait pas oublié.

Il enclencha la fermeture automatique et remonta le parking en pressant l'allure. D'autres étudiants se dirigeaient comme lui vers les bâtiments, mais d'un pas moins décidé. « Tout le monde n'a pas Mandel comme professeur », songea Gerald en souriant.

Devant lui, une étudiante ramassait des papiers éparpillés sur le sol. Il reconnut à sa tenue digne du XIXe siècle une adepte des Enfants de Marie, la communauté religieuse arrivée l'été dernier avec ses traditions d'un autre âge. Elle faisait peine à voir, avec son chignon et ses grosses lunettes embuées.

S'il n'avait pas plu, Gerald aurait passé son chemin sans lui prêter plus longtemps attention, mais sous cette bruine persistante, il envisagea de l'aider. Finalement il passa à côté d'elle sans un regard. Il n'allait tout de même pas rater un cours pour une hurluberlue venue d'on ne sait où.

Il accéléra le pas, il lui restait moins de deux minutes. Jouable, mais un petit sprint ne serait pas de trop. Son sac sous le bras, il se mit à courir et monta quatre à quatre les marches du bâtiment B. Il venait d'arriver au deuxième étage quand la sonnerie retentit. Il avait l'amphi en ligne de mire. Piquant un dernier sprint, qu'il finit en glissade sur le parquet lustré, il arriva devant la porte de la salle au moment précis où Mandel la refermait.

— En retard, monsieur Perkins, désolé, persifla ce dernier en lui claquant la porte au nez.

Gerald jura tout bas, encore plus contrarié par le rire des étudiants des premiers rangs qui l'avaient aperçu.

« À une seconde près ! » pesta-t-il en repensant à la fille croisée dehors. Voilà qu'il allait devoir attendre une heure avant le prochain cours. Dépité, il essuya son front en sueur et, d'un pas las, sortit du bâtiment pour rejoindre la bibliothèque.

Tous les étudiants qui avaient cours à huit heures étaient en classe. Il régnait dans le parc un silence studieux. La pluie semblait vouloir s'arrêter. Seules quelques gouttes tombaient des arbres dénudés. Cependant le ciel n'était guère rassurant.

Il entra dans le bâtiment de la bibliothèque sans jeter un regard aux poissons qui nageaient nerveusement dans le bassin de l'entrée. Un agent d'accueil le salua de la tête. Gerald bifurqua sur la gauche en direction des toilettes, ruminant encore sa frustration. Mandel lui avait claqué la porte au nez. Lui qui n'était jamais en retard !

Contrarié, il allait pousser la porte des toilettes des garçons, quand il crut entendre des gémissements.

Il tendit l'oreille. Aucun doute. Cela provenait des toilettes des filles.

Il était strictement interdit aux garçons d'y pénétrer. Tout manquement à cette règle pouvait entraîner un blâme.

Gerald pensa avertir l'agent d'accueil, mais quoi de plus ridicule que d'aller demander de l'aide pour si peu ? Oui, mais si cette fille ne pleurait pas ?

Gerald se devait d'agir. Si minime que soit la probabilité qu'une fille soit en danger, il ne pouvait se soustraire au devoir de lui porter secours. De toute façon, s'il apercevait un connard en train de violer la fille, il lui suffirait de crier pour alerter toute la bibliothèque, avant de prendre ses jambes à son cou.

Il prit une grande inspiration et ouvrit la porte d'un coup sec.

Son adrénaline retomba aussi vite qu'elle était montée. La bigote sanglotait, assise dans un coin près du lavabo.

— Ça va ? demanda-t-il sans s'approcher.

La fille leva la tête et Gerald fut ému par son regard baigné de larmes derrière ses grosses lunettes. Il y avait quelque chose de touchant dans ce visage marqué par la tristesse. De toute manière, personne ne serait témoin du fait qu'il lui avait parlé.

— Tu as pu récupérer tes cours ?

La fille fit « oui » de la tête, incapable de parler.

— Écoute, tu veux que j'appelle la sécurité ? Il s'est passé quelque chose ?

Était-il possible qu'elle pleure simplement parce que ses cahiers avaient été mouillés ?

— Laissez-moi, réussit-elle à articuler entre ses sanglots.

— D'accord, mais tu es sûre que tu ne veux pas que j'appelle la sécurité ?

— Non, et ne faites pas semblant de vous intéresser à moi. Allez-vous-en, répondit la jeune fille avec un brin d'agressivité.

La remarque le vexa plus qu'il ne l'aurait cru. Pour qui se prenait-elle ? À l'inverse d'autres étudiants, il ne s'était jamais moqué d'elle, du moins en public.

— Comme tu veux. Mais après, ne viens pas te plaindre que les gens vous trouvent bizarres.

Il tourna les talons et sortit des toilettes des filles.

Cette petite idiote l'avait énervé. Il avait besoin de prendre l'air. Il repassa devant l'œil suspicieux de l'agent d'accueil et quitta la bibliothèque pour aller s'allumer une cigarette. La pluie avait enfin cessé. Avec un peu de chance, les nuages finiraient par disparaître, se dit-il sans trop y croire.

3

Tandis qu'il remontait un sentier boueux sous le couvert d'immenses conifères, Logan ne put s'empêcher de repenser aux meurtres de Lucy Barton et d'Emy Paich, un an et demi auparavant.

— Au moins, nous n'avons pas affaire à un tueur en série, dit Blanchett qui marchait à ses côtés.

Il lui jeta un bref coup d'œil, se demandant un instant si elle lisait dans ses pensées.

— Je sais. Tout porte à croire que c'est le garçon renversé qui a tué l'autre, mais sait-on jamais, dit-il, dépité.

Heldfield lui avait téléphoné une demi-heure plus tôt pour lui annoncer que Portnoy et lui avaient très certainement identifié la personne à qui appartenait le sang retrouvé sur le manteau de l'adolescent hospitalisé. Un autre adolescent, abattu par balle, gisant dans une des cabanes utilisées en période de chasse dans ce coin de la forêt. Le scénario le plus probable était le suivant : pour une raison ou pour une autre, les deux garçons s'étaient retrouvés dans cette cabane et à la suite d'une altercation, l'un avait tué l'autre, et avait fui avant d'être percuté par un camion.

— Nunn est certain que le garçon survivra. Dès qu'il se réveillera, ça ne sera pas difficile de lui faire dire la vérité, fit-elle, persuadée que ce n'était pas un crime crapuleux, mais une brouille entre amis, voire un simple accident.

« Encore faut-il qu'il sorte du coma », pensa Logan.

Les deux policiers arrivèrent dans une zone dégagée et aperçurent la cabane.

Par moments, le cri d'un oiseau venait rompre un silence bruissant. La pluie avait cessé, mais le sol était détrempé. Logan se maudit de ne pas avoir chaussé ses bottes. Ses chaussures gonflées d'eau avaient les semelles alourdies par une épaisse croûte de boue.

Il redoutait de voir le corps. Il aurait tout donné pour être ailleurs.

Portnoy sortit de la cabane.

— Shérif, lieutenant, les salua-t-il.

Logan et Blanchett le saluèrent en retour et entrèrent à sa suite. Logan ôta son chapeau et, à la lumière d'une lampe à pétrole, découvrit le corps du jeune homme. La bouche ouverte, le regard vitreux ; les signes caractéristiques de la mort. Logan nota qu'il était beau garçon, et qu'il portait des vêtements de marque. Un fils de la bourgeoisie locale, à n'en point douter.

— Vous savez de qui il s'agit ?

Portnoy lui tendit une carte d'identité.

— C'était dans son portefeuille. Lewis Stark. Seize ans. Il était lycéen à River Falls.

Logan la regarda sans la saisir. Les experts du FBI allaient arriver dans moins d'une demi-heure, en hélicoptère, et cet imbécile de Portnoy n'avait pas mis de gants !

— Le portefeuille était dans la poche de son blouson. Ça m'étonnerait que le tueur l'ait touché, se justifia Portnoy, conscient d'avoir commis une erreur.

— Je le connais, intervint Blanchett. Il a eu affaire à nous avant que vous arriviez en ville, il y a environ deux ans.

Logan fronça les sourcils. Le début d'une piste ?

— On l'a arrêté pour coups et blessures sur un travesti.

Portnoy claqua des doigts.

— Je savais bien que je connaissais ce visage !

— Et alors ? Procès, maison de correction ? demanda Logan.

Blanchett secoua la tête.

— Les avocats sont arrivés à un arrangement. Le travesti a retiré sa plainte contre une somme d'argent.

« Belle justice ! »

— Où est Heldfield ? demanda Logan, qui préférait se concentrer sur le présent.

— Il recherche l'arme. A priori un pistolet, répondit Portnoy.

À son tour, Blanchett s'approcha du corps.

— Pas de fusil. On peut donc éliminer la thèse d'un braconnage qui aurait mal tourné.

Logan aperçut les deux revues pornographiques que lui avait décrites Heldfield au téléphone, en couverture desquelles figuraient des jeunes femmes à moitié dénudées. Appartenaient-elles aux chasseurs qui utilisaient cette cabane durant la saison, ou aux adolescents ?

Logan se passa la main sur les joues, remit son chapeau et sortit de la cabane sans un mot.

Revoir le ciel, aussi couvert soit-il, le soulagea d'un début de claustrophobie.

Blanchett sortit à son tour et se frotta les mains pour les réchauffer.

— Vous pensez qu'on a une chance de retrouver l'arme ?

Logan ressentit une tension aiguë. Jamais la cigarette ne lui avait autant manqué.

— Possible. Notre garçon a paniqué, il n'a pas dû prendre le temps de la cacher. Il a dû la jeter dans sa fuite, avant que le camion n'arrête sa course.

Portnoy, qui sortait de la cabane à son tour, lui jeta un drôle de regard et toussota.

— Oui ? fit Logan en se tournant vers son sergent.

Légèrement gêné, Portnoy se frotta le nez sans regarder le shérif dans les yeux.

— Qui se charge de prévenir les parents ?

« Merci de me ramener à la dure réalité », pensa le shérif.

— C'est à moi de le faire, répondit-il. Il comprenait l'anxiété du jeune sergent.

— Je peux m'en charger, si vous voulez ? s'avança Blanchett.

Elle n'en avait aucune envie, mais n'était pas certaine que Logan soit vraiment d'attaque.

— Merci, mais de toute façon, j'aurai besoin de les questionner un minimum.

Son portable sonna. Numéro inconnu.

— Allô ?

La pluie recommençait à tomber. Des gouttes clapotèrent sur le bord de son chapeau.

— C'est encore moi, shérif, fit Nunn. Je voulais vous prévenir que Nathaniel Morrison vient de reprendre connaissance.

Logan savait qu'ils n'avaient trouvé aucun papier sur le corps du garçon renversé par le camion. Cela signifiait donc qu'il avait lui-même donné son nom. Ses capacités intellectuelles étaient intactes. Enfin une bonne nouvelle.

— J'arrive tout de suite. Dites à mes agents de m'attendre avant de le questionner.

— Bien sûr, répondit le chirurgien.

Deux regards interrogateurs firent face à Logan.

— Notre suspect vient de sortir du coma. Vous venez avec moi ?

Durant tout le trajet jusqu'à l'hôpital, Logan n'eut qu'une seule crainte : que quelqu'un ait parlé à la presse. En arrivant devant l'imposant bâtiment, il put constater, soulagé, qu'aucun journaliste en attente de scoop ne s'y trouvait.

Accompagné de Blanchett, il entra dans l'hôpital, où le sergent Monroe les accueillit.

— Parker est avec lui dans la chambre, fit-il après les salutations d'usage.

— Très bien, allons-y.

Les membres du personnel médical les regardèrent passer avec une certaine suspicion. Ils n'appréciaient pas que la police investisse les lieux sans donner plus d'explications. Mais Logan n'en avait cure. La seule chose qui lui importait était d'entendre la déposition du garçon. Après, il serait temps de prévenir les parents de Lewis Stark et de faire un communiqué à la presse.

Ils s'engagèrent dans un couloir uniformément blanc et s'arrêtèrent devant l'ascenseur. Logan tapotait du bout des doigts le cuir de l'étui de son arme.

— Maudite addiction, souffla-t-il entre ses dents, pensant combien une cigarette aurait été la bienvenue.

Alors qu'ils pénétraient dans la chambre 304, le sergent Parker se leva de sa chaise pour les accueillir.

Le jeune blessé était allongé dans l'unique lit. Pas de tubes ni de goutte à goutte.

— Nathaniel, je te présente le shérif Logan et la lieutenant Blanchett, fit Parker.

Le garçon eut un vague sourire.

— Bonjour, dit-il d'une petite voix.

Logan et Blanchett le saluèrent à leur tour et les sergents Parker et Monroe sortirent de la chambre.

Logan s'approcha de Nathaniel et se pencha vers lui.

— Alors, comment tu te sens ?

— Ça peut aller quand je ne bouge pas.

Aucun organe interne n'était touché. Nunn avait diagnostiqué quatre côtes fêlées, un large hématome sur le torse, une entaille du cuir chevelu et une grosse bosse à l'arrière du crâne. Un miracle, de l'avis du médecin.

— Je vous dérange ?

Le docteur Nunn entrait justement dans la chambre.

— Nous n'en aurons pas pour longtemps, fit Blanchett en prenant les devants.

Logan confirma d'un hochement de tête.

— Entendu, dit Nunn, qui jeta un regard à Nathaniel. Tu te sens capable de parler ?

Si le garçon répondait « non », que ferait Nunn ? se demanda Logan, qui craignait d'avoir froissé le docteur en le rabrouant de bon matin.

— Oui, mais pas trop longtemps.

Nunn leur jeta un regard du genre « Vous avez compris ? » et referma la porte derrière lui.

— J'ai bien conscience que le moment est mal venu, mais il va falloir que tu répondes à quelques questions, commença Logan d'une voix douce.

Surtout ne pas le brusquer. Il devait lui faire avouer son crime avant qu'il ne pense à faire appeler un avocat.

Nathaniel acquiesça.

— Tu as quel âge ? demanda Blanchett.

— Seize ans.

La voix était fluette, presque inaudible.

— Tu peux nous dire ce qu'il s'est passé hier soir ? enchaîna Logan.

Nathaniel tourna la tête vers la fenêtre. De fines gouttes de pluie tombaient sur les jardins de l'hôpital.

— Oui, fit-il la gorge serrée.

Logan sentit son corps se détendre. Le garçon était prêt à parler. Selon ce que lui avait dit Parker au téléphone, il faisait partie des Enfants de Marie, une secte qui s'était installée l'été précédent dans les anciens manoirs de la ville.

« Les parents de Nathaniel ne vont pas tarder », se dit Logan en espérant obtenir des aveux avant leur arrivée.

Le garçon reporta son regard sur la lieutenant, qui put y lire une grande détresse.

— Tu peux tout nous dire, nous pouvons tout comprendre.

Logan fut heureux de l'avoir à ses côtés. Le garçon semblait être en confiance. Aucun signe d'une malignité quelconque.

Nathaniel baissa la tête et, sans un bruit, se mit à pleurer. Blanchett sentit son cœur se serrer et posa une main rassurante sur le bras du garçon.

— Nous ne te jugerons pas, reprit Logan, sachant que le temps jouait contre lui.

Nathaniel hocha la tête en s'essuyant les yeux, puis il prit une grande inspiration et s'expliqua.

Il vivait avec les membres de sa communauté dans la forêt à l'est de River Falls, il était apprenti ébéniste et il vivait en parfaite harmonie avec toute sa famille. Il adorait se promener le soir venu, muni d'une simple lampe à pétrole. Dans la nuit froide de l'hiver, la lumière de sa lampe perçant l'obscurité environnante, il avait l'impression d'être seul dans l'univers, ne faisant qu'un avec la nature et le Seigneur tout en haut dans les étoiles.

Logan se frotta les joues ; il avait du mal à cacher son impatience. Aussi sympathique que soit ce garçon, il était avant tout le suspect numéro 1 dans une affaire de meurtre.

— J'étais sur le bord de la route, à plus de quatre cents mètres des manoirs, quand j'ai vu les phares d'une voiture arriver vers moi. Je suis resté là en me demandant qui ça pouvait bien être, mais quand la voiture s'est arrêtée, je me suis rendu compte que ce n'était pas quelqu'un de chez nous, l'homme est sorti et…

Nathaniel avala sa salive. Blanchett comprit qu'il était sur le point de fondre de nouveau en larmes. Logan serra les lèvres. Il n'aimait pas du tout ce qu'était en train de raconter le garçon.

— Naïvement, j'ai voulu lui demander s'il s'était perdu, reprit-il, la voix vibrante d'émotion. L'homme est sorti de sa voiture. Il avait l'air normal. Quand il a été près de moi, il a regardé derrière mon épaule, je me suis retourné et après j'ai senti un coup derrière la tête.

Les larmes se remirent à couler. Blanchett s'en émut. Il y avait tant d'innocence dans ce garçon. Et dire qu'elle l'avait pris pour un tueur !

— Et après ? demanda Logan, stupéfait.

Il s'en voulut d'avoir pris cette affaire à la légère, mais comment imaginer pareil scénario ? « Encore un détraqué sexuel… »

— Je ne me souviens de rien, juste de me réveiller ici.

Logan aurait aimé douter de son témoignage, mais outre le fait qu'il semblait d'une sincérité totale, il y avait peu de chance pour qu'un Enfant de Marie fréquente un fils de bonne famille.

— Connaissais-tu Lewis Stark ? demanda-t-il toutefois.

— Non, pourquoi ?

Pas d'hésitation ni de regard fuyant. Aucune manifestation de culpabilité. Soit il était habitué à mentir, soit il disait vrai.

— On a retrouvé son sang sur tes vêtements, expliqua-t-il sans lâcher Nathaniel du regard.

Ce dernier baissa la tête. Étrange.

— Je n'en suis pas certain, reprit Nathaniel d'une voix toujours très faible, mais il m'a semblé avoir vu quelqu'un à l'arrière de la voiture. (Puis, se redressant, il lança un regard empli de doute à Blanchett.) Qu'est-ce qu'il m'est arrivé ?

Consigne avait été donnée de ne lui parler que du camion. Ni de la cabane ni du sang sur ses vêtements. À présent, cela ne servait plus à rien de cacher ces faits.

Blanchett lui fit un résumé des événements tels qu'ils avaient envisagé qu'ils aient pu se dérouler.

— Vous croyez que j'aurais tué ce garçon ? s'indigna Nathaniel.

Le désespoir sincère qu'elle percevait dans sa voix toucha Blanchett au plus profond d'elle-même.

— Je ne connais personne de la ville. Nous ne nous mélangeons pas. Comment aurais-je pu le connaître ? ! Et pourquoi l'aurais-je tué ?

— Nathaniel, calme-toi. Nous ne t'accusons de rien. Au contraire, on va avoir besoin de ton aide, tu vas devoir nous décrire la voiture et l'homme que tu as aperçus.

— Bien sûr, fit Nathaniel en retrouvant son calme.

Logan espérait que l'homme apparaîtrait dans le fichier des criminels sexuels.

— On va devoir te laisser. Quelqu'un va venir te montrer des photos d'éventuels suspects, tu es d'accord ?

Nathaniel hocha la tête avec fermeté. Logan lui sourit et sortit de la chambre en compagnie de Blanchett.

Il était près de 10 heures quand Logan et le sergent Parker arrivèrent devant le portail de la villa de la famille Stark, située sur Golden Hill. Logan ne put s'empêcher de repenser à la mort de Robert Gordon, l'automne précédent, et son moral s'effrita encore un peu plus.

Il appuya sur l'interphone. Quelques secondes plus tard, une voix à l'accent sud-américain répondit :

— Qu'est-ce que vous voulez ?

Logan montra son insigne à la petite caméra incrustée dans le mur et se présenta :

— Shérif Mike Logan, je voudrais m'entretenir avec M. et Mme Stark.

Il aurait pu téléphoner, mais il avait toujours pensé que cela ne se faisait pas. Aussi pénible que soit l'annonce, il se devait de la faire en personne.

— M. Stark est à son travail, mais madame est là, répondit la domestique.

Un léger déclic, et le portail s'ouvrit lentement.

La maison était située au bout d'une longue allée bordée d'une pelouse impeccable. Logan s'efforça de se constituer un moral d'acier. Il savait que dans quelques secondes, un cri inhumain retentirait entre ces murs. À cette pensée, un frisson le parcourut.

Suivi de son sergent, il arriva sur le perron de l'immense demeure, où la domestique les accueillit. Elle les pria de la suivre jusqu'au salon. Là, une femme dans la quarantaine, vêtue avec élégance mais simplicité, s'avança vers eux, le visage souriant.

— Shérif, que me vaut l'honneur de votre visite ?

Le ton se voulait naturel, mais Logan perçut un soupçon d'inquiétude.

— Madame Stark, peut-être devriez-vous vous asseoir, la pria-t-il en enlevant son chapeau.

Un instant d'hésitation.

— Pourquoi ? Mon fils a encore fait des bêtises ?

Pauvre femme ! Malgré lui, Logan se sentait coupable du malheur qui allait s'abattre sur cette maison.

— Non, je crains de devoir vous annoncer une bien plus mauvaise nouvelle.

Sa bouche était sèche. Il se racla la gorge.

— Rien de très grave, j'espère, continua Mme Stark, qui était restée debout.

Le sergent Parker n'avait pas ouvert la bouche. Il était resté avec la jeune domestique à l'entrée du salon.

— Je pourrais avoir un verre d'eau ? demanda Logan en éludant la question.

Mme Stark eut un petit signe de tête et se tourna vers la jeune domestique.

— Manuella, veuillez nous apporter une carafe d'eau et un verre.

Puis, s'approchant d'un ensemble de fauteuils et canapé, elle ajouta à l'intention de Logan :

— Asseyons-nous, puisque vous y tenez.

Logan prit place dans un large fauteuil club en cuir, son chapeau sur les genoux. Mme Stark s'assit face à lui, de l'autre côté d'une table basse en marbre.

Il se racla une nouvelle fois la gorge et se lança :

— Madame, j'ai l'immense regret de vous annoncer la mort de votre fils.

Comme il s'y était attendu, après un instant de stupeur, un cri déchirant sortit de la gorge de Mme Stark.

Logan resta assis à sa place, s'obligeant à garder son sang-froid. La domestique revint en courant dans le salon et se précipita vers sa patronne, effondrée dans son fauteuil.

— Madame ? fit-elle en jetant un regard d'incompréhension vers Logan.

— Lewis a été assassiné, ajouta-t-il.

— Non, ce n'est pas possible ! s'écria Manuella.

— Je suis sincèrement désolé.

Il aurait aimé trouver des mots pour soulager leur douleur. Mais il n'en existait pas.

— Laissez-moi. Allez-vous-en, je vous en prie, réussit à articuler Mme Stark entre deux sanglots.

Parker se sentait inutile, et serait bien resté à l'hôpital, mais le shérif lui avait demandé de l'accompagner. Il n'avait pu qu'obéir.

— Bien sûr, mais il faudrait prévenir votre mari. Les médias ne vont pas tarder à annoncer la nouvelle. Je n'aimerais pas qu'il l'apprenne de cette façon.

— Comment ça s'est passé ? Qui l'a tué ?

Une sourde colère avait remplacé la détresse initiale.

— Je ne peux rien vous dire pour l'instant. Mais je vous promets que son assassin ne nous échappera pas.

Il n'en avait aucune certitude, mais c'était ce que cette mère avait besoin d'entendre.

— Laissez-moi, maintenant, je vous en prie.

— J'aurais seulement deux petites questions, madame, si vous le permettez.

Mme Stark accepta d'un signe de la tête.

— Savez-vous si votre fils connaissait un certain Nathaniel Morrison, ou s'il fréquentait des Enfants de Marie ?

Mme Stark eut un rire sans joie.

— Malgré l'éducation que nous lui avons donnée, Lewis réfute toute religion. Et c'est peu de le dire.

Logan serra les lèvres. Cela confirmait les propos de Nathaniel. Ils ne se connaissaient pas.

— Savez-vous où était votre fils, hier soir ?

Mme Stark secoua négativement la tête, et prit son temps avant de répondre.

— Lewis a un fort caractère. Je ne lui demande jamais ce qu'il fait. Je sais seulement qu'après le dîner, il est sorti avec sa voiture.

La voix chancela et Mme Stark perdit tout contrôle. Elle s'effondra en pleurs.

La domestique vint s'asseoir près de sa maîtresse. Logan se leva et après avoir renouvelé ses condoléances, tout en promettant de la tenir informée de l'enquête, il sortit de la villa accompagné de son sergent.

— S'il y a quelque chose que je déteste dans ce métier, c'est bien ça, fit Parker, soulagé de respirer l'air frais.

Logan eut un soupir approbateur.

Mme Morrison jeta un dernier regard à son fils et, avec une tendresse infinie, lui déposa un baiser sur le front.

— Je t'aime, mon cœur.

— Je sais, maman.

— Quand je te disais que ce n'était pas très malin de se promener dans la nuit, ajouta M. Morrison.

Nathaniel regarda son père et baissa les yeux pour masquer sa gêne.

Debout dans un coin de la chambre d'hôpital, Blanchett avait du mal à cacher son émotion.

On frappa à la porte. Blanchett alla ouvrir. Portnoy et l'agent Freeman se tenaient devant elle.

— Lieutenant, madame, monsieur, dit Freeman en les saluant.

Il entra dans la chambre, puis, se penchant vers Nathaniel, il lui passa une main fraternelle sur l'épaule.

— Ça va aller, je te le promets.

— Vous allez tout faire pour le retrouver, n'est-ce pas ? intervint Mme Morrison, la voix fébrile.

— Je suis là pour ça, répondit Freeman, qui montra sa sacoche.

— Retrouvez l'homme qui a fait ça, renchérit M. Morrison. Il devra rendre compte pour ce qu'il a fait.

Le ton était cassant. Nul doute qu'il ne faudrait pas le laisser en compagnie du coupable quand on l'aurait arrêté.

— Vous voulez bien me suivre, proposa Blanchett à l'adresse des parents.

Sa voix était chaleureuse et manifestait une réelle empathie. Logan avait bien fait de la laisser avec le garçon, se dit Freeman.

La lieutenant sortit, accompagnée des parents de Nathaniel. Il était près de 10 h 30. Selon que les parents adhéreraient ou non au plan établi par Logan, le communiqué officiel en serait largement modifié.

— Asseyez-vous. Vous voulez boire quelque chose ? demanda Blanchett alors que le directeur de l'hôpital entrait dans la pièce où elle avait emmené le couple.

Le directeur Tommer s'arrêta net en apercevant les parents du garçon. Deux modèles tout droit sortis de la communauté amish.

— Madame, monsieur, vous êtes les parents de Nathaniel Morrison ?

Le ton se voulait neutre, mais ne pouvait cacher une note d'agressivité.

— Oui, nous vous remercions pour ce que vous avez fait pour lui, répondit M. Morrison.

Son épouse lui tenait affectueusement le bras et hocha la tête.

— Vous avez une assurance-maladie ? reprit Tommer.

Blanchett ouvrit de grands yeux et se retint de l'invectiver. Elle se promit de lui dire tout le mal qu'elle pensait de lui en temps voulu.

— Oui, ce n'est pas parce que nous ne vivons pas comme vous autres que nous ne nous soucions pas de notre santé et de celle de nos enfants.

Tommer se détendit quelque peu, et alla s'asseoir derrière le bureau situé au fond de la pièce, tandis que Blanchett refermait la porte qu'il avait laissée ouverte.

— Si je vous ai réunis en toute confidentialité, c'est pour vous demander votre accord sur un point particulièrement délicat de notre enquête, commença la lieutenant.

Elle laissa planer un silence, histoire de leur faire comprendre que l'enjeu était de taille, et reprit :

— Nous pensons qu'il ne faut pas renseigner les médias sur le fait que votre enfant a survécu. Si l'homme qui a enlevé Nathaniel le croit mort, il ne craindra plus d'être reconnu par lui. Rassuré, il n'essayera pas de fuir, et ressentira même une sorte de toute-puissance. Ce sentiment d'impunité le rendra fier et arrogant, et c'est à ce moment-là qu'il risque de commettre une erreur.

— Une erreur ? Vous croyez qu'il pourrait s'en prendre de nouveau à notre fils ? intervint M. Morrison, inquiet.

Blanchett secoua la tête.

— Non, mais peut-être viendra-t-il à l'enterrement de ses victimes. Si nous ne l'avons pas retrouvé avant.

— Tout River Falls sera à leur enterrement ! ironisa Tommer.

À l'inverse de Nunn, qui avait toujours été fasciné par l'uniforme, Tommer n'appréciait pas du tout que la police investisse son hôpital.

Blanchett encaissa la remarque sans rien dire.

— Nathaniel ne connaissait pas son agresseur. Il a juste vu son visage, reprit Mme Morrison, peu enthousiaste à l'idée d'annoncer la mort de son fils.

Blanchett se tourna vers elle :

— L'homme connaît probablement très bien les lieux. Il devait savoir que personne ne viendrait dans cette cabane en cette période de l'année. Nous n'avons que très peu d'indices, et si son ADN n'est pas fiché, ce sera encore plus compliqué.

— L'autre Noir, c'est l'agent du FBI, n'est-ce pas ? fit M. Morrison.

Tommer eut un petit rictus et apprécia la mine confuse de Blanchett. Elle avait été à deux doigts de ravaler ses préjugés sur cette secte, mais cette réflexion, malgré le ton aimable, en disait long sur ce qu'ils pensaient des Afro-Américains.

— C'est lui-même, répondit-elle cependant en gardant son self-control. Il va montrer à Nathaniel une série de portraits de prédateurs sexuels recensés dans la région. En liberté conditionnelle ou ayant effectué leur peine. J'ose croire qu'il nous sera d'une aide précieuse.

— Prions le Seigneur qu'il en soit ainsi, dit Mme Morrison.

— Prions le Seigneur, fit son époux en écho.

Blanchett était très mal à l'aise. Entre la suffisance de Tommer qui n'hésitait pas à dénigrer son travail et ces deux timbrés, elle se demandait si elle n'aurait pas mieux fait d'accompagner Logan chez les parents de Lewis.

— De mon côté, j'annoncerai la mort de votre fils à tous mes services. J'invoquerai une complication pulmonaire, et cetera, intervint Tommer sans vouloir entrer dans les détails.

Au moins elle n'aurait pas à argumenter avec lui, se dit Blanchett, qui se retourna vers le couple.

— Il ne manque plus que votre accord, conclut-elle, en espérant qu'ils oublient sa couleur de peau.

— Vous nous demandez de mentir. Cela va à l'encontre de nos convictions, répondit M. Morrison. Je suis sincèrement désolé, mais nous ne pouvons accepter une telle entorse à nos règles.

Blanchett sentit la colère monter en elle.

— Alors est-ce trop vous demander de garder le silence ?

Les deux époux se regardèrent un long moment, puis M. Morrison reprit la parole.

— Nous allons rester auprès de notre fils, le temps qu'il vous faudra pour identifier ce criminel.

Ce n'était pas tout à fait ce que souhaitait Blanchett, mais c'était mieux que rien. Et puis, Logan saurait peut-être trouver d'autres arguments pour les convaincre.

— Je vous remercie, dit-elle néanmoins.

– Ce sont tous des pervers sexuels ? demanda Nathaniel.

Freeman avait placé l'ordinateur portable de telle façon que le jeune homme n'ait pas à faire d'efforts pour le consulter.

— Non, certains sont seulement des criminels de droit commun, vol, arnaque, outrage à agents…, mentit l'agent du FBI.

Il ne fallait pas que dans son désir de vengeance, Nathaniel accuse n'importe qui pour la seule raison qu'il s'agissait d'un pédophile ou autre désaxé du même genre.

Nathaniel hocha la tête et Freeman crut lire un zeste de déception dans son regard.

— Tu appuies là pour faire défiler les portraits. D'accord ?

Nathaniel resta un long moment à regarder le premier visage avant de passer au suivant.

— Je te laisse regarder. Ça ne t'embête pas si j'écoute de la musique ?

Nathaniel le regarda avec étonnement, puis sourit :

— Non. Les Noirs ont la musique dans le sang, n'est-ce pas ?

Freeman ne l'avait pas vu venir ! Son front se plissa un instant, avant qu'il ne s'oblige à rire.

— Oui, c'est exactement ça, et encore, tu ne m'as pas vu danser. Je suis le roi du dance-floor, fit-il en sortant son iPhone d'une poche de sa veste.

Jusqu'à ce que Logan les appelle le matin même, Freeman n'avait jamais entendu parler des Enfants de Marie. Une de ces innombrables sectes qui prônaient le retour aux valeurs fondatrices de l'Amérique. Un groupement de quelques familles qui vivaient quasiment en autarcie, à l'abri des regards. Freeman pouvait à présent ajouter « raciste » à la liste des griefs que lui avait énoncés Logan au téléphone.

Nathaniel reporta son attention sur l'écran d'ordinateur.

Freeman avait envie d'écouter un album de Miles Davis, mais, même si c'était puéril et indigne d'un agent du FBI, il choisit la *Petite Musique de nuit* de Mozart, en espérant que le garçon l'entende. Quand les premières notes retentirent dans ses écouteurs, Freeman ne décela aucune réaction particulière de la part de Nathaniel.

Peut-être pas raciste après tout, seulement maladroit, se rassura Freeman, qui oublia l'incident pour se focaliser sur son objectif : observer, l'air de rien, chaque mouvement du visage de Nathaniel quand il découvrait un nouveau portrait.

Une femme victime de viol sur quatre refusait d'identifier son agresseur, par peur. Freeman ne disposait pas des statistiques en ce qui concernait les enfants et les adolescents, mais les chiffres devaient être encore plus importants. La meilleure façon d'inciter la victime d'un viol à parler de son agression était d'étudier sa réaction face à d'éventuels coupables. Surtout si elle se sentait à l'abri des regards.

Freeman n'eut pas à attendre longtemps. Rien de très démonstratif. Cela aurait certainement échappé à un observateur moins attentif. Un léger changement dans le rythme de la respiration, des mâchoires qui se contractent, une main qui se referme trop vite.

Freeman garda un air détaché, mais quand Nathaniel lui jeta un bref regard, il n'eut plus aucun doute. Il éteignit le son de son iPhone.

— Tu as reconnu quelqu'un ?

Nathaniel était déjà passé à la photo suivante et sembla surpris par la question. Comme pris en faute, se dit Freeman.

— Non, toujours pas, s'excusa l'adolescent.

« Ce n'est pas demain que tu auras l'Oscar d'interprétation masculine », sourit Freeman, qui savait que le plus dur restait à venir. L'amener à dire la vérité. Car, sans le début d'une preuve ou d'un témoignage, aucun procureur ne donnerait son accord pour un interrogatoire du suspect.

— Tu sais, une fois qu'on aura arrêté ce type, il va passer le reste de sa vie en prison. Tu n'as pas à avoir peur, dit-il d'une voix réconfortante.

— Justement, je ne veux pas me tromper.

Toujours cette indécision dans la voix.

— Tu peux revenir sur la photo précédente, lui indiqua Freeman.

Nathaniel lui jeta encore ce regard coupable.

Le visage du précédent pédophile apparut. La quarantaine, blanc, de bonnes joues, les cheveux courts et ce regard atone qu'ont tous les prévenus sur les photos des services de police.

— Tu es sûr que ce visage ne te dit rien ?

Nathaniel garda le silence. Freeman aussi.

Au bout d'un long moment pendant lequel le garçon sembla perdu dans ses pensées, il se détourna de l'ordinateur et, les yeux baissés, brisa le silence.

— Il faisait nuit. Il n'y avait que la lumière de ma lampe à pétrole et ses phares, mais je crois bien que c'est lui.

Freeman pinça les lèvres.

— Tu crois ou tu en es sûr ?

Un nouveau silence, puis enfin la libération.

— C'est lui, fit Nathaniel d'une voix à peine audible.

Il se détourna et se mit à pleurer.

Freeman lui posa une main sur le bras.

— Tu as fait le bon choix. Tu es un garçon très courageux, Nathaniel. Je vais chercher tes parents. Tout va bien se passer, fit-il en priant pour que leur suspect n'ait pas pris la fuite.

Il reprit l'ordinateur et sortit de la chambre. Blanchett et les parents de Nathaniel arrivaient du fond du couloir. Un simple signe de tête de Freeman, et la lieutenant comprit qu'ils avaient un nom. Son visage s'illumina.

— Vous avez déjà fini ? s'étonna M. Morrison.

— Oui, votre fils a reconnu son agresseur. Restez auprès de lui. Nous vous tiendrons au courant.

Le couple Morrison regarda les deux agents afro-américains avec une sorte d'étonnement mêlé de respect.

— Vous allez l'attraper ? demanda Mme Morrison.

— Nous allons tout faire pour, lui assura Blanchett.

Les époux retournèrent auprès de leur fils.

— Vous êtes en voiture ? demanda Freeman à la lieutenant.

— Non, je suis venue avec le shérif Logan, mais il est reparti avec sa Cherokee.

Freeman sourit.

— Alors, vous montez avec moi, mais je vous passe les clés.

Il n'y avait plus un instant à perdre. Freeman comptait profiter du trajet jusqu'au commissariat pour tout apprendre de l'homme identifié par Nathaniel.

À peine sorti de la villa des Stark, Logan monta dans sa voiture côté passager, laissant le volant au sergent Parker, et appela aussitôt Blanchett.

— Shérif ?

— Je sors à l'instant de la villa des Stark. Est-ce que vous avez obtenu l'accord des parents Morrison ? demanda-t-il sans plus de formalité.

— Oui, ça n'a pas été évident, mais ils ont promis de garder le silence jusqu'à l'arrestation du coupable.

— Ça peut prendre un certain temps, dit-il en tapotant l'accoudoir de la portière.

— Peut-être pas. Je suis en voiture avec l'agent Freeman. Nathaniel a identifié un visage et nous avons son nom et son adresse. Nous serons au commissariat d'ici à cinq minutes, répondit Blanchett, qui ajouta : Je comptais vous appeler. On vient juste d'avoir l'information.

Alors que Parker amorçait un des virages de la longue route qui serpentait sur Golden Hill, Logan ressentit un immense soulagement.

— Il n'y a pas de problème. Dans l'immédiat, n'en parlez à personne. On se retrouve dans mon bureau.

Il raccrocha et appela l'agent Blake dans la foulée. Le chef de la section scientifique de Seattle était arrivé deux heures plus tôt en hélicoptère avec son équipe, et avait rejoint Heldfield à la cabane.

— Mike ?

— Ouais, vous avez trouvé des indices intéressants ? demanda Logan, dont la voiture s'engageait vers le centre-ville.

— On a beaucoup d'empreintes, mais ton kidnappeur n'a rien laissé de suspect qui laisse préjuger d'un crime sexuel, à part des revues pornographiques, si tant est qu'elles lui aient appartenu. Avec toutes ces empreintes, on en saura plus dans la journée. Nous avons aussi retrouvé une tache de sang et des cheveux sur l'angle de la table. Nous allons faire des analyses comparatives des empreintes et du sang. En tout cas, votre homme semble être un vrai professionnel. Pas d'arme, pas de corde ni de ruban adhésif. Il n'a rien laissé à part un cadavre.

Sans être un expert du FBI, Logan en était arrivé à la même conclusion. Cela cadrait avec le profil d'un récidiviste.

— Ce n'est pas la première fois qu'il fait ça, dit-il en pensant à l'homme que Nathaniel avait identifié.

Parker s'arrêta à un feu rouge. Logan regarda traverser une vieille dame avec son chien. Il se rendit alors compte du silence à l'autre bout du fil.

— Il y a un problème ?

— Non, répondit l'agent Blake. Mais peut-être que ces jeunes gens n'ont pas été kidnappés. Ils ont peut-être suivi l'homme de leur plein gré. Un dealer et ses petites mains. La transaction a mal tourné. L'adulte a tué Lewis et a cru que Nathaniel l'était aussi quand il l'a frappé par-derrière.

C'était là le genre de connerie qu'aurait pu lui sortir Hurley. Heureusement qu'elle n'était pas là. Le feu passa au vert. Parker appuya sur l'accélérateur.

— Je vous aime bien au FBI, mais notre victime n'avait rien d'un dealer, et l'autre est membre d'une secte d'hurluberlus qui prêche l'amour et la paix en ce bas monde. Et surtout, on a le nom de notre suspect. Paul Brown. Un pédophile arrêté pour attouchements sur mineur. Il est en liberté conditionnelle à River Falls depuis un an, avec interdiction de s'approcher d'une école ou d'un jardin d'enfants.

— Tu as peut-être raison, dit Blake, dubitatif.

— J'ai raison, le reprit Logan. De toute façon, on coffre ce type et tu lui poseras toutes les questions que tu veux. Et si je me suis trompé, on avisera, d'accord ?

Blake laissa planer encore une fois un long silence avant de répondre :

— Tu sais ce que Jessica te dirait : ne t'emballe pas trop vite.

— Ne t'inquiète pas. Je ne compte pas l'abattre sans sommation. Sois tranquille, on va juste l'arrêter et lui poser des questions. Si son ADN n'est pas dans la cabane, on en reparle. Mais même sans ADN, je sais que c'est lui.

Il n'avait jamais eu aucune pitié pour les pervers. Ça n'allait pas commencer aujourd'hui.

— Surtout, tu ne lâches pas son nom dans les médias, lui demanda Blake.

Logan haussa les épaules.

— Apprends-moi le boulot et je ne te dirai rien ! ironisa-t-il. Allez, je te laisse. Tu m'appelles avant de repartir pour Seattle, OK ?

— OK.

Blake raccrocha le premier. Logan ressentit un malaise. Il n'appréciait pas ses insinuations. À quoi jouait-il ? Le croyait-il capable d'abattre un homme de sang-froid ?

Logan préféra oublier cette conversation et reporter son attention sur des choses plus concrètes. Ils avaient un nom et une adresse. Maintenant, il s'agissait de ne pas le rater. Si la chance restait de leur côté, tout serait réglé avant la fin de la soirée.

Dans le commissariat, tous les regards se portèrent sur lui.

— Morris, Ascott, suivez-moi.

Les autres agents mouraient d'impatience d'en savoir plus, mais ils gardèrent le silence.

— Tania vous attend dans votre bureau avec votre ami du FBI, il y a du nouveau ? demanda Ascott en le rejoignant.

— Je vais tout vous expliquer.

Derrière la porte vitrée du bureau de Logan, on devinait les silhouettes de Freeman et de Blanchett, sagement assis, leur tournant le dos.

Logan et ses deux lieutenants pénétrèrent dans le bureau.

— Tania, tu leur fais un petit topo.

Tout comme à Portnoy et à Heldfield, il lui avait expressément demandé de ne rien dire à personne. Moins il y aurait de monde au courant, moins il y aurait de risque de fuite.

— Deux jeunes gens ont été kidnappés par un pédophile libéré il y a quelques mois, commença Blanchett.

L'un d'eux est mort, l'autre a réussi à s'échapper. Il est à l'hôpital, blessé.

La mine des nouveaux venus s'assombrit.

— Le garçon qui a survécu s'appelle Nathaniel Morrison. Il a seize ans. Il fait partie de la communauté des Enfants de Marie. Du fait de sa commotion, il ne se souvient plus de rien, seulement de la manière dont il a été enlevé.

Freeman attrapa deux trombones sur le bureau et commença à les triturer sous le regard agacé de Logan. Blanchett exliqua comment Logan et elle voyaient le déroulement des faits.

Les deux adolescents, sous la menace d'une arme, avaient dû se rendre dans une vieille cabane de chasseurs perdue dans la forêt. À un moment donné, les adolescents avaient tenté leur chance. L'un s'était pris une balle, l'autre avait réussi à s'enfuir et s'était fait renverser par un camion après une longue course dans la forêt.

— Pauvres gamins, conclut Morris, assis sur un coin du bureau.

— Ils ont été violés ? demanda Ascott.

— D'après le légiste, ce n'est pas le cas de Lewis Stark. Quant à Nathaniel, nous n'en savons rien, répondit Blanchett en faisant un geste vague des deux mains.

Il y eut un long silence avant que Logan ne reprenne la parole.

— Peut-être n'était-ce qu'un accident. Il voulait les violer, pas les tuer. Les enfants ont dû réussir à se détacher et quand Brown est rentré dans la cabane, Lewis s'est rué sur lui et le coup est parti.

— Brown ? dit Morris.

— Paul Brown, notre suspect identifié par Nathaniel, intervint Freeman, qui laissa à nouveau la parole à Blanchett.

— Mais pourquoi laisser le corps de Lewis et prendre le temps de récupérer menottes, cordes et je ne sais quoi encore ? demanda Ascott.

— Les détails importent peu pour l'instant. Brown nous les fournira une fois sous les verrous, le coupa Logan. Pour l'heure, nous allons faire un communiqué aux médias comme quoi les deux adolescents ont été retrouvés morts. L'un dans une cabane. L'autre qui, en s'enfuyant, a été percuté par un camion et est décédé à l'hôpital des suites de ses blessures.

— De façon à faire baisser la vigilance de Brown, expliqua Blanchett à ses deux collègues. S'il a fui de peur que Nathaniel le reconnaisse, sûrement qu'il va revenir chez lui, se sentant désormais à l'abri de toute identification.

Ascott et Morris hochèrent la tête. Effectivement, sans témoin, Brown n'avait pas de raison de chercher à fuir.

Logan s'enfonça dans son fauteuil et posa ses avant-bras sur les accoudoirs.

— Tania, as-tu eu le temps de te renseigner sur ce Brown ?

La lieutenant se tourna vers Freeman, qui répondit à sa place :

— Il habite à River Falls. Un appartement au troisième étage d'un immeuble sur Stone Road.

« En plein quartier populaire de la ville. Beaucoup de monde et de circulation, mais cela ne devrait pas poser de problème majeur », se dit Logan, qui commençait à calculer le nombre d'agents qu'il allait devoir mettre sur l'arrestation.

— Il ne travaille pas. Il vit de l'argent que sa sœur dépose sur son compte chaque début de mois, continua l'agent du FBI. Il a été condamné pour attouchements sexuels sur des mineures de 8 ans dans l'État du Montana. Il a entièrement purgé sa peine, mais avec son accord, il est désormais sous contrôle médical. Il est suivi à l'hôpital George-Washington par le docteur Laura Klein.

L'hôpital où se trouvait Nathaniel.

Un doute s'immisça dans l'esprit de Logan, qu'il évacua aussitôt. Personne ne pouvait faire le lien entre Brown et Nathaniel. Et puis surtout, pourquoi un médecin avertirait-il un pédophile notoire que la police était à sa recherche ? Il eut un petit sourire d'autodérision et revint à la réalité.

— Une seule condamnation. Pas de récidive. L'ex-prévenu idéal, commenta Freeman, qui avait toujours en tête les recommandations de Blake.

Un coupable ne l'est définitivement que lorsque les preuves matérielles sont démontrées. Une lubie de tous les experts du FBI.

— Une année qu'il est en liberté, mais toujours pas de travail. Pas vraiment la preuve d'une réinsertion réussie, le contra le lieutenant Morris.

Il ne s'était jamais fait à l'idée qu'on puisse relâcher des pédophiles. La prison à vie était, selon lui, la seule bonne solution.

— Tout le temps pour tromper son monde, confirma Logan.

L'idée qu'il y avait des dizaines de gamins agressés, mais trop terrorisés pour parler, lui était insupportable.

— Rien ne dit qu'il s'est enfui ou qu'il est chez lui. Une approche minutieuse me paraît souhaitable, intervint Freeman.

Les regards de Logan et de ses trois agents ne le rassuraient pas sur leur capacité à mettre leurs émotions de côté. Une bavure était si vite arrivée.

— Tu as raison. Il ne manquerait plus qu'il nous échappe en rentrant de faire ses courses, acquiesça Logan, qui réalisa qu'il avait été à deux doigts d'envoyer toute la cavalerie.

« Calme-toi et essaye de raisonner pour le mieux », se dit-il. Mais la colère qui l'avait envahi avait du mal à s'apaiser.

— OK, on y va tous les quatre, reprit-il en jetant un regard circulaire à ses trois lieutenants.

Même si rien n'autorisait Freeman à contredire l'ordre de Logan, l'idée d'être mis sur la touche l'inquiétait.

— Je viens avec vous. Plus on est de fous, plus on rit.

Personne ne réagit. Gêné, Freeman se racla la gorge.

— Ne le prends pas mal, mais je préfère te maintenir à l'écart, lui dit Logan. Nous devons montrer à la population que la police n'a pas tout le temps besoin du FBI pour régler ses problèmes.

Freeman n'était pas certain que ce soit la véritable motivation, mais avait-il le choix ?

— J'espère que Brown sera en vie quand vous le ramènerez et qu'il avouera ses crimes. Cela nous évitera de perdre du temps à étudier chaque preuve.

Même en cas d'aveux, ils devraient authentifier les indices prélevés dans la cabane. Freeman espérait seulement que Logan comprenne le message.

— On ne le tuera pas froidement. Pour qui nous prenez-vous ? ! s'indigna Ascott.

— Désolé, concéda mollement Freeman, qui resta assis sur sa chaise.

Logan remercia son lieutenant du regard. Lui non plus n'avait pas aimé la remarque de Freeman. Il n'avait pas l'intention de tuer Brown, mais il savait qu'entre la vie d'un de ses hommes et celle d'un meurtrier qui tenterait de s'échapper, il n'hésiterait pas à choisir.

— Vous voulez que j'envoie un communiqué aux médias maintenant ? proposa Blanchett pour alléger l'atmosphère.

— Bonne idée. Faites. De toute façon, si Brown s'est déjà fait la belle, on n'est pas à dix minutes près.

4

La nouvelle avait fait le tour de l'université comme une traînée de poudre. À peine un an et demi après les meurtres de Lucy Barton et d'Emy Paich, un nouveau drame venait de toucher la jeunesse de River Falls.

Bien que la police se soit refusée à donner la moindre précision sur les meurtres de Lewis Stark et de Nathaniel Morrison, la presse avait eu vite fait de parler de prédateur sexuel.

— Et ma mère qui me soutenait qu'il n'y avait pas meilleure université dans la région ! s'exclama Luke Porter.

Grand blond au visage rectangulaire, il aurait pu passer pour un play-boy, si seulement il s'était mis au sport. À défaut, la fortune de ses parents donnait le change.

— Aucun d'eux n'était étudiant, rectifia Kevin Fisher.

De taille moyenne, les cheveux bruns, il avait un léger embonpoint qui ne nuisait en rien à son charisme nonchalant.

— Ouais, et d'ailleurs, Nathaniel Morrison n'allait même pas à l'école. Il prenait ses cours chez lui, précisa Gerald.

À l'inverse de ses deux camarades, il avait un corps svelte de sportif. Et comme eux, il était le fils d'un riche entrepreneur de la ville.

— Les Enfants de Marie. Je sais, reprit Luke. Je n'arriverai jamais à comprendre comment on peut se faire avoir par ce genre de secte.

C'était l'heure de la pause déjeuner. Gerald et ses deux meilleurs amis s'étaient retrouvés à la cafétéria de l'université. Aux autres tables, tout le monde ne parlait que de ça.

— La solitude, la détresse, le besoin de reconnaissance, d'appartenance à un groupe. Les raisons ne manquent pas, remarqua Kevin.

Il avait connu une fille en dernière année de lycée qui avait tout abandonné pour entrer dans l'Église de scientologie.

Un sacré bon coup au lit, se souvint-il, sans oublier les interminables discussions qu'ils avaient sur le sens de la vie.

— Je sais bien, mais quand même, faut être très con pour croire à ces conneries, argua Luke.

Il tripatouilla le plat du jour du bout de sa fourchette et, sans conviction, piqua un morceau d'un légume non identifiable qu'il mit dans sa bouche.

— Pas forcément. Si tu es né dedans, quel autre choix as-tu ? dit Gerald en repensant à la jeune fille éplorée qu'il avait croisée le matin même.

— Là, il t'a eu, lança Kevin, qui lui fit un clin d'œil et le pointa du doigt.

— OK, va pour leurs enfants. Mais pour les autres ? Je n'en démordrai jamais : tous des timbrés.

Gerald marmonna un assentiment et baissa le regard sur son assiette. Lui non plus n'avait guère envie d'avaler ce plat peu ragoûtant où viande et légumes nageaient dans une sauce insipide. Cependant, autre chose le perturbait. Il n'avait pas compté en parler, mais les mots sortirent tout seuls :

— J'ai vu une des leurs ce matin.

Deux mines perplexes le dévisagèrent.

— Une des leurs ? Tu veux dire une « alien » ? chuchota Luke en mimant des guillemets avec ses doigts.

— Arrête, je parlais d'une fille des Enfants de Marie.

Luke allait se foutre de lui s'il continuait, mais peut-être était-ce important.

— Oui, je vois très bien qui c'est. Elle est en première année, fit Kevin en passant sa main dans sa barbe de trois jours.

— Évidemment que je vois qui c'est. On dirait qu'elle sort d'un film d'époque. Une putain d'Amish ! fit Luke.

— Je l'ai croisée ce matin.

— Ne me dis pas que tu lui as fait du rentre-dedans. Elle est franchement trop moche ! se moqua Luke.

Une coiffure de grand-mère avec son chignon torsadé. Aucun maquillage, des lunettes énormes aux verres en cul de bouteille. Et des vêtements sortis tout droit de la penderie de Laura Ingalls. Il ne manquait plus que les sabots et la caricature aurait été parfaite.

— C'est pour ça que tu as raté le cours de Mandel ? Pour te prendre un râteau avec cette fille ? s'étrangla Kevin.

Les deux amis de Gerald n'en revenaient pas. Qu'est-ce qu'il lui était passé par la tête ? Il était si désespéré que ça ?

— Vous êtes vraiment des malades, les mecs. Jamais de la vie je sortirais avec un thon pareil, se défendit-il, stupéfait que ses amis aient pu imaginer une telle horreur.

Luke et Kevin eurent une moue dubitative et attendirent la suite, l'air moqueur.

Gerald décida d'aller à l'essentiel.

— Quand cet enfoiré de Mandel ne m'a pas laissé entrer en cours, je suis allé à la bibliothèque et en allant aux toilettes…

— … pour une petite branlette ! le coupa Luke, qui s'excusa aussitôt : Pardon, mais la perche était trop belle. Continue.

Gerald leva les yeux au ciel, priant pour qu'on lui change d'amis au plus vite.

— Bref, j'ai entendu des pleurs du côté des toilettes des filles, je suis entré, et c'était cette fille.

— Tu penses qu'il y a un rapport ?

— Elle devait savoir qu'un membre de sa famille était mort.

— Le truc, c'est qu'il devait être 8 heures à peine passées, bien avant l'annonce des médias, lâcha Gerald. Maintenant, ça ne veut rien dire, mais je n'arrête pas d'y penser.

— Effectivement, dit comme ça, c'est étrange, mais peut-être qu'elle chialait juste parce qu'elle a découvert qu'elle avait ses règles et pas de tampon ! se moqua Kevin.

Ou simplement parce que quelqu'un avait renversé ses affaires sur le parking détrempé et que personne ne l'avait aidée.

Gerald aurait dû le leur dire, mais au fond il se sentait coupable de ne pas s'être arrêté à ce moment-là. Aussi tarée et moche soit-elle, elle méritait un peu de compassion, et il n'aimait pas l'idée d'en avoir manqué ce matin.

— Tu ne comptes pas en parler aux flics, quand même ? demanda Kevin, qui ne prenait pas ça très au sérieux. La pauvre fille a suffisamment de soucis pour lui foutre la police au cul !

Les propos de Kevin éteignirent totalement la paranoïa de Gerald. Cette fille n'avait rien à voir avec le meurtre des deux garçons, même si l'un d'eux faisait partie de sa secte.

— Ouais, tu as raison, dit-il, soulagé de ne pas avoir à la dénoncer.

— Hey les gars, vous délirez, intervint Luke. N'oubliez pas que Lewis Stark était un bon petit gars bien de chez nous. Même si la possibilité que cette fille soit liée à cette affaire est infime, il ne faut pas l'ignorer !

Gerald n'y croyait plus du tout. Il ne s'agissait que de cahiers mouillés.

— Je me suis emballé, c'est tout, fit-il, étonné de la réaction de son ami.

— Si elle n'y est pour rien, les flics auront vite fait de le découvrir, et ils la laisseront tranquille, rétorqua Luke. Le shérif est plutôt un cador. C'est lui qui a buté Paul Ringfield et Jack Mitchell.

— Mitchell est mort en tombant d'une falaise, corrigea Gerald, obligé de reconnaître la pertinence de cet argument. Écoute, je vais y réfléchir.

Kevin se mit à rire. C'était du grand n'importe quoi.

— Fais pas cette tête ! Si ça se trouve, grâce à tes indications, les flics vont arrêter le tueur en un rien de temps, plaisanta Luke.

— OK, et si on parlait d'autre chose, enchaîna Kevin. Vous avez vu la bande-annonce de *Coraline*, ça a l'air aussi bon que *L'Étrange Noël de Monsieur Jack* !

Et la conversation repartit sous de meilleurs auspices.

Après le repas, Gerald, Luke et Kevin se rendirent au Hot Spot, un des bars situés en face du campus, où se retrouvait une partie de la jeunesse estudiantine de River Falls.

— Et Jamie Land ? demanda Gerald.

Assis dans une alcôve feutrée ayant vue sur le reste de la salle, les trois jeunes gens avaient depuis longtemps oublié la mort des deux adolescents pour revenir à leur sujet favori.

— Un cul d'enfer. Dommage qu'elle ait cette tronche, regretta Luke.

L'étudiant blond s'était fait larguer la semaine précédente et depuis il était à la recherche active d'une nouvelle partenaire sexuelle.

— Elle n'est pas si moche que ça, la défendit Kevin.

Il avait couché une fois avec elle, mais personne n'était au courant.

— En plus, il paraît que c'est un très bon coup, continua Gerald.

Luke reposa sa bière et regarda ses amis d'un air menaçant.

— Hé les mecs, faut pas vous en faire pour moi. J'ai jamais eu de problème avec les filles.

— Non, tu en as juste un pour les garder ! se moqua Kevin en levant sa bière. À ta santé !

Luke lui fit un doigt d'honneur et regarda sa montre.

— Allez, il est presque 2 heures. Il est temps d'y retourner, lança-t-il en attrapant son blouson.

Les trois amis se levèrent de table et sortirent du bar dans le froid glacial.

— Putain, je m'y ferai jamais, fit Luke, qui remonta son col.

Cela faisait cinq ans que sa famille avait quitté San Francisco pour River Falls, et des conditions météorologiques bien différentes.

— Tu crois qu'on aime ça, nous ! répliqua Kevin. Ce n'est pas parce qu'on est nés ici qu'on aime se les geler.

— Dès que j'ai mon diplôme, à moi la Californie ! s'enthousiasma Gerald avec exagération.

Une tape dans le dos valida cette envolée.

— Ouais, vivement qu'on en finisse et qu'on aille se taper du bon temps au soleil.

Ils traversèrent la route et se retrouvèrent devant l'entrée du campus.

— Allez, je crois que c'est maintenant ou jamais, fit Luke en se tournant vers Gerald.

— Quoi ?

Mais Gerald savait très bien de quoi il parlait. La vue du parking lui avait rappelé sa rencontre matinale.

— Fais pas le malin, si tu n'appelles pas les flics, c'est moi qui le fais et tu devras expliquer pourquoi tu ne voulais pas leur parler toi-même.

Les mains dans les poches, Gerald était mal à l'aise. L'idée de dénoncer cette fille, aussi timbrée soit-elle, ne lui paraissait plus du tout pertinente.

— Écoute, je t'ai dit que je me suis emballé pour rien. Les filles, ça pleure tout le temps, non ?

— C'est clair, approuva Kevin, tout sourire.

— OK, laissez tomber, fit Luke, étonné que ses deux amis puissent avoir de la pitié pour une pauvre cinglée. Allez, moi, je vais pisser. Celui qui veut me la tenir peut me suivre.

— Plutôt crever ! répliqua Kevin.

Gerald préféra garder le silence ; les deux amis avancèrent vers le bâtiment A pour le cours de sciences physiques.

— Tu as bien fait de ne pas appeler. Aussi bien, le gamin, c'est son frère. Pas la peine de l'accabler.

— Ouais, c'est exactement ce que je pense.

Même si Luke était un de ses meilleurs amis, Kevin le comprenait bien mieux.

— Si ça se trouve, dès ce soir, ils auront le coupable.

— Peut-être bien.

À l'abri des regards, Luke se posta sous l'un des immenses séquoias jouxtant un bâtiment administratif, sortit son portable et composa le numéro de la police. Certes, la délation n'était pas un acte très recommandable. « N'empêche que si certains avaient dénoncé les terroristes d'Al-Qaïda, les tours seraient encore debout », pensa-t-il dans une piètre tentative d'autojustification.

La sonnerie annonça la fin des cours de la matinée. Margareth rangea ses affaires. Assise au premier rang de l'amphithéâtre, elle s'était depuis longtemps habituée à ce que personne ne s'assoie à côté d'elle. Même si certaines filles avaient tenté une approche amicale, très vite, elle avait senti qu'elle était pour elles davantage un objet de curiosité qu'une véritable amie. Elle avait coupé court à toute relation.

Elle sortit de la classe dans le brouhaha général. Quelque chose ne tournait pas rond. Dans les couloirs, les gens avaient tous un air grave et s'agglutinaient en petits groupes pour parler. Curieuse de nature, Margareth refusa néanmoins de s'approcher. Hormis Lindsay et sa petite bande, plus personne ne lui lançait de quolibets à la figure. Ce n'était pas le moment de se faire remarquer.

Elle quitta le bâtiment B sous un ciel couvert de nuages et se dirigea vers la cafétéria. Elle était à mi-chemin quand une voix grinçante l'apostropha :

— La sorcière ! Tu ne devrais pas être à l'enterrement ?

C'était Lindsay.

Margareth continua son chemin sans se retourner. Cela ne lui suffisait-il pas de lui avoir renversé son cartable dans une flaque d'eau, allait-elle la harceler toute la journée ?

— Hé, tu t'arrêtes quand je te parle. On ne t'a pas appris les bonnes manières ?

Lindsay se planta devant sa tête de turc préférée.

— Laisse-moi tranquille, s'il te plaît, dit Margareth, incapable de la fixer droit dans les yeux.

Deux amies de Lindsay s'approchèrent à leur tour, l'air narquois. Autour d'elles, les autres étudiants allaient et venaient sans leur prêter attention. Ce n'était pas parce que Margareth en avait l'habitude qu'elle cesserait de s'indigner de la lâcheté de ses contemporains.

— Je ne te veux pas de mal, mais j'ai comme l'impression que tu n'es pas au courant.

Si elle croyait que Margareth allait lui demander de quoi elle parlait, elle pouvait toujours attendre. Margareth n'avait pas l'intention d'entrer dans son jeu et garda le silence.

Lindsay patienta quelques secondes, puis la saisit par le menton, l'obligeant à la regarder en face.

— Tu connais Nathaniel Morrison ?

Entendre le nom de son cousin dans la bouche de cette vipère la dégoûtait. Comme si elle l'avait sali. Elle continua de se taire, mais ne put soutenir le regard de Lindsay.

— Il est mort assassiné et sans doute violé. Et ton putain de Dieu ne l'a pas sauvé !

Margareth frissonna. Pas du fait de la nouvelle. Elle n'en croyait pas un mot, mais parce qu'elle n'aurait jamais imaginé qu'on puisse être aussi emplie de fiel.

— Laisse-moi !

Pour la première fois depuis la rentrée de septembre, elle ne pouvait supporter l'acharnement de Lindsay. Tout le monde avait ses limites. Même elle. Et cela lui fit un drôle d'effet.

— Ooouuuuh ! On tente de se rebeller, se moqua Lindsay.

— Pauvre conne, ton Dieu, c'est de la merde. Quand est-ce que vous comprendrez que vous êtes tous une bande de frappadingues ! enchaîna Melany.

Les filles faisaient partie de la sororité Omega. Un melting-pot d'anarchistes bon teint, de démocrates pro-avortement et d'anticléricaux. Des féministes extrémistes, avait pensé Margareth avant de les connaître. Depuis, elle avait ajouté : fascistes !

— En quoi ça vous gêne ? leur cria-t-elle en essayant de se dégager.

Les filles ne tentèrent pas de la retenir. Margareth crut l'espace d'une seconde que c'était sa force de conviction qui les avait fait lâcher prise, mais quand elle vit un groupe de professeurs venir dans leur direction, elle comprit son erreur d'appréciation. Ces filles avaient bien trop peur de se faire virer pour l'agresser devant de tels témoins.

« Rebelles, mais pas trop », se dit Margareth, qui en aurait pleuré de rage.

Mais elle avait déjà craqué dans la matinée, elle ne recommencerait pas de sitôt.

Un des professeurs s'écarta des autres et vint à sa rencontre. C'était Mme Stewart. Cours de lettres modernes. Margareth l'adorait. Elle avait l'impression qu'elle ne s'adressait qu'à elle dans l'amphithéâtre.

Elle aurait dû être romancière tant elle savait bien parler des livres et de leurs secrets.

Margareth ne sut pas comment décrypter l'étrange sourire mélancolique qu'elle lui lança. Il y avait beaucoup de chaleur dans ce visage. Mme Stewart respirait la bonté. Non, elle ne quitterait pas cette université. En toute chose, il y a du bien et du mal, et si Lindsay était la part sombre de cette université, Mme Stewart et les autres professeurs en étaient la part de lumière.

— Margareth, je suis vraiment désolée, dit-elle quand elle fut près d'elle.

Margareth ne put s'empêcher de rougir. Elle avait dû assister à son agression par Lindsay et ses amies.

— Il n'y a pas de quoi. Je me suis fait une raison. Après tout, c'est Lindsay qui est la plus à plaindre, dit-elle, heureuse de pouvoir un peu s'épancher.

Mme Stewart la regarda, étonnée.

— Tu n'es pas au courant ?

Sa voix douce avait une tonalité alarmante.

— De quoi devrais-je l'être ?

Le visage de Mme Stewart se fit plus grave.

— Deux garçons ont été assassinés cette nuit. L'un d'eux était un Enfant de Marie.

À peine Mme Stewart eut-elle terminé sa phrase que le nom de Nathaniel Morrison prononcé par Lindsay revint à Margareth comme un écho effrayant. Elle se sentit défaillir. Un flot de larmes se mit à ruisseler sur son visage.

Mme Stewart la prit tendrement dans ses bras maternels.

5

— Qu'est-ce qu'on fait ? demanda Ascott.

Avec sa carrure de bûcheron et son accoutrement digne du *redneck* de base, le lieutenant était certain de ne pas avoir été repéré.

— On attend encore. Je suis sûr qu'il va se montrer, lui répondit Logan à l'autre bout du fil.

Déjà près de trois heures qu'ils étaient arrivés à l'adresse de Paul Brown.

Ils avaient frappé à la porte mais personne n'avait répondu. Ascott était monté par l'escalier de service accolé à une des façades, et avait pu constater que l'appartement du suspect était vide. Logan avait alors appelé le procureur Barney pour qu'il lui délivre un mandat de perquisition. L'homme de loi avait signé sans sourciller et quelques minutes plus tard, Logan, Ascott, et Blanchett pénétraient dans l'appartement, Morris faisant le guet, assis dans la voiture en face de l'immeuble.

Rien n'indiquait que l'homme avait pris la fuite. Des vêtements bien rangés dans un placard et une commode. Un frigo plein. Un ordinateur portable posé sur un bureau. Plus tout un tas d'objets personnels, dont de nombreuses revues pornographiques.

Logan avait demandé à Ascott d'aller se changer pour qu'il puisse surveiller la rue incognito.

Il était maintenant 2 heures de l'après-midi, et il devenait évident que Brown ne rentrerait pas déjeuner chez lui.

— Et s'il était en fuite ? s'inquiéta Blanchett.

Assise sur le lit de Brown, elle doutait de plus en plus du retour de leur suspect. Même si les informations données par les médias annonçaient la mort de ses deux victimes, rien n'indiquait que l'homme aurait le cran de rentrer chez lui comme si de rien n'était.

— Il va venir, je le sens, dit Logan.

Après un coup d'œil discret dans la rue, il avait demandé à Ascott de redescendre et de rester près de la voiture.

— Nous devrions peut-être diffuser son visage à la télévision. Il a eu tout le temps de filer dans un autre État, ou même au Canada, reprit Blanchett, frustrée par cette attente interminable.

— Si tel était le cas, nous ne sommes pas à quelques heures près, et je ne suis même pas sûr que nous le retrouvions un jour.

Logan misait tout sur cette journée. Annoncer le nom de Brown au grand public, c'était obliger l'homme à s'enfuir et à se terrer quelque part, le temps pour lui de trouver un moyen pour changer d'identité et de pays…

— J'espère que vous avez raison.

Mais le ton n'y était pas. Où était la Blanchett qui lui assurait qu'il était le meilleur shérif depuis des lustres ? ironisa Logan en son for intérieur sans parvenir à sourire.

Son portable sonna. Logan pensa aussitôt à Nolden, le maire de River Falls, mais le nom de Hurley apparut sur l'écran. Ce n'était pas le meilleur moment pour une conversation privée, mais elle lui avait tellement manqué ce week-end, qu'entendre le son de sa voix lui ferait du bien.

— Bonjour, Mike, j'ai appris pour tes deux adolescents.

— Une sale histoire. Heureusement, si tout se passe bien, tout sera réglé d'ici à ce soir.

Et dire qu'elle ne devait pas rentrer de Seattle avant la fin de la semaine…

— Fais attention à toi. Nathan m'a dit que vous étiez chez votre suspect.

Blanchett se leva et, prenant soin de passer loin de la fenêtre, quitta la chambre.

— Ouais, on a fait courir l'information comme quoi les deux garçons qu'il a agressés sont morts. Il n'a aucune raison de penser qu'on est sur sa trace.

— Tout à fait possible, mais il ne faudrait pas que…

Le signal d'appel se fit entendre.

— Excuse-moi, dit-il abruptement.

Il regarda l'écran de son portable. C'était Morris.

— Écoute, il faut que je raccroche, je te rappelle dès que je peux.

— Fais attention, lui répéta-t-elle. Je t'embrasse.

Un petit sourire naquit sur les lèvres de Logan. Il adorait quand elle se souciait de lui. Néanmoins il oublia aussitôt cet interlude et prit l'appel.

— Allô ?

— Il vient de descendre à l'arrêt de bus. Il marche en direction de son immeuble, chuchota Morris, qui venait de sortir de la voiture.

— Ascott l'a vu ? demanda Logan.

— Oui, il est au téléphone et rit à gorge déployée, appuyé contre un réverbère, répondit Morris en remontant la rue de l'autre côté du trottoir.

La meilleure façon de passer inaperçu était de ne pas se cacher. Un vieux classique, pensa Logan.

— Je raccroche. On va le serrer dès qu'il franchit la porte de l'immeuble, conclut Morris.

Logan aurait bien aimé participer à l'interpellation, mais outre le fait que cela relevait plutôt des compétences d'un lieutenant, il n'était pas certain de pouvoir se contenir si l'homme tentait quoi que ce soit.

Il sortit de la chambre et retrouva Blanchett dans le salon.

— Il arrive, dit-il en dégainant son arme.

Blanchett sentit les pulsations de son cœur s'accélérer.

— Je vais descendre, ajouta Logan, qui était aussi anxieux qu'elle. Vous restez là et vous attendez que je vous appelle.

Peut-être était-ce un vieux réflexe machiste, mais il ne s'imaginait pas annoncer la mort de Blanchett à sa fille si les choses tournaient mal. Pourtant, de son côté, Morris était père de deux enfants.

— D'accord, répondit Blanchett en priant pour que tout se passe bien.

– N'importe quoi ? ! s'esclaffa Ascott hilare. Tu vas encore te faire avoir.

L'air de rien, le lieutenant surveillait du coin de l'œil Brown qui remontait la rue d'un pas tranquille. Ascott se mit à marcher dans sa direction en continuant à parler à son ami imaginaire, et partit d'un grand éclat de rire quand il ne fut plus qu'à un mètre de lui.

L'homme le regarda avec méfiance mais avant qu'il comprenne ce qu'il lui arrivait, Ascott s'était jeté sur lui et le plaquait au sol. Les passants s'immobilisèrent puis s'écartèrent vivement, tandis que Brown se mettait à hurler « à l'aide ».

Morris arriva en trois secondes et sortit sa plaque à la vue de tous.

— Police, circulez, il n'y a rien à voir, fit-il d'un ton péremptoire.

Assis à califourchon sur le dos de Brown, Ascott énonçait ses droits au prévenu tout en lui passant les menottes.

— Je n'ai rien fait de mal, je vous jure. Je n'ai rien fait ! hurla Brown.

— Ferme-la ou je te brise la nuque.

En ce début d'après-midi, les passants s'étaient attroupés pour observer la scène en silence. Les voitures qui passaient dans la rue ralentissaient ostensiblement pour tenter d'apercevoir quelque chose.

La pluie se remit à tomber. Les parapluies s'ouvrirent. Ascott se releva et, attrapant Brown par les menottes, l'obligea à en faire autant. Logan fendit la foule et se retrouva auprès de ses lieutenants.

— On l'embarque, allez, fit-il d'un ton sec.

Ascott savait qu'il avait désobéi aux ordres. Mais l'arrêter en pleine rue ou dans l'entrée de l'immeuble ne changeait pas grand-chose. Au moins, il avait eu tout loisir de le mettre à terre. Il aurait été beaucoup moins confortable de le coincer contre le mur du hall d'entrée.

Logan sentit qu'on le tirait par la manche. Par réflexe, il faillit envoyer son poing sur le visage d'une petite vieille à la peau flétrie.

— Vous êtes bien le shérif Logan, n'est-ce pas ?

Vieille, mais avec de bons yeux.

— Oui. Désolé. Pas le temps pour un autographe, fit-il en attrapant Brown par le bras.

Ascott serrant toujours fermement l'autre, ils fendirent la foule de badauds et se dirigèrent vers leur voiture.

— Shérif, c'est le type qui a tué les gamins ? lança une voix.

Sans s'arrêter, Logan jura tout bas. S'il détestait les pédophiles, il ne supportait pas non plus les justiciers du dimanche.

— Quoi ? Vous ne croyez tout de même pas que c'est moi qui ai fait ça ? ! s'insurgea Brown.

— La ferme et avance, répondit Ascott, alors qu'ils approchaient de la Cherokee.

Morris ouvrit la portière arrière et Ascott s'engouffra à l'intérieur avec Brown. Logan entra à leur suite. Morris se mit au volant et colla la sirène sur le toit du tout-terrain avant de l'enclencher.

Le brouhaha vociférant de la foule déterminée s'arrêta brusquement. Morris déboîta, obligeant les plus curieux à se pousser. Logan n'aimait pas ça. Nul doute qu'un de ces honnêtes citoyens n'allait pas tarder à alerter les médias. Pourquoi le shérif se déplacerait-il en personne pour une arrestation, si ce n'était pour celle du tueur des deux adolescents ?

« J'aurais dû rester au commissariat », se reprocha-t-il, sachant que c'était exactement ce que lui aurait dit Hurley.

Il repensa alors à Blanchett, qui devait toujours attendre dans l'appartement. Il attrapa son portable et vit qu'elle lui avait laissé un message. Dans le feu de l'action, il ne l'avait pas entendu. Il la rappela et lui demanda de rester sur place, le temps pour l'équipe d'experts du FBI de venir analyser les lieux.

— Je suis innocent, je vous jure que je suis innocent, geignait Brown.

Les épaules voûtées. Le regard perdu dans le vide. Toute son attitude manifestait un abattement total.

— Alors je suppose que tu as un alibi pour ta soirée d'hier soir, fit Logan, écœuré de sentir le corps de ce type si près du sien.

Brown tourna la tête et leva un regard désabusé vers le shérif. Il y eut un silence, puis enfin une réponse :

— Je suis resté chez moi. Je vous jure, je n'ai pas bougé. Je n'ai pas tué ces garçons.

La voiture passa Green Block et s'engagea dans le centre-ville. La circulation était dense et la pluie, qui maintenant tombait dru, n'arrangeait pas les choses.

— Et je dois te croire sur parole ? se moqua Logan.

Plus que de la colère, c'était du mépris qu'il ressentait. Comme la plupart des tueurs et des violeurs en série, Brown n'était qu'un minable, incapable d'assumer ses crimes. Il s'en prenait à plus faible que lui, ce qui lui permettait de se croire tout-puissant. Mais face à une véritable autorité, il redevenait un pauvre type seulement capable de gémir.

— Je vous le jure sur la tête de ma sœur, se défendit Brown.

— Alors achète-lui un cercueil, car elle doit être morte à l'heure qu'il est ! ironisa Ascott assis à sa gauche.

Logan ricana et tourna la tête vers la vitre. Chelsea Road, encore cinq minutes et ils seraient au commissariat.

Il ressentit alors un besoin vital de fumer une cigarette. Serrant le poing, il s'efforça de ne plus y penser. Ce serait trop dommage de gâcher des semaines de privation pour craquer maintenant, à cause d'une ordure de pédophile.

— Je vous jure que je suis innocent, reprit Brown, comme une litanie.

La Cherokee se gara sur le parking du commissariat. Une équipe de télévision les y attendait.

— Merde ! jura Logan en secouant la tête.

À peine sorti du véhicule, il fut assailli de questions par une journaliste de River's TV.

— Est-ce cet homme qui a tué les jeunes Nathaniel Morrison et Lewis Stark ? Comment avez-vous retrouvé sa trace ? Avait-il des complices ?

Les deux lieutenants encadrant le prévenu passèrent devant l'équipe de télé sans s'arrêter. Logan, lui, se posta devant la journaliste :

— Nous ferons une déclaration le moment venu. Veuillez nous laisser à présent.

— Pouvez-vous nous donner son nom ? A-t-il des antécédents judiciaires…

Logan lui fit un sourire de façade et lui tourna le dos. Il monta les marches du perron et entra dans le commissariat sous le flot ininterrompu des questions.

La tension à l'intérieur était palpable. Mais comme il avait sa tête des mauvais jours, personne n'osa l'interroger. On le regarda passer sans un mot.

Il rejoignit Ascott et Morris dans la salle d'interrogatoire. Là, il leur demanda de le laisser seul avec Brown. Quand la porte fut refermée, il s'assit face à lui. Paul Brown, prostré sur sa chaise, tête baissée, avait les mains jointes sur la table.

— Écoute, avant que tu dises quoi que ce soit, il faut que tu saches que Nathaniel Morrison est encore en vie et qu'il t'a formellement identifié comme son agresseur. (Le visage de Brown se vida de son sang.) Alors ne nous fais pas perdre notre temps. Dis-nous comment ça s'est passé et je te laisse tranquille.

— Ce n'est pas possible, j'étais chez moi hier soir.

On frappa à la porte. Logan tiqua mais donna la permission d'entrer.

— Il faut que je vous parle, fit Ascott.

Logan sortit sous le regard inquiet de Brown.

— Je viens d'avoir Tania. Elle a interrogé les voisins. L'un d'eux assure qu'il est sorti de chez lui vers les 10 heures du soir.

Même si les témoignages de voisinage étaient toujours à prendre avec précaution, celui-ci méritait qu'on s'y attarde.

— Bon, parfait. Je crois qu'avec ça, il ne va pas s'entêter longtemps.

Brown était un faible, encore un peu de pression et il passerait aux aveux.

— Je suis content que ça finisse comme ça, approuva Ascott, qui lui non plus ne supportait pas l'idée qu'un malade se promène à nouveau dans les rues de River Falls.

Logan rentra dans la pièce et retourna s'asseoir face au prévenu.

— Tu es resté toute la soirée sans bouger, c'est ça ? fit-il d'une voix paisible.

Brown s'était légèrement repris et avait l'air moins ahuri, même si des gouttes de sueur perlaient sur son front luisant.

— Oui.

« Mauvaise réponse ! »

— Nous avons une voisine qui t'a entendu sortir vers 22 heures. Une folle qui t'en veut ?

Brown se mit à taper du pied sur le sol et se mordilla les lèvres. Un signe évident d'indécision.

« Allez, fais-toi plaisir, raconte-nous tout. »

Même s'il ne doutait pas de retrouver l'ADN de cet homme dans la cabane où avait eu lieu le meurtre, un aveu simplifierait les choses et lui permettrait d'annoncer officiellement la fin de l'enquête et de refiler le bébé au procureur.

— Je veux parler à un avocat, annonça Brown avec assurance.

On y était : quelle meilleure preuve de culpabilité ?

— Bien sûr, il n'y a pas de problème. En attendant, je vais te mettre en cellule. J'espère seulement que tu ne vas pas te pendre avant que ton baveux arrive.

Logan avait toujours détesté ce genre de méthode, mais ce n'était pas tous les jours qu'on avait un tueur d'enfants sous la main, et tant que cela ne restait que du bluff, cela valait peut-être la peine de déroger à ses propres règles.

— Vous n'oseriez pas me tuer ? J'ai des droits.

Le calme apparent de Logan s'effrita d'un coup. Le rouge lui monta au visage.

— Tu n'as aucun droit. S'il n'en tenait qu'à moi, les pédophiles resteraient en prison à vie.

— J'ai fait ma peine. J'ai payé pour ce que j'ai fait. Je suis innocent.

Logan ferma brièvement les yeux pour essayer d'éteindre les étincelles qui s'y allumaient. Il n'était vraiment pas fait pour les interrogatoires, si ce n'est dans le rôle du méchant flic !

— De toute façon, tu n'as aucune chance d'éviter la seringue, conclut-il en se levant.

Un tic nerveux fit tressaillir la joue de Brown. Logan fut heureux de constater que sa menace avait fait mouche.

Il quitta la pièce et retrouva ses deux lieutenants.

— Qu'il appelle son avocat, puis conduisez-le en cellule.

— Vous ne voulez pas qu'on essaye encore ? s'étonna Ascott.

Logan se gratta derrière l'oreille. Y avait-il une once de reproche ? Peut-être.

— Il ne dira plus rien, mais je veux bien vous le laisser. Par contre, je vous préviens, pas de bavure. Il est fait comme un rat. Ne lui donnons pas l'occasion de s'en sortir. N'oubliez pas que cet homme est « innocent » jusqu'au terme de son procès.

Hurley serait fière de lui si elle l'entendait !

— Et moi, je ne bois que de l'eau fraîche, s'amusa Ascott, qui avait néanmoins enregistré la recommandation.

Logan appréciait de plus en plus ses lieutenants. Presque deux ans qu'il était arrivé à River Falls. Les mois passant, une véritable relation de confiance, voire de fraternité, s'était établie entre eux.

Il lui posa une main chaleureuse sur l'épaule, accompagnée d'un sourire de connivence.

— Je vais aller faire le gentil flic, intervint Morris, tout aussi détendu.

Il ouvrit la porte de la salle d'interrogatoire.

6

Effondrée, les yeux rougis, Margareth n'avait pas eu le courage de retourner en cours et avait déserté l'université. Elle avait pris le bus en direction de Silver Town, dont un des arrêts se trouvait à proximité des anciens manoirs de North Peak.

Jamais depuis son arrivée à River Falls, elle ne s'était sentie aussi désemparée. Pourtant, Dieu sait qu'elle était forte et ne manquait pas de courage pour endurer l'attitude des gens à son égard. Mais l'annonce de la mort de son cousin avait brisé sa résistance. Les railleries, les médisances, les brimades et même les coups, tout cela, elle pouvait le supporter, mais jamais elle n'aurait imaginé que ça irait jusqu'au meurtre.

— Pourquoi, mon Dieu ? chuchota-t-elle, le front collé contre la vitre ruisselante du bus.

À l'extérieur, la pluie continuait à tomber sur la forêt qui, à la sortie de la ville, reprenait enfin ses droits.

Margareth soupira. Les voies du Seigneur sont impénétrables. Elle le savait. Si impénétrables qu'elle en arrivait à douter de Sa miséricorde.

Quelques minutes plus tard, Margareth descendit à son arrêt. Regardant le bus repartir, elle resta un moment sans bouger. Seule sur la route aux abords d'une forêt compacte, sous un ciel menaçant, elle chercha un signe quelconque de la présence divine, et n'en trouva aucun.

Le bruit d'une voiture la sortit de sa torpeur. Elle s'éloigna de l'arrêt de bus, ouvrit son parapluie et prit la petite route qui s'enfonçait sous le couvert des sapins. Les premières habitations étaient à vingt minutes de marche. Vingt minutes avant de pouvoir retrouver la chaleur d'une famille aimante. Pour Margareth, le plus grand signe de la bonté du Créateur sur cette Terre était le bonheur d'être entouré des siens. Père, mère, frères et sœurs, grands-parents et toute la parentèle collatérale, qui faisaient partie d'une même communauté d'esprit. Tous ces gens sous le seul patronage de grand-mère.

Les querelles étaient réglées aussi vite qu'elles avaient débuté, l'entraide étant le maître mot de leur vie quotidienne. Un vague sourire apparut sur son visage alors qu'elle repensait à l'amour qui régnait au sein de leur grande famille. Pour la première fois de sa vie, elle se demanda si sa volonté de suivre un enseignement moderne n'était pas la plus stupide des décisions qu'elle eût jamais prises. Quel besoin avait-elle eu d'aller chercher ailleurs un sens à sa vie, alors que tout lui démontrait qu'il n'y avait rien de bon à espérer de la modernité consumériste ?

Nombre d'Enfants de Marie n'avaient aucun contact avec l'extérieur, préférant rester à l'abri dans leur petite communauté. Margareth les avait toujours trouvés bizarres. Mais à bien y regarder, n'était-ce pas elle qui était bizarre ? Ne l'avait-on pas prévenue de la cruauté du monde ? De la présence du Mal à chaque coin de rue ?

Margareth secoua la tête et essaya de ne plus penser à rien. Seul Nathaniel comptait. Marchant la tête basse vers le manoir où elle résidait, elle se mit à prier Jésus et Sa mère Marie, leur sainte patronne, pour qu'ils veillent sur l'âme de son jeune cousin.

Elle était presque arrivée au manoir quand une vieille Buick s'arrêta à sa hauteur. Au ronflement bruyant du moteur, Margareth reconnut la voiture de Charles Cooper, un membre de la communauté.

La portière s'ouvrit :

— Allez, monte. Je te ramène.

Margareth referma son parapluie et prit place dans la voiture.

— Tu n'avais pas cours aujourd'hui ? demanda Cooper.

— Si, mais quand j'ai appris pour Nathaniel…

— Qu'est-ce qui s'est passé ?

Le ton était réellement inquiet.

— Il a été assassiné.

Étonnamment, elle se sentait plus sereine. Le fait d'être auprès d'un des siens devait y être pour quelque chose.

Cooper crispa ses mains sur le volant et marmonna une prière. Le manoir était en vue.

— Comment ? demanda Cooper.

— La police n'en a pas dit plus. Juste qu'il a été tué en même temps qu'un autre adolescent.

La Buick quitta la route et grimpa le long chemin de terre montant vers la vaste demeure, dont la silhouette se découpait sur le ciel gris et se confondait avec la masse sombre des sapins. Les nombreuses fenêtres étaient presque toutes éclairées.

— Ils ont le coupable ?

Margareth secoua la tête. Voir Cooper, habituellement si souriant, dans un tel état de prostration la toucha profondément. Renversant les rôles, malgré son jeune âge, elle lui posa une main maternelle sur l'épaule.

— Nathaniel est auprès du Seigneur, et nul doute que son assassin aura le jugement qu'il mérite le moment venu, assura-t-elle.

Elle n'était pas certaine d'y croire elle-même, mais elle vit que ses paroles avaient adouci le visage de Cooper, l'un des plus fervents adeptes de la communauté.

La Buick se gara auprès des autres véhicules, tout aussi démodés. Ils sortirent de la voiture et pressèrent le pas jusqu'à l'entrée du manoir. Miss Richardson ouvrit la porte et les accueillit d'un air solennel.

— Nous avons appris, grand-mère, dit Margareth qui, devant la femme qu'elle admirait le plus au monde, se sentit redevenir une petite fille perdue.

— Comment vont Marc et Babeth ? demanda Cooper en parlant des parents Morrison.

— Nathaniel n'est pas mort. Je suis désolée que vous ayez pu le croire, coupa aussitôt Miss Richardson.

Cooper se tourna vers Margareth, le regard lourd de reproches.

— Tout le monde ne parle que de ça à l'université, se défendit-elle, ne sachant plus qui croire.

— Un simple mensonge. Prêcher le faux pour savoir le vrai, expliqua Miss Richardson. Mais ne restez pas là. La chaleur est une denrée précieuse.

Par mesure de précaution, l'électricité n'avait pas été coupée. Elle ne servait qu'à des usages élémentaires, mais aussi à recharger les rares téléphones portables du manoir. Le chauffage se faisant au fuel et au bois.

Ils entrèrent dans le vestibule. Cooper se débarrassa de son long manteau. La trentaine, père de jumelles, il portait une fine barbe et les cheveux mi-longs, comme la plupart des hommes de la communauté.

— Charles, dit Maria, son épouse, en venant à sa rencontre, j'espère que tu sais que Nathaniel est sain et sauf ?

— Oui, grand-mère vient de me le dire.

Margareth apprécia le fait qu'il ne l'accable pas.

— Allons dans le salon. Je vous expliquerai tout, dit Miss Richardson.

Ils la suivirent, et retrouvèrent Denise et Susan, deux aïeules qui tricotaient côte à côte, assises sur des fauteuils rempaillés. Elles levèrent la tête à leur approche, leur sourirent et se remirent à leur ouvrage.

— Marc m'a téléphoné pour nous prévenir que le shérif comptait annoncer la mort de Nathaniel, commença Miss Richardson, qui s'assit sur la large banquette près de la verrière.

Margareth, Charles et Maria s'assirent en face d'elle.

— Nathaniel a été kidnappé hier soir, intervint Maria.

Un simple regard de Miss Richardson, et Maria baissa les yeux, confuse d'avoir pris la parole sans y avoir été autorisée. Charles lui passa un bras amoureux autour des épaules.

— Un homme a agressé Nathaniel et un autre garçon. Un dénommé Lewis, reprit la vieille dame. D'après ce que m'a dit Marc, il les aurait ensuite enfermés dans une cabane de chasseurs, non loin d'Old Oak Road. L'autre adolescent s'est fait tuer. Mais le Seigneur a entendu les prières de Son fils, et l'a libéré de ce démon. Nathaniel a réussi à s'enfuir et a trouvé son salut grâce à un routier qui l'a récupéré.

— L'homme l'a percuté avec son camion, rectifia Maria les yeux baissés.

Même si elle avait beaucoup de respect pour la doyenne de leur communauté, elle avait du mal à toujours rester en retrait par rapport à cette femme qui n'était mère ni grand-mère au sens littéral du terme.

Aussi pieuse que soit Maria, elle n'oublierait jamais que Miss Richardson avait tout d'abord opposé son veto au mariage de son neveu avec une Latino-Américaine.

— Il a été blessé ? demanda Cooper.

— L'épaule et des côtes fêlées, mais rien de vital. Il devrait s'en remettre très vite et revenir parmi nous très bientôt.

— Mais pourquoi avoir annoncé sa mort ? demanda Margareth les larmes aux yeux.

« Grand est le Seigneur. Pardonnez-moi d'avoir douté », pria-t-elle au fond de son cœur, se sentant subitement moins oppressée.

Miss Richardson leur expliqua la théorie du shérif, et pourquoi il avait été demandé aux parents de Nathaniel de garder le silence.

— Et moi qui croyais que ces machines ne seraient jamais d'aucune utilité. Je me dois de confesser mon erreur, conclut Miss Richardson en sortant un portable de sa poche.

— C'est-à-dire ? demanda Cooper.

Trois années auparavant, Miss Richardson avait accepté cette technologie au sein de la communauté. À une seule condition : ne l'utiliser qu'en cas d'extrême urgence.

— Marc a attendu que les services de police les laissent pour téléphoner d'une cabine.

Margareth remercia une nouvelle fois le Seigneur. Comme tous les membres de la communauté étaient restés dans la propriété, où ils n'avaient ni télévision, ni radio, ni Internet, ils n'avaient pas eu à imaginer la mort de Nathaniel. Donc les portables ne servaient effectivement à rien. Mais elle préféra garder pour elle ses réflexions, et se réjouit silencieusement de la bonne nouvelle.

— Ce shérif est un abruti, comment a-t-il pu oser ? s'emporta Cooper.

Il n'en voulait absolument pas à Margareth, qui était elle aussi victime de ce malentendu. Non, la faute incombait une fois de plus à un mauvais croyant.

— Ils croient servir le bien en usant des méthodes du Malin. La perversion de toutes les valeurs, jugea Miss Richardson.

— Guérir le mal par le mal, intervint Maria.

Y avait-il là une once de désapprobation ? se demanda la vieille dame. Elle n'avait jamais porté cette Portoricaine dans son cœur, et sans l'obstination puérile de son neveu, jamais elle n'aurait accepté qu'elle entre dans la communauté. En Amérique latine, trop de traditions païennes avaient profané les textes sacrés et sali à jamais les âmes des habitants.

— Est-ce qu'ils l'ont attrapé au moins ? reprit Cooper, reportant ainsi l'attention sur lui.

Il avait cru qu'avec les ans, grand-mère saurait apprécier Maria, mais malheureusement, beaucoup de chemin restait à parcourir.

— Nous n'en savons rien. J'ai demandé à Marc de ne plus appeler. Le principal est que Nathaniel soit en vie.

Margareth était du même avis, mais n'avait qu'un souci : retourner au plus vite en ville pour aller voir son cousin. Elle s'imaginait combien il devait être malheureux et perdu dans un hôpital rempli d'étrangers. Contrairement à elle, il avait fait son parcours scolaire au sein de la communauté. Il était apprenti ébéniste, comme la plupart des autres jeunes gens. Il ne connaissait du monde que les livraisons qu'il y faisait.

— Bon, je suppose que tu as raté tes cours de l'après-midi, reprit Miss Richardson en se tournant vers Margareth.

Le ton était redevenu chaleureux. La tension baissa aussitôt.

— Oui, mais ce n'est pas grave, je me les ferai prêter, mentit-elle.

Comment leur dire qu'elle n'avait pas une seule amie à qui demander ce service ? Si Cooper était l'un des membres les plus fervents et les plus respectueux de la communauté, Margareth avait sa propre interprétation des Évangiles. Elle était persuadée que certains mensonges pouvaient apporter plus de réconfort que la simple vérité.

Exactement ce qu'avait voulu faire le shérif, se dit-elle. Si la tromperie servait à arrêter un fou furieux, peut-être que cela en valait la peine.

— Bien, dans ce cas, voudrais-tu me faire la lecture ?

— Avec plaisir, grand-mère.

Les lunettes n'étaient pas prohibées, mais Miss Richardson, ignorant sa presbytie, aimait qu'on lui lise les classiques de sa jeunesse.

— Grand-mère, nous allons vous laisser, dit Cooper en prenant la main de son épouse.

Les deux vieilles tantes, qui n'avaient pas bronché jusque-là, les regardèrent quitter le salon sans se manifester davantage, si ce n'est par le cliquetis régulier de leurs aiguilles à tricoter.

Margareth alla prendre sur un rayon de la grande bibliothèque un volume de Charles Dickens. Elle choisit *David Copperfield*.

7

Harry Miller finissait de déjeuner sous la coupole du Twilight quand il fut dérangé par un bip de son iPhone. Il grimaça un sourire confus à l'adresse de ses convives, et proféra un voluptueux juron dans sa tête.

Les deux hommes qui lui faisaient face étaient en train de lui expliquer qu'ils étaient victimes de harcèlement moral au sein d'une des plus grandes sociétés de bâtiment de la région. Miller avait toujours voulu se payer un de ces conglomérats, repaire de *rednecks* et d'arriérés qui puaient la bière et la haine.

— Excusez-moi, fit-il.

Il faillit en tomber de sa chaise quand il lut le texto.

— Quelque chose ne va pas ? lui demanda l'un de ses futurs clients.

— Oui, vous permettez que je m'absente ? Je n'en ai pas pour longtemps.

Intrigués, les deux ouvriers, qui s'étaient mis sur leur trente et un pour l'occasion, acquiescèrent, gênés.

Miller traversa la longue salle Art déco du plus fameux restaurant de River Falls, et se posta dans un coin de l'entrée pour téléphoner en toute tranquillité. Le maître d'hôtel eut la discrétion de faire comme s'il n'existait pas et se perdit dans l'inspection des papiers de la réception.

— Julia, tu es certaine de tes informations ? s'exclama Miller quand il eut sa secrétaire au téléphone.

— Oui. Ils viennent de l'annoncer aux infos : le type qui a tué les deux gamins serait un pédophile. Paul Brown.

Miller serra les poings. Pourquoi ce tordu était-il venu se réfugier dans sa ville ? Pourquoi ne croupissait-il pas encore en prison ? Qui était le juge débile qui avait libéré ce malade mental !

— Il y a eu un communiqué de la part du shérif ? demanda Miller, qui faisait les cent pas dans le hall de la réception.

Ses chaussures claquaient sur le parquet ciré.

— Non, toujours pas. Mais la journaliste affirme, témoignage de voisinage à l'appui, que c'est bien Paul Brown qui a été arrêté vers 2 heures, par le shérif lui-même.

Pour que le shérif se déplace en personne, c'est que l'affaire était liée à celle des meurtres de Lewis et de l'autre garçon, annoncés sur le coup de midi. Il avait eu sa petite idée sur le mobile, mais pas une seconde Miller n'aurait pensé à une sordide affaire de pédophilie.

— OK. Merci de m'avoir prévenu, fit Miller, qui se posta devant une large baie vitrée.

Bâti au sommet d'une des tours de *downtown*, le restaurant avait une vue imprenable sur les montagnes au nord et sur Golden Hill à l'est.

— Je fonce là-bas. Je te rappelle.

S'il avait à cœur de défendre ces deux ouvriers, il y avait des urgences qui exigeaient qu'il se montre à la hauteur de sa réputation. Une idée germa en lui. Aussi folle soit-elle, elle était la meilleure option pour tout le monde, il en était convaincu. Il retourna dans la grande salle du restaurant et s'excusa auprès de ses deux futurs clients.

— Des problèmes personnels. Je suis absolument navré, mais je vous promets de vous rappeler en fin de journée. Votre histoire m'intéresse. Vous pouvez compter sur moi.

Un des ouvriers sortit son portefeuille de la poche de son pantalon. Miller apprécia le geste. Moins on est fortuné, plus on est généreux.

— Vous plaisantez, c'est moi qui invite, et prenez un café, je vous en prie.

Les deux ouvriers se consultèrent du regard, mal à l'aise. Tout cela les dépassait. Jamais ils n'auraient osé porter plainte, s'ils n'avaient pas retrouvé Grizzly pendu à une poutre de l'auvent de leur pavillon. Heureusement, le vétérinaire leur avait assuré qu'il n'avait pas souffert.

— Merci.

Miller leur fit un clin d'œil et quitta le jeune couple homosexuel sans plus attendre.

Logan s'assit dans son fauteuil et se massa les tempes. Un début de migraine. Cela faisait longtemps qu'il n'en avait pas eu. Il espérait qu'elle ne prendrait pas des proportions insupportables.

Il avait laissé Ascott et Morris en salle d'interrogatoire avec Paul Brown. Il ne croyait pas qu'ils parviendraient à le faire parler. De toute façon, cela importait peu. Il ne doutait pas d'avoir bientôt plus de preuves matérielles contre ce type qu'il n'en aurait besoin.

Il prit son téléphone et appela Blanchett qui était restée à l'appartement de Brown.

— Votre ami du FBI est arrivé, dit-elle dès qu'elle décrocha.

— Très bien. Vous avez trouvé des choses intéressantes ?

Il avait envoyé Freeman et cinq agents en renfort pour achever l'inspection des lieux.

— Rien de plus que ce que vous avez trouvé. Des revues pornographiques et des DVD aux titres évocateurs.

— Avec des mineurs ?

Un léger blanc, puis une réponse gênée.

— Personne n'a osé regarder pour le moment.

Logan pouvait le comprendre, mais il fallait bien que quelqu'un s'y colle. Plus il aurait de preuves montrant que Brown continuait à s'exciter sur des enfants, moins le témoignage de Nathaniel pourrait être remis en cause.

— Et vous attendez quoi, lieutenant ? fit-il avec ironie.

Il imaginait le malaise de Blanchett à l'autre bout du fil, mais c'était son devoir de la rappeler à l'ordre.

— Bien sûr, on va vérifier, assura-t-elle d'une voix troublée.

Logan crut entendre des rumeurs derrière elle.

— Qu'est-ce qu'il se passe ? reprit-il, sentant qu'il n'allait pas aimer la réponse.

— Je vais voir.

Maîtrisant mal ses nerfs, Logan tapait du pied de plus en plus vite.

« Si je tiens cette journée sans fumer, je suis sauvé à jamais », se dit-il, comme une incantation magique. Il entendait un brouhaha de voix, parmi lesquelles il reconnaissait celles de ses agents, mais il ne parvenait pas à déchiffrer ce qu'ils disaient.

— Allô ? fit-il.

— L'agent Freeman a réussi à pirater l'ordinateur de Brown. Il a trouvé un fichier rempli d'images pédophiles, répondit Blanchett d'une voix fébrile.

Logan ferma les yeux et poussa un long soupir. Plus aucun doute possible, si tant est qu'il y en ait eu un.

— OK, vous pouvez laisser tomber pour le moment le visionnage des DVD. Finissez l'inspection des lieux et on se voit dès que vous rentrez.

Logan posa ses coudes sur son bureau et serra très fort ses mains l'une contre l'autre. Il sentait la colère revenir au galop. Si la règle d'or était de toujours séparer les émotions des faits, dans cette affaire, Logan avait vraiment du mal à la respecter. Deux malheureux garçons aux mains de ce taré. La peine de mort était vraiment le minimum pour ce genre d'ordure.

Il vit à travers la porte vitrée le sergent Dover venir vers lui. Logan se leva, sortit de son bureau et alla à sa rencontre.

— Shérif, l'avocat de Brown est arrivé. Il demande à lui parler.

— OK, je m'en charge.

Il remonta le couloir et trouva l'avocat dans l'open space central. Dès qu'il reconnut l'homme, un sentiment de dégoût le saisit.

— Harry Miller, fit-il en lui jetant son regard le plus méprisant. C'est bizarre, mais je n'arrive pas à être surpris.

— C'est bizarre, mais je n'en attendais pas moins de vous.

Logan avait presque une tête de plus que lui, mais il devait avouer que l'avocat avait une prestance qui le faisait paraître plus grand.

— Suivez-moi, mais il faut que je vous prévienne que nous venons de trouver chez lui un stock de photos à caractère pédophile.

Il avait pris soin de parler haut et fort, afin que tous les regards se braquent sur l'avocat.

— Écoutez, l'heure n'est pas encore au procès. Je voudrais seulement m'entretenir avec mon client, répondit Miller sans se démonter.

Logan, incapable de masquer son mépris, le mena jusqu'à la salle d'interrogatoire. Le martèlement des chaussures de Miller résonnait sur le sol.

Morris était devant la vitre sans tain. Ascott était dans la salle en train de parler au prévenu.

— Vous pouvez entrer, dit Logan en désignant la porte.

Miller eut un rictus.

— Je veux parler à mon client seul à seul et sans contrôle. Je connais ses droits, shérif. À moins que vous ne souhaitiez un non-lieu, je vous conseille de m'obéir.

Logan sentit une boule de haine se former dans son ventre. Se faire donner des ordres par Miller ! Le pire était qu'il avait raison.

— Il n'y a pas plus tranquille que nos cellules. Au moins, vous serez assuré qu'on n'écoutera pas aux portes.

Miller regarda Brown à travers la vitre sans tain. L'homme menotté avait l'air serein. Il écoutait Ascott avec attention, sans montrer la moindre gêne.

— Vous pouvez m'indiquer où sont les toilettes ?

— Morris, montre les commodités à l'avocat, j'emmène notre « présumé innocent » en cellule, fit Logan d'un ton sarcastique.

Il n'avait pas oublié leur altercation vieille de trois mois, à un dîner de charité.

Homosexuel et ardent défenseur des minorités en tout genre, Miller ne manquait pas de panache. Il avait osé traiter Logan d'homophobe en public, sous le seul prétexte qu'il s'était rallié à la position du maire, contre la tenue d'un référendum sur le mariage gay. Logan n'avait jamais été un très bon orateur. Encore moins sous le coup de la colère. Il n'avait pas su trouver les mots pour s'expliquer. Sans l'intervention du maître de cérémonie, Logan se demandait encore comment aurait fini la soirée. Le seul fait de repenser à l'incident lui donnait envie de lui mettre son poing dans la figure.

Il s'efforça de maîtriser ses émotions et entra dans la salle d'interrogatoire.

— Laisse tomber, je le ramène en cellule. Son avocat est là, fit-il à Ascott, à bout d'arguments.

Aussi docile qu'il puisse paraître, Brown n'avait pas lâché un mot, insensible aux multiples tentatives du lieutenant pour l'amadouer.

— Vous ne m'aurez pas, shérif, je suis innocent, affirma Brown en se levant.

Toujours cet insupportable air moqueur.

— On a retrouvé un tas de fichiers pédophiles dans ton ordinateur. Pas très malin. Rien que pour ça, tu risques le paquet.

Brown cilla, mais se reprit aussitôt.

— Je ne vois pas de quoi vous parlez. À moins que vous ne les y ayez mis vous-mêmes pour me faire accuser.

Logan lui aurait bien expliqué que personne ne croirait à une telle manipulation, mais il n'avait pas de temps à perdre. Le procureur était un dur et saurait convaincre le jury, preuves à l'appui, que cet homme méritait de mourir.

— Allez, ferme-la et contente-toi de me suivre.

Il le raccompagna jusqu'aux cellules du commissariat, et l'enferma dans celle du fond. Puis il attendit que Morris revienne avec Miller pour s'éclipser.

Ils pouvaient se dire ce qu'ils voulaient. Rien que le témoignage de Nathaniel et les fichiers informatiques suffiraient à le proclamer coupable du meurtre de Lewis Stark.

— Amusez-vous bien, fit-il en passant devant l'avocat.

Miller saisit l'allusion et serra le poing. S'il n'avait pas eu une mission bien plus importante, il lui aurait volontiers envoyé une droite en pleine face.

— Vous n'imaginez pas à quel point, répondit-il avec froideur.

Ascott conduisit maître Miller jusqu'à la cellule de Brown. Celui-ci était assis sur un banc, le dos calé contre le mur.

— Vous n'êtes pas maître Himes ? s'étonna le prévenu.

— Il va arriver, ne vous en faites pas. Mais sachez tout d'abord que tous vos frais seront pris en charge. Il est hors de question qu'un homme qui a payé sa dette envers la société soit accusé d'un double homicide qu'il n'a pas commis.

Ascott se garda bien de lui dire que Nathaniel était encore en vie. C'était au shérif de l'annoncer publiquement.

— Vous n'avez pas d'armes sur vous ? demanda-t-il.

Ascott aurait peut-être dû le fouiller, mais cela le dégoûtait de poser ses mains sur cet avocat.

— Une kalachnikov dans mon caleçon, ironisa Miller.

Brown émit un rire gras en croyant comprendre le jeu de mots. Ascott ne releva pas et ouvrit la porte de la cellule. Il s'approcha de Brown.

— Tendez vos mains.

Brown obéit docilement. Ascott en libéra une pour attacher la menotte à l'un des barreaux du banc.

— Je reviens dans dix minutes, dit le lieutenant en rangeant son trousseau de clés dans sa poche.

Il sortit de la cellule, puis emprunta le couloir sur lequel donnaient les autres cellules et quitta les lieux en fermant la lourde porte blindée derrière lui.

— Je connais votre visage. Vous travaillez avec Himes ? demanda Brown, intrigué.

Il se savait innocent et commençait à se demander si cet avocat ne pourrait pas lui faire gagner le pactole, en arguant un acharnement judiciaire contre lui.

— Non, Himes ne m'a jamais appelé. Je me suis présenté spontanément, dit Miller, qui savait que désormais son temps était compté.

Himes allait arriver d'un moment à l'autre.

— Pourquoi m'aider, alors ?

— Je ne viens pas t'aider, fit Miller, qui en même temps passa sa main dans son dos pour y attraper la crosse de son pistolet. Je viens régler un problème.

Et il sortit l'arme qu'il pointa sur le front de Brown.

— Un seul geste, un seul cri et tu es mort, compris ?

Brown resta tétanisé, évitant de bouger son bras libéré de toute entrave.

Miller sentait son cœur battre plus vite dans sa poitrine sous l'effet de l'adrénaline. Quelle étonnante sensation de toute-puissance ! Jamais il n'aurait imaginé que cela puisse être aussi impressionnant.

— Qu'est-ce que tu es venu faire dans notre ville ? Pourquoi n'es-tu pas resté à Seattle avec tous les dégénérés de ton espèce ?

Ce ton froid, cassant. Brown le remit : machin truc Miller, un des leaders des droits des homosexuels dans l'État de Washington.

— Vous êtes gay. À quoi jouez-vous ? s'étonna Brown.

L'homme était plus intrigué qu'apeuré. Himes n'allait pas tarder. Jamais cet avocat n'aurait le cran de le tuer. Il voulait seulement l'intimider, mais pourquoi ?

— C'est à cause de pervers comme toi que les homosexuels sont pourchassés et montrés du doigt.

Combien de fois avait-il eu à subir les insultes durant sa jeunesse ? Combien de fois avait-il pris des coups à cause de sa différence ? Le jeune Miller avait très vite cessé de les compter, et avait décidé de faire de sa vie un long plaidoyer pour le respect de sa différence. Mais la pire des attaques était ce sempiternel amalgame homosexualité-pédophilie. C'était tellement méprisable qu'il en avait souvent pleuré de rage.

Sa jeunesse envolée, son idéal était toujours aussi prégnant, même si les moyens qu'il utilisait n'étaient pas toujours des plus rigoureux. L'essentiel était de faire avancer la cause. Le mariage gay était autorisé dans quelques États. Sa représentation au cinéma avait dépassé le cadre de la comédie foldingue. Bientôt, il n'en doutait pas, ils auraient le droit d'adopter. Si ce n'est que chaque affaire de pédophilie touchant des garçons renvoyait le débat sur le front de l'homosexualité. Une confusion dont toutes les parties avaient conscience, mais qui servait les intérêts politiques de ceux qui en usaient.

C'était le moment de l'utiliser à son tour.

— Je n'ai pas tué ces garçons, je n'ai touché que des filles, je ne suis pas comme vous ! se défendit Brown, qui ne comprenait pas bien les intentions de l'avocat.

Était-ce seulement une intimidation ou comptait-il réellement le tuer sans pitié ?

Décidé à appuyer sur la détente, Miller ne croyait pas un traître mot de cette pitoyable défense. Mais ses doigts étaient comme paralysés. Incapables de la moindre pression.

« Tire, bon sang, tire ! » hurla-t-il en lui-même.

Mais non. Il ne pouvait pas abattre froidement ce type, aussi pourri soit-il.

La sueur coulait de son front. Ses yeux brûlaient. Il devait le faire. Pour le bien de la cause.

« Tu ne peux pas le tuer ! »

Il entendit une voix qu'il aurait reconnue entre mille. Celle de sa mère trop tôt disparue. C'est elle qui avait su le protéger et le consoler durant toutes ces années de souffrance.

— Je le dois, il le faut, marmonna-t-il à haute voix.

Définitivement cinglé, comprit Brown. L'homme allait le tuer et personne ne pourrait l'en empêcher.

Miller essaya une nouvelle fois de presser sur la détente, mais toujours pas la moindre réaction de son index. Il allait baisser l'arme quand Brown essaya de le désarmer de sa main libre. Par un simple réflexe, ce que son cerveau l'avait empêché de faire, ses muscles et ses tendons le firent d'eux-mêmes.

La détonation le surprit. Tout autant que la quantité de sang qui jaillit contre le mur derrière Brown.

Miller regarda l'homme s'effondrer sur le côté. Dans le même instant, la lourde porte menant aux cellules s'ouvrit en grand. Ascott bondit dans le couloir pour découvrir une scène sanglante.

— Lâchez votre arme. Je ne vous le dirai pas deux fois, tonna-t-il en dégainant la sienne.

Miller, hypnotisé par le regard du mort, resta sans réaction.

— Allez, ne faites pas de bêtises. Lâchez votre arme ou je vous jure que je vais tirer.

« Laisse-toi faire, ne cherche pas la bagarre. »

Encore la voix de sa mère. Miller reprit pied dans la réalité et, sans un mot, baissa son bras et laissa tomber son arme, qui toucha le sol avec un bruit mat.

Des pas précipités approchèrent. Logan et une escouade de policiers investirent les lieux.

— Les mains en l'air ! intima Ascott, qui n'avait pas quitté l'avocat des yeux.

— Que s'est-il passé ? demanda Logan.

Miller leva les deux mains en l'air et se retourna lentement.

— J'ai fait ce qui aurait dû être fait, fit-il en reprenant contenance.

Même s'il s'agissait d'un accident, il allait plaider coupable pour meurtre. Il n'arrivait pas à croire qu'un jury populaire l'enverrait en prison pour avoir éliminé un pédophile doublé d'un meurtrier. Au contraire, il avait le grand espoir de devenir un héros. Et de montrer aux yeux de tous qu'on pouvait être homo et haïr les pédophiles.

Logan détesta le sourire de l'avocat. Il lui aurait bien refait le portrait. Mais ce n'était vraiment pas le moment.

— Harry Miller, vous êtes en état d'arrestation pour le meurtre de votre complice. Vous avez le droit de demander un avocat…

Logan continua à lui énoncer ses droits et sourit à son tour. L'avocat prenait enfin conscience de ce qu'il allait lui arriver.

— Mais je ne suis pas son complice ! hurla Miller, prêt à suffoquer. Je suis innocent !

Aucun regard de compassion, ni de remerciement. Ne comprenaient-ils donc pas ce qu'il venait de faire ? !

— Menottez-le-moi et enfermez-le dans une autre cellule. Sergent Lopez, appelez la morgue pour celui-là, reprit Logan.

Le shérif s'en voulait de s'être fait avoir aussi facilement, mais pour sa défense, jamais il n'aurait imaginé que Miller pouvait être impliqué dans cet enlèvement. Les faits venaient de prouver le contraire.

— Mais vous ne comprenez donc pas ? J'ai tué cette ordure ! Je l'ai tué pour qu'il ne recommence jamais ! s'égosillait Miller.

— Et surtout pour qu'il se taise à jamais, répliqua Ascott.

Le lieutenant lui attrapa les bras sans ménagement et lui menotta les poignets.

Jamais Miller ne s'était senti aussi déboussolé. Même à la mort de sa mère, il avait trouvé matière à espérer, sachant qu'elle serait toujours auprès de lui. Mais là ! Accusé de complicité de crime pédophile ! Ce n'était pas possible. Si seulement il avait été hétéro, tout le monde l'aurait félicité.

— Vous n'êtes qu'une bande d'homophobes. Je vous jure que je ne me laisserai pas faire ! hurla-t-il.

Un violent coup de poing dans la poitrine lui coupa le souffle et il tomba à genoux. Ascott se retourna vers Logan en haussant les épaules.

— Désolé, c'est parti tout seul, s'excusa-t-il sous le regard complaisant des autres policiers.

— Nous en discuterons plus tard. Allez, ce n'est pas la foire ici. Que chacun retourne à son poste.

Les regards se baissèrent et tout le monde sortit, à l'exception d'Ascott et du sergent Lopez, qui redressèrent Miller sur ses jambes et l'obligèrent à sortir de la cellule pour l'enfermer dans une autre.

— Vous me paierez ça, shérif. Je vous jure que vous me paierez ça.

Logan garda son sang-froid. Que valaient ces menaces alors qu'il vivait avec celles de Ray Snider au-dessus de la tête ?

Il ne se passait pas une seule journée sans qu'il ne se demande si le célèbre serial killer, qu'il avait arrêté cinq ans auparavant, allait mettre sa menace à exécution et faire assassiner Hurley. Chaque jour passé était un jour de gagné, se disait-il en osant croire que ce n'était que du bluff.

Il reporta son regard sur le corps sans vie de Brown, qui reposait dans une position inconfortable sur le banc. Il n'éprouva aucune compassion. Il en aurait presque remercié Miller, s'il ne lui avait pas paru évident que les deux hommes étaient complices.

« Va falloir réinterroger le garçon », se dit-il, tout en sachant qu'il laisserait cette tâche délicate à Blanchett et à Heldfield.

Pour sa part, il allait devoir préparer une allocution télévisée et mettre un peu d'ordre dans sa version des faits.

8

Gerald gara sa voiture à côté de celle de Luke. Ils avaient fini les cours à 16 h 30 et s'étaient donné rendez-vous chez Kevin pour une après-midi de jeux vidéo. Le portail automatique se referma derrière eux. C'est sous une petite pluie fine que Gerald rejoignit ses deux amis qui sortaient de la voiture de Luke. La villa se trouvait sur les hauteurs de Golden Hill, le quartier chic de River Falls. Les parents de Luke et de Kevin étant voisins, les deux étudiants utilisaient, une semaine sur deux, la voiture de l'un ou de l'autre pour aller en cours.

— Tu as écouté la radio ? demanda Kevin.

— Non, répondit Gerald en s'approchant de l'entrée.

Ils s'étaient acheté en début de semaine le tout nouveau Nickelback. Une vraie tuerie, se dit-il alors que « Gotta be somebody » résonnait encore à ses oreilles.

— Ils ont arrêté le tueur.

— Déjà ?

Ce shérif venu de Seattle était vraiment un bon.

— Ouais, et tu ne connais pas la meilleure, intervint Luke. Il s'est fait buter !

La porte d'entrée s'ouvrit sur la mère de Kevin, qui les accueillit de son chaleureux sourire.

— Entrez vite, vous allez être trempés.

— Bonjour, madame Fisher, dirent en chœur Gerald et Luke.

Les trois garçons s'essuyèrent rapidement les pieds et accrochèrent leur blouson sur le portemanteau.

— Comment ça s'est passé à l'université ? Je suppose que vous avez appris la nouvelle, dit Mme Fisher en posant particulièrement son regard sur Gerald.

Malgré ses vingt et un ans, il se sentait rien moins qu'un adolescent boutonneux devant elle. Mme Fisher était d'une sensualité troublante. Elle aurait pu être sa mère, mais cela ne l'empêchait pas d'avoir de drôles de pensées.

— Luke disait qu'ils avaient arrêté le type, fit-il en sentant rosir ses joues.

Il était sûr qu'elle s'en était aperçue, mais comme chaque fois, elle fit comme si de rien n'était.

— Oui. C'est son avocat qui l'a assassiné, compléta Luke.

Lui aussi aimait bien la mère de Kevin. Il était persuadé qu'il suffirait d'un rien pour qu'il se passe un truc entre eux, un de ces jours.

— Ce n'est pas tout à fait ça. Vous connaissez Harry Miller ?

Trois regards interrogateurs la fixèrent.

— C'est un activiste homosexuel qui prône l'égalité hétéros et homos, hommes et femmes, Blancs et Noirs. Un type vraiment bien, dit-elle sans se départir de son sourire.

Comment pouvait-on avoir des dents aussi bien alignées ? L'appareil dentaire, l'invention du siècle ! s'amusa Gerald, sous le charme.

— Pas si bien que ça a priori, la reprit Luke, qui mima un coup de pistolet avec sa main.

— Ne plaisante pas avec ça.

Gerald adorait quand elle prenait cet air faussement fâché.

Tout comme son mari, elle était une fervente démocrate qui soutenait activement ce parti à River Falls. Elle était consciente qu'ils resteraient minoritaires dans ce bastion républicain, mais elle croyait au débat d'idées et ne manquait jamais une occasion de se faire entendre. Surtout auprès de la jeunesse insouciante, ignorante des enjeux politiques. Une génération de purs consommateurs égocentriques et narcissiques, se plaignait-elle souvent à son fils.

— Maman, c'est bon, tu ne vas pas nous saouler. On s'en fout de cet avocat. Le principal est que ce Brown soit mort, non ?

Et sans attendre de réponse, il se dirigea vers la cuisine.

— Vous aussi, vous vous en moquez ? demanda-t-elle en s'adressant tour à tour à Gerald et à Luke.

— Non, mais c'est juste que la politique, ce n'est pas vraiment notre truc, s'excusa Luke.

Gerald hocha la tête en signe d'assentiment.

— Eh bien, vous avez tort. Si les gens avaient eu un peu plus de conscience politique, jamais Hitler n'aurait été élu !

— Maman ! lança Kevin du bout du couloir.

Elle poussa un profond soupir en levant les yeux au ciel.

— Très bien, mais le jour où vous aurez un dictateur au pouvoir, il ne faudra pas venir vous plaindre.

— On a déjà eu Bush père et fils, et on s'en est sortis, répliqua Luke.

Il aimait bien la taquiner. Il était certain qu'elle adorait qu'on lui résiste. Vivement que le grand jour arrive !

— J’ai voté pour Obama, c’est déjà pas si mal, non ? se défendit Gerald.

C’était un pur mensonge : il n’avait pas pris la peine de se déplacer. Mais ça avait été plus fort que lui, il n’avait pas aimé le regard chargé de reproches qu’elle leur avait lancé.

— Si tu avais su pourquoi, cela aurait été encore mieux, se moqua-t-elle gentiment avant de lui passer un doigt sur la joue. C’est bon, allez rejoindre Kevin ou il va encore me dire que je lui fais honte.

Gerald, tout émoustillé, lui fit son plus beau sourire et remonta le couloir à la suite de son ami.

— Lèche-cul, lui souffla Luke alors qu’ils arrivaient à la cuisine.

— Jaloux, répliqua-t-il, fier de lui.

— Jaloux de quoi ? demanda Kevin, qui était en train de tartiner des pancakes.

Une baie vitrée donnait sur une large terrasse où ils mangeaient midi et soir, quand l’été arrivait. Au fond du jardin, plus bas dans la vallée, on pouvait apercevoir River Falls.

— Jaloux de mon physique d’Apollon ! se rengorgea Gerald.

Kevin ricana et finit son pancake.

— Si vous en voulez, servez-vous, fit-il en s’asseyant sur une chaise haute.

Les deux garçons ne se le firent pas dire deux fois. Les pancakes de Mme Fisher étaient un pur délice.

— En tout cas, j’ai bien fait de ne pas appeler la police pour dénoncer la pauvre bigote, fit Gerald en tartinant généreusement son pancake de pâte chocolatée.

— Ouais, le shérif a arrêté les coupables. Je ne vois vraiment pas ce qu’elle viendrait foutre dans cette histoire. Surtout que le gamin des Enfants de Marie n'est même pas mort.

Luke ne réagit pas. Il n'était plus très fier de s'être laissé emporter par sa colère. Heureusement, la flic qu'il avait eue au téléphone n'avait pas eu l'air de faire grand cas de sa déposition. Il espérait surtout que personne ne remonte jusqu'à lui pour l'accuser de dénonciation calomnieuse.

— À croire que leur Dieu existe réellement.

Gerald revit la fille en train de pleurer dans les toilettes de la bibliothèque. Il s'en voulut d'avoir cru qu'elle pouvait être coupable. Non qu'il ait de l'estime pour ces gens-là, mais il avait suffisamment d'ego pour ne pas aimer l'image que cela lui renvoyait. Un être bourré de préjugés. Une idée en entraînant une autre, il lança :

— Vous pensez que cet avocat était le complice de ce Brown ?

— Sans l'ombre d'un doute. Pourquoi l'aurait-il tué, si ce n'est pour le faire taire ? s'imposa Kevin.

Gerald n'en savait trop rien, mais si Mme Fisher pensait que l'homme était innocent, il savait par expérience qu'elle avait souvent raison.

— Pour qu'il ne recommence plus, se hasarda-t-il.

Les rires goguenards de Luke et de Kevin éclatèrent dans la cuisine.

— Brown allait être condamné à mort. Pourquoi risquer la prison en le tuant ?

Gerald ne put qu'admettre la pertinence de la remarque.

— Mais cet avocat doit avoir un avocat. Il a dit quoi ?

Les deux amis haussèrent les épaules.

— Ils en ont rien dit à la radio, mais t'inquiète, on en saura plus ce soir, finit par répondre Luke.

Gerald avala une première bouchée de son pancake avec gourmandise.

— Ta mère est vraiment la reine des desserts !

— C'est clair. J'ai vraiment du mal à croire qu'elle a pu enfanter un crétin comme toi ! se moqua Luke.

Kevin lui fit un doigt d'honneur et sauta de sa chaise.

— Bon, je crois que je me sens prêt pour une petite partie. Qui m'aime me suive !

Ils avaient l'habitude de se chambrer à tour de bras, et aucun n'en prenait jamais ombrage.

— Je m'en prépare un dernier et je vous rejoins, répondit Gerald.

Kevin et Luke quittèrent la cuisine pour le confort de la salle home-video, où la Playstation 3 les attendait.

Gerald espérait secrètement que la mère de Kevin viendrait le rejoindre pour discuter. Mais les minutes passant, il dut se résoudre à aller retrouver ses camarades pour une partie de *Dead Space*.

9

Hurley se réveilla en sursaut et pendant un instant se demanda où elle était.

— Excuse-moi, j'ai évité un carton sur la route, dit Leslie Callwin pour expliquer son embardée.

La journaliste était assise au volant de son Hummer. Une véritable folie que lui avait offerte son petit ami, un chirurgien réputé de Seattle.

— J'ai dormi longtemps ?

Elle baissa le son de l'autoradio. Les mélodies de Craig Armstrong se transformèrent en un chuchotement.

— Si je te dis qu'on est presque arrivées, ça te donne une petite idée ?

Hurley ne put s'empêcher de rire. Elle, qui lui avait promis de lui faire la conversation pendant les deux heures et demie de route, avait dormi durant tout le trajet, de Seattle à River Falls.

— Je suis désolée, mais j'ai veillé tard hier soir. J'avais ma déposition à faire aujourd'hui sur cette affaire de viol en réunion.

Sous le ciel noir de cette nuit de décembre, les grandes forêts des Rocheuses les cernaient de toutes parts, seulement éclairées par le faisceau lumineux des phares.

— Oh, je ne t'accable pas. Mais je te l'ai déjà dit, prends de la blanche et tu verras comme on se sent bien plus vaillant.

— Tu ne devrais pas dire des choses pareilles. N'oublie pas que je travaille pour le FBI.

Callwin prit un air faussement apeuré.

— Tu oserais me dénoncer à ton mec ? Tu sais que s'il n'en tenait qu'à lui, il me pendrait sur la place publique.

Hurley ne pensait pas qu'il irait jusque-là, mais il était évident qu'il ne la portait pas dans son cœur.

— Mike a ses mauvais côtés, mais je te jure que c'est un type bien. Je suis certaine qu'un jour vous vous apprécierez.

Les deux femmes se jetèrent un bref coup d'œil et explosèrent de rire. Un rire un peu hystérique qui en disait long sur leur état de fatigue et de nervosité.

— Le jour où le bon shérif Logan daignera enfin dire quelque chose de gentil sur moi, c'est à ma mort, fit Callwin en retrouvant son calme.

Hurley espérait que cela arrive bien avant, mais n'était cependant pas très optimiste.

Un panneau indiqua River Falls à dix kilomètres.

— Ça me fait bizarre de revenir. Ça fera un an à Noël que je n'ai pas remis les pieds ici.

À présent pleinement éveillée et en meilleure forme qu'au départ, Hurley joua le jeu de la conversation.

— Pourquoi ne reviens-tu pas plus souvent ?

Callwin fit une drôle de moue et haussa les épaules.

— Pas vraiment le temps. Entre mon travail et Barry, je n'ai pas une seconde à moi.

— Tes parents habitent toujours la ville ?

Callwin attrapa une cigarette et la coinça entre ses lèvres.

— Tu me l'allumes ? fit-elle en tendant son briquet à Hurley.

Incroyable. Elle croyait entendre Mike. Décidément, ces deux-là avaient bien plus en commun qu'ils ne le pensaient. Hurley alluma le briquet et le présenta à Callwin, qui aspira plusieurs bouffées de sa cigarette, jusqu'à ce qu'une épaisse fumée sorte de sa bouche.

— Ton mec n'a toujours pas repris ? fit-elle en savourant l'effet immédiat de la nicotine sur tout son être.

— Non, et il n'a pas intérêt. Tu es en froid avec tes parents ?

Callwin plissa les lèvres et remua lentement la tête.

— On ne peut rien te cacher. Ça t'arrive de ne pas analyser les gens en dehors du travail ?

Hurley ne répondit pas et garda son sourire.

— OK, mon père est mort au printemps, et non, je ne suis pas allée à l'enterrement.

Il n'avait jamais fait aucun doute, pour Hurley, que Callwin avait dû en baver durant sa jeunesse. Une fille qui avait une si mauvaise image d'elle-même avait certainement un lourd passé. Mais contrairement à ce que s'imaginait Callwin, Hurley n'aimait pas jouer les psychanalystes avec ses amis. Bien au contraire, elle se gardait de poser trop de questions. Sauf quand la situation le demandait.

— Ta mère t'en tient rigueur ? dit-elle plutôt que de poser la question la plus importante.

— Non. Du moins, je ne crois pas. Je ne l'ai pas eue au téléphone depuis la mort de mon père.

Hurley fit un « hum » et se jeta à l'eau.

— Tu veux qu'on en parle ?

Callwin tira une large bouffée sur sa cigarette, la recracha et tourna la tête vers Hurley.

— De quoi ?

La jeune femme avait beau n'avoir que vingt-huit ans, une petite ride apparut sur son front.

— De qui, rectifia Hurley.

Callwin reporta son attention sur la route et au bout de longues secondes, elle répondit :

— Non. Fin de la séance.

Comprenant que Callwin n'était pas encore prête à affronter ses démons, Hurley lui adressa un sourire réconfortant, puis, changeant de sujet elle lui dit d'une voix enjouée :

— Alors, dis-moi. Parle-moi de ce Barry. Quand est-ce que tu me le présentes ?

— Alors là, tu rêves, ma vieille. Jamais ! Pour une fois que je tombe sur un mec bien, t'as pas intérêt à me le piquer !

Même si c'était dit sur le ton de la plaisanterie, Hurley perçut, pour la énième fois, le manque total de confiance de la journaliste en ce qui concernait les choses de l'amour.

— Dommage, je me serais bien vue remplacer un shérif par un chirurgien.

La conversation continua sur le même ton léger, et une quinzaine de minutes plus tard, Callwin se garait devant la maison de Mike Logan.

— Bon, je ne pourrais pas dire que tu fus une compagne de voyage très volubile, mais je suis contente que tu sois venue avec moi. On se voit demain ? fit Callwin la main sur le volant.

Il était près de 20 h 30. La nuit était installée sur ce quartier résidentiel en bordure de River Falls. Une longue allée de pavillons, bordée de pelouse, qui s'étirait sur plus d'un kilomètre. Il y avait des décorations de Noël sur toutes les maisons, sauf sur celle de Logan.

— Sans faute, et merci de m'avoir laissée dormir, répondit Hurley, qui ajouta d'un ton espiègle : Même si j'ai de gros doutes sur ce prétendu carton qui traînait sur la route.

Callwin eut un sourire contrit. Hurley comprit qu'elle avait vu juste. Elle leva les yeux au ciel.

— Une vraie gamine ! Allez, à demain.

Hurley attrapa sa petite valise posée à l'arrière et descendit du Hummer.

Elle resta plantée là le temps de regarder le véhicule s'éloigner. Puis, faisant un dernier signe de la main, elle se tourna vers la maison de Logan. Les lumières étaient allumées au rez-de-chaussée et à l'étage. On pouvait deviner une silhouette derrière le rideau du salon.

Malgré ce qu'elle avait à dire, elle était vraiment heureuse de retrouver son homme. Une chance qu'elle n'ait pas eu à choisir entre Seattle et River Falls.

Elle frappa et entra. Aucune odeur de cigarette n'agressa ses narines. Encore un bon point pour lui. Dans le salon, une lumière tamisée donnait une ambiance intimiste et chaleureuse. Le maître de maison était nonchalamment assis dans son fauteuil, en train de siroter un whisky.

— Enchanté de vous revoir, fit Logan, content de son effet de style.

— Le plaisir est partagé, répliqua Hurley en se débarrassant de son manteau.

D'une démarche aguicheuse, elle s'approcha de Logan et vint s'asseoir sur l'accoudoir.

— Je vous ai manqué ?

Logan se pencha en avant et posa son verre sur le sol.

— Bien plus que vous ne l'imaginez.

— Faites-moi voir ça.

Leurs visages se rapprochèrent pour un long et tendre baiser. Sentir les mains de Logan dans son dos provoqua un délicieux frisson de plaisir. Quels que soient ses défauts, Hurley savait qu'elle l'avait définitivement dans la peau.

— Je t'aime, lui souffla-t-elle à l'oreille quand leurs bouches se désunirent.

— Moi aussi, dit-il en la regardant droit dans les yeux.

Et sans perdre plus de temps, ils se déshabillèrent et s'allongèrent sur le tapis pour une étreinte passionnée.

Après être passée sous la douche et avoir enfilé un pyjama, Hurley retrouva Logan dans la cuisine.

— Tu es certaine que tu n'as pas faim ?

Il était en train de manger un plat de lasagnes dans une barquette tout juste sortie du micro-ondes.

— Je vais juste grignoter, dit-elle en ouvrant le tiroir à biscuits.

Elle sortit une boîte de cookies et vint s'asseoir à la table.

— Un jus d'orange ?

— Avec plaisir.

Il la servit et lui tendit le verre.

— Alors, je te manquais tant que ça ?

Quand il avait entendu le moteur du Hummer s'arrêter devant chez lui et qu'il avait vu Hurley en descendre, il avait remercié un dieu auquel il ne croyait pas pour ce divin cadeau. Après cette longue et terrible journée, c'était de réconfort et de tendresse dont il avait besoin. Ils étaient décidément faits l'un pour l'autre.

— Dès que je te quitte, tu me manques, répondit Hurley.

— C'est ta copine journaliste qui t'a emmenée ?

— Oui.

Logan sentit alors que quelque chose clochait. Était-il si fatigué que ça ?

— Elle a gagné à la loterie ou quelqu'un est mort dans sa famille ?

— Son nouveau petit ami, un chirurgien, fit Hurley sans s'impliquer.

Elle n'avait vraiment pas le courage de se lancer, et pourtant il le fallait.

— Tu veux peut-être aller te coucher. Je suppose que tu as eu une rude journée avec ton procès. Sans compter les heures de route pour venir me rejoindre, fit Logan sur un ton très prévenant.

Il était adorable.

Il n'empêche qu'elle ne trouverait pas le sommeil tant qu'elle n'aurait pas mis les choses à plat.

— Il faut que je te parle, commença-t-elle en le fixant droit dans les yeux.

Logan la regarda, sans dire un mot.

— Blake m'a téléphoné. Et Freeman aussi. Ils m'ont parlé de ton affaire de prédateur sexuel.

Un terrible sentiment d'abandon tomba sur Logan. Sa présence n'avait donc strictement rien à voir avec le fait qu'il lui avait manqué.

— Et alors ? Je ne vois pas en quoi ça te regarde, répliqua-t-il d'un ton sec.

Hurley baissa les yeux sur son verre. Elle marqua une légère pause, puis :

— Ça me regarde dans le sens où tout le monde a l'impression que tu t'es trop vite emballé. Tu as peut-être commis une bavure.

Le mot était lâché. Elle aurait pu dire cela de bien d'autres façons, mais autant nommer les choses par leur nom.

D'abord stupéfait, il sentit la colère monter en lui. À quoi jouait-elle ?

— Une bavure ? Rien que ça ! fit-il d'un ton ironique.

— Ne le prends pas comme ça. Ça peut arriver à tout le monde. Le principal est de le reconnaître.

Elle voyait bien qu'il n'était pas prêt à entendre quoi que ce soit. Logan baissa les yeux sur ses lasagnes et posa sa fourchette, l'air dégoûté.

— Je n'en reviens pas que tu sois revenue rien que pour me dire ça.

Il se leva de table et passa devant Hurley, qui lui attrapa le bras.

— Tu sais bien que non.

Elle se colla à lui et posa sa tête sur l'épaule de Logan. Alors, aussi vite qu'elle était montée, sa colère s'évanouit. Il dut se rendre à l'évidence : il ne pouvait la détester guère plus de trois secondes.

— Écoute, je suppose que tu veux me parler de Harry Miller. Je sais que j'aurais dû vérifier qu'il était bien son avocat, et aussi, qu'il ne portait pas d'arme sur lui. Mais on n'est pas dans un film policier. On est dans la vraie vie, et dans la vraie vie, les avocats ne viennent pas tuer leur client.

Il essayait de trouver des arguments pertinents. Hurley se détacha de lui et lui adressa une moue désolée. N'avait-il donc conscience de rien ?

— Tu veux bien qu'on aille dans le salon ?

Logan passa devant, et ils s'installèrent dans le canapé, face à l'ensemble home-video.

— Bon, on y va par étape, d'accord ? reprit Hurley après qu'ils se furent servi un verre de whisky.

— OK.

Logan commençait à se demander si Miller n'était pas innocent, comme il ne cessait de le clamer.

Avait-elle déniché un alibi en béton ? Et merde, ce ne pouvait être que ça.

— Si j'ai bien compris, un homme…, commença Hurley.

— Paul Brown, précisa Logan.

Hurley lui fit les gros yeux. D'un geste, Logan s'excusa de l'avoir interrompue.

— Je disais donc qu'un homme aurait kidnappé Lewis Stark, sans que nous sachions de quelle façon, et ensuite Nathaniel Morrison, alors que celui-ci se baladait la nuit en forêt.

— Les parents ont confirmé qu'il sortait de temps en temps après le repas.

— Notre homme, qui était en voiture, se serait arrêté près de lui et l'aurait assommé.

Logan acquiesça.

— Puis, tout ce que vous savez avec certitude, c'est que Nathaniel a réussi à s'enfuir. Il a couru dans la nuit. En traversant une route, il s'est fait renverser par un chauffeur routier et a perdu connaissance. Il a eu quelques côtes brisées ainsi qu'une vilaine blessure derrière la tête. Amené très vite à l'hôpital, on a découvert son manteau taché d'un sang qui n'était pas le sien.

— Tu oublies juste qu'on a le corps de Lewis, mort vers 11 heures selon le légiste, et des traces de sang et quelques cheveux trouvés sur le coin d'une table, précisa Logan en attrapant son verre.

Hurley replia ses jambes sur le canapé.

— Le problème est que je suis certaine que Brown est innocent.

Venir à Seattle pour lui dire ça ! Elle ne manquait pas de toupet !

— Écoute, Jessica, on n'en a peut-être pas l'air, mais on connaît notre boulot. Alors permets-moi de te raconter le déroulement des événements selon les indices recueillis et les déclarations de Nathaniel. Tu veux bien ?

Blake lui avait déjà exposé ce scénario plus tôt dans l'après-midi. Il n'y croyait pas plus qu'elle, néanmoins elle hocha la tête et l'écouta attentivement.

— Il est tout à fait probable que Nathaniel a repris connaissance dans la cabane des chasseurs. Brown devait être en train de s'en prendre à Lewis, et dans son délire pervers, il ne s'en est pas rendu compte. Vu que nous n'avons pas noté de marque de liens sur ses bras ou ses jambes, on peut supposer que Nathaniel était soit mal attaché, soit pas attaché du tout. En tout cas, il réalise l'horreur de la situation. Il se jette sur Brown. L'homme le repousse. Nathaniel tombe à la renverse et se cogne le crâne sur l'angle de la table, ce qui explique qu'on y ait retrouvé du sang et des cheveux. Lewis profite de ce répit pour tenter de s'enfuir. Mais cette fois, Brown, plus prompt à réagir, sort son arme et tire sans chercher à comprendre.

Hurley n'y croyait pas un seul instant, mais garda le silence.

— Brown n'est pas un assassin dans l'âme. C'est un lâche, comme tous les pervers sexuels. Il a pris peur et il est retourné chez lui, pensant avoir également tué Nathaniel. Pas de chance pour lui, le garçon n'était pas mort. Quand Nathaniel reprend conscience, quelques heures plus tard, affolé, il tente vainement de prendre à bras-le-corps Lewis inerte. Ce faisant, il tache de sang son manteau. Voyant qu'il n'a pas la force nécessaire pour le tirer hors de la cabane, il part en courant chercher de l'aide. C'est dans cette course éperdue qu'il se fait percuter par un camion et, pour la troisième fois de la soirée, il perd connaissance.

Dit comme cela, c'était plausible, mais tellement improbable… Hurley avala une larme de whisky, s'éclaircit la voix et envoya sa riposte.

— Brown n'aimait pas les jeunes garçons.

— Ce n'est pas parce qu'il a été arrêté pour attouchements sur des petites filles qu'il n'en aime pas pour autant les garçons, rétorqua Logan, qui y avait pensé.

Hurley vit qu'il n'était pas prêt à abdiquer aussi facilement.

— Toutes les photos trouvées sur son ordinateur ne montrent que des petites filles. Pourquoi nier l'évidence ?

Logan ne l'ignorait pas, mais pour lui, les pervers étant avant tout des pervers, Dieu seul savait ce qu'il pouvait se passer dans leur tête.

— Nathaniel l'a formellement reconnu. Pourquoi ce garçon mentirait-il ? Qu'est-ce qu'il y gagnerait ?

Hurley eut un pâle sourire.

— La liberté, si c'est lui qui a tué Lewis.

— Avant d'accuser Nathaniel de meurtre, j'aimerais au moins avoir le début d'une preuve, fit-il d'un ton ferme.

Mais en vérité, le doute était en lui. Après tout, c'était sa première idée quand il était arrivé dans la cabane.

— Non seulement Brown ne s'en est jamais pris à des garçons, mais surtout pas à de grands garçons. Ils avaient seize ans. On n'est plus vraiment dans la pédophilie. Brown, si j'en crois les fichiers, n'aimait que les petites filles, et très jeunes.

Logan se passa la main sous le menton, perplexe. Il revoyait Nathaniel, l'air si sincère à son réveil. Pouvait-on être aussi machiavélique aussi jeune ? La réponse était évidente, mais il ne voulait pas l'entendre.

— De plus, un seul homme pour kidnapper deux adolescents le même soir, à des endroits différents, ça ne tient pas la route. Et là, c'est la profileuse qui te parle : les violeurs en série ne s'attaquent qu'à une proie à la fois. C'est assez risqué comme ça.

Logan avait effectivement été confronté à cette épineuse question, mais il pensait avoir trouvé la réponse : Brown avait un complice.

— Harry Miller était son complice, dit-il, sans conviction.

— L'idée d'un complice tient le coup, mais c'est extrêmement rare que des violeurs en série agissent à deux. Et dans ce cas, c'est toujours avec leur compagne. Brown n'avait pas de petite copine.

— Un type qu'il aurait connu en prison…, continua-t-il, peu habitué à abdiquer si rapidement.

— Possible, mais encore une fois peu probable. De plus, si l'homme est parti paniqué, comment se fait-il que la cabane ait été en ordre, sans trace des cordes qui auraient servi à attacher les garçons, par exemple ?

Logan n'avait désormais plus de doute. Même si rien ne prouvait que Nathaniel soit le coupable, la seule certitude était que Brown était innocent. Il s'était laissé aveugler par ses préjugés.

— Tu penses sincèrement que Nathaniel a tué Lewis Clark ?

Sans manifester son soulagement, Hurley fut heureuse de constater qu'il était capable, finalement, de reconnaître ses erreurs.

— C'est une possibilité. Je ne crois pas qu'il se soit fait assommer deux fois, comme il le prétend.

— Il n'a jamais dit ça. Il a juste dit s'être fait assommer sur le bord de route. C'est nous qui en avons déduit qu'il l'avait été une nouvelle fois quand on a trouvé, sur le coin de la table, du sang et des cheveux lui appartenant.

— Peu importe, je crois qu'il nous ment, et j'ai ma petite idée sur le sujet.

Logan eut un petit rire épaté. C'était du Hurley tout craché. Elle n'avait pas pu s'empêcher de se mêler de ses affaires, et avait dû élaborer toutes sortes de théories pendant le trajet jusqu'à River Falls.

— Allez, lâche le morceau, miss Marple, se moqua-t-il gentiment.

Hurley sourit et continua sur sa lancée.

— Le mobile le plus commun des meurtres. La jalousie ! J'ai appris que Lewis avait une petite amie. Un traquenard monté par Nathaniel pour le cœur d'une jeune fille, peut-être ?

Et voilà, il couchait avec miss Marple ! Pas très sexy, comme idée…

— Eh bien, je n'ai plus qu'à aller réinterroger Nathaniel, fit Logan, décontenancé.

— Non, si tu es d'accord, je préfère que tu me laisses m'en occuper.

— Pourquoi ? Tu crois que je n'ai pas compris la leçon ?

Hurley fit une moue dubitative. Elle but une petite gorgée de whisky et reprit :

— Tu es trop impulsif. Tu ne sais pas cacher tes pensées. Je suis à peu près persuadée que c'est toi qui l'as influencé dans ses réponses. Réponds-moi franchement. T'a-t-il dit spontanément qu'il avait été enlevé, ou ne lui aurais-tu pas demandé s'il avait été agressé ?

Logan se revit à l'hôpital, et savait que tel n'était pas le cas.

— Tu me prends pour qui ? Il y avait la lieutenant Blanchett avec moi. Nathaniel a spontanément déclaré avoir été kidnappé.

Hurley préférait ça.

— Écoute, on va arrêter là. Demain, je reprends tout de zéro, ça te va ? demanda Logan.

Hurley sentit qu'elle l'avait piqué au vif, mais il fallait qu'elle en finisse.

— Si Brown n'est pas coupable, l'hypothèse selon laquelle Harry Miller était son complice s'effondre également.

« Évidemment », se dit Logan, malgré le profond dégoût qu'il éprouvait pour cet homme.

— Déjà que cet enfoiré me prend pour un homophobe, ça ne va pas arranger mon cas.

— Tu me diras, parfois je me demande si tu ne l'es pas un petit peu.

Ils en avaient rarement discuté ensemble. Logan tournait toujours le sujet à la dérision. Il n'aimait pas en parler, et encore moins depuis l'affrontement au gala de charité où l'homme l'avait pris à partie devant tout le gratin de River Falls.

— Crois ce que tu veux, dit-il simplement, prenant conscience que Miller allait désormais lui mener la vie dure.

— Tu penses que c'est la réponse que j'attendais ?

Logan plongea son regard dans celui de Hurley et, le plus sérieusement du monde, lui demanda :

— Rappelle-moi une seule fois où j'aurais dit du mal des homosexuels.

Hurley ne s'en souvenait pas précisément. C'était juste une impression.

— Excuse-moi, je suis fatiguée, ma journée a été très longue…

Un doigt se posa sur sa bouche.

— C'est bon, plus un mot, fit Logan, heureux qu'elle reconnaisse à son tour son erreur d'appréciation. On ne parle plus de tout ça jusqu'à demain.

— D'accord.

Mais un jour, il faudrait qu'ils aillent au fond des choses. Elle avait besoin d'être rassurée sur certains points.

Elle s'étira, vint poser sa tête sur le ventre de Logan et ferma les yeux.

Logan sourit tendrement et lui passa la main dans les cheveux.

10

Toute la communauté des Enfants de Marie s'était réunie dans la chapelle, exceptés les enfants de moins de douze ans, gardés par trois adultes dans la ferme toute proche. Une centaine de personnes en tout.

Un immense feu brûlait dans l'âtre, derrière l'autel. Des poêles à charbon étaient disposés contre les murs de pierres et parvenaient à faire oublier le froid glacial de l'extérieur. Assise à droite de la travée centrale, en compagnie des autres femmes, Margareth était toujours aussi admirative de la prouesse réalisée. Quand grand-mère avait décidé que l'ancienne étable de la ferme qu'ils avaient achetée servirait de nouvelle chapelle, nombre de membres avaient douté. Néanmoins, personne n'avait osé s'opposer au projet. Après tout, elle était la doyenne de leur communauté, et c'était elle qui finançait les travaux.

C'est ainsi que, sous la tutelle de son oncle John Gardiner, en l'espace de cinq mois, l'ancienne étable avait complètement changé d'aspect. Disparue l'odeur de fumier. Les murs avaient été assainis et badigeonnés à la chaux. Le sol, après qu'on eut coulé une chape de béton, avait été recouvert d'un parquet, réalisé avec les planches des anciennes scieries désaffectées.

Le maître-autel avait été confectionné dans un bois massif et robuste, recouvert d'une belle étamine de lin, religieusement brodée par grand-mère. De part et d'autre de l'allée centrale, des niches abritaient les saints protecteurs de la communauté, devant lesquels brûlaient une multitude de bougies, créant une douce lumière frémissante. Cela sous l'œil miséricordieux d'une Marie tenant le Divin Enfant dans ses bras, placée au-dessus de la cheminée du fond. Comment ne pas croire aux forces divines quand on voyait les exploits que de simples mortels pouvaient réaliser ?

Les derniers retardataires restèrent au fond de la chapelle.

Julius, l'un des cousins de Margareth, referma la lourde porte de bois, et enfin Miss Richardson, qui avait attendu patiemment l'arrivée de tout son petit monde, s'avança vers l'estrade placée près de l'autel. Elle jeta un long regard bienveillant sur l'assistance puis, d'une voix forte mais chaleureuse, prit la parole.

— Mes chers enfants. C'est avec une douleur certaine que je vous ai demandé de vous réunir pour prier à l'attention de Nathaniel. Comme vous le savez, il a été agressé par un homme corrompu par le mal qui n'aurait pas hésité à le tuer si, par miracle, notre Seigneur n'était intervenu.

Un murmure d'assentiment s'éleva dans l'assemblée. Très émue, Margareth était transportée par la maîtrise vocale de sa grand-mère. Un charisme débordant qui vous donnait la chair de poule. Oui, nul doute qu'elle avait réellement vu Marie, mère de Dieu.

— Béni soit le Seigneur, fit Miss Richardson en levant ses deux paumes vers le ciel.

— Béni soit le Seigneur, reprirent en chœur les membres de la communauté.

Margareth était en transe. Elle adorait ces moments de communion avec les siens. Elle ressentait dans sa chair la chaleur dégagée par le cœur de ces hommes et de ces femmes qui œuvraient selon les principes établis par le Seigneur. Rien à voir avec les mœurs débridées et décadentes de la plupart des citadins américains. Elle repensa à la violence avec laquelle l'avaient traitée Lindsay et ses copines en cette terrible matinée.

Elle n'éprouvait plus de colère, seulement de la peine pour ces pauvres âmes ignorantes des paroles du Seigneur. Même si Margareth ne croyait pas vraiment que le Malin pouvait prendre possession, à proprement parler, d'un corps humain, il n'en restait pas moins que son influence néfaste s'exerçait sur nombre de jeunes esprits.

— Nous allons à présent chanter. Louons Marie pour la remercier de veiller sur nous et de nous offrir tout son amour, continua Miss Richardson.

Toute l'assistance se leva. Les femmes étaient assises sur la travée de droite, les hommes sur celle de gauche. Les chœurs étaient ainsi formés.

Jeffrey, Garth, Dean et Harvey vinrent la retrouver sur l'estrade et chacun se mit à son instrument.

— « Marie, nous sommes tous tes enfants », annonça Miss Richardson.

Un des cantiques préférés de Margareth. Jeffrey prit sa guitare folk et marqua le premier accord.

Au deuxième accord, la voix très claire de Miss Richardson s'éleva sous la nef, et les mélodies paisibles écrites par son défunt mari emplirent tout l'espace. Margareth sentit les larmes lui monter aux yeux. La magie opérait comme chaque fois. C'était magnifique. Si seulement les gens extérieurs pouvaient assister à leurs cérémonies, ils percevraient immédiatement la Toute-Puissance du Seigneur.

Vint le refrain. Le chœur des hommes et des femmes jaillit à l'unisson. Margareth, les yeux clos, chantait de toute son âme. Elle avait un sentiment de plénitude totale, son corps et son esprit ne faisant plus qu'un dans l'amour de Dieu et de ses semblables. Une communion absolue. Nul doute que ces instants étaient ceux qui se rapprochaient le plus de ce qu'on devait ressentir au paradis. Un état de bien-être, d'amour et de joie.

Le refrain terminé, Miss Richardson continua les couplets en solo.

Margareth ne s'en était pas rendu compte, mais des larmes coulaient sur ses joues.

Il était près de 11 heures du soir quand Margareth rentra au manoir. Elle monta dans sa chambre qu'elle partageait avec Judith, une cousine de son âge.

Elle était tout excitée. Jamais une messe ne lui avait semblé si chargée d'émotion. Deux heures de chants et de lecture de textes sacrés dans une harmonie peu commune.

Après avoir enfilé sa robe de nuit, Margareth se glissa rapidement dans son lit. La porte de la chambre s'ouvrit. C'était Judith, encore tout habillée. Elle posa la lampe à pétrole sur sa table de chevet, puis retira ses vêtements.

— Comment tu as trouvé la messe ? demanda Margareth.

— Un grand moment. Grand-mère a indéniablement un don.

Tout le monde s'appelait oncle, tante, cousin, cousine. C'était davantage pour resserrer les liens de cœur que pour qualifier de véritables liens de sang. Miss Richardson était quant à elle appelée grand-mère par tous les membres de la communauté, jeunes et moins jeunes, par respect pour ce qu'elle avait bâti.

— C'est clair. Si elle l'avait voulu, je suis certaine qu'elle aurait pu être chanteuse professionnelle.

La seule musique autorisée au sein de la communauté était la musique liturgique. Peu importait qu'elle soit country, pop, ou même rock. Du moment que les groupes se réclamaient de Jésus et prêchaient l'amour et la paix, il n'y avait aucun problème.

— Ne parle pas de malheur. Le milieu du show-business est le plus perverti de tous ! s'offusqua Judith. Tout le monde se drogue, couche avec n'importe qui, se fait avorter… Tu parles d'un rêve !

La jeune fille ne manquait jamais une occasion pour dire tout le mal qu'elle pensait de la société américaine et de ses travers.

— Je sais bien. C'est juste que je me disais, quand j'entends les trucs qu'ils passent à l'extérieur, elle mériterait d'être connue, plus que certaines chanteuses.

Judith finit de se dévêtir et attrapa sa chemise de nuit. Allongée dans son lit, Margareth tourna le regard. Elle ne s'était jamais faite au manque de pudeur de sa cousine.

— Tu ne devrais pas écouter ce genre de musique. Elles sont inspirées par la luxure et le mal. Toi qui es une fille, tu devrais le savoir mieux que quiconque.

Judith n'avait pas tort. Pour le peu de clips qu'elle avait pu voir, c'était toujours la même chose. Des jeunes filles à moitié dénudées, qui dansaient de façon provocante autour de garçons bodybuildés. La luxure, certainement. Le mal, peut-être pas. Les paroles étaient surtout stupides, elles n'appelaient pas clairement à la violence.

— Je le sais, Judith. Ne crois pas que j'en écoute. Mais même si tu ne veux pas, tu n'as pas le choix. Ils en passent jusque dans la cafétéria, en fond sonore.

Judith brossa ses longs cheveux, puis les noua avec un élastique.

— De toute façon, je ne comprendrai jamais pourquoi tu tiens tant à aller dans leurs écoles. Il n'y a rien de bon à apprendre, là-bas.

Margareth lui sourit sans répondre. Elles avaient déjà eu maintes fois cette conversation. Et pour être honnête, même si elle arguait que c'était pour approfondir ses connaissances (ce que ne pouvaient lui apporter les professeurs de la communauté), Margareth connaissait sa véritable motivation. À la pensée de ses parents, son visage se rembrunit.

Judith monta dans son lit et, tournant la petite molette de la lampe à pétrole, éteignit lentement la mèche enflammée.

— Bonne nuit, Margareth.

— Bonne nuit, Judith.

Margareth garda les yeux ouverts dans l'obscurité. Des milliers de souvenirs l'assaillirent.

« Jamais je ne vous oublierai », songea-t-elle alors que les images de son père et de sa mère semblaient presque réelles.

Si seulement elle n'avait pas insisté pour aller rechercher Rupert…

Mercredi 24 décembre 2008

11

Simon Beaver passa une jambe, puis l'autre, par-dessus la rambarde de sécurité et s'arrêta sur le bord de la route. En cette heure avancée, peu de voitures circulaient. Tout le monde était rentré chez soi pour fêter le réveillon de Noël : la journée la plus fantastique de l'année. Celle où l'on oubliait un instant les querelles pour se retrouver entre gens aimés. Un moment de pur bonheur pour les enfants émerveillés par les sapins, les décorations, les guirlandes lumineuses qui scintillaient dans toutes les maisons. Sans oublier les cadeaux…

Emmitouflé dans sa tenue de père Noël, Simon Beaver tremblait autant de froid que d'émotion ; de très vieux souvenirs revenaient à sa conscience. La vie avait vraiment été une chienne avec lui…

– Tu es certain qu'ils ne vont pas nous entendre ? demanda Jonathan.

Un sourire espiègle éclairant son visage, Simon s'approcha du lit de son petit frère.

– Je te dis que oui. Ils dorment, répondit-il d'une voix rassurante. Allez, viens.

C'était la veille de Noël. Simon, âgé de six ans et demi, comptait bien avoir la preuve que le père Noël n'existait pas, contrairement à ce que disaient ses parents.

— Vas-y tout seul et tu me diras à qui il ressemble.

À cinq ans, Jonathan avait une sainte frousse que le père Noël les surprenne. En plus, papa et maman leur avaient fait promettre de ne pas sortir de la chambre avant le petit matin.

— D'accord, mais si je le vois, je lui dis que tu ne veux pas de cadeaux, répondit Simon.

Il avait beau douter de l'existence du père Noël, il préférait ne pas descendre tout seul au salon, au cas où ce dernier existerait bel et bien.

— C'est pas gentil. C'est mes cadeaux.

— M'en fous !

Jonathan fit sa mauvaise tête puis, s'armant de courage (et surtout, craignant pour ses cadeaux), se décida enfin à suivre son aîné.

— Ne fais pas de bruit. D'accord ? le prévint Simon, une main sur la poignée de la porte, l'autre tenant une petite lampe de poche.

Jonathan hocha la tête. La peur lui nouait le ventre.

Avec un très léger grincement, la porte s'ouvrit. L'obscurité du couloir leur fit face.

Simon non plus n'en menait pas large, même s'il était à peu près certain que ses cadeaux avaient été déposés au pied du sapin par ses parents, pendant qu'ils faisaient semblant de dormir. Si tel n'était pas le cas, il attendrait caché derrière le canapé la venue du père Noël pour s'en vanter après les vacances scolaires.

Le faisceau lumineux de la lampe éclaira leur chemin jusqu'à l'escalier conduisant au rez-de-chaussée. Simon passa devant et prit la main de son frère. Il était hors de question qu'il lui fasse faux bond. Ils longèrent le couloir et se retrouvèrent devant l'escalier d'où leur parvenait une vague lumière intermittente. Leurs parents avaient laissé la guirlande allumée, comprit Simon.

Ils descendirent les marches avec d'infinies précautions, craignant le moindre craquement qui réveillerait leurs parents. Mais tout se passa sans encombre.

Arrivé en bas sans s'être fait remarquer, Simon se détendit légèrement et, tenant toujours son petit frère par la main, ils entrèrent dans le salon pour découvrir leur fabuleux sapin de Noël entouré de nombreux cadeaux.

Simon était tout heureux de sa découverte.

— Le père Noël n'existe pas ! déclara-t-il, fier de lui.

— C'est pas vrai, rétorqua Jonathan.

— Mais si, regarde, c'est papa et maman qui ont mis les cadeaux.

— C'est pas vrai, je vais leur dire.

Aussitôt dit, Jonathan sortit en courant du salon. Malgré la très faible clarté, il trouva son chemin jusqu'à l'escalier et, oubliant toute peur et toute prudence, il gravit les marches aussi vite que ses petites jambes le lui permettaient, certain que son frère était juste derrière lui.

Pourtant, Simon n'avait pas bougé. Il savait qu'il était trop tard pour arrêter Jonathan et que la raclée serait mémorable. Il s'approcha d'un des cadeaux, le soupesa, espérant seulement qu'il aurait le droit de les ouvrir une fois que son père lui aurait donné sa correction.

Jonathan vit la lumière s'allumer dans le couloir du haut. Il gravit les quelques marches restantes encore plus vite. À peine avait-il atteint la dernière qu'une déflagration déchira le silence. Jonathan n'eut pas le temps de pousser un cri. Une décharge de chevrotines venait de lui traverser la tête.

Le petit corps sans vie bascula dans l'escalier.

— Mais qu'est-ce que j'ai fait ? Qu'est-ce que j'ai fait ! hurla M. Beaver en laissant tomber son fusil sur la moquette du couloir.

Mardi 9 décembre 2008

12

Logan se réveilla en sueur. Il avait encore fait un cauchemar. Toujours le même. Il s'efforça de ne plus y penser et jeta un œil au réveil. 6 h 48. Dix minutes avant la sonnerie. Il se retourna vers Hurley et se colla contre elle. Elle dormait encore. Un sommeil nécessaire après leur folle nuit d'amour.

Logan avait toujours pensé que le désir s'effriterait avec le temps, et pourtant, jamais il n'avait été aussi amoureux de Hurley. Il n'osait imaginer ce qu'il deviendrait si elle venait à disparaître. Il repensa à Ray Snider, ce serial killer qu'il avait arrêté cinq années auparavant et qui l'avait menacé de faire tuer Hurley s'il ne mettait pas un terme à leur relation amoureuse. Âgé de quarante ans, l'homme avait travaillé comme greffier au tribunal de Seattle. C'est là qu'il était secrètement tombé fou amoureux de Hurley. Généralement, il ne s'en prenait qu'à des jeunes filles venues témoigner à la suite d'une agression sexuelle. Il les espionnait durant des jours. Quand il connaissait tout de leurs habitudes, il s'arrangeait pour que ses victimes lui ouvrent leur porte sans méfiance. Une fois dans la place, il les obligeait à écrire une lettre d'adieu sous la menace d'une arme, puis les « suicidait » de façon plus ou moins originale.

Douze femmes assassinées en neuf ans. Personne pour s'en rendre compte. Hurley aurait dû être la treizième victime. Mais les choses ne s'étaient pas passées comme Snider l'avait prévu. Logan était intervenu à temps. Cependant, dans une tentative désespérée, Snider avait tenté de tuer Hurley d'un coup de couteau porté sous le sein droit, qui par chance n'avait pas été aussi puissant que l'avait voulu Snider. L'intervention rapide des urgences avait permis d'éviter le pire, et Hurley s'en était tirée avec une cicatrice indélébile sous la poitrine. À cette pensée, Logan sentit la colère monter en lui et comme mue par un réflexe, sa main alla se poser sur la terrible cicatrice. Même si des chirurgiens lui avaient assuré qu'une nouvelle opération pourrait l'atténuer, Hurley n'avait pas donné suite. Ce n'était pas en effaçant ses blessures qu'on les gommait de son esprit.

Et tout devrait rentrer dans l'ordre fin janvier. Lorsque Snider serait exécuté.

Logan serait là pour le regarder mourir. Parce que tel était le souhait des familles des victimes, qui avaient vu en Logan un héros des temps modernes, mais aussi parce qu'il espérait qu'après l'avoir vu mourir, il cesserait de faire des cauchemars.

Hurley se retourna lentement vers lui et, de la main, chercha son visage.

— Tu es réveillé ? murmura-t-elle d'une voix douce.

— Oui.

Il approcha ses lèvres pour lui donner un tendre baiser.

Trois quarts d'heure plus tard, ils sortaient de la villa, accueillis par un vent glacial. Les réverbères étaient encore allumés. L'aube n'avait pas éclairci l'horizon.

Ils se dépêchèrent de monter dans la Cherokee. Logan mit aussitôt le contact, puis le chauffage à fond.

— Je me demande pourquoi les hommes ont fondé des villes dans le Nord, dit-il en se frottant les mains.

— Ils sont venus pour bâtir des maisons et des bateaux avec les arbres, pour les mines de fer, de cuivre…, énuméra Hurley avec un petit sourire en coin.

Depuis que, au cours d'un repas, Freeman les avaient surnommés les Booth et Brennan de River Falls, elle aimait bien, de temps en temps, jouer ce rôle de femme incapable de concevoir la vie sous un autre angle que celui de la rationalité.

— Et tu te crois drôle ! ironisa Logan, qui passa la première.

La Cherokee s'engagea sur la route et partit en direction du centre de River Falls.

— Ouais, répliqua Hurley, qui savait que Logan n'avait pas du tout apprécié la comparaison avec Booth.

Ils sortirent du quartier résidentiel. Le silence s'installa dans l'habitacle. Logan savait que la matinée allait être rude. Il espérait seulement que cette fois, Nathaniel leur dirait toute la vérité sur les événements survenus dans la cabane.

Ils arrivèrent vingt minutes plus tard sur l'avenue Washington et tournèrent à droite pour arriver devant le commissariat, où ils se garèrent. Logan regarda l'heure. 8 h 03. L'aube commençait tout juste à poindre. Peu de voitures sur le parking du personnel. La plupart des agents prenaient leur service à 9 heures.

Logan ouvrit la porte, laissant courtoisement passer Hurley, qu'il dépassa pour s'arrêter à la réception.

— Vos amis du FBI sont déjà arrivés. Ils vous attendent dans la salle de réunion, fit l'agent Tremp après les salutations d'usage.

La veille, plutôt que de discuter au téléphone, Logan leur avait envoyé un SMS les conviant à 8 heures au commissariat pour une mise au point.

— Merci, Peter. Au fait, tu m'appelles dès que l'avocat de Miller arrive.

— Vous pouvez compter sur moi.

Dans l'open space, les agents de nuit se préparaient à partir. Ils prenaient le café en bavardant tranquillement avec les premiers arrivés de la journée.

— Shérif, vous êtes sûr pour Miller ? lui demanda la sergente Martinez.

Logan se souviendrait toute sa vie de la tête de la jeune femme quand elle avait découvert les corps d'Amy et de Lucy sur la grève du lac. Elle avait pris une sacrée assurance en l'espace de quelques mois.

— Pourquoi ? fit-il en se rapprochant des agents négligemment appuyés sur le bord des bureaux, leur café à la main.

— Je ne sais pas, mais j'apprécie beaucoup cet homme. J'ai du mal à croire qu'il pourrait être complice d'une ordure pareille.

Si Logan admettait que la cause des homosexuels était défendable, à ses yeux, Harry Miller était juste un gros con.

— Il y a du nouveau dans l'affaire, mais je ne peux pas vous en dire plus pour le moment, se résolut-il à lâcher.

Les regards se firent curieux. Même Martinez n'osa demander plus d'explications, mais elle ne put s'empêcher d'ajouter :

— Vous verrez. Je suis certaine qu'il a seulement voulu tuer un pédophile récidiviste.

Logan ne répondit pas et repartit en direction de la salle de réunion.

— En tout cas, Miller ne pourra pas dire que tu n'embauches que des homophobes, dit Hurley quand ils se furent éloignés.

— Très drôle.

Dans la salle de réunion, les deux agents du FBI parurent stupéfaits de voir Hurley derrière Logan.

— Qu'est-ce que tu fais là ? s'étonna Blake.

— À ton avis ! répliqua Freeman avec un zeste d'ironie.

Hurley s'avança et, s'asseyant sur le bord du bureau, répliqua d'un ton badin :

— Je me suis dit qu'il manquait de femmes.

— Bon, ce n'est vraiment pas le problème, intervint Logan. Je crois qu'il y a plus urgent à voir, n'est-ce pas ?

Le ton était péremptoire. S'il y avait bien une chose qu'il détestait, c'était qu'on parle de sa vie privée durant le travail. Amis ou pas.

— OK, ne le prends pas comme ça, répliqua Freeman, qui n'avait pas vraiment apprécié la façon dont les choses s'étaient passées la veille.

Il restait persuadé que c'était à cause de la conviction inébranlable de Logan que Nathaniel disait vrai qu'il l'avait suivi sur cette voie. Et sans le vouloir, il en était arrivé à pousser Nathaniel à désigner Paul Brown. Un cadavre à la morgue, à présent.

— Vous avez les résultats des analyses génétiques ?

Blake se racla la gorge et ouvrit son ordinateur portable. Des diagrammes et des schémas totalement incompréhensibles pour le commun des mortels s'affichèrent.

— Aucun de nos prélèvements effectués à la cabane ne correspond à Brown. Comme tu as pu le constater lors de son interpellation à son appartement, Brown fumait comme un pompier. Or, on ne retrouve aucune trace de mégots récents sur les lieux.

— Brown n'était pas sur les lieux du crime, conclut Freeman en levant les mains au ciel en signe de constat désolé.

Logan pinça les lèvres. S'il lui était resté le moindre doute, voilà qui le levait définitivement. Il fit quelques pas dans la salle de réunion en se passant la main sur ses joues fraîchement rasées.

— OK, j'ai vraiment merdé, admit-il très sincèrement. Je suppose que les analyses génétiques donneront le même résultat avec Miller.

— Je le crains, répondit Blake. Si ce n'est que je ne comprends pas pourquoi il ne veut pas donner son alibi pour la soirée de dimanche.

Hurley et Logan en avaient discuté la veille au soir, et étaient tombés d'accord sur une théorie.

— Il doit estimer qu'il n'a pas à prouver son innocence, que c'est à nous de prouver sa culpabilité, exposa Hurley. Miller a un sacré caractère et n'entend pas nous faciliter la tâche, même si cela peut le faire paraître suspect.

— Possible, en tout cas, tant que le juge ne nous aura pas délivré de mandat, on ne pourra pas aller fouiller chez lui.

Après le meurtre de Brown, Logan avait demandé ce mandat. Aussitôt, Miller avait hurlé au harcèlement homophobe de la part de la police locale. Dans ces conditions, le juge avait préféré se laisser le temps d'y voir plus clair. Logan suspectait l'avocat de Miller, James Archer, un ténor du barreau, de ne pas être étranger à cet atermoiement.

— Je vais aller interroger Miller, et j'ai bien l'intention de découvrir s'il est coupable, d'une manière ou d'une autre, du meurtre de Lewis Stark, dit Hurley en se redressant.

Blake et Freeman froncèrent les sourcils.

— Tu sais que c'est un avocat très procédurier. Je ne suis pas sûr que tu aies le droit de l'interroger, avança Blake.

— Je sais, mais je pense que ça vaut le coup de prendre le risque. Tu es toujours d'accord ? conclut-elle en se tournant vers Logan.

— Oui.

S'il y avait une personne qui méritait sa confiance, c'était bien Hurley. Et si elle était certaine que son implication dans l'affaire pouvait l'aider, eh bien, cela valait la peine d'essayer.

— On t'aura prévenue, dit Freeman, pas convaincu du tout.

— Je veux juste lui parler de façon informelle. Rien de plus.

— Ce que femme veut..., fit Blake, tout aussi dubitatif quant aux résultats de la démarche.

Quelques instants plus tard, Hurley, un café dans chaque main et accompagnée de Logan, se retrouvait à la porte des cellules.

— Tu es certaine qu'il va vouloir te parler ?

— Oui, mais il faut que tu me laisses seule avec lui.

La dernière fois qu'il avait laissé faire ça, un homme était mort d'une balle dans la tête.

— OK, mais je vais devoir te faire une fouille au corps pour m'assurer que tu n'as pas d'arme cachée sur toi.

Hurley soupira d'un air navré.

— Allez, ouvre-moi, espèce d'idiot.

Un brouhaha diffus leur parvenait de l'autre bout du commissariat. La relève de jour prenait lentement sa place, avec une bonne humeur matinale caractéristique des jours de décembre.

Logan espérait sincèrement que Hurley arriverait à calmer Miller, s'il était réellement innocent du meurtre de Lewis Stark.

Hurley entra dans la salle sur laquelle donnaient quatre cellules à barreaux. Miller, torse nu, était en train de faire des pompes au sol. Elle s'approcha, certaine que l'homme l'avait entendue arriver. Il continua sa série jusqu'à la fin.

— Jessica Hurley ? l'apostropha-t-il d'un ton étonné alors qu'il se relevait.

Son torse était épilé, mettant en évidence des pectoraux et des abdominaux parfaitement dessinés.

— En personne. Si je vous ouvre, vous me promettez de ne pas me sauter dessus ? fit-elle en lui tendant un café à travers les barreaux.

Miller le saisit puis recula de quelques pas.

— Vous n'avez rien à faire ici. Ce n'est pas très légal.

Mais le ton n'y était pas.

— Je crains que votre altercation en septembre avec le shérif Logan n'ait en partie faussé son jugement sur votre personne.

— Vous savez que je suis innocent du meurtre de Lewis Stark.

— Vous n'avez pas répondu à ma question. Puis-je entrer sans risque ?

Miller sourit à pleines dents.

— Qui pourrait vous refuser quelque chose ? dit-il avant d'ajouter : Je vous le promets.

Hurley mit la clé dans la serrure et, pendant qu'elle l'ouvrait, Miller remit son maillot de corps et attrapa sa chemise.

— Je suis là à titre officieux, pour faire en sorte que tout se passe au mieux pour tout le monde.

— Je n'ai rien à craindre de Logan. Je suis innocent. Mon avocat aura vite fait de le prouver et de montrer avec quel acharnement la police de River Falls traite les homosexuels, répondit Miller en reboutonnant sa chemise.

Hurley vint s'asseoir sur le banc et but une gorgée de son café.

— Écoutez, nous en avons déjà discuté la dernière fois. Mike Logan n'est pas homophobe. Je suis persuadée que vous le savez comme moi, au fond de vous.

Miller se souvenait très bien de la compagne du shérif. C'était elle qui, dès le lendemain de l'altercation avec son homme, l'avait appelé pour un déjeuner en ville. Ils avaient mangé dans un très bon restaurant italien. L'avocat avait découvert en Hurley une femme adorable, intelligente, attentive et ouverte. Tout l'inverse de ce qu'il pensait du shérif.

— Un homophobe contrarié, je dirais, fit Miller en venant s'asseoir à côté de la profileuse. Mais cette fois-ci, je compte bien le démontrer !

Hurley fit une moue de contrariété.

— Le truc, c'est qu'il y a une faille dans votre raisonnement.

Miller posa les lèvres sur sa tasse en plastique et prit un air dégoûté, avant d'en avaler une petite gorgée.

— Infâme, fit-il, la mine renfrognée. Si vous voulez m'empoisonner, je crois que c'est réussi.

— Vous ne m'avez pas écoutée. Vous pensez vous défendre en arguant que ce meurtre était le meilleur remède contre les pédophiles, qui plus est meurtriers.

— Quelque chose dans le genre, fit Miller, sûr de lui.

— Alors j'ai le regret de vous apprendre que Brown n'a ni violé ni tué Lewis Stark.

L'assurance tranquille de Miller s'effrita un instant, avant qu'il ne reprenne sa posture naturelle.

— Vous ne m'aurez pas comme cela. Je connais bien le cas de Paul Brown. J'étais à Seattle quand le procès a eu lieu. Il a tripoté des fillettes de même pas huit ans. Je peux vous assurer que ce type était capable du pire.

Si cela n'avait pas été aussi tragique, Hurley aurait presque trouvé amusant l'aveuglement de ceux qui voulaient que la réalité coïncide avec leurs souhaits.

— Vous venez de le dire : Brown n'est pas homosexuel. C'est un pédophile. Alors dites-moi pourquoi il aurait kidnappé deux garçons.

L'idée avait bien sûr traversé l'esprit de Miller. Mais comme les médias assuraient que c'était Brown le responsable… Et surtout, même s'il pensait que Logan était un homophobe invétéré, il lui reconnaissait une compétence solide en matière criminelle. Il l'avait démontré ces deux dernières années. Il n'aurait pas arrêté Brown sans preuve. Ou peut-être que si ?

— Il n'y a pas plus aveugle que celui que ne veut pas voir, avoua-t-il, reconnaissant enfin qu'il s'était laissé emporter par sa haine envers les pédophiles.

— Je ne saurais pas mieux le formuler.

Les conséquences de cette révélation firent leur chemin dans l'esprit de l'avocat. Sa défense allait prendre un sérieux coup dans l'aile. Ce n'était pas qu'il doutât d'être innocenté par un jury populaire. Non, ce qu'il craignait, c'était que sa crédibilité en pâtisse au sein de son organisation. D'obédience largement démocrate, celle-ci estimait que l'on devait donner à tout ancien condamné une chance de réhabilitation, s'il s'en montrait digne.

— Maintenant vous allez me donner le nom de votre alibi pour dimanche soir. Ça lèvera aussitôt tous les soupçons qui pèsent sur vous.

Une vive réaction d'étonnement empourpra les joues de l'avocat.

— C'est une plaisanterie ? Si Brown n'est pas le tueur, pourquoi me poursuivre en tant que complice ? !

— Parce que vous l'avez tué de sang-froid, et que le shérif est en droit de penser que c'est peut-être l'inverse qui s'est passé : à savoir que *vous* avez tué Lewis Stark et que Brown était seulement votre complice dans la préparation du kidnapping. Un homo qui viole des garçons, ça, c'est crédible.

Une enclume lui serait tombée sur la tête qu'il n'aurait pas été plus assommé. Il ne manquait plus que ça. Être désigné comme l'ennemi public numéro 1 !

— Ce n'est pas possible. Vous n'avez pas le droit.

Les choses allaient trop loin. Sans suspect évident, le peuple réclamerait une tête, et si Brown était totalement mis hors de cause, un homosexuel ferait le coupable idéal !

— Le shérif Logan mène son enquête. Tant que vous refuserez de donner le nom de votre alibi, vous serez le suspect privilégié dans cette affaire.

Hurley était étonnée que Miller boive ainsi ses paroles. Ne se rendait-il pas compte qu'il ne risquait pas grand-chose si aucune preuve matérielle n'était trouvée contre lui ?

— Je ne peux pas, j'ai fait une promesse.

Hurley aurait dû arrêter là. Mais comme mue par un sentiment maternel envers son homme, elle voulut donner une leçon à cet avocat, aussi sympathique fût-il.

— Et moi, je vous fais la promesse de n'en parler à personne si je vous crois.

— À quoi ça servira ? fit Miller, peu coopératif.

Il prit sa tasse et en but le jus qui avait tiédi, sans même remarquer son goût insipide.

— Faites-moi confiance. Si j'affirme au shérif Logan que vous êtes innocent, il fera un communiqué en ce sens, dans l'heure qui suit.

Une éclaircie illumina l'horizon de ténèbres qui avait empli le cerveau de Miller.

— Et pourquoi vous ferais-je confiance ?

— Vous savez très bien que je n'ai pas le droit de vous interroger sans la présence de votre avocat. Si je vous trahis, vous aurez vite fait de salir ma réputation, et au FBI, on n'aime pas trop les embrouilles.

C'était tellement vrai qu'elle se demanda soudain pourquoi elle prenait tant de risques pour cet homme qu'elle ne connaissait guère. Uniquement pour lui montrer qu'elle n'était pas homophobe, et que par conséquent, Logan, non plus ?

— D'accord, mais si vous le répétez, je vous promets que je commets mon deuxième meurtre en deux jours.

— Croix de bois, croix de fer, si je mens, je vais en enfer.

Miller détailla la tenue de Hurley et son instinct paranoïaque reprit le dessus.

— Vous voulez que je soulève mon pull pour vérifier qu'il n'y a pas de micro, ou vous venez soudainement de changer de bord ? plaisanta Hurley.

— Peut-être les deux, dit Miller en se détendant. Approchez-vous.

Hurley s'exécuta et quand l'avocat lâcha le nom dans le creux de son oreille, Hurley émit un petit rire.

— Vous vous moquez de moi ?

Mais vu la façon dont Miller la regardait, elle fut certaine de sa bonne foi. Loin d'être moqueur, il semblait extrêmement fébrile. « Il n'est jamais évident de lâcher son plus gros secret », songea Hurley, compréhensive.

— Vous savez qu'avec ça vous pouvez faire la révolution à River Falls !

Elle n'en revenait pas. C'était énorme. Comme quoi, la nature humaine était sacrément hypocrite.

— Je sais, maintenant, vous comprenez pourquoi je ne peux pas parler.

— Vous l'aimez tant que ça ?

— Non, mais j'ai toujours trouvé la situation très excitante.

Hurley pouvait en convenir, même si ce n'était pas du tout son genre.

— Dans ce cas, on va vous inculper pour le seul meurtre de Paul Brown, reprit-elle.

C'est à ce moment-là qu'elle réalisa que durant toute leur conversation, jamais il n'avait été fait cas de Paul Brown, tué pour un crime qu'il n'avait pas commis.

— Vous n'éprouvez aucun remords pour ce que vous avez fait ?

— Non, et en vérité c'était un accident.

Il lui raconta comment les choses s'étaient passées. Elle était prête à le croire.

— Si vous aviez su qu'il n'avait pas tué Lewis Stark, jamais vous n'auriez osé faire ça.

Ce n'était pas une question. Miller approuva de la tête.

— Je sais que c'est mal de tuer un homme. Ne me prenez pas pour ce que je ne suis pas, mais franchement, je n'arrive pas à avoir de la peine pour ce type. Je suis persuadé qu'il n'était pas guéri.

« Guérir, peut-être pas, mais on peut vivre avec une maladie si on se soigne », se dit-elle. Mais pour le coup, ce n'était apparemment pas le cas de Brown, dont l'ordinateur avait révélé un nombre impressionnant de fichiers pédophiles. Le plus étrange était qu'elle non plus n'arrivait pas à ressentir la moindre pitié envers lui. Toucher à des enfants était l'un des pires crimes des sociétés modernes. Peu nombreux étaient ceux capables d'oublier leur émotion face à une telle horreur.

Hurley se leva, reprit le trousseau de clés et sortit de la cellule, dont elle referma la porte derrière elle.

Miller était resté assis. Il commençait à se demander pourquoi il avait parlé, et s'il n'avait pas commis la plus grosse erreur de sa vie, s'il excluait le meurtre de Brown.

— Je n'en reviens toujours pas, fit Hurley.

« Pourvu qu'elle tienne sa promesse », se dit l'avocat.

Hurley secoua la tête et quitta la pièce en tentant d'imaginer Miller en train d'embrasser le maire de River Falls. Le citoyen modèle, le très vertueux mari, Clive Nolden.

13

Le radio-réveil s'alluma et on entendit retentir la voix d'Alicia Keys. Gerald sortit la tête du lit. Il se sentait en pleine forme. Il serait bien resté encore quelques heures de plus sous la couette.

— Bien dormi ? demanda Katie en se lovant contre lui.

— Ouais, fit-il en tendant la main vers la lampe de chevet.

Il alluma la lumière et remercia les dieux d'Internet de lui avoir permis de trouver une fille comme Katie Spinner. Trente et un ans, brune aux longs cheveux ondulés. Un visage ressemblant à celui de Lindsay Lohan, si ce n'est que Katie avait quelques kilos de plus que la starlette anorexique.

Gerald passa une main gourmande sur ses rondeurs appétissantes.

— Tu es magnifique, fit-il en la regardant comme la huitième merveille du monde.

Katie lui fit son petit sourire coquin et le laissa faire. Elle savait bien que malgré ses quelques kilos en trop, beaucoup de garçons la préféraient aux pom-pom girls et autres bimbos décolorées qui sévissaient à l'université de River Falls.

Ce n'était pas tout d'avoir le corps d'un top-modèle, encore fallait-il avoir du charme et du caractère. Katie était certaine de ne manquer d'aucun des deux.

— Tu n'es pas mal non plus, apprécia-t-elle.

Sportif du dimanche, Gerald était loin d'avoir la stature d'un footballeur, mais au final, il se trouvait plutôt pas mal. Une fois habillé. « La classe, on l'a ou on l'a pas », aimait-il à se répéter en se regardant dans le miroir. De toute façon, il savait bien que pour Katie, cela n'avait pas tellement d'importance. Même si elle sélectionnait ses clients, le principal était les deux cents dollars qu'elle touchait pour passer la nuit avec lui.

Il lui fit un sourire et se leva. Il passa à la douche et, comme chaque fois, se demanda à quoi il jouait. Il avait déjà eu quelques conquêtes, mais soit elles étaient très laides, soit très pénibles. « Ou bien les deux ! » se dit-il en se souvenant de sa première petite amie.

Un quart d'heure plus tard, il retrouva Katie dans la cuisine. Elle avait enfilé une simple chemise qui laissait voir l'essentiel.

— On se revoit bientôt, susurra-t-elle en venant se coller à lui.

— Bien sûr, je t'appelle.

Elle lui déposa un petit baiser sur les lèvres et lui caressa la joue.

— Allez, fonce, tu vas être en retard.

Plutôt que de prendre l'ascenseur, Gerald descendit les six étages à pied.

Un jour, il allait devoir se trouver une fille de son âge. Sa relation avec Katie ne pouvait pas durer. Deux cents dollars, ce n'était pas rien, et à aucun moment il n'avait ressenti le grand frisson. Il ne doutait pas que les gémissements de Katie étaient factices et qu'il ne serait jamais question d'amour avec elle.

Il était tout juste 9 h 30. Il grimpa dans son pick-up garé devant l'immeuble de standing, mit le contact et alluma la radio. Le jingle du flash d'informations. Gerald allait zapper quand la journaliste annonça que la police avait communiqué de nouveaux éléments dans l'affaire Lewis Stark qui innocentaient Paul Brown.

« Ça lui fait une belle jambe », se dit Gerald, mal à l'aise en pensant à Brown.

À l'instar de ses amis, il n'avait pas eu, ne serait-ce qu'une seule seconde, la moindre compassion envers lui. Et pourtant, l'homme était innocent.

— … quant à Harry Miller, célèbre avocat, défenseur des minorités, qui a mis fin aux jours de Paul Brown dans sa cellule, la suspicion de complicité est définitivement écartée, au grand soulagement de son avocat, qui voyait dans cette accusation la plus grande erreur judiciaire de ce début de millénaire. Il reste néanmoins emprisonné pour le meurtre de Brown, que son avocat qualifie dorénavant de malheureux accident.

Gerald écouta le reste de l'intervention de la journaliste, puis éteignit la radio et roula l'esprit perturbé par cette nouvelle. Si ce n'était ni Paul Brown ni Harry Miller, cela voulait dire que le tueur était toujours en liberté. Cela n'augurait rien de bon. La police n'avait indiqué aucune nouvelle piste, mais précisait qu'il n'y avait pas lieu de craindre de nouveaux meurtres.

Comment pouvaient-ils en être si sûrs ? « À moins qu'ils n'en sachent plus qu'ils ne voulaient bien le dire. » Il en était arrivé aux mêmes conclusions que la journaliste. En tout cas, une fois de plus la mère de Kevin avait vu juste. Miller était allé trouver Brown pour le tuer et non pour le faire taire. « Si seulement j'avais le quart de ses facultés d'analyse ! »

L'image d'un des humains de *Wall-E* s'imposa à lui. Un tas de graisse amorphe, un sourire de bienheureux constamment posé sur les lèvres. « Peut-être était-ce vraiment là notre futur », songea-t-il en souriant de l'enchaînement de ses pensées.

La circulation était plutôt fluide. Il arriva très vite en bordure de ville, puis à l'université. Le cours de mathématiques appliquées débutait à 10 heures. Cette fois, il ne serait pas en retard. Il fit une grimace en repensant à la bigote qui lui avait fait rater le cours de Mandel, avant de l'envoyer bouler quand il avait voulu l'aider. Soudain une pensée lui traversa l'esprit : si ni Brown ni Miller n'étaient coupables, peut-être était-ce tout simplement Nathaniel Morrison ? Il finit son créneau et retira machinalement la clé de contact, en suivant le fil de ses pensées. Après les événements des deux dernières années, tout le monde était prêt à croire qu'un nouveau prédateur sexuel rôdait dans la région. Rien de tel pour être cru que de donner aux gens ce qu'ils avaient envie d'entendre.

Nathaniel n'avait pas échappé à la mort, mais l'avait provoquée ! comprit-il au terme de sa réflexion, alors qu'il remontait l'allée menant aux bâtiments réservés aux cours. Il n'en revenait pas d'avoir trouvé la solution tout seul – la journaliste de la radio ne l'avait même pas évoquée comme hypothèse plausible. Il avait dû oublier un truc. Impossible que la police n'y ait pas pensé. Le shérif était tout sauf un abruti. À moins que ce ne soit une astuce pour piéger Nathaniel. Le laisser penser qu'on croyait à son innocence pour qu'il relâche son attention et commette une erreur qui prouverait sa culpabilité.

Plongé dans ses réflexions, Gerald continua à marcher, passant sous les arbres centenaires sans prêter la moindre attention aux autres étudiants. Oui, c'était tout à fait possible. D'autant plus que dans cette version des faits, les pleurs de la bigote prenaient une tout autre signification. Ils pouvaient être effectivement liés à la mort de Lewis Stark.

Quand il l'avait trouvée en larmes, dans les toilettes, c'était bien avant l'annonce de la mort du jeune lycéen. Il aurait dû écouter Luke et appeler la police pour dire ce qu'il avait vu. Il s'arrêta net et saisit son portable. Dix secondes sur Google, le temps de trouver le numéro du commissariat, mais quand il n'eut plus qu'à appuyer sur la touche d'appel, son instinct le fit hésiter. Quelque chose clochait dans son raisonnement, mais il était incapable de mettre le doigt dessus. Pourtant, tout semblait logique. La bigote devait savoir des choses, à défaut d'être complice. Peut-être sortait-elle avec Lewis. Nathaniel, ne supportant pas que sa sœur ou sa cousine sorte avec un mec normal, aurait tué le jeune homme ?

Fort de cette déduction, il se décida à appuyer sur la touche. Durant les quelques secondes d'attente, l'image de la mère de Kevin s'imposa à lui. Sa phrase fétiche retentit dans sa tête : « Vous êtes tous tellement emplis de préjugés que ça en devient épuisant de vous apprendre à penser par vous-mêmes. »

— Sergent Cobb, commissariat de River Falls, que puis-je pour vous ?

Gerald formula un « heuu » peu assuré, et raccrocha aussitôt.

Et si tout comme Brown, la fille était innocente ? Et si en la dénonçant, il la condamnait à une mort certaine, tout comme Brown ?

« Merde, je suis vraiment qu'un gros nul. »

Il était loin d'être encore un homme, même s'il essayait de s'en donner les manières. Incapable de se décider, il poussa un gros soupir. À qui en parler ?

À ses parents ? Ils n'avaient pas de mots assez durs contre la secte des Enfants de Marie depuis que ces derniers avaient racheté le manoir où avait sévi Jack Mitchell, l'un des pires serial killers de toute l'histoire des États-Unis. Il se promit alors d'en toucher deux mots à la mère de Kevin, en espérant qu'elle ne se moquerait pas de lui.

14

Freeman avait insisté pour participer à l'interrogatoire du garçon, mais avec la bénédiction de Logan, Hurley avait opposé une fin de non-recevoir. Trop d'erreurs de jugement et d'appréciation avaient été commises. Il n'était pas question que cela continue.

Tandis qu'elle avançait d'un pas vif dans le couloir du second étage de l'hôpital George-Washington, Hurley repensait à Freeman. Il aurait certainement nié en vouloir à Nathaniel de l'avoir induit en erreur. Hurley ne voulait pas prendre le risque que par son attitude, il bloque Nathaniel, que l'adolescent s'enferme dans le silence, ou pire, formule d'autres mensonges tout aussi crédibles que le premier. Elle voulait la vérité. Ici et maintenant.

— C'est terrible. En même temps, je n'aimerais pas que ce soit lui, mais dans ce cas, ça me laisse un tueur dans la nature, fit Logan.

Hurley avait accepté qu'il l'accompagne à condition qu'il ne dise pas un mot et qu'il la laisse mener l'interrogatoire.

— Si ce n'est pas lui, je suis certain qu'il connaît le tueur.

Pourquoi Nathaniel aurait-il menti, sinon ?

— On va voir ça tout de suite, répondit Logan, qui frappa deux coups à la porte de la chambre.

Un instant plus tard, M. Morrison vint ouvrir.

— Je vous attendais. On nous a avertis que l'homme qui avait kidnappé notre fils n'était pas Brown, lança-t-il, le regard mauvais.

Logan eut un sourire ironique et s'invita dans la chambre.

— Oui, un témoin l'a accusé à tort, dit-il en se rapprochant du lit.

Nathaniel baissa les yeux et devint rouge de confusion.

— Shérif, pouvez-vous accompagner M. et Mme Morrison en salle d'attente ? demanda Hurley d'un ton péremptoire.

— Il est fatigué, vous ne pouvez pas le laisser tranquille ? se plaignit Mme Morrison, assise près de son fils.

Logan lisait à livre ouvert sur son visage la colère rentrée de Hurley. Cela avait été plus fort que lui. Il ne pouvait pas se laisser accuser sans réagir. Une bêtise qui allait lui coûter sa place dans la chambre.

— Je dois lui parler, seule à seul. J'ai des choses très personnelles à lui dire, fit-elle sur le même ton, mais avec un geste conciliant à l'égard des parents.

— Je comprends, mais faites vite. Il est encore très secoué. Il a besoin de repos. Et vous direz à l'agent du FBI qu'il porte l'entière responsabilité du meurtre de Paul Brown. Nathaniel n'était pas certain que ce soit lui, précisa M. Morrison.

Cela ne correspondait pas du tout à la déclaration de Freeman. Logan n'imaginait pas un seul instant qu'il lui ait menti. C'étaient plutôt les paroles d'un père voulant protéger son enfant.

— Je n'en aurai pas pour longtemps. Faites-moi confiance, dit Hurley.

Les Morrison se regardèrent et la mère se leva pour rejoindre son mari.

— On est là, mon trésor, dit Mme Morrison sur le pas de la porte avant de sortir.

— Vous aussi, shérif.

Il avait espéré qu'elle l'oublie. Tant pis pour lui. M. Morrison lui jeta un drôle de regard mais n'insista pas et referma la porte sur eux.

— Je peux m'asseoir à côté de toi ? demanda Hurley.

Nathaniel leva un visage grimaçant avant de se mettre à pleurer abondamment.

— Je ne voulais pas, articula-t-il péniblement entre ses pleurs.

Hurley pinça les lèvres, sentant l'émotion l'envahir. Pauvre garçon. Que s'était-il vraiment passé dans cette cabane ? Et sans en attendre l'autorisation, elle alla s'asseoir à la place que venait de quitter la mère. Elle resta immobile et silencieuse un long moment, le temps que Nathaniel se calme.

— Je vous jure que je n'ai jamais voulu ça, fit-il, la voix rauque.

Hurley prit la petite bouteille d'eau posée sur la table de chevet et la lui tendit.

Parlait-il du meurtre de Brown ou de celui de Lewis ? « Pourvu qu'il ne se renferme pas dans sa coquille. »

— Pourquoi as-tu dit au shérif Logan que tu connaissais ton agresseur ?

Nathaniel baissa les yeux.

— Je pensais l'avoir reconnu, puis quand le Noir du FBI est venu et a fait défiler des portraits, j'ai reconnu l'homme à qui je pensais. Mais ce n'était pas lui. Je n'aurais rien dit si l'agent noir n'avait pas pensé que j'avais reconnu quelqu'un.

Étude attentive des moindres gestes et mimiques des victimes. Technique classique du FBI. Cela rassura Hurley sur la véracité de la version de Freeman.

— Même si ce n'était pas lui, je savais que c'était un pédophile. J'ai vu, un jour, une affichette sur un mur qui mettait en garde contre lui. C'est pour ça que je connaissais ce visage.

Hurley hocha la tête, compréhensive. Elle voyait tout à fait de quoi il parlait. De nombreux militants du « droit de savoir » affichaient sans vergogne les photos de tous les délinquants sexuels, en conditionnelle ou pas, qui habitaient dans leur ville.

Il y eut un long silence. Quand elle comprit qu'il n'en dirait pas davantage, Hurley prit la parole.

— Tu t'es dit que de toute façon il méritait d'être puni, n'est-ce pas ?

— C'est un pédophile. Il n'aurait jamais dû être relâché. Alors, lui ou un autre de son espèce…

Qu'en était-il de la rédemption ? Pour certains, on était redevable de ses actes toute sa vie. Sans possibilité de pardon. Une vision de la morale uniquement fondée sur l'affect. À l'inverse, Hurley croyait à la faiblesse humaine. Pour elle, chaque personne pouvait un jour céder à ses pulsions, de façon plus ou moins violente, sans pour autant être un monstre. La loi échelonnait d'ailleurs les peines en fonction de la gravité de l'acte.

— Tu crois en Dieu, Nathaniel ?

Elle vit que la question le prenait de court.

— Bien sûr. Mes parents sont membres des Enfants de Marie.

« Mes parents », nota Hurley. Pourquoi n'avait-il pas répondu tout simplement « je » ?

— Tu crois donc qu'il faut suivre les préceptes de la Bible ?

— Bien sûr. C'est ce que nous faisons tous, répondit-il avec une certaine vigueur.

« Nous ». Après tout, peut-être était-il vraiment croyant. À moins qu'il ne soit sur ses gardes.

— Tu peux me citer le neuvième commandement ?

Nathaniel la regarda avec étonnement. Une profane qui connaissait les Dix Commandements. Il avait toujours pensé que ceux de l'extérieur étaient incapables de les citer. Encore moins d'en connaître l'ordre.

— « Tu ne feras pas de faux témoignage », récita-t-il, se sentant pris au piège.

Était-ce un signe ? Ou était-ce le Malin ? La peur lui nouait les tripes. Pourquoi fallait-il que les épreuves de la vie soient si dures ? Allait-il vraiment finir en enfer ?

— Pourquoi es-tu allé à la cabane ?

Nathaniel ne la lâcha pas du regard. Ce serait simple de dire la vérité. Sa conscience serait enfin libérée. Mais il vivait depuis si longtemps dans le mensonge ; il était trop difficile de faire confiance. La souffrance était son lot quotidien. Son âme était maudite jusqu'à la fin des temps.

— J'ai tué Lewis.

À son grand étonnement, il éprouva un certain soulagement à prononcer ces mots. On allait enfin le punir pour un crime qu'il avait commis.

Hurley n'en crut pas ses oreilles. C'était trop facile, trop rapide.

— Pourquoi as-tu fait cela ? demanda-t-elle, attentive à la moindre réaction de Nathaniel.

— J'avais mes raisons, dit-il simplement. Maintenant que vous savez tout, vous pouvez sortir. Et s'il vous plaît, je ne veux plus voir mes parents.

Le garçon fragile avait laissé place à quelqu'un de beaucoup plus sûr de lui. Était-il victime de dédoublement de la personnalité ?

— Nathaniel, rien ne justifie la mort d'un homme. Sixième commandement. Si tu crois en Dieu, pourquoi as-tu désobéi à ce commandement ?

« Parce que je suis maudit ! » Il sentit un frisson glacé lui parcourir l'échine. Il fallait que cette femme s'en aille. Il avait besoin d'être seul pour s'apitoyer sur son propre sort.

— Tu n'es pas un monstre, et tu ne dois laisser croire à personne que tu en es un.

Nathaniel ne pouvait s'empêcher de penser à grand-mère. Quand elle allait apprendre la nouvelle, elle allait en faire un infarctus. Pour elle, il se devait au moins de limiter les dégâts.

— Vous vous êtes trompée de commandement. Ce n'est pas le sixième que j'ai enfreint, mais le dixième.

« Tu ne convoiteras pas la femme de ton prochain. »

Hurley fut prise d'une double émotion. La tristesse de voir une fois encore que l'amour pouvait mener au plus terrible des drames, mais aussi la fierté de constater qu'elle avait vu juste. Terrible dualité, qu'elle avait appris à gérer depuis longtemps.

— Bettany Thompson ? avança Hurley.

C'était la petite amie de Lewis ; elle était enfermée dans sa chambre depuis l'annonce de sa mort. Personne ne l'avait encore interrogée, lui avait assuré Logan.

— Oui, Lewis sortait avec elle, et moi je la voulais pour moi.

Il se sentit soudain soulagé d'un immense fardeau. Il espérait que le Seigneur lui en serait reconnaissant.

— Le jour où j'ai vu Lewis, j'ai tout de suite su que j'allais le tuer, ajouta-t-il d'un ton déterminé.

Hurley ne s'attendait pas à ça. En son for intérieur, elle espérait qu'il s'agissait d'un accident, d'une intimidation qui aurait mal tourné. Mais non, c'était un assassinat. Un acte prémédité, mûrement réfléchi. Le coup de folie pouvait amoindrir la peine. Tandis que la froide élaboration d'un meurtre vous envoyait directement à la potence.

— Comment cela s'est-il passé ?

Nathaniel but à la bouteille et, après s'être essuyé la bouche avec le revers de la main, il dit d'une voix neutre :

— Laissez-moi, s'il vous plaît. Vous avez ce que vous voulez, je ne parlerai plus qu'en présence de mon avocat.

Même s'il passait la quasi-totalité de son temps au sein de la communauté, il en connaissait suffisamment sur la société américaine pour savoir qu'un inculpé a le droit de garder le silence. Hurley ne comprenait pas son attitude. Il aurait dû s'expliquer, tenter d'amoindrir son geste. Mais non, il était redevenu distant.

— Nathaniel, crois-tu que tu dois être puni pour ce que tu as fait ?

Peut-être était-il persuadé qu'il méritait le châtiment suprême et devait en finir avec la vie. Peut-être ignorait-il qu'on n'envoie pas les enfants à la potence.

— S'il vous plaît, laissez-moi seul. Je vous en prie, faites que mes parents ne viennent plus me voir.

Hurley aurait aimé le ramener à de meilleures dispositions, mais le garçon était mineur. Elle craignait d'être accusée de harcèlement par son avocat si elle allait plus loin.

— D'accord, je m'en vais, mais d'une façon ou d'une autre, la vérité éclatera. Tu en as bien conscience ?

Nathaniel lui répondit par un sourire contraint, mais ne lâcha plus un mot. Hurley se leva, et lentement se dirigea vers la porte.

— Si tu veux me parler, n'hésite surtout pas à me demander : agent Jessica Hurley.

Nathaniel hocha la tête et la regarda sortir.

Logan était de l'autre côté de la porte. Il attendit que Hurley l'ait refermée pour lui poser la question :

— Alors, coupable ?

— Oui, la jalousie.

Logan eut un franc sourire.

— Décidément, tu es vraiment la plus forte.

Hurley trouva le compliment malvenu. Pourtant c'était exactement ce qu'elle pensait d'elle-même.

— Il va falloir annoncer aux parents la mise en examen de leur fils. Tu t'en charges ?

— Pas de problème, fit Logan, toujours aussi euphorique.

Il avait tellement craint d'avoir un nouveau prédateur sexuel sur les bras qu'il était incapable de toute modération.

— Il ne veut pas les voir. Tu t'arranges pour leur interdire l'accès à sa chambre.

— Pas de problème.

Il comprenait parfaitement. Pas évident d'avouer ses fautes à ses proches.

— Et il va falloir interroger la petite amie de Lewis, car rien ne dit qu'il ne nous ment pas une fois encore.

Logan ne l'avait pas envisagé une seule seconde. Sa bonne humeur retomba aussi sec.

— Tu crois qu'il t'a menti ?

Hurley n'avait pas encore eu le temps de faire le point, mais elle suivit son intuition :

— Non, il ne ment pas. Il est persuadé d'avoir tué Lewis. Reste à savoir si c'est la réalité. J'aimerais qu'un expert psychiatre l'analyse. Il est bizarre. Je suis persuadée qu'il a un grave trouble de la personnalité. Il y a quelque chose que je n'arrive pas à comprendre chez lui. Il me manque des éléments.

Qu'y avait-il à comprendre chez des cinglés qui pensaient que le progrès technique était l'œuvre de Satan ? pensa Logan.

— De toute façon, on va vite être fixés. Bettany Thompson n'a aucune raison de nous mentir. Bien au contraire, fit-il tout haut.

Confusément, Hurley souhaitait qu'elle démente la version de Nathaniel. Tout cela était trop simple. Elle sentait obscurément que cette affaire était beaucoup plus complexe.

Logan prit son portable et appela le commissariat pour qu'on lui envoie deux sergents pour faire la vigie devant la porte de la chambre. Il était peu probable que le garçon tente de s'enfuir compte tenu de ses aveux spontanés. Ce que craignait Logan, c'est qu'un nouveau justicier cherche à supprimer Nathaniel. Deux morts en deux jours, c'était amplement suffisant.

Cachée dans l'angle du couloir, Callwin jubilait. Elle attendit que la porte de l'ascenseur se soit refermée sur Hurley et Logan pour faire son apparition. Elle avait tout capté de leur conversation. Elle tenait son scoop. Néanmoins, il lui manquait un élément capital : qui était Bettany Thompson ?

Jusque-là, aucun média n'avait osé émettre l'hypothèse que la seconde victime du tueur soit justement le tueur. Entre eux, les journalistes ne parlaient que de ça, mais aucun ne voulait porter une accusation aussi grave sur un garçon peut-être innocent.

Elle n'avait aucune idée du temps qu'elle aurait avant que quelqu'un la surprenne.

Comme les journalistes étaient *persona non grata* dans l'hôpital, Callwin avait appelé un de ses anciens amants, un médecin qui y exerçait. Elle lui avait demandé un laissez-passer, ainsi que le numéro de la chambre de Nathaniel Morrison. L'homme avait refusé avant de se raviser quand elle l'avait menacé de raconter leur liaison à sa femme. À présent sur les lieux, elle se sentait tel un prédateur fondant sur sa proie. Le goût du sang était diablement attirant. Aussi choquant que cela puisse paraître, les affaires de meurtres étaient les plus excitantes pour les journalistes. Une sensation unique et inexplicable vous envahissait. Évidemment, elle ne pouvait parler de ça à personne sans risquer de passer pour une folle, pourtant elle ne pouvait nier sa fascination pour le morbide.

Sans frapper, elle entra dans la chambre de Nathaniel et vint aussitôt s'asseoir près de lui.

— Je me présente, Samantha Monroe. Je suis la directrice du département de recherche scientifique du FBI. Je viens vous annoncer que nous avons les preuves de votre culpabilité, dit-elle d'un ton sec. J'aurais besoin que vous me confirmiez certains détails.

— Non, je viens de tout raconter à une de vos collègues. Je n'ai plus rien à dire répondit-il, en ajoutant d'un air soupçonneux : Comment ça se fait que vous ne l'ayez pas croisée ?

Callwin lui jeta un sourire forcé. Elle l'aurait bien giflé pour son impudence.

— Montrez-moi votre insigne ou je fais appeler la police, reprit Nathaniel en attrapant le biper suspendu à la tête de son lit.

Un vrai caractère de tueur. Le gamin était loin d'être aussi stupide qu'elle l'avait présagé.

— OK, petit malin. Je suis journaliste, et si tu ne me parles pas maintenant, je peux t'assurer que je vais pondre un papier qui va te traîner dans la boue, toi et toute ta secte de tordus. Et si tu ne veux pas que j'associe tes parents, ou même votre vieille gourou à cette affaire, tu as intérêt à me dire qui est Bettany Thompson.

— Vous ne feriez pas ça !

Comment pouvait-on user de telles méthodes ? N'y avait-il aucune loi pour enfermer ce genre d'infâme personnage ? Être journaliste donnait-il tous les droits, même celui de diffamer ?

— Et comment ! Je te laisse réfléchir dix secondes et je m'en vais te torcher ce papier.

Nathaniel n'hésita pas longtemps. Après tout, la police n'allait pas tarder à tout déballer à la presse, alors…

— C'est la petite amie de Lewis.

Callwin hocha la tête. La jalousie dont avait parlé Hurley.

— Maintenant, sortez. Si jamais vous parlez en mal de grand-mère, je vous promets que vous le regretterez.

Callwin n'avait jamais eu l'intention de mettre sa menace à exécution, aussi était-elle toute contente que son coup de bluff ait fonctionné sur ce bigot trop crédule.

— Mon Dieu que j'ai peur, se moqua Callwin en se levant.

Elle n'avait aucune estime pour ce genre de timbrés qui croyaient que le bonheur était de vivre au Moyen Âge. Et pourquoi pas à l'âge de pierre !

Sans un regard en arrière, elle passa la porte, espérant qu'elle serait la première arrivée au domicile de cette Bettany Thompson. Pour trouver l'adresse, elle passerait un coup de fil à son ancien patron du *Daily River*, et le tour serait joué.

15

Margareth ouvrit la porte de la grange et avança jusqu'aux écuries.

— Qu'est-ce que tu fais là ? s'étonna Ethan.

Vingt-deux ans, grand, blond aux cheveux mi-longs, barbu, les muscles saillants, il aurait pu avoir toutes les filles de l'université.

— Je n'avais pas le moral à aller en cours aujourd'hui. Ni de toute la semaine.

Elle n'était pas prête à entendre les sempiternels quolibets des autres filles. Elle avait besoin de faire une pause. Le directeur de l'université, un fervent chrétien, comprendrait son absence.

— C'est Nathaniel ?

Margareth hocha la tête. Elle n'avait jamais parlé à quiconque des remarques malveillantes des autres étudiants à son encontre. Elle encaissait en silence de peur que le Conseil, qui régissait la communauté, ne l'oblige à arrêter ses études.

— Oui, je préfère rester ici à prier pour lui. Il va avoir besoin de nous tous quand il va rentrer.

Elle s'approcha de Silver et lui caressa la croupe. La jument était une des plus fertiles de l'élevage. Une beauté qu'elle avait souvent la chance de monter.

— J'espère qu'on le traite bien à l'hôpital, fit Ethan, qui arrêta de fourrer de la paille dans les mangeoires.

C'est dans les hôpitaux qu'on a le plus de risques d'attraper des maladies.

Ce n'était pas vraiment ce qu'elle avait envie d'entendre, mais Ethan était comme ça. Il adorait parler de tout, et passait souvent d'un sujet à l'autre sans transition.

— Il paraît, mais Nathaniel ne risque rien. J'en suis persuadée.

Ethan planta sa fourche dans la botte de paille et s'essuya les mains sur sa salopette en jean.

— Ça te dirait d'aller chercher la viande avec moi ?

Même si cela faisait deux ans qu'elle flirtait avec Ethan, elle savait qu'elle n'était pas amoureuse. Beau et gentil, certainement, mais il lui manquait le petit quelque chose qui aurait fait chavirer le cœur de Margareth.

— D'accord, je retourne prévenir grand-mère et je te rejoins.

Ethan avait pour lui de ne pas prendre ombrage de son refus de passer à l'acte. Il se contentait de quelques baisers pour être, avec elle, le plus agréable des hommes. Quand elle avait besoin de réconfort et de tendresse, il était toujours là.

Les écuries se trouvaient à moins d'un quart d'heure de marche du manoir principal. Un aller-retour plus tard, elle était de nouveau auprès d'Ethan et montait sur le chariot tiré par deux étalons vigoureux.

Tout le monde se moquait d'eux en les voyant utiliser un tel moyen de transport. Margareth s'en fichait. Outre le fait que c'était écologique, c'était surtout très romanesque. Elle avait l'impression d'être une héroïne de roman du XIXe siècle.

« Il ne manque plus que quelques Apaches », se dit-elle en souriant, emmitouflée dans un épais manteau de fourrure aux côtés d'Ethan qui tenait les rênes, alors que le chariot s'enfonçait dans la vaste forêt.

— Tu sais qu'ils sont de plus en plus nombreux à assister à la messe de Tobias ? dit Margareth en faisant référence aux sans-abri.

— Oui, je l'ai entendu dire. Mais bon, ce n'est quand même pas gagné. Nombre d'entre eux ne sont que des ivrognes.

— On ne pourra peut-être pas tous les sauver, mais comme a dit Dieu à Loth, « il suffira d'une seule âme pure pour que je sauve ta ville ».

Ethan eut un petit rire. Il adorait Margareth. Même si ce n'était pas la plus jolie fille de la communauté, elle avait un charme indéniable qui l'avait conquis.

— Si ce n'est qu'il n'en trouva aucune, ce qui obligea Loth à fuir avec sa femme, et Sodome fut rayé de la carte, répliqua-t-il.

Margareth connaissait aussi bien qu'Ethan les prodiges de l'Ancien Testament. Parfois, elle doutait qu'un Dieu miséricordieux ait pu réellement agir ainsi. Si les sodomites étaient de toute évidence des erreurs de la nature, ils étaient surtout victimes de leur déviance, plutôt que coupables. Fallait-il vraiment les tuer pour ça ?

— Tu en fais une tête ? s'étonna Ethan. Il ne faut pas tout prendre au pied de la lettre. Et puis c'était il y a des milliers d'années. Il paraît même qu'il existe des homosexuels qui se croient chrétiens !

Margareth en avait entendu parler. Comment pouvait-on adorer un Dieu qui vous condamnait à mort pour votre déviance ? Étrange, ce besoin qu'ils avaient d'imiter les coutumes des gens normaux.

— Je sais, dit-elle. Harry Miller, l'avocat homosexuel qui a tué le pédophile, est protestant.

Ethan leva les yeux au ciel et fit une brève prière.

— Pour le coup, le Seigneur lui fera peut-être une place au paradis pour ce geste.

Margareth en doutait. Mais peut-être échapperait-il à l'enfer. À quoi pouvait bien ressembler l'enfer ? Margareth ne cessait de se poser des questions sur sa religion. Elle ne mettait pas en doute ses fondements, mais s'interrogeait sur les faits et les miracles.

— Le paradis, dit Margareth en écho.

Instantanément, l'image de ses parents lui vint à l'esprit. Un petit sourire se dessina sur son visage.

— En tout cas, il n'est pas ici, fit remarquer Ethan alors qu'ils approchaient des anciennes scieries.

De nombreux vagabonds et miséreux avaient trouvé refuge dans ces entrepôts à l'abandon, où ils vivaient à l'écart du reste de la civilisation.

En somme, ils ne sont pas si différents de nous, songea Margareth. À la différence près que ce n'était pas par choix qu'ils s'étaient retrouvés à l'écart du monde moderne. Ils en avaient été rejetés.

Le martèlement des sabots fit sortir les enfants. Margareth les trouvait si touchants. Malgré leurs guenilles rapiécées et la saleté de leurs visages, il se dégageait d'eux une candeur qui faisait plaisir à voir. Dès que le chariot eut pénétré dans l'enceinte des anciennes scieries, les enfants se ruèrent vers eux et Ethan dut faire très attention que les chevaux ne prennent peur et ne se cabrent. Margareth descendit la première. À peine eut-elle mis un pied à terre que Lucia se jeta à son cou.

— Margareth ! s'exclama-t-elle alors que les adultes arrivaient à leur tour.

— Bonjour, Lucia, tu vas bien ?

Huit ans, et déjà une sacrée personnalité. Margareth aussi était sous le charme de la petite fille. Une enfant déscolarisée, dont les services sociaux ignoraient jusqu'à l'existence à cause de la clandestinité de ses parents. Pourtant, tout le monde savait que des enfants vivaient ici. Mais dans son hypocrisie, l'Amérique préférait fermer les yeux plutôt que de les renvoyer dans leur pays, d'où ils reviendraient quelques semaines plus tard.

Si parfois, elle trouvait des raisons d'espérer dans la politique de son pays, la plupart du temps, Margareth la méprisait, espérant qu'un jour les paroles du Seigneur arrivent aux oreilles des puissants de ce monde.

— Tu vas me raconter une histoire ? demanda la petite fille.

— Je n'aurai pas le temps aujourd'hui, mais dimanche, oui. Je te le promets.

Sur les conseils de grand-mère et avec la bénédiction des parents de ces enfants, Margareth leur racontait à sa façon des passages de la Bible. Elle adorait jouer la comédie. Même si elle en rajoutait dans le merveilleux, elle pensait que le Seigneur ne lui en tiendrait pas rigueur. L'important était le message de tolérance et d'amour qu'elle leur transmettait, et tant pis si elle prenait quelques libertés avec les textes sacrés.

Lucia fit la moue. Margareth ne put s'empêcher de rire.

— Bonjour à vous, Enfants du Christ. Vous allez bien ? leur lança Jacob en arrivant à leur hauteur.

Ethan et Margareth le saluèrent et firent comme si de rien n'était. Le leader de cette communauté disparate n'avait pas vu d'un très bon œil l'arrivée des Enfants de Marie. Surtout après que Miss Richardson leur avait expliqué pourquoi elle avait racheté le manoir et toutes ses dépendances, ayant appartenu au serial killer qui avait assassiné cinquante-six des leurs sur près de vingt ans.

— Allez, on ne va pas rester dehors à se les geler alors qu'il fait si bon à l'intérieur, reprit Jacob, dont le regard s'attarda sur la poitrine de l'étudiante.

Avec sa stature et son look particulier, il ressemblait à Hulk Hogan, un catcheur facétieux dont Margareth avait vu une fois, par hasard, les exploits à la télévision.

— Je vous suis, dit Ethan.

Margareth ne comprenait pas pourquoi cet homme faisait exprès de les mettre mal à l'aise. En quoi leur aide pouvait-elle le contrarier ? Il aurait pu l'apprécier au contraire. Ne serait-ce que pour l'argent que leur rapportaient les cerfs et les chevreuils qu'ils braconnaient pour eux. Jacob allait emmener avec lui Ethan pour récupérer deux carcasses d'animal, quand il se tourna vers Margareth et ajouta d'une voix suffisante :

— À croire que le Malin a ses entrées dans votre secte.

Devant l'air interrogateur des deux jeunes gens, il ajouta :

— Votre petit gars a avoué le meurtre de Lewis Stark. Il était fou amoureux de sa petite copine.

Margareth n'en crut pas ses oreilles. Ce ne pouvait pas être la vérité.

— Je ne vous crois pas !

Mme Jimenez s'approcha d'elle, le visage marqué par la tristesse :

— Ce qu'il dit est vrai. Nous avons la radio, vous pouvez l'écouter.

Margareth sentit la terre s'ouvrir sous elle. Ce n'était pas possible. Pas Nathaniel, il n'aurait jamais fait ça. Ethan la prit dans ses bras, et elle laissa couler ses larmes sans un mot.

16

Callwin arrêta son Hummer devant l'immense portail de la villa des Thompson. Elle venait de passer à l'antenne de *News of the Valley*, l'émission de radio du matin la plus écoutée à River Falls. Elle avait fait son intervention en direct par téléphone tout en roulant vers Golden Hill. Elle se sentait dans un état euphorique. Il n'y avait rien de plus jubilatoire pour un journaliste que d'avoir un scoop, songea-t-elle en sortant de son véhicule.

Les derniers nuages de la veille avaient disparu, faisant place nette à un magnifique ciel d'un bleu intense. La longue route qui serpentait sur toute la colline était quasi déserte en cette matinée hivernale. Callwin s'approcha du portail et appuya sur l'interphone.

— Oui ? fit une voix féminine d'un ton sec.

— Bonjour, excusez-moi de vous déranger, mais il faut à tout prix que je parle à votre fille, répondit Callwin d'une voix qu'elle espérait chaleureuse.

Il y eut un instant de silence, puis :

— Vous êtes de la police ?

Callwin hésita, mais finalement préféra ne pas mentir sur toute la ligne :

— Non, je suis journaliste. Il est primordial que je parle à votre fille avant la police. Ils veulent l'inculper pour complicité de meurtre.

Callwin fut certaine d'entendre une légère exclamation de stupéfaction. Elle n'eut pas longtemps à attendre avant que le portail s'ouvre devant elle. « Tu sais toujours trouver les mots », se félicita-t-elle en remontant l'allée bordée de parterres fleuris qui menait à la villa.

La porte d'entrée s'ouvrit sur une femme aux yeux cernés :

— Vous avez votre carte de presse ?

« Et comment ! » pensa Callwin avec fierté. Le *Seattle Tribune* la lui avait fournie, même si elle ne travaillait pour eux qu'en free-lance. Elle la sortit de sa sacoche et la présenta à Mme Thompson. Un imperceptible changement dans l'expression du visage et Callwin sut que c'était gagné. La réputation du *Tribune* n'était plus à faire.

— Entrez.

Callwin passa devant son hôtesse et s'avança dans un hall aux dimensions imposantes qui donnait sur ce qui semblait être un salon non moins fastueux.

— Ma fille est enfermée dans sa chambre. Elle ne veut voir personne, reprit Mme Thompson en se dirigeant vers une véranda aménagée en jardin d'hiver. Une amie vient de m'appeler. Elle a entendu dire que la police avait innocenté Paul Brown et que ce serait le jeune homme de la secte qui aurait assassiné Lewis Stark.

— C'est tout à fait exact, confirma Callwin sans la lâcher du regard.

Mme Thompson la jaugea un moment avant de reprendre :

— Il l'aurait tué parce qu'il était amoureux de ma fille. À aucun moment il n'aurait fait mention de complicité.

Callwin prit un air compatissant.

— Vous imaginez bien que s'ils pensent qu'elle est coupable, ils ne vont pas le clamer à la presse, de peur qu'elle ne s'enfuie.

L'argument parut convaincre Mme Thompson.

— Merci pour l'information, mais je ne vois pas en quoi lui parler pourrait l'aider d'une quelconque manière.

— Parce que le shérif n'est pas aussi infaillible qu'il veut bien le faire croire. Paul Brown est mort alors qu'il était innocent. Je n'aimerais pas que votre fille subisse le même sort.

Miracle de l'instinct maternel, le visage de Mme Thompson se vida de son sang. Un léger tremblement la saisit. Callwin s'approcha d'elle, mais Mme Thompson l'ignora et s'appuya contre un beau vaisselier supportant une grande variété de plantes exotiques en pots.

— Il faut à tout prix qu'elle me raconte sa relation avec ce Nathaniel et ce qu'elle a fait dimanche soir. Vous savez comment sont les flics, quand ils veulent un coupable ils le trouvent toujours. Et il n'y a rien de plus facile que de faire signer des aveux à une jeune fille après quelques heures de garde à vue.

Un nouveau frisson parcourut Mme Thompson.

— Elle ne vous parlera pas. Elle n'est pas sortie de sa chambre depuis qu'elle est rentrée hier matin.

— Où a-t-elle passé la nuit ?

— Chez son frère.

— Écoutez, laissez-moi lui parler. Je veux, tout autant que vous, que Nathaniel aille brûler en enfer, mais je crois qu'il vaut mieux qu'elle mette de l'ordre dans ses idées avant que la police ne vienne l'interroger.

— Pourquoi l'interrogeraient-ils ? Croient-ils réellement qu'elle puisse être complice ? Elle était chez son frère. Vous pourrez le lui demander. Il habite dans le centre de River Falls.

— Madame, je vous jure que le temps est compté. Venez avec moi, vous verrez bien que je ne lui veux aucun mal. Bien au contraire.

Ce qui était pure vérité. Elle voulait faire de Bettany la victime de la jalousie des hommes. Une fille en laquelle bon nombre de femmes de la région pourraient se reconnaître.

Mme Thompson hésita puis capitula.

— Suivez-moi, mais quand je vous dirai de partir, vous partirez, fit-elle d'un ton péremptoire.

— Évidemment, mais nous n'en arriverons pas là. Je vous le promets.

Les deux femmes se jaugèrent à nouveau. Chacune vit en l'autre une femme de caractère qui avait fait sa place à la force du poignet. Callwin n'avait pas eu le temps de se renseigner sur les origines de cette Mme Thompson, mais elle aurait parié qu'elle venait d'un milieu modeste.

Elles montèrent à l'étage. Après avoir parcouru un large couloir dont l'épaisse moquette étouffait le bruit de leurs pas, Mme Thompson s'arrêta devant une porte. Close. Elle la tapota du bout des doigts.

— Bettany, il faut que tu m'ouvres. C'est très important, il y a quelqu'un qui veut te parler.

Il y eut un vague remue-ménage dans la chambre.

— Je veux être seule ! Laisse-moi tranquille ! hurla une voix éraillée de l'autre côté de la porte.

Mme Thompson prit un air désolé du genre « Je vous l'avais bien dit ».

— Laissez-moi lui parler, dit Callwin. S'il vous plaît.

Les gens riches ont souvent en commun avec les pauvres de croire encore à la politesse, aimait-elle à penser. Mme Thompson ne dérogea pas à cette règle.

— Allez-y.

Callwin s'approcha de la porte. C'est d'une voix persuasive qu'elle s'adressa à la jeune fille.

— Bettany, je sais que tu n'y es pour rien, mais il faut à tout prix qu'on en parle, sinon la police aura vite fait de t'embrouiller et de te faire avouer ce qu'ils veulent. Je te conseille de ne pas tenter le diable. Pour avoir visité des prisons pour femmes, je peux t'assurer que ce n'est pas un endroit où l'on a envie de séjourner.

La longue phrase était sortie toute seule. Il ne restait plus qu'à prier pour qu'elle ait fait mouche.

Des pas approchèrent. Le silence sembla durer une éternité. Callwin, prête à rajouter une phrase décisive, se retint de peur de dire un mot de trop. Puis il y eut un déclic dans la serrure et la porte s'ouvrit lentement. Callwin fit un effort sur elle-même pour cacher son sentiment de triomphe, mais le regard qu'elle adressa à Mme Thompson ne pouvait le dissimuler totalement.

— Vous êtes qui ? fit Bettany en passant la tête dans l'entrebâillement de la porte.

L'adolescente de seize ans faisait peine à voir. Les cheveux en bataille, les yeux rouges et cernés, le visage boursouflé.

— Je suis quelqu'un qui te veut du bien. Je suis journaliste et j'enquête sur les erreurs judiciaires. Je suis venue pour Paul Brown, mais je crois que tu vas avoir besoin de moi.

Bettany fronça les sourcils et se perdit dans des réflexions intérieures avant d'ouvrir franchement la porte.

— Je ne vois pas ce que vous me voulez. Je n'ai rien fait.

— Je le sais bien. Mais tu peux être sûre que l'avocat de Nathaniel va tout te mettre sur le dos. Si tu ne veux pas que tes propos soient déformés, le mieux est qu'on en parle avant. Je te promets de te faire lire l'article avant de le faire paraître.

Mais elle ne promettait pas de changer la moindre ligne si le contenu ne convenait pas à la jeune fille.

— Je n'ai rien à cacher, dit l'adolescente, qui la laissa enfin entrer dans sa chambre.

Mais quand Mme Thompson s'avança à son tour, Bettany lui barra le passage.

— S'il te plaît, maman, c'est suffisamment dur, je n'ai pas envie d'en parler avec toi.

Callwin n'en espérait pas tant.

— Tu es sûre ? plaida Mme Thompson, qui n'était pas convaincue que ce soit une bonne idée de laisser sa fille seule avec la journaliste.

— Sûre et certaine, mais si tu veux écouter aux portes, fais comme chez toi !

Un sacré petit bout de femme, s'étonna Callwin. La jeunesse dorée se permettait tout, et n'avait guère de respect envers ses géniteurs. Sans attendre la permission, elle s'assit sur le lit et sortit son dictaphone, qu'elle mit aussitôt en marche.

— Ma mère m'a répété qu'ils avaient dit à la radio que Nathaniel Morrison avait avoué, fit Bettany, restée debout.

Parfait, qu'elle se sente en état de supériorité. Cela faciliterait les confidences.

— Oui, mais son avocat ne va tarder à lui dire de se rétracter. S'il n'y aucune preuve matérielle contre lui, c'est l'option la plus vraisemblable.

— Mais pourquoi j'aurais tué Lewis ? Je l'aimais.

Sa voix se fêla. Elle n'était pas aussi forte qu'elle le pensait.

Callwin l'aurait bien réconfortée en la prenant dans ses bras, mais il était clair qu'elle ne supporterait pas le moindre contact physique.

— Tu aurais dû me répondre qu'il était impossible que tu l'aies tué, vu que tu étais chez ton frère.

Son coup de bluff pour obtenir un entretien n'était-il finalement pas si éloigné de la vérité ? « J'aurais dû être flic ! » Encore aurait-il fallu qu'elle ne méprise pas tous ces connards de machos qui se prenaient pour des justiciers.

— Quoi ? fit Bettany, se sentant prise en faute.

Callwin lui adressa un sourire empreint de compassion.

— Dimanche soir, tu es certaine de ne pas avoir bougé de chez ton frère, n'est-ce pas ?

Bettany avait dû rejoindre son amoureux dans les bois. Nathaniel, fou de jalousie, avait débarqué dans la cabane et abattu son rival. Il n'y avait plus qu'à confirmer le scénario plutôt que de nier avoir assisté au meurtre.

— Oui, mon frère vous dira la même chose.

Callwin tapota la couverture à côté d'elle.

— Tu ne veux vraiment pas t'asseoir ?

Bettany ne répondit pas et la regarda, méfiante.

« Si elle n'avait rien à se reprocher, elle m'aurait déjà fichue dehors. »

— Bettany, il n'y a rien de mieux qu'un faux témoignage pour démontrer sa culpabilité. Si tu maintiens ne pas être sortie et que la police prouve que tu étais à la cabane, aucun avocat ne t'évitera la prison à vie.

Ces mots firent mouche. Bettany s'effondra sur son lit, en pleurs.

La porte s'ouvrit violemment et Mme Thompson fit une entrée mouvementée.

— Laissez-nous, je vous en prie. Je veux juste éviter la prison à votre fille, lui dit Callwin d'un ton ferme.

Une fois de plus, les deux femmes se jaugèrent du regard, comme deux chattes au poil hérissé. Puis, sans un mot, la mère de Bettany sortit.

— C'était un accident, c'était un accident, pleurnichait Bettany.

Callwin comprit alors qu'elle s'était fourvoyée sur un point essentiel. Nathaniel avait bien essayé de tuer Lewis, mais Bettany s'était interposée, avait pris l'arme et le coup était parti tout seul. Ce qui expliquait pourquoi il s'accusait du meurtre malgré tout, mais aussi pourquoi Bettany n'avait pas appelé la police. Elle était coupable !

— Ce sera ta parole contre la sienne, s'entendit-elle répondre. Tu étais avec Lewis. Nathaniel l'a tué par jalousie. Ne leur raconte rien d'autre.

Bettany releva la tête et lui jeta un regard stupéfait.

— Ne raconte pas tout à la police. Avoue-leur seulement que tu voyais Lewis dans la cabane. Ne leur dis pas que tu as réussi à prendre son arme. Personne n'a besoin de savoir ça, et personne ne pourra jamais le prouver. Si des questions t'embarrassent, dis-leur que tu ne te souviens plus. Voir son petit ami se faire tuer sous ses yeux est un traumatisme suffisamment violent pour entraîner des pertes de mémoire.

— Vous croyez ?

— Oui, assura Callwin.

C'était un flagrant délit d'entrave à la justice et à la morale, mais Callwin s'en moquait éperdument. Pour elle, la justice était une salope aveugle qui emprisonnait les innocents, et laissait les puissants et les ordures bien à l'abri. Ce Nathaniel était un cinglé de la pire espèce. Lui seul devait payer pour ce crime.

– Dis-moi que je rêve ! pesta Logan en garant sa Cherokee à côté du Hummer.

Hurley fit la moue. Elle était tout autant contrariée que Logan. Si ce n'est plus.

— Elle n'a vraiment aucune éthique ! fulmina-t-il en éteignant le contact. (Il regarda Hurley dans les yeux.) Tu me jures que tu ne l'as pas appelée de l'hôpital ?

Pour le coup, Hurley se fâcha vraiment et prit sa mine des très mauvais jours.

— Tu me reposes encore une fois la question, et je te jure que tu ne me revois plus jamais, répondit-elle en le pointant d'un doigt menaçant.

Comment pouvait-il avoir si peu de confiance en elle ? L'avait-elle jamais trahi ? L'imbécile ! Logan prit un air contrit et tenta de lui caresser la joue. D'un geste brusque, Hurley l'en empêcha.

— On en reparlera ce soir. Pour l'instant, on s'en tient au boulot. Et pas d'esclandre. Tes problèmes avec Leslie, tu les régleras à l'extérieur. Ces gens ont autre chose à entendre que les vociférations d'un shérif à bout de nerfs !

Logan l'avait rarement vue dans une telle colère. Il n'y avait pas de quoi fouetter un chat. Il ne répondit pas. Il sortit du véhicule et, sans attendre Hurley, il sonna à l'interphone. Le portail s'ouvrit.

Quelques instants plus tard, Mme Thompson les accueillait chez elle.

— Nous voudrions nous entretenir avec votre fille, dit Logan après les salutations d'usage.

— Elle est en haut avec une journaliste, dit Mme Thompson qui ajouta : Une femme très délicate, très agréable.

Le sourire de politesse de Logan s'effaça d'un coup. Ça ne sentait pas bon du tout. Qu'est-ce qu'elle était venue leur raconter ?

— Nous pourrions la voir ? Nous n'en aurons pas pour longtemps. Juste quelques questions sur Nathaniel Morrison, dit Hurley.

— Évidemment. Suivez-moi.

Elle les conduisit jusqu'à l'étage. Au moment où ils s'engageaient dans un couloir desservant vraisemblablement des chambres, ils découvrirent Callwin qui sortait de l'une d'elles.

— Surtout, tu n'hésites pas à m'appeler si tu en as besoin. D'accord ? fit la journaliste.

Logan ferma un instant les yeux, essayant de juguler la colère qui montait en lui. Il serra le poing jusqu'à s'enfoncer les ongles dans la paume.

— Oh ! Shérif, quelle surprise ! Vous tombez bien. Il fallait que je vous voie. J'aurais besoin d'une entrevue. C'est possible cette après-midi ? demanda Callwin d'un ton léger.

La garce, il l'aurait bien étranglée sur place.

— J'ai mieux à faire qu'à nourrir des rats de votre espèce.

« Peut-être pas la meilleure chose à dire, mais c'est mieux que lui foutre mon poing en pleine tronche », se dit-il en voyant le visage de Mme Thompson se décomposer.

— Shérif, vous ne devriez pas parler ainsi. La liberté de la presse, vous connaissez ? fit-elle, outrée.

— Laissez, madame, j'ai l'habitude avec les hommes de lois mais je ne me laisse pas impressionner, rétorqua Callwin. Si vous permettez, je vais vous laisser.

Mme Thompson la remercia et l'invita à revenir quand elle le souhaitait. Callwin lui sourit et passa devant Logan. Quand elle vit le regard noir que Hurley lui lançait, elle préféra faire comme si elles ne se connaissaient pas.

Chacun garda le silence, tandis que Callwin descendait l'escalier. Puis Mme Thompson les invita à entrer dans la chambre de sa fille.

— Bettany, c'est le shérif et son adjointe. Ils voudraient te poser quelques questions. Si tu t'en sens la force.

« Adjointe ! On est bien peu de chose », songea Hurley, qui avait retrouvé son calme.

— Pas très longtemps. Je suis fatiguée, répondit la jeune fille.

D'un hochement de tête, Hurley remercia Mme Thompson et entra dans la chambre, suivie de Logan.

— On a juste quelques questions à te poser, dit Hurley d'une voix douce.

Bettany lui sourit. Un petit sourire triste, que les yeux rougis et les paupières gonflées n'arrivaient pas à enlaidir, nota Logan, qui en oublia toute colère.

— Pour commencer, peux-tu nous raconter ta soirée de dimanche jusqu'au lundi matin ?

Bettany s'essuya les yeux et, après un petit toussotement pour s'éclaircir la voix, elle se lança.

— Tout d'abord, il faut que vous sachiez que Lewis et moi, c'était pour la vie.

Elle leur raconta alors qu'elle avait menti à ses parents en disant qu'elle allait dormir chez son frère. Elle était allée retrouver Lewis à Garden Park. Son frère était dans la confidence. Lewis avait décidé de lui faire une surprise : une soirée en amoureux dans les bois. Elle avait trouvé l'idée excellente. Avec la voiture de Lewis, ils avaient quitté River Falls pour la forêt voisine.

— Une fois là-bas, je ne vais pas vous faire un dessin, mais je n'oublierai jamais cette nuit.

Logan comprenait l'émotion de l'adolescente.

— Nous étions sur le point de partir quand quelqu'un a frappé à la porte. Nous pensions que c'était un chasseur. Mais quand Lewis a ouvert, j'ai reconnu Nathaniel…

Bettany s'arrêta et fondit en larmes. Logan en serait bien resté là, mais il devait entendre de sa bouche le dénouement final. Hurley se rapprocha de Bettany et lui posa son bras autour des épaules :

— Ça va aller, dit-elle d'une voix douce.

Après quelques reniflements, Bettany reprit son récit :

— Ensuite, je ne me souviens plus de rien jusqu'à ce que je me réveille chez mon frère.

Amnésie partielle. Cas très rare mais toujours lié à un choc psychologique important. Assister à la mort violente de l'homme de sa vie faisait partie de cette catégorie, se dit Hurley, néanmoins dubitative.

— Vous pouvez la laisser, maintenant. Si vous avez d'autres questions, nous serons à votre disposition, mais je vous en prie, je crois qu'elle a besoin de repos.

Logan était d'accord, à un détail près.

— Encore une question, Bettany, fit-il en essayant de prendre un ton paternel. Pourquoi n'as-tu pas prévenu la police ?

Bettany hésita et repensa au conseil de la journaliste :

— Quand je me suis réveillée chez mon frère, j'avais même oublié notre excursion à la cabane. C'est quand je suis rentrée chez moi que ma mère m'a annoncé qu'il avait été tué par un détraqué sexuel.

— S'il vous plaît, shérif, laissez-nous, intervint Mme Thompson.

Logan leva la main en s'efforçant de sourire :

— Une toute dernière question. Est-ce que tu te souviens si Nathaniel tenait une arme ?

— Il me semble... Oui, il avait une arme ! reprit-elle, sûre d'elle.

Elle se remit à pleurer.

— Shérif, la situation est suffisamment difficile. Nathaniel a avoué. Qu'est-ce qu'il vous faut de plus ? s'énerva Mme Thompson.

Les aveux sont une chose, mais pouvaient vite être retournés par un bon avocat. Un témoignage direct était une meilleure preuve.

— Nous allons te laisser, Bettany. Cependant, même si cela t'est très pénible, il est important que tu te rappelles exactement ce qu'il s'est passé par la suite. Au procès, l'avocat de Nathaniel essayera certainement de prouver ta culpabilité, dit-il très sérieusement.

— Shérif, s'il vous plaît !

C'était plus un ordre qu'une prière.

— OK, mais dites à votre fils de se présenter au commissariat dans l'après-midi.

S'il savait que sa sœur avait un rendez-vous avec Lewis le soir du crime, il aurait dû alerter la police en apprenant sa mort au petit matin.

— Mon fils est suspecté maintenant ? De mieux en mieux ! fit Mme Thompson en lui jetant un regard outré, ajoutant tout de même : Je vais l'appeler. Il passera. Maintenant, allez-vous-en.

Logan n'insista pas et quitta les lieux avec Hurley.

17

Gerald entra au River's Coffee, l'un des bars-restaurants les plus huppés de la ville. La dernière fois qu'il y avait mis les pieds, c'était avec ses parents. Il avait douze ans. Ce n'était pas tout à fait son genre de repaire, mais il n'avait pas osé décliner l'invitation.

Il s'avança dans la salle du restaurant et aperçut son rendez-vous. Avant qu'un serveur ne vienne au-devant de lui, il se rendit à la table de Mme Fisher. Elle lui adressa un de ses sourires dont elle avait le secret et l'invita à s'asseoir en face d'elle.

— Tu as faim, j'espère ?

C'était l'heure du déjeuner. En tant normal il mangeait comme un ogre après les cours de mathématiques appliquées, mais la tension était telle qu'il en avait perdu l'appétit.

— Oui, répondit-il malgré tout, en saisissant la carte que lui tendait Mme Fisher.

Au lieu de rejoindre ses amis à la cafétéria, il n'avait pu s'empêcher d'appeler chez les Fisher. Le répondeur s'était déclenché mais Mme Fisher donnait le numéro de son portable et celui de son mari. Il n'avait hésité qu'un instant et avait osé le tout pour le tout. Quelques secondes plus tard, Mme Fisher lui indiquait qu'elle était en ville, et lui proposait qu'ils déjeunent ensemble pour parler de son problème.

— Je te conseille leur viande de cerf. Ils ont une sauce à se damner.

Était-ce le changement de température, entre le froid glacial de l'extérieur et l'agréable douceur du River's Coffee, ou seulement l'incongruité de la situation ?

Gerald sentit rougir ses joues et tenta de se cacher derrière la carte.

— Je vais prendre comme vous, dit-il, incapable de réfléchir.

Il posa la carte sur la table et fut heureux de constater que la mère de Kevin n'avait pas l'air d'avoir noté son trouble.

— Tu bois du vin ?

— Oui, mais je ne suis pas connaisseur.

— Ne t'inquiète pas, je sais ce qu'il nous faut.

Incroyable, l'effet que lui faisait cette femme. Elle avait au moins vingt ans de plus que lui, mais ne faisait pas son âge.

Un serveur s'approcha.

— Alors, parle-moi de cette jeune fille, dit-elle quand elle eut passé commande. Tu penses sincèrement qu'elle est complice de Nathaniel Morrison ?

Il lui avait rapidement parlé de Margareth au téléphone avant qu'elle ne lui propose ce déjeuner.

— Justement, je ne sais pas trop. Mais c'est quand même troublant, non ?

Mme Fisher haussa les épaules d'un air dubitatif.

— Tu m'as dit qu'elle ramassait ses cours jetés à terre sous la pluie quand tu l'as croisée hier matin. Ça me semble une bonne raison pour craquer.

— C'est ce que j'ai pensé tout d'abord, mais quand je l'ai revue dans les toilettes, c'était plus qu'une crise de larmes. Elle paraissait effondrée.

Le serveur revint avec une bouteille de vin. Mme Fisher attendit qu'il les ait servis pour reprendre la parole.

— Tu sais, je ne voudrais pas te froisser, mais les filles sont bien plus émotives que les garçons ou, si tu préfères, cherchent moins à dissimuler leurs émotions que les hommes.

C'est la réflexion qu'il s'était faite en regardant *American Idol*. Les filles qui se faisaient éliminer éclataient aussitôt en sanglots, pleurant sans arrêt, tandis que les garçons restaient dignes, criaient au scandale ou faisaient de l'humour.

— Ouais, vous pensez donc que je ne dois pas appeler la police ?

— Cela me paraît une évidence, si tu n'as pas d'autres preuves qu'une fille qui pleure dans des toilettes.

Gerald se sentit soudain ridicule. Mme Fisher but une gorgée de vin. Gerald fit de même et en apprécia tout le velouté fruité.

— La seule question qui mérite d'être posée est : pourquoi tu tenais tant à ce qu'elle soit coupable ?

— Je ne comprends pas.

— C'est là tout le problème. C'est que tu ne te rends même pas compte de tes préjugés, fit-elle sans sourire.

Toujours le même reproche. Il grimaça un sourire et, pour se donner une contenance, but une nouvelle gorgée de vin.

— Parce que Paul Brown a été jugé pour pédophilie il y a des années, il ne pouvait être que coupable, reprit Mme Fisher. Quant à Harry Miller, vu qu'il est homosexuel, sa complicité dans cette horreur était évidente. Tu vois où je veux en venir ?

— Je n'ai jamais dit ça, se défendit Gerald, mal à l'aise.

Il n'avait pas imaginé qu'elle le rembarrerait si froidement.

— Non, mais tu l'as pensé, de façon plus ou moins consciente. Comme tu penses que quelqu'un qui appartient à un groupe religieux différent du tien est forcément suspect.

Gerald avait les joues en feu. Il aurait tout donné pour être ailleurs.

— Je ne te juge pas, Gerald, je ne fais que constater. Et à te dire la vérité, le simple fait que tu aies des scrupules est la preuve que tu es quelqu'un de bien qui ne demande qu'à changer. Franchement, si mon Kevin en était déjà à ce niveau, j'en serais ravie.

Le ton était sincère. Gerald leva les yeux, et se sentit rasséréné quand il vit le sourire maternel qui éclairait le visage de Mme Fisher.

— Vous pensez vraiment qu'on est des petits cons ? fit-il, étonné du tournant qu'avait pris la conversation.

— Non, vous êtes seulement une génération qui ne recherche que facilité et rapidité. Tout doit aller vite. Tout doit être simple. Les films, les jeux, les cours, et même l'amour. Alors que la réflexion et l'analyse demandent du temps et de la concentration.

Ça aussi, c'était peut-être un préjugé, mais il se garda bien de le lui faire remarquer, d'autant plus qu'elle n'avait pas complètement tort.

— Tout est blanc ou noir pour vous. Les gentils et les méchants. Les bonnes décisions et les mauvaises. Mais la vie est bien plus complexe. Tout n'est qu'affaire de nuance.

Il avait déjà entendu ce genre de discours, mais n'avait jamais pris le temps d'y réfléchir sérieusement. Réfléchir ? Perte de temps. Ce n'est pas ça qui va faire grimper ton compte en banque ! lui aurait dit son frère.

— Je suppose que vous avez raison, mais j'ai du mal à voir à quoi ça peut servir. Le but dans la vie est d'être heureux, non ? Et excusez-moi, mais Kevin et moi le sommes vraiment.

— Plus on est bête, plus on est heureux.

La remarque le prit par surprise. Gerald piqua du nez sur son verre. Le serveur vint faire diversion en arrivant avec les plats.

— Écoute, je ne voulais pas te vexer, mais je crois que j'ai trouvé un exemple qui va te faire comprendre.

Gerald reprit un verre de vin. Il sentait que l'alcool commençait à faire son effet.

— Kevin, Luke et toi adorez les jeux vidéo, mais lesquels préférez-vous, les « casual » ou les « hardcore » ?

Gerald eut un petit rire. Son fils avait dû lui donner des cours !

— Les hardcore, parce qu'ils sont plus difficiles. Quand on gagne, y a pas à dire, c'est là que c'est vraiment le pied ! fit-il en montrant qu'il avait compris la leçon.

— Plus les réflexions sont complexes, plus l'impression de ne pas être qu'un animal est importante. Le plaisir trouvé dans l'épreuve et la difficulté n'a rien de comparable.

— Il vaut mieux être un dépressif cynique et intelligent qu'un imbécile heureux, en quelque sorte, déclara-t-il, fier de son inspiration soudaine.

Mme Fisher eut un sourire étonné. Elle n'aurait su mieux dire.

— J'ai toujours pensé que tu n'étais pas aussi stupide que Kevin le disait, le taquina-t-elle. On n'est pas obligé d'être dépressif, mais le cynisme, oui, ça peut aider à tenir le coup.

Cette femme était vraiment incroyable. Une capacité à vous bousculer dans tous les sens.

— Je disais ça comme ça. Vous, vous ne me semblez pas tellement cynique.

— Non, mais je n'ai pas d'illusions sur le monde. Les trois quarts de la population mondiale crèvent de faim, sous la tutelle de dictateurs ou de fous de Dieu. Même dans notre pays, nous comptons plus de trente millions de pauvres. Et je ne te parle pas de toutes les injustices de notre système. Mais vois-tu, ce qui me fait tenir, c'est que j'ai la faiblesse de croire qu'on peut améliorer les choses si l'on s'en donne la peine.

— Vous êtes une vraie idéaliste ! fit-il. L'alcool aidant, il se permit d'ajouter : ça vous embête si je vous appelle Jane Fonda ?

— J'espère que tu ne te moques pas. Elle est un exemple pour toutes les femmes de ce pays.

— Non, c'est vrai, je le pense sincèrement.

En vérité, il ne la connaissait pas bien, mais il savait qu'elle était engagée dans pas mal de causes humanitaires.

— Allez, mange, ça va refroidir.

Tout heureux de voir qu'il avait réussi à la troubler, Gerald s'attaqua à sa pièce de viande. Il ne fit qu'une bouchée du premier morceau. Décidément, il avait vraiment bien fait de venir.

— Tu sais, si je peux me permettre un conseil…

— Vous pouvez tout vous permettre, la coupa Gerald spontanément.

Mme Fisher lui fit un étrange sourire, qu'il ne sut déchiffrer, et reprit :

— Tu devrais aller parler à cette jeune fille des Enfants de Marie.

La bouche pleine, Gerald fronça les sourcils.

— Pourquoi ?

— Parce que c'est en cherchant à comprendre les autres que nous faisons tomber nos préjugés. Peut-être que cette fille est effectivement une nunuche stupide, emplie de croyances issues d'un autre âge, mais qui sait ? Peut-être est-elle différente…

Gerald avala une nouvelle rasade de vin. Même si Mme Fisher avait raison, il s'en moquait éperdument, pour la simple et bonne raison que :

— Elle est vraiment trop moche, fit-il sans sourciller.

— Ainsi tu ne parles qu'aux jolies filles. Je suppose que je dois me sentir flattée, ironisa Mme Fisher.

Conscient de sa bourde, Gerald détourna le regard et déglutit bruyamment.

— Non, ce n'est pas du tout ça…

— Parce que je suis moche, maintenant ! De mieux en mieux.

Gerald se mordilla les lèvres, et comprit enfin qu'elle se moquait gentiment de lui.

— Vous êtes très belle et vous le savez.

« Je suis dingue ! » Il s'attendait à recevoir son verre de vin à la figure, mais non, elle ne sembla pas mal le prendre.

— Bien sûr que je le sais, mais je suis bien trop vieille pour toi, et puis, je ne suis pas certaine que Kevin apprécierait.

Gerald se sentait des ailes. Mais à trop vouloir se rapprocher du soleil, Icare avait trouvé la mort… Il eut envie de le dire tout haut pour montrer à Mme Fisher qu'il connaissait ses classiques, mais il eut conscience du côté puéril de la démonstration.

— Votre mari est l'homme le plus chanceux de la terre, dit-il simplement.

Mme Fisher sourit et changea de sujet.

— Parlons plutôt de toi et de Kevin. Je n'arrive pas à comprendre comment des garçons comme vous n'arrivent pas à avoir de petites amies. Vous êtes plutôt beaux garçons, pas particulièrement timides. Vous devriez sortir davantage et moins jouer à vos jeux vidéo.

Gerald comprit que la parenthèse enchantée était terminée. Retour à la réalité.

— Je ne sais pas, le monde est vraiment trop injuste, fit-il en pensant à Katie, sa call-girl préférée.

18

Après l'entrevue avec Bettany Thompson, Logan avait déposé Hurley chez lui avant de repartir au commissariat. La profileuse était ressortie contrariée de la maison des Thompson. Bettany semblait réciter un cours appris par cœur plutôt qu'exprimer ce qu'elle ressentait. Pourtant, tout cadrait, son discours était d'une logique implacable. Alors pourquoi ce sentiment d'avoir été trompée ?

Hurley finit de se préparer un chocolat chaud et retourna dans le salon pour se laisser envelopper par le prélude en *ré* bémol majeur de Chopin. Elle s'assit dans le large fauteuil et ferma les yeux, les mains autour de son bol. Elle avait participé à trop d'interrogatoires pour ne pas repérer un manque de sincérité. Cela ne voulait pas forcément dire que Bettany mentait, simplement, elle faisait très attention à ce qu'elle racontait. Un regard, des gestes, un phrasé qui se voulaient naturels mais qui ne l'étaient pas. Hurley ne voyait qu'une raison à cela : mensonge par omission. Bettany leur avait certainement dit la vérité. Mais pas toute la vérité. Qu'avait-elle caché, et pourquoi ?

Hurley avait conscience qu'aucun juge n'autoriserait une garde à vue sur ses seules impressions de profileuse. Ils avaient un coupable qui reconnaissait les faits, le sang de la victime sur ses vêtements et un mobile. Quoi de mieux pour boucler un dossier ?

La seule personne capable de lui donner des réponses était Callwin. Cependant, tout indiquait qu'elle jouait sa propre partition dans cette histoire et qu'elle ne partagerait pas ses informations avec la police.

Hurley soupira et passa le bout de sa langue sur sa lèvre supérieure couverte de mousse chocolatée. Elle avait besoin de se détendre. Elle n'avait pas du tout apprécié la façon dont Logan l'avait accusée d'être complice de Callwin. Jamais elle n'avait donné des informations aux médias sans, au préalable, en parler à qui de droit. Comment avait-il pu douter d'elle ? La base de l'amour n'était-elle pas une confiance totale, inébranlable ?

Commencer à douter était le début de la fin. Cette idée lui nouait les tripes, elle sentit comme une envie de vomir. Elle était trop émotive. Elle devait se ressaisir. Se laissant bercer par Chopin, elle maîtrisa sa respiration, et reprit le cours de ses pensées.

Par un enchaînement d'idées, l'image de Ray Snider s'imposa à elle. L'homme qui avait essayé de la tuer cinq années plus tôt allait être mis à mort dans un peu plus d'un mois. Farouche opposante à la peine capitale, elle n'arrivait cependant pas à s'attrister du sort de Snider. Jamais elle n'oublierait son regard quand il l'avait poignardée.

Hurley ressentit un frisson lui parcourir le corps. Inconsciemment, elle se recroquevilla sur elle-même, manquant renverser son bol de chocolat fumant.

L'homme avait demandé plusieurs fois à la voir. Il lui avait fait parvenir de nombreux courriers, surtout depuis l'automne, alors que l'échéance approchait à grands pas. Elle n'en avait jamais fait part à Logan.

Elle n'avait jamais pris la peine de lire les lettres et avait demandé à ses collègues du FBI de ne plus les lui transmettre. L'administration pénitentiaire les avait certainement ouvertes ; si elles avaient contenu quoi que ce soit de capital, nul doute qu'elle en aurait été informée.

Son portable sonna.

Elle sursauta et faillit renverser son bol.

C'était Callwin.

— Salut, Jessica, je crois qu'il faut qu'on parle, dit la journaliste d'un ton gêné.

Deux minutes plus tôt, elle lui aurait raccroché au nez, mais ce dont elle avait besoin à présent, c'était de chasser l'image obsédante de Snider.

— Je n'ai vraiment pas apprécié ce que tu as fait, mais je suppose que tu t'en doutes.

— Jessica, je suis journaliste. C'est mon boulot d'aller au plus près de l'information.

— Tu es entrée dans la chambre de Nathaniel Morrison sans autorisation et tu l'as interrogé.

Ils en avaient eu la confirmation par Blake. L'agent du FBI avait demandé à Nathaniel comment les médias avaient eu vent de sa culpabilité. Le jeune homme n'avait pas cherché à mentir.

— Et alors ? répliqua Callwin. Je ne vois pas où est le problème. Je n'ai pas confiance en ton mec. Un type est déjà mort pour rien. Tu sais que je t'aime beaucoup, mais je me demande vraiment ce que tu fous avec un mec pareil.

— Ce mec, comme tu dis, je lui dois la vie, répliqua Hurley, qui se dit qu'elle aurait mieux fait de ne pas décrocher.

Il y eut un silence. Aussitôt, Hurley regretta d'avoir évoqué cet épisode dramatique.

— Qu'est-ce que tu me racontes ?

Le ton de Callwin avait complètement changé. Hurley y perçut une réelle inquiétude. Autant tout lui raconter. Peut-être cela lui ferait-il enfin apprécier Logan.

— Il m'a tiré des pattes de Ray Snider, lâcha-t-elle.

— Non ! Tu déconnes, je m'en souviendrais si..., commença Callwin, avant de s'arrêter net.

Même si l'histoire remontait à plus de cinq ans, elle se rappelait que la dernière proie du serial killer avait été une profileuse du FBI. Elle aurait été incapable de dire son nom, mais n'ignorait pas que Logan était l'homme qui avait coincé Snider. Le héros de l'histoire.

— Je le crois pas ! fit-elle.

— Il n'a pas que des défauts, tu vois.

— Ouais, je le sais bien. Mais merde alors, cette pourriture de Snider a failli te buter !

Hurley sentit sa colère retomber.

— Un très mauvais souvenir. Si on pouvait revenir à notre sujet de préoccupation, ça serait très gentil de ta part.

— OK, mais putain, je peux te dire que je n'ai plus qu'une envie, c'est d'aller le voir griller sur sa chaise.

— Leslie, on ne grille plus les gens depuis la fin des procès en sorcellerie ! Et tu sais bien que la chaise électrique a disparu depuis un bon moment, par ici.

— Je sais, mais parfois, je me demande si on n'a pas eu tort.

Hurley n'avait aucune envie d'entamer ce genre de débat à ce moment précis.

— Alors, tu me dis ce que tu as raconté à la petite Bettany ou vais-je devoir faire vibrer la corde de l'amitié ?

Callwin éclata de rire.

— Au début, elle a commencé par nier avoir mis les pieds à la cabane. Mais quand je lui ai fait comprendre que les flics le prouveraient facilement si tel était le cas, elle m'a avoué y être allée. Alors je me suis dit qu'elle serait une coupable idéale en mentant aussi mal, si jamais Nathaniel revenait sur ses aveux et l'accusait d'avoir tué Lewis. C'est tout. Il n'y a vraiment pas de quoi en faire toute une histoire.

Hurley dut en convenir. L'explication était plausible. Sauf qu'elle connaissait trop bien Callwin pour savoir quand elle ne disait pas toute la vérité.

— Tu me promets que tu ne me caches rien ?

Un nouveau silence.

— Non, je ne te promets rien du tout. C'est le boulot de ton « sauveur » de trouver la vérité. Moi, j'ai juste aidé une innocente à avoir l'air innocent. Si vous tenez tant à ce qu'elle aille moisir en prison, c'est votre problème, pas le mien.

Hurley comprit qu'elle taisait un élément essentiel mais préférait ça à un mensonge.

— Je veux juste savoir la vérité, Leslie. Juste la vérité.

— Écoute. La vérité, je l'emmerde, fit Callwin, puis soudain : Excuse-moi, je vais devoir raccrocher, mais… on n'est pas fâchées ?

— Évidemment, mais n'en abuse pas tout de même.

— Je t'embrasse. À plus.

— Moi aussi je t'embrasse.

Hurley regarda son bol de chocolat. Elle n'en avait plus envie. Elle alla s'allonger sur le canapé, éteignit la chaîne hi-fi, et alluma l'écran plasma. Elle avait vraiment besoin de se changer les idées.

– Très bien, je m'en occupe tout de suite, fit Logan avant de raccrocher.

Le juge Burrough avait accepté la demande de remise en liberté de Harry Miller contre une caution de deux cent mille dollars.

« Maître Archer est un sacré malin », se dit Logan en se massant les tempes. Faire passer un meurtre pour un simple accident ! Néanmoins, il n'avait pas cherché à contrer la décision du juge. Après tout, Brown était un pédophile avéré qui, au vu des fichiers retrouvés chez lui, n'était certainement pas aussi bien réinséré que certains voulaient le croire.

Il se leva de son fauteuil, attrapa un trousseau de clés et se dirigea vers les cellules. Miller lisait le journal que lui avait apporté son avocat. Il jeta un œil au shérif et reprit sa lecture.

— Je peux repasser plus tard si vous le souhaitez ?

— Non, je le lirai dehors, répondit Miller en repliant le journal.

Logan s'approcha des barreaux et mit la clé dans la serrure.

— Deux cent mille dollars pour la vie d'un homme. Je n'arrive pas à savoir si c'est cher payé, fit-il, dédaigneux.

Miller comprit que la proposition de son avocat avait été acceptée. Il se leva et attrapa sa veste.

— Ça vous fait chier de me libérer. Pour une fois que vous teniez un homo, quel dommage de le relâcher !

— Vous avez un procès à venir et vous pouvez compter sur moi pour mettre en doute la thèse de l'accident.

Un large sourire s'afficha sur le visage du prévenu.

— C'est quoi votre problème, shérif ? Pourquoi tant de haine ?

— Je suppose que c'est parce que je suis un homosexuel refoulé, rétorqua Logan, qui connaissait la rengaine.

Miller aurait bien voulu le croire. Mais non, Logan était le type même du macho hétéro, incapable d'accepter le monde dans sa diversité.

— Vous ne méritez pas votre femme.

— Et vous ne méritez pas de sortir, claqua Logan en ouvrant la porte de la cellule.

Miller ne bougea pas. Il avait tout à fait conscience que si le juge avait accepté l'idée d'une caution, c'était avant tout pour éviter que la communauté homosexuelle de tous les États de la côte Ouest et d'ailleurs ne taxe les forces de police et de justice de River Falls d'homophobie.

— Quand je l'ai braqué avec mon arme, j'étais tétanisé de trouille. Je détestais ce type. Je mourais d'envie de l'abattre comme le sale pédophile qu'il était, mais j'en étais incapable, fit Miller en fixant Logan droit dans les yeux. On ne devient pas un tueur aussi facilement que ça.

Le ton lui parut sincère et, surtout, Logan savait qu'effectivement, très rares étaient les personnes capables de supprimer une vie. C'était la raison d'être des bourreaux. Accomplir ce que le commun des mortels était incapable de faire, même sous l'emprise de la haine.

— Puisqu'on est dans un moment de vérité, je vais vous en dire une autre. Tous les gens qui pensent que vous êtes un connard ne sont pas forcément homophobes.

Miller en resta coi, puis explosa de rire.

— Enfin une parole gentille ! Je commence à comprendre ce qui peut plaire chez vous.

Il sortit de la cellule, encore étonné de s'être fait moucher.

Logan ne le raccompagna pas ; il attendit qu'un de ses officiers le prenne en charge pour retourner dans son bureau. « Treize heures. Plus que temps d'aller déjeuner. »

Il passait dans l'open space quand la sergente Pankins l'interpella :

— On a encore reçu un appel affirmant que Nathaniel Morrison aurait une complice.

— Appel anonyme ?

— Non, on l'a rappelé sur son portable. C'est un étudiant. Il affirme que la jeune fille, une Enfant de Marie, était en état de choc hier matin, bien avant l'annonce de la mort de Lewis.

Logan fit la moue, mais ne pouvait se permettre d'ignorer cette piste. Il avait commis suffisamment d'erreurs.

— Envoyez Blanchett et Portnoy l'interroger. Mais qu'ils prennent des gants avec elle. Rien ne dit que ce n'est pas un petit con qui en a après elle.

— Bien sûr, fit la sergente.

Logan sortit du commissariat et sourit en voyant Blake et Freeman qui l'attendaient près de leur camionnette. Il était temps de déjeuner.

19

Margareth était encore sous le choc de l'annonce des aveux de Nathaniel quand une voiture de police vint se garer devant le manoir. De sa chambre du troisième étage, la jeune fille vit deux policiers dont une Noire sortir de la voiture. Nul doute qu'ils venaient annoncer officiellement à la famille l'inculpation de Nathaniel pour meurtre. Elle n'arrivait toujours pas à croire qu'il ait pu faire ça. Nathaniel était un garçon extrêmement gentil, plutôt timide. Certainement pas un malade mental. Jamais il n'aurait pu tuer quelqu'un. Cela ne rimait à rien.

Grand-mère fit entrer les policiers. Margareth était trop impatiente d'avoir des détails sur l'affaire pour rester sagement dans sa chambre. Elle sortit dans le couloir. Hormis ses deux grands-tantes toujours assises à tricoter dans le salon du rez-de-chaussée, le manoir était vide.

Les hommes et les femmes étaient allés travailler dans l'ancienne ferme, dont une partie des bâtiments avait été rénovée pour accueillir d'un côté de grands métiers à tisser, et de l'autre, le matériel et les outils nécessaires au travail du bois. Tissage et ébénisterie les occupaient chaque jour que Dieu faisait. Les enfants, quant à eux, étudiaient dans des classes aménagées dans les salons d'un autre manoir appartenant à la communauté.

Margareth n'ignorait pas que la curiosité était un vilain péché, mais si personne ne la surprenait, elle se sentait capable d'arranger ça directement avec le Seigneur. Elle commençait à descendre l'escalier quand elle entendit des pas qui montaient et s'arrêta net. Sûrement les policiers voulaient-ils inspecter la chambre de Nathaniel, qui se trouvait au deuxième.

Elle hésita entre retourner dans sa chambre et tenter de les espionner ou bien se montrer ouvertement. Le bruit de pas se rapprochait. Elle opta pour la seconde option, descendit encore un étage et se trouva face à grand-mère et aux deux policiers.

— Margareth, je te présente la lieutenant Blanchett et le sergent Portnoy. Ils voudraient te poser quelques questions. Tu veux bien leur répondre ?

— Bien sûr, répondit-elle spontanément.

Mais pour quelle raison ?

— Où pouvons-nous nous installer ? demanda Blanchett.

— Suivez-moi, dit Miss Richardson.

Elle les conduisit dans un des salons du deuxième étage, qui offrait une vue fabuleuse sur la forêt environnante par une immense verrière.

— Je peux savoir ce que vous lui voulez ?

— Nous voudrions lui parler en privé, répondit Blanchett, mal à l'aise.

Elle se sentait oppressée. Pourquoi le shérif l'avait-il choisie, elle ? Blanchett n'avait pas oublié que c'était dans les sous-sols de ce manoir que des dizaines de sans-abri avaient trouvé la mort. De plus, elle avait une sainte horreur des sectes en tout genre. La parole divine est une et indivisible, pourquoi fallait-il que tant d'illuminés l'interprètent à leur sauce ?

— Et si je ne veux pas sortir ?

— Madame, nous ne faisons que notre travail. Je vous prie de croire que nous n'avons rien contre vous, bien au contraire, fit Portnoy.

Le jeune sergent n'en pensait pas un mot, mais au fil du temps, il avait appris à devenir un brin diplomate.

— Grand-mère, si ce que je dis permet d'innocenter Nathaniel, je crois que ça vaut la peine que je leur parle.

« La pauvre enfant n'y est pas du tout », songea Blanchett. Quand on lui avait demandé de venir interroger Margareth Smith sur des allégations aussi maigres, elle était restée perplexe. Elle aurait même cru à une blague si l'ordre n'avait été donné par le shérif en personne. À présent, ses doutes se muaient en certitude.

— Juste quelques questions. Nous n'en aurons pas pour longtemps.

— Soit, dit sobrement Miss Richardson, qui prit sur elle pour ne pas leur dire tout ce qu'elle avait sur le cœur.

Il était évident que les aveux de Nathaniel avaient été extorqués par la police, qui avait besoin d'un autre bouc émissaire après la mort du pédophile. Mais elle ne laisserait pas faire.

Elle consentit néanmoins à sortir de la pièce.

— Margareth, je voudrais seulement te poser une question. Tâche d'y répondre le plus sincèrement possible. Tu veux bien ? dit Blanchett.

— Je n'ai pas pour habitude de mentir, si c'est ce dont vous voulez m'accuser.

Blanchett s'éclaircit la voix et reprit :

— Tu pourrais nous expliquer pourquoi tu étais effondrée en larmes dans les toilettes de la bibliothèque de l'université, hier matin ?

Margareth eut l'impression de recevoir un uppercut en pleine figure ; la question la prenait complètement de court. Elle sentit son visage se vider de son sang et ses jambes vacillèrent.

Portnoy se précipita vers elle et l'aida à s'asseoir.

— Vous pensez que j'ai tué Lewis Stark ? dit-elle d'une voix blanche.

Blanchett était incapable de la regarder dans les yeux.

« Et merde, tu es lieutenant, ma grande ! » s'admonesta-t-elle en tentant de retrouver une impassibilité professionnelle.

— Ce n'est qu'une question, Margareth. Rien de plus.

Margareth, le regard fixé sur le vieux plancher de bois, sentit sa conviction renforcée : le monde extérieur était rempli d'ennemis. Le mal y régnait en maître, caché sous des aspects parfois très attirants. Jamais ses parents ne lui avaient autant manqué qu'à ce moment.

— Vous voulez savoir pourquoi je pleurais hier matin ? dit-elle en sentant la colère l'envahir. Demandez-le donc à celui qui vous a dit ça !

Avant de venir, Blanchett et Portnoy avaient rappelé Luke Porter. Le garçon leur avait simplement confirmé qu'il avait vu la fille dans les toilettes en train de pleurer et que lorsqu'il avait voulu l'aider, elle l'avait envoyé promener.

— Justement. Il n'en sait rien. Mais si tu veux, nous pouvons le convoquer pour une confrontation, dit Blanchett, à présent certaine que ce n'était là que diffamation.

— Pourquoi vous suivrais-je comme une coupable ? répliqua-t-elle avec aigreur. Je me suis fait agresser près du parking de l'université. Il pleuvait. Des étudiantes ont renversé toutes mes affaires dans une flaque d'eau. Votre témoin le sait très bien, puisqu'il n'a pas jugé utile de venir m'aider. Bien au contraire, il a accéléré le pas.

— On parle bien de Luke Porter ? demanda Portnoy, ému par la détresse de la jeune fille.

— Je ne connais pas son nom, mais s'il dit qu'il m'a vue, ce ne peut être que lui.

« Celui-là ne va pas l'emporter au paradis », pensa Portnoy. Il allait lui passer un savon mémorable.

— Et si vous y tenez vraiment, je suis prête à parler devant lui.

Quoi de plus lâche que d'appeler la police ? Il méritait qu'elle lui dise ses quatre vérités en face, et devant témoins !

— Non, ça ne sera pas nécessaire. Je vous prie de nous excuser. Nous allons régler ça avec ce jeune homme, fit Blanchett, qui comptait bien se plaindre à Logan de l'avoir envoyée ici pour si peu.

Toujours sous le coup de l'émotion, Margareth resta assise et ajouta :

— Mon cousin n'est pas coupable. Quoi qu'il ait pu dire, il est innocent. Faites-moi la promesse de chercher la vérité.

Blanchett détourna le regard.

— Nous n'avons pas pour habitude d'emprisonner des innocents, se défendit Portnoy, mais à moins que votre cousin soit considéré comme attardé mental, il n'y a aucune raison de mettre en doute ses aveux. Maintenant, si vous avez des preuves ou des pistes qui pourraient nous permettre de relancer l'enquête, nous les étudierons évidemment le plus sérieusement du monde.

Margareth sentit les larmes lui monter aux yeux. Pour eux, l'enquête était close.

— Emmenez-moi avec vous. Je veux lui parler, dit-elle en se levant de son siège.

Blanchett avait retrouvé toute sa contenance.

— Vous ne pouvez pas pour l'instant. Vous devez au préalable faire une demande au juge Burrough, qui s'occupe de cette affaire.

Eh bien, c'est ce qu'elle allait faire. Margareth se sentait déterminée. Tant que Nathaniel serait inculpé, elle ne les lâcherait pas.

20

Il était près de 9 heures du soir quand Logan se gara devant chez lui. Il sortit sous un froid glacial et remonta l'allée d'un pas pressé. Sa maison était la seule à ne pas briller de mille feux. Certains de ses voisins avaient proposé de s'occuper de sa décoration, mais Logan avait décliné l'offre, arguant que cela ne cadrait pas avec son statut de premier homme de loi de la ville. En vérité, il aurait trouvé trop déprimant de rentrer dans une maison illuminée de l'extérieur et vide de toute chaleur humaine à l'intérieur. D'autant plus vide que Hurley l'avait appelé dans l'après-midi pour lui annoncer d'une voix peinée qu'elle rentrait à Seattle avec Blake et Freeman.

Il inséra la clé dans la serrure, et fut surpris de constater qu'elle n'était pas fermée à double tour. Ce n'était pas le genre de Jessica d'oublier ce genre de chose. Il retint son souffle et mit la main à son ceinturon. S'avançant dans le couloir de l'entrée, il crut distinguer une forme humaine dans le salon.

Il y eut le bruit d'une allumette qu'on craque, suivi d'une petite flamme.

Logan soupira d'aise et rangea son arme.

La flamme alluma la bougie posée sur la table basse, qui éclaira d'une façon très douce le corps de Hurley vêtue d'un déshabillé sexy.

— Je me doutais depuis le début que cette maison était hantée, fit-il en se débarrassant de son blouson et de son ceinturon.

— Le fantôme de Lady Hurley, pour vous servir.

Logan adorait leurs petits jeux amoureux. Rien de tel pour briser la monotonie de la vie de couple. Il s'avança à la simple lueur de la bougie.

— Vous m'avez l'air bien réelle pour un spectre.

— Taisez-vous, vous ne savez rien de moi, continua Hurley d'une voix envoûtante.

Logan vint s'asseoir tout près d'elle.

— Vous ne me faites pas peur, et je crois bien que c'est vous qui devriez plutôt me craindre.

— Vous n'oseriez pas ?

— Et comment ! fit Logan, qui se jeta sur sa compagne.

Maintenant allongés l'un contre l'autre au creux du lit, ils avaient fait le tour de presque toutes les pièces avant de finir dans l'endroit le plus approprié pour atteindre le nirvana.

— C'est celle qui me manque le plus, fit Logan à la lueur de ce qui restait de la bougie.

— Tu m'as promis.

Hurley détestait que Logan fume une cigarette après l'amour. La rançon du guerrier, comme si la femme était un animal que l'on chassait !

— Même pas une fois de temps en temps ?

— Même pas.

Au moins, il aurait essayé. Il passa un index sur le front de Hurley et lui essuya les perles de sueur. Vraiment une beauté. Ils se regardèrent de longues minutes, avant que Hurley ne vienne poser sa tête sur la poitrine de Logan.

— Parle-moi de cette secte. C'est quoi au juste, les Enfants de Marie ?

C'était bien la dernière chose dont il avait envie de parler, mais il le lui devait bien, après la scène qu'il lui avait faite de bon matin.

— Jenny Richardson. Une illuminée de première. Une starlette de la chanson dans les années soixante, qui n'a jamais décroché un single en dehors de son Texas natal.

Il avait été le premier étonné quand il avait appris, au printemps dernier, que le manoir où Jack Mitchell avait sévi avait été vendu aux enchères à une secte. Il avait découvert qu'elle avait acquis deux autres manoirs avec leurs dépendances. Ce qui représentait un domaine foncier considérable, même si certains lots étaient dans un état de délabrement partiel. Logan avait fait des recherches sur le gourou. Une femme de soixante-dix ans qui avait enregistré quelques singles de country, sans jamais percer.

Il avait vu des photos d'époque. Une très jolie fille, qui n'avait pas eu de mal à se trouver un mari fortuné en la personne de Ronny Richardson, richissime promoteur texan. L'homme avait été son mécène. Il gaspilla des sommes considérables pour faire de sa femme une célébrité. Malheureusement, quand un accident de voiture emporta l'heureux époux, Mme Richardson sombra dans une profonde dépression. Elle n'en sortit que deux ans plus tard, quand elle fit la rencontre la plus importante de sa vie.

— Elle a vu la Vierge en personne, indiqua Logan sur un ton faussement impressionné.

Hurley avait déjà entendu parler de cette secte, mais jamais elle n'aurait imaginé que le gourou fût une vieille chanteuse de country sur le retour.

— C'était lors d'une visite dans un cimetière élisabéthain. En Virginie. Elle lui est apparue et lui a demandé de prêcher la bonne parole et tout un tas de principes à la con.

Comme vivre à la manière des premiers arrivants sur le continent. Cependant, à l'inverse des Amish, ils avaient le droit, en cas de nécessité, de recourir à la modernité. Ce qui expliquait que certains d'entre eux possédaient des voitures et même des téléphones portables. S'ils diabolisaient la société de consommation, ils n'en haïssaient pas leurs membres pour autant. Il y avait même une de leurs filles à l'université de River Falls.

— J'ai appris ça tout à l'heure, fit-il en caressant les cheveux de Hurley. Une pauvre bigote qui est la risée de tous.

Hurley redressa la tête et le regarda.

— On dirait que ça t'amuse, fit-elle. Moi qui croyais que tu prenais toujours la défense des faibles.

— Ce ne sont pas des faibles. Jenny Richardson est assise sur un pactole estimé à deux cents millions de dollars. Loin des Gates, Buffet et Trump, certes. Mais ça doit laisser voir venir.

Cette somme laissa Hurley pantoise. À quoi pouvait-il servir d'avoir autant d'argent ? Une vie entière ne suffirait pas pour le dépenser.

— Cela a dû attirer beaucoup d'adhérents.

— Pas vraiment. En fait, si j'en crois mes sources, elle ne recrute que dans sa famille. Elle se serait fait aider par les Mormons pour retrouver d'anciennes branches des Richardson et des Cagliani, son nom de jeune fille.

Hurley sourit en imaginant la surprise de ces cousins éloignés. Combien d'entre eux avaient dû accepter d'entrer dans la secte dans le seul espoir de toucher un jour le magot ?

— Ils ne prônent pas la fin du monde, j'espère ?

— Malheureusement non. Peu de chances qu'il y ait un suicide collectif, fit-il sur un ton qui se voulait sérieux.

— Très drôle.

Hurley s'assit en tailleur sur le lit et repensa à Nathaniel. À quoi ressemblait la vie dans une telle communauté ? Adoptait-on automatiquement les dogmes enseignés, ou au contraire se révoltait-on contre cet endoctrinement ?

— Est-ce que je peux dire quelque chose qui va te faire bondir ?

Logan se redressa dans le lit et fit une moue peu avenante.

— Je me prépare.

Hurley sourit et se lança :

— Et si Nathaniel n'était pas coupable ? Et s'il avouait pour fuir cette secte et être banni ?

Logan ne bondit pas.

— Figure-toi que j'y ai pensé. Mais le hic, c'est que ce n'est pas l'armée. Tout le monde peut sortir de cette communauté très facilement. D'ailleurs, d'après mes recherches, de nombreux membres de la famille l'ont quittée au fil des années. Ils seraient même restés en bons termes avec la secte. Sans parler de la petite qui fait ses études à l'université.

L'instinct de Hurley lui disait pourtant que quelque chose ne cadrait pas.

— Je suppose que tu as raison.

— Tu sais, il va bien falloir qu'un jour tu comprennes que je ne suis pas shérif pour rien et que mes collaborateurs ne sont pas de stupides subalternes guidés par le seul souci de m'être agréable.

Hurley rit d'elle-même et donna une petite tape amicale sur la cuisse de son homme.

— J'aime bien t'embêter.

— Ouais, j'en ai bien conscience, mais fais attention à ne pas aller trop loin, la menaça-t-il.

Elle lui sourit, cependant qu'une dernière question lui effleurait l'esprit :

— Et le frère de Bettany, il est venu déposer ?

— Oui. Il dormait quand elle est rentrée. Au petit matin, quand il s'est levé, c'est elle qui dormait. Il ne l'a pas réveillée et il est parti à son travail. Et avant que tu me le demandes, sache que j'ai appelé son employeur. Il m'a confirmé qu'il était bien à son poste toute la matinée ; son comportement semblait normal.

— Pourquoi n'a-t-il pas appelé la police ?

Logan la regarda d'un air navré.

— Il a eu peur d'impliquer sa sœur dans cette histoire, et puisque nous avions notre coupable, il n'a pas cru bon d'intervenir. J'aurais fait pareil pour toi.

Satisfaite et d'humeur joyeuse, Hurley se rapprocha de lui et lui pinça la joue.

— Aïe ! cria-t-il exagérément. Je t'ai dit de ne pas aller trop loin.

— C'est que ça se voudrait méchant, cette chose-là.

Logan leva les yeux et sans prévenir lui sauta dessus, dans la ferme intention de la croquer toute crue.

Mercredi 24 décembre 2008

21

Assis sur la rambarde de sécurité, Simon Beaver finit sa bière et jeta la canette vide dans les buissons derrière lui. L'esprit ailleurs, il regardait passer le flot de moins en moins dense des véhicules qui circulaient en cette veillée de Noël. Au bout d'une minute, il se pencha pour attraper son pack de bières et s'en ouvrir une autre.

L'alcool. Le seul ami sur lequel on pouvait toujours compter quand on était malmené par la vie. Et la vie n'avait vraiment pas épargné Simon Beaver…

Simon n'en revenait toujours pas. Il allait enfin le faire. En cette veille de Noël, c'était le plus beau cadeau que le père Noël pouvait lui apporter : Natacha Perkins ! Pas vraiment un canon, mais une paire de seins à faire bander un mort, exulta Simon, qui finit d'ajuster sa cravate. Il se regarda dans le miroir et crut voir un homme, un vrai, alors qu'il n'avait que dix-neuf ans.

Il sortit de sa chambre et passa devant le salon.

— J'y vais m'man, à demain.

Affalée dans le canapé devant la télévision, une bouteille de scotch à moitié vide à côté d'elle, sa mère lui fit un vague geste de la main, sans lui jeter un regard. Simon savait qu'il aurait dû rester auprès d'elle, mais cette soirée allait être mémorable.

« Jonathan, j'espère que là où tu es, tu peux comprendre », lança-t-il en pensée à son petit frère.

Il savait qu'il aurait dû marquer le coup et honorer le jour de sa mort, mais il n'avait pas osé demander à Natacha de changer la date. Ce soir était le *soir !*

Il avait neigé durant toute la semaine. Les toits des maisons de la zone pavillonnaire étaient recouverts d'un blanc laiteux qui étincelait sous les illuminations des nombreuses guirlandes et autres décorations. L'esprit conquérant, il mit son brassard fluorescent, enfourcha sa bicyclette et roula à la lumière de son phare en espérant ne pas s'étaler sur la route. Les parents de Natacha étaient partis fêter Noël à l'autre bout des États-Unis et lui avaient laissé la villa pour elle toute seule.

Chemin faisant, il eut une pensée pour son père. Après l'accident, il avait passé plusieurs mois en hôpital psychiatrique. Le couple n'avait pas tenu longtemps après son retour à la maison. Le divorce avait été prononcé quelques semaines plus tard. Simon n'avait plus jamais eu de nouvelles de son père. Pas même un coup de fil à Noël ou aux anniversaires. Le « jamais je ne te pardonnerai » résonnait encore à ses oreilles.

Longtemps, il s'était senti coupable. Finalement, le psychiatre qui l'avait suivi dès son plus jeune âge avait réussi à la convaincre sur le tard qu'il n'était en rien responsable de cet épouvantable accident. Le seul coupable était « le droit de quiconque à porter une arme aux États-Unis ».

C'est l'esprit embrumé par ces amères pensées qu'il arriva chez Natacha. À peine lui eut-elle ouvert la porte que son regard tomba sur ses seins. Plus rien d'autre n'existait.

— Dis donc, tu t'es fait beau pour moi ? dit-elle d'une voix enjôleuse.

Elle avait dix-neuf ans. Comme lui. Il pensait qu'elle s'y connaissait bien plus en sexe que les actrices de porno.

— Tu le mérites, gargouilla-t-il en rougissant comme une pivoine.

— Allez, entre, on se gèle.

Il crut entendre du bruit et vit apparaître un chat qui le regarda d'un air narquois.

— Fais pas attention, il est jaloux.

— Il est mignon, dit-il bêtement.

Natacha lui sourit et l'attrapa par sa cravate.

— Suis-moi, j'en meurs d'envie, dit-elle d'une voix rauque soulignée d'un regard sans équivoque.

Il se sentait en confiance. Natacha était une chic fille. Incroyable qu'elle ait accepté de se laisser draguer par lui. Il avait l'habitude de faire les devoirs de certaines filles, plutôt jolies. Mais quand Natacha était venue le trouver, deux semaines plus tôt, il savait qu'il n'aurait pas le temps. Alors, il l'avait provoquée en lui promettant de lui faire son devoir contre un simple baiser. Elle avait semblé outrée. Cependant, le lendemain elle était revenue, toute pimpante, acceptant le marché, et au lieu du baiser, elle lui avait promis une véritable nuit d'amour pour la veille de Noël. Sur le moment, Simon n'y avait pas cru. Aussi fut-il stupéfait quand, après qu'il lui eut rendu son devoir, elle lui jura qu'un deal était un deal et qu'il avait droit à sa folle nuit d'amour.

Natacha le prit par la main et l'entraîna dans sa chambre, à l'étage.

Simon était surexcité. Le moment était enfin arrivé. Natacha n'alluma que la lumière de sa table de chevet et mit le dernier CD des Red Hot Chili Peppers, puis se posta face à Simon et d'une pichenette, le fit tomber sur le lit.

— Laisse-toi faire, maintenant, dit-elle alors que les premières notes de « Mother's Milk » résonnaient dans la chambre.

Simon n'en croyait pas ses yeux. Natacha enleva son pull et lui dévoila sa sublime poitrine emprisonnée dans un soutien-gorge en dentelle.

Allongé sur le dos, Simon tendit les mains en avant, mais Natacha lui plaqua les bras sur le lit.

— Laisse-toi faire, je te dis, dit-elle en lui déboutonnant sa chemise.

Elle la lui enleva ainsi que son sous-pull, puis, faisant glisser ses mains, elle attrapa sa braguette et lui fit un sourire coquin.

Simon pria tous les dieux de le faire tenir.

Elle lui ouvrit la braguette et alors qu'Anthony Kiedis criait à tue-tête sous la basse de Flea, Natacha le débarrassa de ses chaussures et de son pantalon.

— Tu es prêt ? fit-elle en saisissant son caleçon.

— Oui, répondit-il dans un souffle.

Avec une dextérité toute féminine, elle le lui enleva et le jeta dans un coin de la chambre. Alors, elle se mit à genoux entre les cuisses de Simon. « Nom de Dieu, si elle commence comme ça, jamais je n'arriverai à me retenir avant de la pénétrer », s'affola-t-il.

Natacha se courba en avant et quand elle eut presque le sexe de Simon collé aux lèvres, elle releva la tête et lui souhaita « Joyeux Noël » avant de lui mordre le gland. Simon hurla de douleur et s'éjecta du lit. Des étudiants ivres et hilares entrèrent dans la chambre et le conspuèrent avec virulence.

— Gros puceau, tu croyais tout de même pas au Père Noël !

— Le con, regarde-le !

— Dégage, connard !

Jamais de sa vie, il n'avait connu pareille humiliation. Malgré les huées et les bourrades dans le dos, il réussit à attraper ses affaires et à sortir de la chambre.

En bas, d'autres étudiants, dont certaines des filles qu'il avait aidées, se moquèrent de lui à son passage. Pleurnichant comme un enfant, il réussit à sortir dans le froid glacial. Un étudiant sortit sur le perron et lui jeta son blouson à la figure.

— La prochaine fois que t'essayes de brancher une fille d'Alpha, on te la coupe, c'est compris ?

Simon n'appartenait à aucune des fraternités de l'université. Jamais il n'aurait imaginé qu'en tentant sa chance auprès de Natacha Perkins, il mettait un pied en enfer. Par bonté d'âme, on le laissa se rhabiller dans le jardin enneigé, les étudiants massés derrière les fenêtres continuant à rire de leur bonne blague.

Simon reprit son vélo. Ses roues étaient crevées.

Dans la lumière scintillante des guirlandes de Noël, il le poussa, le visage ruisselant de larmes.

Mercredi 10 décembre 2008

22

6 h 57. Logan se réveilla avant que le réveil ne sonne et alluma la petite lampe à côté de lui. Hurley dormait d'un sommeil de plomb. Il la regarda un long moment avant de sortir du lit. Ils avaient passé une nuit dantesque, qui avait gommé les affres de ce début de semaine frénétique.

Sachant que Hurley n'avait pas d'obligation à se lever si tôt, il désactiva la sonnerie du réveil et alla prendre une douche. Rien de tel pour avoir les idées claires. Il s'arrêta ensuite devant le lavabo, attrapa son rasoir électrique d'une main et se frotta le bas du visage de l'autre. Plus les années passaient, plus il avait l'impression que sa peau s'abîmait sous les lames de son rasoir. Cela faisait un certain temps qu'il se demandait s'il n'allait pas opter pour la barbe, ou pour un bouc. Prenant soudain conscience de son air grave devant le miroir, il sourit de la futilité d'une telle pensée et alluma le rasoir.

Sa toilette terminée, il retourna dans la chambre et s'habilla en prenant soin de faire le moins de bruit possible. Assis sur un coin du lit, après avoir lacé sa deuxième chaussure, il se tourna vers Hurley. Elle dormait toujours, la bouche légèrement entrouverte. Elle était magnifique. Il s'approcha doucement et lui fit le plus tendre des baisers. Hurley n'avait pas bougé d'un pouce, mais Logan espérait que ses rêves n'en seraient que plus voluptueux.

— Je t'aime, lui souffla-t-il à l'oreille.

Logan était le nez dans ses courriels quand Blanchett vint frapper à la porte vitrée de son bureau. Elle était accompagnée d'un homme assez jeune. Jamais vu auparavant. Il fit signe d'entrer et se redressa dans son fauteuil.

— Shérif, je vous présente maître Warren. Il est l'avocat de Nathaniel Morrison.

— Shérif, fit l'homme en entrant dans le bureau.

— Maître, le salua à son tour Logan, qui resta assis. Tania, vous pouvez nous laisser.

Blanchett sortit et Warren s'approcha, la main tendue. Logan se sentit obligé de se lever pour la lui serrer.

— Enchanté de vous rencontrer, c'est un plaisir, fit l'avocat, qui s'assit naturellement dans un des fauteuils, face au bureau.

Logan se rassit à son tour en fronçant les sourcils.

— Grand bien vous fasse. Je crains de ne pas pouvoir vous faciliter la tâche. Nathaniel Morrison a spontanément avoué le meurtre de Lewis. On a retrouvé le sang de la victime sur lui, on sait également qu'il était sur les lieux du crime et il nous a même fourni un mobile.

Il conclut sa phrase en levant les paumes en l'air, dans une attitude navrée.

— Je sais tout ça et je n'en attendais pas moins de vous, répondit Warren, qui ajouta sur le ton de la connivence : Jessica m'avait prévenu.

Logan se figea.

— Jessica… Jessica Hurley ?

— Qui d'autre ? demanda Warren avec un clin d'œil appuyé.

La trentaine tout juste passée, un sourire enjôleur, un regard franc et protecteur, et en plus un costard qui devait coûter la peau d'un ours. Logan le détesta subitement.

— Vous êtes de sa famille ? hasarda-t-il, lui laissant une dernière chance.

Warren éclata de rire, révélant ainsi une dentition parfaite.

— Non, mais peut-être qu'un jour, qui sait…

Que voulait-il dire par là ? Espérait-il se marier avec elle ?

— Vous êtes qui ? demanda Logan d'une voix tendue.

— Un ami. On s'est rencontrés par l'intermédiaire d'autres amis. Seattle est une petite ville. Tout le monde se croise un jour ou l'autre.

Sous-entendu, River Falls est une bourgade indigne d'intérêt.

— Elle ne vous a jamais parlé de moi ? reprit Warren, presque déçu.

— Non, nous avons mieux à faire que parler, fit-il en tentant de sourire aussi bien que l'avocat.

Warren se figea un instant puis rit de bon cœur.

— Un point pour vous, shérif, mais la partie ne fait que commencer.

Tant d'assurance et de suffisance étaient insupportables. Autant aller à l'essentiel, ou il ne répondait plus de rien.

— Qu'est-ce que vous voulez ? Le sort de votre client est entre les mains du juge Burrough. C'est avec lui que vous devez négocier une caution, si tant est qu'il soit d'accord pour ça.

— Je le sais bien, mais j'avais envie de vous voir. Je dois vous dire que vous êtes exactement comme je m'y attendais, fit Warren sans se départir de son sourire.

Logan grimaça un sourire forcé.

— Parfait, si vous pouviez me laisser maintenant. J'ai beaucoup de travail.

Warren se leva et se retourna alors qu'il allait passer la porte, un sourire narquois aux lèvres :

— Bonne chance.

Logan en resta sans voix, contenant avec peine sa fureur. Il attrapa le combiné du téléphone, et s'arrêta après avoir tapé les deux premiers chiffres du numéro de Hurley. Même si elle était certainement réveillée, il n'était peut-être pas très judicieux de lui faire une scène de bon matin. Il prit sur lui, raccrocha, et essaya de juguler la jalousie qui lui nouait les tripes. Ce n'était pas la première fois qu'il ressentait un tel sentiment, mais jamais auparavant il n'avait pensé que cela n'était pas de la simple paranoïa.

Il ferma les yeux et chercha à comprendre pourquoi elle ne lui avait jamais parlé de lui. Parce que précisément il était d'une jalousie excessive ? Non. Il savait que Hurley faisait craquer tous les hommes qu'elle rencontrait. Il ne s'en était jamais inquiété outre mesure. Non, c'était l'assurance de cet homme qui le hérissait. Comme s'il était certain d'accrocher Hurley à son tableau de chasse, un jour ou l'autre. En fait, ce n'était pas Hurley qui était en cause, mais bien cet abruti prétentieux venu le narguer dans son repaire.

— Toi, je ne te louperai pas, marmonna-t-il, le regard mauvais.

Il se remit à la lecture de ses courriels et oublia l'incident.

Une demi-heure plus tard, Blanchett revint frapper à sa porte, accompagnée cette fois d'une élégante jeune femme, habillée, coiffée et maquillée à la perfection. Le clone de Warren, mais en femme, soupesa Logan, qui ne la reconnut pas pour autant. Un signe de la main et les deux femmes entrèrent dans le bureau.

— Shérif, je vous présente Mlle Brown, la sœur de Paul Brown.

Logan oublia son sourire et prit une mine de circonstance.

— Je vous en prie, asseyez-vous, dit-il en lui désignant l'un des fauteuils. Lieutenant, vous pouvez nous laisser.

Cela n'allait pas être une partie de plaisir. Il préférait gérer sa bévue sans témoin.

— N'oubliez pas votre réunion, lui rappela Blanchett avant de refermer la porte derrière elle.

Logan lui fit un sourire. Il n'y avait aucune réunion prévue, mais elle venait de lui fournir une excuse pour ajourner cette entrevue si elle se révélait trop pénible. Mlle Brown n'avait toujours pas desserré les lèvres et portait sur lui un regard accusateur.

— Je suis sincèrement navré de ce qui est arrivé à votre frère. Mais sachez que l'homme qui l'a tué sera très prochainement jugé, fit-il en prenant un air impliqué.

Mlle Brown ne répondit pas. Elle le regardait toujours avec intensité quand, enfin, elle prit la parole.

— C'est vous qui avez tué mon frère.

Logan s'y attendait un peu et garda un visage impassible.

— Vous ne pouvez pas dire ça. Il était le suspect numéro 1 de notre affaire. Identifié par une des victimes et…

— Votre témoin bidon. Il s'est rétracté et s'accuse du crime maintenant, le coupa-t-elle sèchement.

Logan fit la moue mais ne la contredit pas. Il vit alors que derrière le savant maquillage, cette femme était marquée par la mort de son frère.

— C'est un accident. Je n'ai rien de plus à vous dire, si ce n'est que je suis désolé.

Mlle Brown eut un petit rire plein de dérision et le dévisagea comme la dernière des vermines.

— Vous avez laissé un homo qui voulait faire sa pub l'abattre comme un chien, et vous êtes juste « désolé » ? !

Comment lui dire qu'il ne portait pas Miller dans son cœur sans qu'elle croie qu'il essayait de l'amadouer ?

— Avec tout le respect que je vous dois, il ne faut tout de même pas oublier que votre frère était un pédophile.

La meilleure défense, c'est l'attaque. Et Logan était certain de gagner ce combat.

— Il avait purgé sa peine. Doit-on payer toute sa vie pour ses erreurs ? La justice n'a-t-elle aucun sens à vos yeux ?

Si, mais elle oubliait une chose.

— On a retrouvé de nombreux fichiers pédopornographiques dans son ordinateur. Votre frère n'était pas guéri. Loin s'en faut.

Mlle Brown ouvrit son sac et en sortit un briquet et une cigarette qu'elle alluma sans demander la permission.

Ça, c'était vache ! Elle frappait là où ça faisait mal. Il sentit une envie terrible de la lui prendre des doigts.

— Et donc, ça vous donne le droit de le donner en pâture à un cinglé, fit-elle avant de tirer une large bouffée de fumée.

— Non, je vous le dis pour la deuxième fois, c'était un accident.

Et merde, elle n'allait tout de même pas demander une enquête ? Sûr qu'il allait perdre des plumes si un procès pour négligence se tenait.

— Écoutez, je comprends votre douleur, et je vous assure que je n'ai pas l'intention de faire de cadeau à l'homme qui a tué votre frère.

— Ça ne me le ramènera pas. Je voulais seulement voir la tête de l'homme qui l'a condamné à mort, répliqua-t-elle, méprisante.

L'attaque le prit de court. Elle lui fit encore plus mal que la cigarette. C'était profondément injuste. Il n'était en rien responsable. S'il y avait un coupable, c'était au mieux Miller, au pire, Nathaniel, qui avait identifié son frère. Logan n'avait simplement pas imaginé qu'un avocat de renom irait abattre froidement un suspect.

Il se leva de son fauteuil et fit un pas vers la porte.

— Je suis désolé, mais j'ai une réunion, si vous voulez bien m'excuser ?

Mlle Brown se leva, ouvrit la fenêtre, jeta sa cigarette et la referma. Puis, alors que Logan s'attendait à ce qu'elle sorte, elle enleva sa veste puis son pull et déboutonna sa chemise.

— Mademoiselle Brown ? fit-il, pas très sûr de ce qu'elle voulait faire.

Elle ne répondit pas et se débarrassa de sa chemise pour se retrouver en soutien-gorge. Logan jeta un regard dans le couloir et pria pour qu'aucun de ses agents ne passe à cet instant précis.

— Mademoiselle Brown, rhabillez-vous, je vous en prie.

À quoi jouait-elle ?

— Vous pensez que mon frère était un monstre ?

La main sur la poignée de la porte, il ne sut quoi répondre, puis, la regardant droit dans les yeux, osa un « oui » franc.

— Alors que pensez-vous de celui qui a fait ça ? demanda-t-elle en se retournant.

Il en resta bouche bée. Des dizaines de cicatrices formaient dans son dos des motifs improbables.

— Mademoiselle, rhabillez-vous, fit-il sans pouvoir détourner les yeux de cette vision de cauchemar.

Elle enfila sa chemise.

— Si vous aviez pris la peine de regarder le cadavre de mon frère, vous en auriez trouvé bien davantage.

Ce n'était plus la même femme qu'il avait en face de lui, mais une enfant terrorisée, dont les larmes coulaient sur un visage trop maquillé.

— Votre père ? fit-il en tentant de maîtriser le frémissement de sa voix.

« Abruti insensible ! » s'admonesta-t-il en son for intérieur.

— Paul avait deux ans de plus que moi. Il a toujours essayé de me protéger de la folie de mon bourreau, dit Mlle Brown en finissant de se rhabiller.

— Vous avez porté plainte ? demanda Logan, encore sous le choc.

— Mon père et ma mère sont morts dans un accident de voiture alors que j'avais seize ans et Paul, dix-huit.

Logan hocha la tête.

— Vous pensez que c'est lui ?

— Je n'en ai aucun doute.

Logan prit un grand bol d'air. Effectivement, ces révélations changeaient, du moins partiellement, son point de vue sur Paul Brown. Même si cela n'excusait en rien ses crimes, cela avait le mérite d'éclairer différemment la psychologie de cet homme. Dommage qu'il n'ait pas Hurley auprès de lui. Elle aurait su trouver les mots.

Il s'efforça de penser comme elle :

— Ce que je vais vous dire n'est peut-être pas très approprié, mais je suppose que vous savez que votre père, lui non plus, n'était pas un monstre.

Mlle Brown essuya ses larmes, ignorant son mascara qui lui dessinait de larges cernes noirs sous les yeux.

— Évidemment, mais je ne peux pas lui pardonner. C'est plus fort que moi, je le hais.

La haine plus forte que le pardon. Elle marqua une pause.

— Je n'ai jamais eu d'enfant, vous comprenez ?

— Je comprends, compatit Logan, véritablement ému par ces confidences. Mademoiselle Brown, je vous promets qu'au procès de Miller, je serai de votre côté.

— Ne croyez pas que pour autant vous éviterez un procès pour négligence.

— Ce n'était pas dans mes intentions, dit-il, même s'il l'avait néanmoins espéré. Et si je peux faire quelque chose pour vous…

Elle réfléchit un instant et répondit :

— Assurez-vous qu'il n'y ait aucun journaliste à son enterrement. Vous lui devez au moins ça.

Logan soupesa la proposition. Que cela lui coûtait-il ? Peut-être ne porterait-elle finalement pas plainte, se dit-il sans trop y croire.

— J'y veillerai.

23

Entourée de Miss Richardson et des parents de Nathaniel, Margareth, qui leur avait servi de guide dans les méandres de River Falls, était assise sur un banc de la salle des pas perdus du tribunal. Il était tout juste 10 heures.

Des pas claquèrent sur le sol pavé de marbre.

Elle leva la tête et vit venir à elle un de ces hommes qu'on ne voit que dans les séries télévisées : grand, brun, la démarche assurée, le visage volontaire. L'homme les aperçut et se dirigea immédiatement vers leur petit groupe.

— Bonjour. Je suis Stanley Warren, votre avocat, fit-il en tendant la main vers M. Morrison.

Ce dernier la prit par réflexe et en apprécia la poignée franche.

— Mesdames, salua Warren d'un signe de la tête.

Margareth sentit ses joues rosir alors qu'elle balbutiait un « bonjour » en regardant le bout de ses chaussures.

— Bien. Tout d'abord, je tiens à vous redire que je ne vous demanderai aucun honoraire. Je crois profondément que la liberté de culte est un droit essentiel. Je suis exaspéré lorsque je vois de petits shérifs tenter de s'en prendre à d'honnêtes gens, sous le seul prétexte qu'ils vivent pleinement leur foi.

Le couple Morrison était impressionné. Un sourire béat éclaira leurs visages. Ils avaient toujours pensé que les avocats appartenaient à la lie de l'humanité. Mais cet homme-là n'était pas comme les autres. Il les comprenait.

— C'est gentil, mais nous vous paierons. Tout travail mérite salaire, et ce n'est pas discutable, répondit Miss Richardson.

Elle avait été très étonnée quand cet avocat s'était présenté au manoir, la veille au soir, pour leur faire part de son intention de défendre Nathaniel.

Elle avait tout d'abord refusé de le voir. Puis, la nuit faisant son œuvre, et sur l'insistance des parents de Nathaniel, elle lui avait téléphoné au petit matin pour accepter son aide. Même si l'homme lui rappelait un peu trop ces managers véreux et beaux parleurs de sa jeunesse.

— Qu'il en soit fait ainsi, mais je vous prierai de verser mes honoraires à une cause qui me tient à cœur.

Margareth n'en revenait pas. Autant de prestance, de sincérité, de grandeur d'âme ! L'homme parfait existait, et il n'appartenait pas à la communauté !

— Nous ferons comme il vous plaira.

Une femme au tailleur strict et aux cheveux mi-longs s'approcha à son tour.

— Bonjour, je suis l'assistante du juge Burrough. Voulez-vous bien me suivre ?

— Avec impatience, dit Warren d'une voix sûre.

Fascinant, comme il avait pris le pouvoir sur sa famille, nota Margareth, toujours sous le charme. Warren semblait comme un poisson dans l'eau dans ce palais de justice.

Ils se rendirent dans une autre aile de l'imposant bâtiment, prirent un ascenseur qui les emmena au quatrième étage, longèrent un corridor aussi impressionnant que le reste de l'édifice et s'arrêtèrent enfin devant une lourde porte de chêne.

L'assistante frappa. Après que le juge leur eut signifié d'entrer, elle ouvrit la porte et s'effaça pour les laisser tous passer.

— Prenez place, je vous en prie, dit le juge resté assis derrière son bureau, en leur désignant quatre sièges installés en rang serré.

La cinquantaine, un embonpoint confortable, des cheveux poivre et sel, une courte barbe bien taillée. Un visage qui inspirait la confiance.

— Monsieur le juge, je suis maître Warren, du barreau de Seattle. Je suis l'avocat de Nathaniel Morrison et parlerai désormais en son nom, ainsi qu'au nom de sa famille.

Burrough hocha gravement la tête.

— Je vous écoute, dit le juge, qui avait une franche horreur de ce genre de personnage.

— Mon client est innocent, et je soupçonne les services de police de River Falls d'avoir fait pression sur lui pour lui extorquer des aveux qui, soyons sérieux, ne reposent sur rien.

Burrough se renfrogna. Margareth se demanda si attaquer d'emblée les forces de l'ordre de la ville était la meilleure chose à faire.

— Le procureur en charge de ce dossier m'a fait part de nombreuses preuves concluant à sa culpabilité, nota le juge. Des traces de sang de la victime sur les vêtements de votre client. L'ADN de votre client sur les lieux du crime. Mlle Bettany Thompson a témoigné, hier soir auprès du procureur, qu'elle était effectivement espionnée par votre client. Cela sans compter qu'à cette heure, votre client ne s'est toujours pas rétracté.

Présentée comme ça, l'affaire paraissait mal engagée.

Margareth perdit tout espoir de voir Nathaniel libéré sous caution. Aussi sympathique soit cet avocat, jamais il ne parviendrait à innocenter son cousin.

— Justement, parlons de mon client. N'est-il pas étrange qu'il s'accuse volontiers du crime, mais qu'il refuse de dire comment cela s'est exactement passé ? Comment il s'est procuré une arme ? Comment il s'en est débarrassé ? Pourquoi taire ces faits, s'il tient tant à se faire condamner ?

Warren ponctuait sa démonstration de grands gestes. Margareth eut l'impression qu'il était en transe.

— Cela n'a aucun sens. À moins qu'il n'en ait, lui-même, aucune idée. Le shérif Logan a extorqué ses aveux. Mais ne sachant toujours pas avec précision comment se sont déroulés les faits, il a préféré éviter que Nathaniel ne s'embrouille dans ses déclarations, de peur qu'une expertise approfondie de la scène du crime ne démontre que son témoignage ne tient pas la route.

Margareth n'était pas certaine d'avoir tout saisi, mais à en juger par l'effet produit sur son interlocuteur, nul doute que ce dernier avait très bien compris la menace.

— Pourquoi, d'après vous, le shérif aurait-il extorqué des aveux ? C'est ça qui ne tient pas la route, affirma Burrough.

Mais le doute s'était insinué en lui.

— Ce n'est pas encore le moment de démontrer les carences des services de police, mais je suis prêt à parier que le shérif Logan en veut particulièrement aux religieux. N'oubliez pas qu'il y a près de deux ans, à la suite de l'affaire Ringfield, il a fait rouvrir une enquête sur un révérend de River Falls qu'il a accusé de pédophilie, attaqua Warren, qui ne remercierait jamais assez Hurley de lui avoir parlé de ce cas. Votre shérif pense qu'en tout homosexuel et homme de Dieu, un pédophile sommeille. Ce n'est pas l'idée que je me fais de l'impartialité.

Le juge Burrough se souvenait très bien de l'affaire en question. Un de ses pairs s'était donné la mort, et le révérend Adams avait effectivement été obligé de répondre de faits de pédophilie remontant à plusieurs années.

— Le révérend était coupable, argua-t-il.

— Peut-être, mais lorsque j'aurai trouvé le véritable assassin de Lewis Stark, j'alerterai immédiatement tous les grands médias de la côte pour mettre en évidence les dérapages du système judiciaire de ce comté contre les groupes religieux.

Warren ne doutait pas qu'un juge républicain ne serait pas insensible à cette attaque. Burrough se frotta la barbe et fit pivoter son fauteuil avant se tourner à nouveau face à son petit auditoire.

— Écoutez, tant que votre client s'accusera du crime, il est hors de question que je le libère sous caution.

Margareth sentit son cœur se briser. C'était fichu. Elle jeta un regard à Warren, qui avait du mal à cacher sa satisfaction. Était-il complètement sourd ?

— Je vous remercie, monsieur le juge. Et si vous le permettez, nous allons prendre congé.

— Je vous en prie, maître, répondit Burrough. Mais je vous conseille de faire très attention. River Falls n'est pas Seattle, et le shérif Logan est loin d'être aussi stupide que vous le pensez.

Warren hocha lentement la tête et le remercia d'un sourire. Il ouvrit la porte et laissa passer la famille de son client avant de sortir à son tour. Une fois la porte claquée, il ne chercha plus à cacher sa joie.

— Venez avec moi, nous allons directement à l'hôpital.

— Mais le juge a dit qu'il était contre toute idée de caution, rétorqua M. Morrison, aussi abattu que Margareth.

Warren posa une main paternaliste sur l'épaule du père de son client.

— C'est de la rhétorique judiciaire, et je comprends qu'on puisse s'y perdre. Mais le juge Burrough m'a clairement fait entendre que si j'obtenais une rétractation de la part de Nathaniel, il ne serait pas contre l'idée d'une caution et donc d'une remise en liberté provisoire.

— Vous êtes certain que c'est ce qu'il a voulu dire ? demanda Mme Morrison, pas franchement convaincue.

— Oui, confirma Miss Richardson.

Elle avait passé trop de temps dans le monde civilisé pour en avoir oublié les codes, la force de la manipulation et le sens caché de chaque phrase prononcée.

— Mais c'est super. Il va sortir ! s'enthousiasma Margareth, prête à fondre en larmes.

— Attendez, ne vous emballez pas trop vite. Rien n'est encore fait. Il faut d'abord convaincre Nathaniel de revenir sur sa déposition, tempéra Warren.

— Il est innocent. Il va le faire tout de suite, répliqua Margareth immensément soulagée.

Warren marqua un temps d'arrêt et s'adressa aux parents :

— Je ne devrais pas vous dire cela, mais il n'est pas impossible que Nathaniel ait tué Lewis Stark.

Voyant leurs visages stupéfaits il ajouta :

— Un simple accident, évidemment, mais si tel était le cas, ce n'est pas à nous de le démontrer.

— Si Nathaniel est coupable, nous ne lui dirons pas de mentir, intervint Miss Richardson.

Elle ne voulait pas entendre de telles horreurs. Le Seigneur était un Dieu miséricordieux pour qui savait L'écouter et suivre Ses lois. Les Morrison étaient défaits. Que répondre à cela ? Elle avait raison, mais si l'avocat pouvait l'innocenter…

— Grand-mère, je crois que le mieux est de faire confiance à maître Warren, hasarda Mme Morrison.

Elle reçut un regard glacial pour toute réponse.

— Écoutez, je crois sincèrement qu'il vaut mieux que je me rende seul auprès de Nathaniel, reprit Warren pour calmer les esprits. De toute façon, il n'y a que moi qui ai autorisation de lui parler. Je peux vous assurer, cependant, que je vous répéterai mot pour mot ce qu'il me dira de vous dire.

Pas forcément la vérité, déchiffra Miss Richardson, qui s'en voulut d'avoir cédé à son neveu. Jamais elle n'aurait dû accepter l'aide de cet avocat.

— Vous avez raison, excusez-nous, dit M. Morrison sans oser braver le regard de sa tante.

— Je peux venir avec vous. Je connais le chemin, intervint Margareth.

Warren avait son GPS et n'avait aucun besoin d'une quelconque aide, mais ses années de pratique lui firent comprendre que cette fille voulait lui parler en privé.

— Bien sûr, à moins que vous n'y voyiez une objection, fit Warren en regardant d'abord les époux Morrison, puis Miss Richardson.

— Non, Margareth connaît mieux la ville que nous, répondit M. Morrison, qui se tourna vers sa tante. N'est-ce pas ?

Miss Richardson aurait bien renvoyé Warren à Seattle illico presto, mais les us et coutumes de la communauté n'avaient pas force de loi à River Falls. Si les parents de Nathaniel désiraient garder Warren comme avocat, elle ne pourrait les contredire sans faire naître des tensions. Dans cette épreuve, les membres de la communauté avaient plus que jamais besoin de se soutenir.

— Bien sûr, accompagne-le, abdiqua-t-elle sans chercher à masquer son mécontentement.

Warren prit un air compréhensif, mais Miss Richardson pouvait presque entendre sa jubilation intérieure.

« Encore un qui ne l'emportera pas au paradis », se dit-elle.

24

Confortablement assise au bar d'un restaurant situé sur Broad Street, Callwin attendait son rendez-vous le sourire aux lèvres. Son article sur le meurtre de Lewis Stark avait paru le matin même dans le *Seattle Tribune* avec les félicitations du big boss. Elle décrochait de plus en plus de piges dans ce quotidien de référence.

Elle regarda sa montre. Onze heures. Elle jeta un coup d'œil derrière elle, vers l'entrée. Toujours pas de Boris Randall. L'homme avait déjà un défaut à son compteur : le manque de ponctualité. Elle prit sa tasse de café et alla se poster près de la verrière qui donnait sur la Space Needle, la plus haute tour de Seattle. La fierté de la ville ! ironisa Callwin, qui se doutait bien que c'était un homme qui l'avait bâtie. Toujours ce besoin de montrer qu'on a la plus longue !

— Leslie Callwin, lui lança une voix chaleureuse.

La journaliste se retourna et fut surprise par le physique de Randall. La quarantaine passée, dégarni et bedonnant. Une espèce de Dany DeVito, en légèrement plus grand.

— Monsieur Randall, fit-elle, histoire de ne pas se tromper.

— Lui-même. Et arrêtez de me regarder comme ça, vous n'avez aucune chance avec moi, fit-il en lui mettant son alliance sous le nez.

Callwin explosa de rire, à la grande satisfaction de Randall. L'humour, la première qualité des hommes laids ! Le pire, c'est que ça marchait. D'un simple trait d'esprit, il l'avait mise dans sa poche, et du coup il lui paraissait moins laid.

— Je me disais bien que c'était trop beau, fit-elle sur le même ton de légèreté.

Randall sembla apprécier et l'invita à s'asseoir à l'écart des quelques clients.

— Permettez-moi de vous dire que je suis particulièrement heureux de faire votre connaissance. Vous l'ignorez peut-être, mais je suis né à River Falls.

— J'étais au courant. Ce n'est pas tous les jours qu'un natif de River Falls devient une star de Seattle.

Randall gloussa en faisant trembler son double menton et reprit :

— Vous me flattez, mais je suis preneur. Ma femme est une vraie harpie. Jamais un compliment, toujours à se plaindre, fit-il avec une familiarité qui déstabilisa Callwin.

« Il ne croit tout de même pas me mettre dans son lit ? » Elle commençait à douter de son humour.

— Et si nous parlions affaire, monsieur Randall.

Le ton était peut-être un peu sec. L'homme se renfrogna.

— Allons, vous êtes si pressée d'en finir ? Nous venons à peine de faire connaissance…

Callwin le trouva d'un coup bien moins sympathique. Encore un de ces foutus machos – et lui en plus était franchement laid.

— Eh oui, et je crains que notre conversation ne s'arrête là. Je ne suis pas intéressée. Vous m'excuserez.

Elle se leva. Une main ferme et virile lui attrapa le bras.

— Mademoiselle Callwin, voyons, rasseyez-vous. Ce n'est pas par hasard que je vous ai demandé de venir. Cela fait un moment que j'ai un œil sur vous et votre travail.

Le ton n'avait plus rien de familier, bien au contraire. Le chef d'entreprise reprenait le dessus.

— Excusez-moi si mes manières vous ont choquée. Croyez-le ou non, je suis un mari fidèle, et pour cause, ma femme a été miss Seattle. Elle a quinze ans de moins que moi et satisfait à toutes mes envies. Nous venons même d'avoir une petite fille. Et pour finir, je me moque de ce qu'elle fait dans mon dos, tant que cela ne s'ébruite pas.

Callwin était restée debout. Après un soupir, elle se rassit face à lui.

— Pourquoi me dites-vous tout ça ?

— Parce que je suis comme vous, Leslie. J'en ai bavé durant ma jeunesse et même après. Vous m'avez trouvé répugnant, et ne vous en êtes pas cachée.

Callwin se sentit mal à l'aise, mais ne le contredit pas.

— Je ne vous en veux pas. Il y a bien longtemps que je suis immunisé contre le regard des gens. Je suis certain que vous savez ce que j'ai ressenti.

— Ne le prenez pas mal, mais je n'ai jamais eu de problèmes avec les hommes.

— C'est clair, les hommes vous ont juste prise pour la salope de service, rétorqua-t-il en la regardant droit dans les yeux.

S'il avait été à portée de main, elle lui aurait mis une claque.

— Allons, je ne fais référence qu'à votre passé. J'ai été impressionné par votre parcours. Vous quittez le domicile familial à seize ans, et à force de hargne vous arrivez à devenir journaliste au *Daily River*. De temps en temps vous sortez des ragots sous un pseudo, mais en général vos articles sont plutôt intéressants.

Qu'est-ce que c'était que ça ? Son procès ou son éloge funèbre ?

— Mais là où vous avez fait fort, c'est l'année dernière, quand vos articles ont fait mettre la moitié des connards de River Falls au trou !

C'était largement exagéré. Rien qu'une dizaine de personnes inculpées, dont seulement deux étaient en prison, les autres attendant leur procès et usant de tous les recours possibles pour le retarder.

— C'est donc pour me remercier d'avoir débarrassé la ville de ces crapules que vous êtes prêt à m'embaucher ?

Randall était le fondateur et le directeur du *News of Washington*, un quotidien qui couvrait davantage le reste de l'État que Seattle même. Il tirait à près de cent cinquante mille exemplaires. Une belle réussite.

— Non, je vous ai menti sur un point, à vrai dire. Avant ce matin, je ne savais même pas que vous existiez, dit-il d'un ton amusé.

Callwin n'en revenait pas. Il avait tout appris de sa misérable existence en l'espace d'une matinée. Et encore, il n'était que 11 heures !

— Un bon réseau d'informateurs, c'est ça qui fait un grand journaliste, mademoiselle Callwin.

« En plus il lit dans les pensées ! »

— Vous voulez dire que ce petit article sur la mort de Lewis Stark vous a tant impressionné que vous avez décidé de m'embaucher ?

Il hocha favorablement la tête.

— Ce n'est pas juste un petit article. Il est très bien rédigé, clair et précis. Et puis, vous avez ce ton très personnel qui montre que vous n'avez pas fait une école de journalisme (le visage de Callwin se plissa), ce qui vous a évité de pondre la sempiternelle prose pompeuse et ultra-chiante de ces gens-là !

Callwin se décrispa et eut un petit rire.

— Vous avez de drôles de façons de faire des compliments.

— Je n'ai pas été forgé dans le moule de l'élite de Seattle, et je suis persuadé que c'est pour ça que je suis le meilleur.

Callwin ne savait plus quoi penser de lui. Cet homme était vraiment étonnant. Tour à tour répugnant et charmant, autoritaire et amical, moqueur et compréhensif. Un drôle d'oiseau.

— Et qu'attendez-vous précisément de moi ?

L'homme lui fit un large sourire et s'enfonça dans son fauteuil.

— Je veux que vous vous invitiez dans cette communauté dont vous avez parlé, les Enfants de Marie, et que vous me sortiez un papier sur leur façon de vivre, tous les jours jusqu'au Premier de l'An.

Callwin ouvrit de grands yeux. Elle aurait cru à une blague s'il n'avait eu l'air aussi sérieux.

— Vous plaisantez, ce genre de secte refuse toute intrusion du monde extérieur en général. Alors, une journaliste !

Une matinée de perdue, se désola Callwin, qui avait cru à une bonne nouvelle quand Randall l'avait appelée pour ce rendez-vous.

— Leslie, voyons, rien n'est impossible pour une journaliste qui n'a pas froid aux yeux. On voit bien que vous n'êtes pas du grand monde et que vous n'avez pas une assurance naturelle. C'est là justement votre force. Vous avez des failles. Je suis persuadé que vous saurez en jouer pour vous faire accepter par cette vieille folle de Miss Richardson.

Encore cette manière peu délicate de faire des compliments…

— Franchement, je crains que vous ne me surestimiez.

— Et moi je suis certain que vous vous sous-estimez.

Il l'avait dit avec tant de certitude qu'elle ne put s'empêcher de rougir.

— Comme c'est charmant, se moqua-t-il gentiment. Vous n'êtes pas un de ces serpents au sang froid, incapables d'émotion ni d'empathie. Vous êtes la personne idéale pour ce job.

Pour un peu, Callwin l'aurait embrassé. Cet homme, aussi cynique qu'il ait pu lui apparaître, pouvait également être extrêmement charmant. Il n'était pas impossible que sa femme fût sincèrement éprise de lui.

— OK, je vais essayer.

— Non, Leslie, vous allez y arriver. Et pour vous montrer ma confiance en vous, je vais vous payer votre reportage dans son intégralité, dès maintenant. Si par malheur, je m'étais trompé sur votre compte, considérez cet argent comme vôtre.

Il posa son chéquier sur la table et inscrivit une somme rondelette sur un chèque qu'il tendit à Callwin.

— Voilà. À vous de jouer.

Callwin nota que le montant était plus que correct, mais elle se moquait de cet argent. Depuis qu'elle vivait avec Barry, ce n'était plus un problème. En revanche, jamais de sa vie on ne l'avait traitée avec autant d'égards.

Elle n'avait aucune idée de la manière dont elle arriverait à s'introduire dans la secte, mais une chose était certaine, elle y arriverait.

— Vous voulez quoi comme genre d'article ?

Randall se félicita intérieurement de savoir toujours trouver les meilleurs éléments.

— Les Enfants de Marie est une communauté de gentils chrétiens. Un peu à la manière des Amish, qui refusent la modernité. Je suis persuadé que notre lectorat sera ravi de faire un plongeon dans un passé idéalisé. À vous d'en faire ressortir tous les bons côtés. Je me suis laissé dire qu'ils avaient une ferme, qu'ils se débrouillaient pas mal en ébénisterie et en tissage. Faites des photos si vous pouvez. On les mettra sur le site.

Callwin s'étonna de la proposition. Elle s'attendait à devoir les ridiculiser. Pouvait-on appréhender le sujet avec sérieux, et prendre ces doux dingues comme des gens normaux ?

— Voir les bons côtés, fit-elle en écho. Vous m'en demandez beaucoup.

— Allons, une journaliste doit savoir mettre ses préjugés de côté pour rédiger de bons articles. Faites un effort. Je suis sûr que vous allez vous plaire chez eux.

Callwin tourna la tête et regarda la Space Needle. Du futur au Moyen Âge ! Ça allait être un sacré choc, si tant est qu'ils l'acceptent au sein de leur communauté.

— OK, mais vous savez, vous êtes un sacré tordu.

— La marque des grands hommes, fit-il en souriant. Vous buvez quoi ? Champagne, whisky, cognac ?

Une heure plus tard et avec quelques degrés d'alcool dans le sang, Callwin se garait sur le parking du Saint John Hospital, une clinique privée au bout de la 37e Avenue, et qui donnait sur Lake Washington. Une petite marina avait été construite pour accueillir les patients qui arrivaient par les eaux, et la clinique se trouvait à proximité du club de golf de Broadmoor – de quoi attirer la clientèle huppée de Seattle.

Callwin sortit de son Hummer et admira le bâtiment, construit dans un style colonial assez inattendu et très chaleureux, qui détonnait dans cette région habituée aux grands froids.

Elle remonta l'allée à la pelouse impeccable et pénétra dans la clinique. La réceptionniste la salua, souriante :

— Mademoiselle Callwin.

— Bonjour, Laura, vous pouvez dire au docteur Wilson que je suis arrivée ?

Mais au moment même où elle saisissait le téléphone, l'ascenseur s'ouvrait, livrant passage à Wilson et à deux autres praticiens.

— Ce n'est plus la peine, il est là, fit Callwin.

Dès qu'il la vit, Wilson s'excusa auprès de ses confrères et vint au-devant d'elle.

— Qu'est-ce que tu fais là ? Tu sais bien que je ne vais pas avoir le temps pour déjeuner.

La quarantaine, bien bâti, le visage avenant. C'était le premier Noir avec qui elle était, et le meilleur homme qu'elle ait jamais connu.

— Je sais, mais il fallait que je te parle à tout prix.

— Toi, tu as bu, et en plus, tu as conduit, dit-il en découvrant le Hummer garé plus loin sur le parking.

Le ton était plus inquiet qu'agressif. « Un amour », se dit-elle, enchantée.

— Écoute, le *News of Washington* vient de me proposer un reportage. Trois semaines d'investigation. Le hic, c'est qu'on ne pourra pas se voir jusqu'au Nouvel An.

Wilson fronça les sourcils.

— Ils t'envoient où ?

— Chez les quakers ! dit-elle avant de lui faire un rapide résumé et de conclure par un : Si tu n'es pas d'accord, je reste.

Wilson se frotta sa courte barbe et remit les mains dans les poches de sa blouse.

— J'avais espéré que nous pourrions fêter le réveillon ensemble, mais si je veux démentir l'idée que les Noirs sont contre l'indépendance financière de leur femme, je crois que je n'ai pas le choix.

— Tu sais, rien ne dit que leur vieille folle va accepter de m'inviter, alors peut-être réveillonnerons-nous ensemble.

Wilson lui sourit et s'approcha un peu plus.

— Je ne l'espère pas. Tu en as vraiment envie et je ne désire que ton bonheur, ma petite puce, fit-il en posant ses deux mains aux doigts délicats sur ses épaules.

— Vous ne le regretterez pas, docteur Wilson.

Au vu de tous, elle lui vola un baiser, et sortit tout sourire dans le froid hivernal de Seattle, le cœur battant d'amour et d'alcool.

25

Gerald était assis sur un banc de l'amphithéâtre Owen-Chamberlain, à essayer de comprendre les équations affichées au tableau, quand on frappa à la porte.

Le professeur Banker grogna mais consentit à aller ouvrir. Deux policiers en uniforme le saluèrent et entrèrent dans l'amphithéâtre.

— Est-ce que Gerald Perkins et Luke Porter sont ici ?

Gerald blêmit et leva la main en se tournant vers son camarade, qui fit de même.

— Vous pouvez descendre, nous avons quelques questions à vous poser, fit Portnoy d'un ton qui n'annonçait rien de bon.

Le silence était total. Sous les regards curieux, voire suspicieux des autres étudiants, ils descendirent l'escalier et rejoignirent Portnoy et Blanchett à l'entrée de l'amphithéâtre.

— Suivez-nous, s'il vous plaît.

Malgré la formule de politesse, le ton était glacial. Gerald était à deux doigts de faire un malaise. Il avait beau savoir qu'il n'avait rien à se reprocher, c'était quand même flippant de se faire sortir du cours par des flics.

— C'est quoi le problème ? demanda Luke quand ils furent dans le couloir.

— Taisez-vous et avancez, tonna Portnoy.

Il n'était guère plus âgé qu'eux, mais son uniforme et sa voix puissante lui donnaient une autorité indiscutable. Gerald mourait d'envie de questionner Luke. À tous les coups, il avait fait une connerie. Mais laquelle ?

— Ne me dites pas que c'est à cause de l'autre cinglée ! protesta Luke.

« Mais ferme-la ! » aurait voulu crier Gerald, qui réalisa soudain qu'il était tout sauf courageux. « Si jamais papa vient me chercher chez les flics, je suis bon pour un putain de savon. Et maman va chialer des jours avant de s'en remettre », se dit-il, fébrile.

— Nous pensons que vous êtes liés de près ou de loin au meurtre de Lewis Stark et tant que nous n'aurons pas de réponses satisfaisantes, vous resterez nos principaux suspects, intervint Blanchett.

Elle se retenait pour ne pas sourire tant la situation était cocasse. Ces petits morveux se croyaient tout permis parce que papa et maman étaient pleins aux as. Ils allaient comprendre qu'à River Falls, les choses avaient changé depuis l'arrivée du shérif Logan.

— Mais ce n'est pas possible ! C'est moi qui vous ai appelé pour dénoncer cette fille. C'est elle la coupable ! s'exclama Luke.

— Nous le savons, elle a tout avoué.

Gerald sentit un spasme lui remonter l'estomac. Il était en plein cauchemar.

— Tu as dit quoi ? Tu les as appelés pour dénoncer qui ? demanda-t-il à Luke, le souffle court.

Il s'arrêta dans le couloir et regarda son ami comme un extraterrestre.

— C'est toi qui m'as dit de le faire. Tu avais l'air si sûr de toi, se défendit Luke.

Moins trouillard que son ami, il savait qu'il ne risquait rien, mais comme Gerald, il craignait la réaction de son père, plutôt du genre à penser qu'il n'y a jamais de fumée sans feu.

— Vous arrêtez tous les deux ! tonna Portnoy. Ou dois-je vous mettre les menottes ?

Les deux étudiants se turent instantanément. Aucun d'eux n'ayant pris conscience que compte tenu du chef d'inculpation, ils auraient déjà dû être menottés. Dehors, ils croisèrent quelques étudiants, même s'il n'y avait pas grand-monde à cette heure. Gerald sentit la honte remplacer la peur. Ce fut presque une délivrance que de s'engouffrer dans la voiture de police.

— J'ai rien fait. Je vous jure que j'ai rien fait, geignit Gerald alors que la voiture, sirène et gyrophare en action, sortait du parking de l'université.

Assis à l'arrière à ses côtés, Luke lui jeta un regard méprisant. Jamais il n'aurait cru que Gerald était une telle poule mouillée.

— Ce n'est pas ce que nous a dit Margareth Smith. Elle affirme que vous étiez ses complices, fit Blanchett.

Elle savait qu'ils dépassaient le cadre strict de la loi, mais ces garçons méritaient une leçon. Tant pis s'il y avait un blâme à la clé.

— Quoi ? s'étouffa Luke. C'est quoi, ces conneries ! Dimanche soir, j'étais chez moi, mes parents peuvent le prouver…

— La ferme et gardez votre salive pour votre avocat. Vous allez être inculpés de complicité de meurtre.

Gerald sentit sa vessie peser sur son bas-ventre. Mais dans quelle merde Luke les avaient-ils foutus ? Il n'aurait pas pu fermer sa grande gueule ! Si la peur persistait, la colère qui montait lui redonna un brin de courage. Dans un silence aussi glacial que la température extérieure, ils traversèrent la ville jusqu'au commissariat central. Gerald eut un rire idiot quand ils se garèrent. C'était surréaliste. Lui, le parfait étudiant anonyme, se retrouvait être l'ennemi public numéro 1 !

Blanchett et Portnoy firent sortir les prévenus et les engagèrent à passer devant eux. Quand ils entrèrent dans le commissariat, Gerald sentit son cœur prêt à exploser. C'était à peine croyable. Une putain de méprise ! Il avait tellement vu de films sur les erreurs judiciaires… Et si cette conne de bigote lui avait pris un cheveu ou un truc avec son ADN et l'avait déposé dans la cabane ou, pire, sur l'arme du crime ?

Traversant l'open space sous le regard curieux des autres agents, Gerald se sentit défaillir. Sa gorge était complètement sèche.

— Je voudrais un peu d'eau.

Portnoy le toisa et se demanda si la plaisanterie n'allait pas un peu trop loin. Le visage du garçon était luisant de sueur et son regard était vitreux.

— On va t'en donner, ne t'inquiète pas, intervint Blanchett.

Elle aussi venait de prendre conscience de l'état du jeune homme.

— Le shérif va vous interroger. Je vous conseille de coopérer et de dire toute la vérité, d'accord ? fit-elle sans chercher à paraître plus dure qu'elle ne l'était.

— Oui, madame, dit Gerald sous le regard toujours aussi méprisant de Luke.

Ils s'enfoncèrent dans le commissariat jusque devant la porte du shérif. Gerald savait que l'homme n'était pas un tendre. Pourvu qu'il les croie. Blanchett frappa à la porte et sur l'invitation de Logan fit entrer les deux garçons dans le bureau.

— Merci, lieutenant, fit Logan, enfoncé dans son fauteuil. Puis, s'adressant aux prévenus : Asseyez-vous.

Les deux garçons ne se le firent pas dire deux fois.

Logan les observa un long moment en silence. L'un des deux était prêt à se pisser dessus, tandis que l'autre essayait de se la jouer narquois.

— C'est toi, Luke ? fit-il en pariant sur ce dernier.

— Oui. Si j'avais imaginé qu'en essayant d'aider la police je serais inculpé de meurtre ! fit-il, guère impressionné par la situation.

Logan lui fit un sourire forcé et se tourna vers l'autre garçon.

— Tu en penses quoi, toi ?

Gerald n'avait aucune idée de ce que Luke avait fait ou dit. Il n'avait pas envie d'enfoncer son ami, mais après tout il n'y était pour rien. Et surtout, Luke aurait dû le prévenir avant de faire ses conneries.

— De quoi nous accusez-vous précisément ? Je ne connaissais ni Lewis Stark ni Nathaniel Morrison, se défendit-il en retrouvant un peu de courage.

Logan les laissa mariner encore un certain temps avant de répondre :

— D'homicide involontaire. Après votre appel, qui était de la dénonciation calomnieuse, nous avons interpellé Margareth Smith. Malheureusement, elle s'est suicidée une fois rentrée chez elle, après son interrogatoire. Vous êtes contents ?

Luke ouvrit de grands yeux. Le sang quitta son visage.

— Jamais je n'aurais imaginé. Je voulais juste aider. Je vous le jure.

Gerald se sentit à la fois soulagé et profondément choqué par l'annonce de la mort de la pauvre bigote.

— Mais tu as fait quoi, Luke ? demanda-t-il en se tournant vers son ami.

Luke lui renvoya un regard plein de détresse et, oubliant un instant la présence du shérif, se laissa aller.

— Je savais que tu n'appellerais pas pour dire ce que tu avais vu. Alors je l'ai fait à ta place en me faisant passer pour toi.

Gerald ferma les yeux et secoua la tête. Mais quel abruti ! Pourquoi s'était-il permis de raconter son histoire à la police ? ! Une pauvre fille venait d'en faire les frais.

— Au moins, vous ne cherchez pas à vous dédouaner de votre faute, fit Logan, satisfait que ce Luke perde enfin de son assurance.

Il avait baissé la tête et regardait le sol, anéanti. Il avait tué quelqu'un. Comme ça, juste parce qu'il ne l'aimait pas.

— Ce n'est pas marrant de tuer quelqu'un ? demanda Logan, narquois à son tour.

Luke lui renvoya un regard empli de colère.

— En vérité, vous n'en avez rien à foutre de cette fille. C'est juste le plaisir de vous faire un gosse de riches !

Prenant conscience qu'il était presque midi, Logan décida de mettre un terme à cette petite comédie.

— Bon, il se trouve que Margareth Smith va très bien. Mais effectivement, elle a été très choquée par cette dénonciation. Alors écoutez-moi bien, vous deux. Si jamais il arrive quoi que ce soit à cette fille, je vous en tiendrai pour seuls responsables. Est-ce bien clair ?

Luke et Gerald le maudirent intérieurement. Ce shérif était un vrai malade. Il n'avait rien à faire ici, sa place était dans un asile d'aliénés, rugit Gerald en lui-même. Il avait eu la trouille de sa vie.

— Est-ce bien clair ? répéta Logan plus fort.

— Oui, mais ce n'est absolument pas juste, fit Luke, qui se demandait s'il y avait possibilité de faire un procès à Logan pour ce qu'il venait de leur faire subir.

— La loi, c'est moi. Allez, foutez-moi le camp, et que je ne vous revoie plus.

Les deux garçons ne se le firent pas dire deux fois, et quittèrent rapidement le commissariat.

— Putain, ce type est un grand malade ! grogna Luke.

Parano, Gerald jetait des regards inquiets autour de lui. Il ne manquerait plus qu'on rapporte leurs propos au shérif.

— Pas ici, j'ai pas confiance, marmonna-t-il.

Luke se moqua d'un petit rire sardonique. Gerald commença enfin à se détendre. Tout ceci n'était qu'une mauvaise blague qu'il fallait oublier au plus vite.

— Je crois que je vais porter plainte, dit Luke, qui trépignait sur place.

— Laisse tomber. Ça sera ta parole contre la sienne. Par contre, s'il veut nous emmerder grave, il en a le pouvoir.

Luke eut une moue dégoûtée. Avec cet abruti, on pouvait s'attendre au pire. Gerald avait raison. Le mieux était d'oublier.

— Putain, je vais me prendre une cuite tout de suite pour faire passer ça !

— Bonne idée, approuva Gerald.

« Ça fera une sacrée histoire à raconter à mes gamins dans quelques années : le jour où l'on m'a accusé de meurtre ! »

26

— Une bien jolie ville que vous avez là, fit Warren en passant devant le Garden Square.

La journée était ensoleillée. Confortablement installée sur les cuirs de la Porsche 911 Carrera 4 gris métallisé, Margareth ne trouvait pas le courage de dire tout haut ce qui la tourmentait. Elle était presque certaine de savoir ce qu'il s'était réellement passé à la cabane, mais elle craignait de se tromper et de nuire un peu plus à Nathaniel.

— Vous savez, nous ne sommes arrivés que depuis le début de l'été, répondit-elle, les mains posées sur sa jupe.

Elle se sentait telle une petite fille face à cet homme. Il se dégageait de sa personne tant d'assurance, d'aisance et de puissance !

— Je le sais bien. Je pense que c'est une bonne idée qu'a eue votre grand-mère de venir s'installer dans le coin. Washington est le plus bel État des États-Unis. Pour rien au monde, je ne le quitterais.

Margareth était loin de partager sa conviction. Autant l'été s'était passé sans problème, autant, l'automne arrivant, elle avait pris conscience de la rigueur du climat, qui n'avait rien à voir avec la chaleur permanente du Texas.

— Il faut aimer le froid et les sapins !

Le regard fixé sur la route, Warren sourit de ses belles dents blanches.

— Je peux me permettre une remarque, Margareth ? demanda-t-il en lui jetant un bref coup d'œil.

Cela suffit à lui faire monter le rouge au visage. Maudite timidité ! Si seulement il existait un remède contre ce fléau !

— Bien sûr, réussit-elle à articuler sans bafouiller.

Sur les conseils de son GPS, Warren prit un virage sur la droite.

— Vous êtes la plus mauvaise copilote que j'aie jamais connue, s'amusa-t-il d'un ton léger.

Margareth sentit ses joues s'embraser. Elle avait l'impression d'être une tomate ambulante.

— Je ne savais pas que vous aviez cet appareil, bredouilla-t-elle, sur la défensive.

Warren mit le clignotant, se gara sur le bord du trottoir, puis se tourna vers Margareth.

— Je ne voudrais pas me montrer grossier, mais je crois que vous m'avez menti sur la raison qui vous a poussée à m'accompagner.

Ce n'était pas avec ce genre d'insinuation qu'elle allait se sentir plus à l'aise ! Lui faisait-il des avances ?

— Je ne vois pas de quoi vous parlez, bredouilla-t-elle.

Warren fit la moue et posa ses deux mains sur le volant.

— C'est à vous de voir. Mais si vous avez quelque chose à me dire, c'est maintenant ou jamais. Nathaniel ne s'accuse pas du meurtre pour rien, et mon petit doigt me dit qu'il sera difficile de lui faire changer d'avis.

Margareth se mordilla les lèvres, soulagée que ce ne soit pas un vulgaire plan drague. Mais pouvait-elle lui faire confiance ? Grand-mère avait l'air de l'avoir pris en grippe. N'était-il qu'un bonimenteur qui se vendrait au plus offrant ?

Elle se souvint alors qu'il avait offert ses services à titre gracieux.

— Le shérif a fait pression sur lui. Je suis sûre de son innocence.

Warren fut ému de voir qu'on pouvait mentir aussi mal.

— Allons, le shérif Logan a bien des défauts, mais pas celui-ci. Personne ne lui a extorqué ses aveux. Maintenant, si vous me dites ce que vous avez sur le cœur, peut-être sera-t-il plus facile de faire libérer Nathaniel.

La voix était chaleureuse et amicale. Cela serait si facile de se confier à lui, mais si elle avait tort…

— Je préfère que vous lui parliez d'abord, dit Margareth, recroquevillée sur son siège. S'il vous plaît.

C'était plus une supplique qu'une demande. Warren hocha la tête et remit le moteur de la Porsche en marche. Cinq minutes plus tard, ils entraient dans l'hôpital George-Washington. Warren se fit connaître à l'accueil et un sergent de police vint à leur rencontre.

— Je suis l'avocat de Nathaniel Morrison. J'ai besoin de m'entretenir avec lui.

Avec sa moustache, le sergent Price avait tout du bon flic de province, nota Warren, qui garda pour lui sa remarque amusée.

— Vous avez un document qui le prouve ? demanda Price.

— Mon client est mineur, c'est sa famille qui m'envoie. Le shérif Logan est au courant. Appelez-le si vous en doutez, fit-il en sortant sa carte d'identité.

Warren comprit alors que le malheureux sergent craignait de faire la même bourde que ses collègues en laissant entrer un avocat vengeur dans la pièce où se trouvait le meurtrier présumé. Price prit son portable et après avoir eu Blanchett, qui lui confirma le nom de l'avocat, accepta de le faire monter, à une condition :

— La jeune fille n'est pas autorisée à lui parler.

— Telle n'était pas notre intention, dit Warren, qui se tourna vers Margareth. Vous m'attendez là. Je vous ramènerai dès que j'aurai terminé.

— D'accord.

Elle alla s'asseoir dans la salle d'attente, prit une revue qu'elle reposa aussitôt.

— Votre mari a une très belle voiture, fit un vieil homme admiratif qui attendait à côté d'elle.

Margareth ne comprit pas tout de suite. C'est en voyant la Porsche à travers la vitre qu'elle saisit la remarque. Elle ne put réprimer un rire et préféra ne pas détromper le vieil homme.

– Vous avez une demi-heure, pas une minute de plus, dit Price en refermant la porte.

Nathaniel était en position à demi assise dans son lit.

— Comment tu te sens ? Tu ne souffres pas trop ? demanda Warren en s'approchant de son client.

— Non, ça peut aller. Ils me donnent des médicaments contre la douleur.

Warren essaya d'imaginer l'impact du camion sur le gosse. Un miracle qu'il soit encore en vie ; heureusement que le chauffeur avait réussi à freiner.

— Je peux m'asseoir sur le lit ?

Être le plus proche possible. Obtenir sa confiance dès le départ.

— Oui.

Warren enleva sa veste et sa cravate avant de s'installer sur le bord du lit.

— Moi et les uniformes ! Mais il paraît qu'un avocat sans costard n'est pas un avocat, plaisanta-t-il.

Un maigre sourire anima les lèvres de Nathaniel. Un bon début.

— Vous n'êtes pas d'ici, n'est-ce pas ?

— Non, je suis de Seattle. J'espère que tu ne vas pas me renvoyer pour ça.

Nathaniel sourit de façon plus convaincante.

— C'est grand-mère qui vous a choisi ?

— Pour dire la vérité, je me suis moi-même proposé. Je suis ce qu'on appelle un justicier. Je n'aime pas quand les puissants s'en prennent aux faibles. Il est trop facile de faire porter le chapeau à des étrangers quand il s'agit de meurtre.

Nathaniel ne sembla pas réconforté par ses propos. Cela n'augurait rien de bon, comprit Warren.

— Le fait que grand-mère soit millionnaire n'a donc rien à voir avec votre venue.

Seize ans mais déjà sarcastique. Le petit malin.

— Je ne voulais pas être payé pour cette affaire, mais votre grand-mère n'a pas voulu en démordre. Nous sommes tombés d'accord pour un don à une organisation caritative. Ça te va comme réponse ?

Nathaniel sourit franchement. C'était tout à fait dans les façons de grand-mère.

— Je vous crois, mais ça n'explique pas ce que vous avez à gagner en prenant ma défense.

Warren hésita entre plusieurs réponses et opta pour la vérité. Avec ce genre d'individu, inutile de mentir.

— L'amour de la justice, peut-être ? fit-il avec un brin de dérision.

Nathaniel leva les yeux au ciel, mais il commençait à apprécier les manières de l'homme.

— Une amie très proche est persuadée que tu es innocent. Si j'arrive à le prouver, j'ose croire que cela l'impressionnera suffisamment pour qu'elle accepte un dîner en tête à tête, reprit Warren plus sérieusement.

Nathaniel préférait ça. Voilà une raison qu'il pouvait comprendre. Si ce n'est pas l'argent qui fait tourner le monde, alors c'est l'amour.

— J'ai du mal à croire qu'une femme puisse vous résister, fit Nathaniel, conscient du charisme de l'avocat.

— En toute immodestie, je dois avouer que tu as raison, mais cette femme a un gros handicap.

— Elle est déjà mariée.

Warren sentit qu'il commençait à apprécier le gamin.

— À moins de l'éliminer, je me dois de me montrer meilleur que cet homme, dit-il en souriant.

Nathaniel ne réagit pas, alors que c'était exactement ce qu'il prétendait avoir fait : tuer par jalousie, pour avoir sa belle !

— Je crains que vous ne deviez l'éliminer, car vous n'aurez pas votre dîner avec votre amie. Je suis coupable, lâcha Nathaniel d'un ton détaché.

À croire qu'ils mentaient tous aussi mal les uns que les autres, chez les Enfants de Marie. Étonnant que le shérif Logan n'en ait rien vu. Était-il à ce point obsédé par la politique qu'il préférait mettre le premier venu sous les verrous plutôt que de devoir reconnaître qu'il n'avait pas de coupable ?

— Raconte-moi ce qui s'est exactement passé dans cette cabane, reprit Warren en dardant sur le jeune homme son regard quasi hypnotique.

Nathaniel cilla et fut tenté de tout lui raconter, mais des années de mensonges et de dissimulations lui avaient appris à résister, même dans les moments les plus difficiles.

Warren posa une main réconfortante sur le bras de Nathaniel.

— Tu dois me faire confiance. Tout ce que tu me diras restera entre nous. Tu connais les obligations des avocats envers leurs clients ?

Mais Nathaniel garda le silence.

— Pourquoi refuses-tu de parler ? Tu protèges quelqu'un ?

Nathaniel eut un simple tic, mais c'était suffisant pour Warren.

— Bon, on ne va pas tourner autour du pot plus longtemps. Si tu le permets, je vais refaire le scénario des événements.

Nathaniel prit un air peu intéressé mais ne le contra pas.

— Si j'en crois le récit qu'a fait Bettany Thompson à la presse, elle a quitté le domicile familial pour dormir chez son frère mais en réalité, elle a rejoint Lewis Stark à l'angle de Baker Street et de Fountain Avenue. Elle est montée dans sa voiture. Ils ont roulé directement vers l'est de River Falls en empruntant les routes boueuses qui mènent dans la forêt, où ils ont squatté une cabane abandonnée en cette saison. Toi, tu les aurais agressés vers les 11 heures-minuit. Tu t'es battu avec Lewis. Le coup est parti. Horrifié par ce que tu venais de faire, tu as trébuché, tu es tombé à la renverse et tu t'es assommé sur un meuble. Pendant ce temps, Bettany est repartie avec la voiture de Lewis. Quand tu as repris connaissance, tu as couru comme un dératé et tu t'es fait renverser par un camion.

Nathaniel avait beau prendre un air détaché, Warren voyait bien qu'il n'en perdait pas une miette et reprit :

— La question est : par quel moyen t'es-tu rendu à cette cabane en pleine nuit, sans voiture ni vélo ? Ça fait tout de même une belle trotte du manoir où tu habites, n'est-ce pas ?

Nathaniel se racla la gorge et prononça ses premières paroles depuis un long moment :

— Vous auriez dû être procureur !

— Il se trouve que je n'aime pas les systèmes et que je suis trop attaché à mon indépendance, mais il faut que tu comprennes que ce sont les questions qui te seront posées lors de ton procès. Ta tête dépend de tes réponses.

Si seulement il pouvait lui faire prendre conscience de l'horreur qui l'attendait ! Une fois condamné, il pourrait bien crier son innocence. La justice ne revient que rarement sur un verdict.

— Je mérite de mourir.

Warren n'aimait pas du tout ce ton. Il secoua la tête, se posta près de la fenêtre et resta un moment à regarder la cour de l'hôpital en tâchant de faire le tri dans ses pensées. Ce garçon était un mur. Il risquait de le renvoyer à tout moment. La seule question qui le taraudait était de savoir qui Nathaniel cherchait à sauver en s'accusant du crime. Forcément quelqu'un qui avait de l'influence sur lui – donc de sa communauté. Mais quelqu'un aurait-il tué Lewis Stark pour faire plaisir à Nathaniel ? Puis le témoignage de Bettany Thompson lui revint à l'esprit. Elle assurait que le tueur était bien Nathaniel. Pourquoi protégerait-elle un tueur pour faire accuser un innocent ? Ça ne tenait pas debout.

— Je peux savoir ce que vous faites ? demanda Nathaniel.

Warren, resté tourné vers la fenêtre, leva un doigt.

— Attends une seconde, mon jeune ami. Si tu es un petit malin, j'en suis un autre, fit-il l'esprit en ébullition.

Il sentait qu'il était sur le point de tout comprendre. Son fameux sixième sens d'avocat. Bon, calme-toi et reviens sur les évidences : ils étaient trois dans cette cabane. Nathaniel, Lewis et sa petite amie. D'après les deux témoignages, il ne pouvait y avoir un autre tueur. Mais pourquoi se dénoncer ? À moins que…

Il se retourna brusquement et fixa Nathaniel droit dans les yeux.

— C'est Bettany Thompson qui a tué Lewis !

Il avait dit cela avec tant de conviction que Nathaniel en perdit son masque et laissa percevoir sa détresse. Warren claqua des doigts, fier de lui. Il n'était pas un as du poker pour rien. Les expressions du visage autant que les paroles pouvaient vous trahir si vous n'y preniez pas garde.

— N'importe quoi !

— Pas de ça avec moi. N'oublie pas que je suis ton avocat.

— Je peux très bien vous désavouer.

Warren vit la peur dans les yeux de Nathaniel. Bon sang, il venait peut-être de lui sauver la vie. C'était quoi le problème ?

— Que tu le veuilles ou non, j'irai interroger Bettany. Et tu peux me croire, je saurai lui faire dire la vérité, fit-il, certain de sa force de persuasion.

— Sortez, je ne veux plus vous entendre.

Warren n'avait désormais plus de doute quant à la culpabilité de Bettany. Mais pouvait-on s'accuser d'un crime par amour ? Et surtout, comment Bettany en était-elle arrivée à tuer Lewis ?

Warren serra les lèvres de dépit, persuadé qu'il ne lui manquait qu'une seule pièce pour terminer le puzzle.

— Tu es entré dans la cabane. Tu as pointé ton arme sur eux, et Bettany t'a foncé dessus, fit-il, le regard perdu dans ses pensées. Vous vous êtes battus, et d'une manière ou d'une autre, elle a pris ton arme. Le coup est parti tout seul, et Lewis est mort.

Le visage de Nathaniel se détendit.

— Maintenant que vous avez tout compris, je vous demande de sortir. Je suis fatigué.

Warren avait tous les sens en éveil. Il comprit que quelque chose clochait. Nathaniel acceptait trop facilement cette version, alors que jusque-là, il avait prétendu être l'auteur du crime, sans vouloir en démordre. Certes, sans son intervention, jamais Bettany n'aurait saisi l'arme et accidentellement tué Lewis, ce qui expliquerait qu'il se sentît coupable. Oui, ça se tenait, mais ça n'expliquait pas le revirement trop abrupt de Nathaniel. Pourquoi accepter cette version des faits maintenant ? Parce que cela ne changeait rien pour lui. Le jury n'accablerait pas Bettany, mais mettrait tout sur le compte de la jalousie de Nathaniel.

— Qu'est-ce que vous cherchez encore ? Je vous ai dit que vous aviez raison. Alors sortez.

Warren le regarda d'un œil inquisiteur.

« Tu viens d'accepter cette version avec autant de facilité parce qu'elle m'éloigne de la vérité, n'est-ce pas ? Cette vérité est si terrible que tu préfères n'importe quelle autre interprétation », comprit Warren.

De longues secondes dans une profonde obscurité, puis soudain une explosion de lumière irradia son cerveau. Un rire de soulagement secoua Warren, qu'il n'arriva pas à maîtriser. « Incroyable, et moi qui me croyais à l'abri des préjugés ! J'y suis tombé en plein dedans, comme tout le monde avant moi. »

— Je peux savoir ce qui vous fait rire comme ça ? s'inquiéta Nathaniel, qui avait saisi le bip pour appeler l'infirmière.

— Je sais tout, Nathaniel, et je crois qu'il va falloir qu'on ait une discussion sérieuse, tous les deux.

27

Malgré une matinée pénible, passée à justifier son point de vue sur un prévenu face à un procureur tatillon, Hurley était tout sourire en se garant sur le parking d'une pizzeria, sur North Lake Bay.

Jaloux ! Jamais elle n'aurait cru ça de Logan. Elle était ravie. Dans le restaurant, elle aperçut Callwin assise à une table sous la terrasse couverte qui donnait sur Lake Union.

Hurley adorait Seattle. La cité d'émeraude était à ses yeux le bijou de la côte Ouest, avec San Francisco. Si ce n'est qu'elle était née ici, et pour rien au monde elle ne quitterait l'État de Washington.

— Salut, ma grande, tu vas bien ?

— Oui, répondit Hurley, rayonnante.

Callwin se détendit, heureuse qu'elle lui ait pardonné le clash de la veille avec Logan.

— Je meurs de faim. On commande d'abord et on discute ensuite, proposa-t-elle en lui tendant la carte.

Une serveuse arriva et prit rapidement les commandes.

— Bon, qu'est-ce que tu as à me dire de si important ? demanda Hurley en posant ses coudes sur la table.

Sur le lac, quelques voiliers et hors-bord empruntaient le détroit entre le Lake Union et Portage Bay.

— Tout d'abord, je voulais savoir ce que tu avais pensé de mon article. Ensuite, j'ai une grande nouvelle à t'annoncer.

Hurley ouvrit de grands yeux. Elle craignait toujours ce genre de déclaration.

— Allez, dis-moi. Pas trop fâchée ?

Hurley avait acheté le *Tribune* du jour, et devait avouer que l'article était plutôt bien tourné, en ce sens qu'il n'accablait pas Nathaniel Morrison. Hurley aurait très mal pris que Callwin affuble le jeune homme d'épithètes telles que « le fou de Dieu » ou « un nouveau monstre à River Falls ». Chose que s'était empressée de faire la presse à scandale.

— Non, si ce n'est que l'interview de Bettany Thompson manque de précision. Je suis à peu près certaine qu'elle n'a pas eu d'amnésie partielle.

— Pourquoi tu dis ça ? demanda Callwin, aussitôt sur la défensive. De toute façon, va le prouver !

Jusque-là, Hurley avait des doutes. À présent, elle était persuadée que c'était bien Callwin qui avait soufflé à la jeune fille cette idée d'amnésie. Mais pourquoi ? Pour protéger une tierce personne ? Oui, Bettany connaissait le troisième homme !

— Je ne crois pas que Nathaniel était seul, commença-t-elle, de façon à ce que son amie se dévoile.

— Ah bon ? Tu crois qu'il avait un complice ?

Hurley, voyant la serveuse revenir avec leurs apéritifs, attendit qu'elle soit repartie pour continuer.

— J'y ai pensé ce matin en roulant. Je ne dis pas qu'il était à la cabane avec lui. Mais comment expliques-tu qu'on n'ait pas retrouvé son véhicule sur place ?

Callwin rejeta la question d'un geste désinvolte.

— Il n'a pas de voiture. Il a dû venir à pied ou en vélo.

Mais tout en disant cela, elle commença à douter.

— Il n'y avait pas de vélo dans les environs. Et à pied, ça fait une sacrée marche, du manoir familial à la cabane. En pleine nuit, en plus. D'autre part, je viens d'avoir Mike. Il m'a confirmé qu'ils n'avaient pas retrouvé de lampe torche sur les lieux. Alors ?

Callwin sirota sa margarita ; Hurley était vraiment très maligne, mais cette fois, elle faisait fausse route. Ce n'était pas Nathaniel qui était venu accompagné, mais Bettany ! Callwin était désormais prête à parier qu'elle était revenue sur les lieux du meurtre avec son frère, et qu'ils s'étaient débarrassés de l'arme du crime et du vélo de Nathaniel… Quoique… Quel était intérêt de planquer le vélo ?

— Alors ? insista Hurley.

Callwin haussa les épaules.

— Je n'en sais rien, mais je te ferai remarquer que je ne suis pas flic. C'est à la police d'expliquer ça. Ton mec, il en pense quoi ?

— Il va réinterroger Nathaniel.

— Bon courage ! ironisa Callwin.

Lors de la brève entrevue qu'elle avait eue avec lui, il ne lui avait pas semblé disposé à coopérer.

— Je n'en aurai pas besoin, dit Hurley, l'air mystérieux.

— Allez, lâche ton info. J'ai bien vu que c'était louche, ta bonne humeur.

Hurley prit le temps de boire une nouvelle gorgée de son apéritif, s'amusant de la tête de Callwin. Une vraie bouille de petite peste !

— Stanley Warren est l'avocat de Nathaniel, lâcha-t-elle enfin.

La journaliste faillit s'étrangler.

— Quoi ? ! Mais qu'est-ce qu'il irait foutre là-bas ?

Si Robert Gordon avait été le plus beau parti de River Falls, il en était de même de Stanley Warren à Seattle. Fils d'une grande lignée de la ville. Beau gosse qui entretenait son corps. Esprit brillant, voix voluptueuse, et un charisme à faire passer George Clooney pour un dragueur de plage !

— J'y suis. C'est leur gourou qui est pétée de thunes. Il mange à tous les râteliers, celui-là !

Comment pouvait-on défendre un illuminé qui avait tué un pauvre gars et ruiné la vie d'une jeune adolescente ?

— Non, il fait ça à titre gracieux. Pour le bien de la justice, m'a-t-il dit.

— Il t'a téléphoné ? s'étonna Callwin qui, du coup, but une bonne rasade de margarita.

— Oui, hier après-midi. Il voulait savoir ce que je pensais de cette histoire. Je lui ai dit que j'avais des doutes concernant le témoignage de Nathaniel. Mais je n'aurais jamais pensé qu'il débarquerait aujourd'hui à River Falls, et s'occuperait de le défendre.

— Je le crois pas, il te fait vraiment la cour ?

Hurley prit un air de mijaurée.

— Je ne sais pas. Je crois qu'il aime la justice.

Callwin éclata de rire.

— Tu parles. Il veut juste te baiser. C'est clair ! fit-elle sans se rendre compte qu'elle avait haussé le ton.

Hurley sentit le rouge lui monter au visage et finit son verre d'un trait pour ne pas voir les regards désobligeants des convives des tables les plus proches.

— Excuse-moi, mais tu me scies. Je ne sais pas comment tu fais, mais ils tombent tous comme des mouches à tes pieds.

— N'exagère pas. En plus, je crois que de ton côté, tu te débrouilles plutôt pas mal.

Ce n'était pas faux. D'ailleurs, Callwin ne se serait jamais vu endosser le rôle du laideron confidente d'une beauté fatale. Néanmoins, il y avait une grande différence entre elles deux. Les mecs voyaient en elle un « super coup au pieu », alors que Hurley était la « compagne idéale ».

— Je n'en reviens pas. Il va défendre ce petit con, rien que pour te prouver qu'il est un as et que ton mec est un naze. Ça c'est la classe, quand même.

Dit comme ça, effectivement, cela n'avait plus rien de glamour. Mais dit autrement, Callwin ne serait plus Callwin, s'amusa Hurley. Elle était toujours étonnée de leur complicité, qui s'était renforcée depuis qu'elles vivaient toutes les deux à Seattle. Elles n'avaient pas grand-chose en commun, et surtout, Callwin détestait son homme. Pourtant, Hurley était de plus en plus attachée à cette fille, franche du collier, un peu givrée, mais terriblement attachante.

— C'est vrai que ce Warren est plutôt bel homme, mais franchement pas du tout mon genre.

— Arrête ton char. Il n'y a pas une fille à Seattle qui ne rêve de coucher avec lui.

— Justement, il en a bien conscience et ne s'en cache pas.

Une serveuse approcha et déposa leurs pizzas devant elles avant de leur souhaiter un bon appétit.

— Avoue qu'il te fait de l'effet. N'oublie pas que j'étais là, au gala de charité pour les enfants du Darfour.

C'était trois mois auparavant. La première fois qu'ils s'étaient rencontrés, hasard ou préméditation, ils s'étaient retrouvés assis côte à côte à une table de six personnes. En face, Callwin, un tantinet jalouse, avait observé la technique d'approche de cet étalon argenté.

— Charmant, de bonne compagnie, mais bien trop prétentieux, et cavaleur. Je plains d'avance celle qu'il prendra pour épouse.

Callwin en convint, cependant elle n'aurait pas refusé une nuit avec lui. Juste pour pouvoir s'en vanter.

— Ouais, mais méfie-toi quand même. C'est un redoutable baratineur. Il ne lâchera pas l'affaire si facilement.

— Sûrement, mais il faut déjà qu'il fasse toute la lumière sur le meurtre de Lewis Stark, et pour ne rien te cacher, j'aime bien cette situation. Mike est jaloux comme un pou. L'air de ne pas y toucher, il m'a posé plein de questions sur ce Warren. Depuis quand je le connaissais. Si je le fréquentais. Pourquoi je ne lui en avais jamais parlé.

Callwin s'étonna de ce trait de caractère.

— Tu sais, moi, la jalousie, tout ce que ça me rappelle, c'est des insultes et des baffes dans la gueule, dit-elle alors que des souvenirs douloureux revenaient à sa mémoire.

— Je suis désolée. Excuse-moi.

— Oh, tu n'as pas à l'être, mais je n'avais jamais imaginé que tu puisses être perverse.

— Voyons, Leslie, je suis une femme, dit Hurley d'un ton qui se voulait mystérieux.

Un bref silence puis les deux amies partirent d'un éclat de rire synchrone qui fit à nouveau se retourner les clients les plus proches. Mais elles s'en moquaient éperdument.

— Eh bien, ça va être très intéressant à suivre, et pour le coup, moi, je serai en première ligne.

Un hors-bord passa trop près de la terrasse. Hurley attendit que le bruit ait diminué d'intensité pour réagir :

— Comment ça ? Tu retournes à River Falls ?

— Exactement, et si tu m'avais laissée en placer une, je t'aurais dit que c'était pour ça que je tenais tant à ce qu'on déjeune ensemble.

Hurley soupira gentiment et attaqua sa pizza.

— Tu connais le directeur du *News of Washington* ?

— Boris Randall. Je l'ai rencontré deux fois. Ce type est vraiment bizarre. Limite grossier et vulgaire, mais capable d'envolées lyriques quand ça lui prend. Une chose est sûre, c'est que ce n'est pas un tendre.

Du Hurley tout craché. Pas un mot sur son physique peu avantageux.

— Ouais, tout à fait lui, dit Callwin, qui évita de se moquer de son physique. Eh bien, figure-toi qu'il m'a embauchée pour un billet quotidien. Elle est pas belle, la vie ?

Un sourire sincère s'épanouit sur le visage de Hurley. Après le *Tribune*, le *NOW*. Callwin était vraiment pleine de surprises.

— Je suis ravie pour toi. Tu es incroyable. En même temps, je ne suis pas étonnée. J'ai toujours cru en toi.

Callwin buvait du petit-lait. Peu habituée aux compliments de ses proches, elle avait toujours plaisir à entendre Hurley parler d'elle.

— Je te dois tout.

— Tu ne me dois rien, et ne pense pas une seule seconde que je t'aie pistonnée auprès de Randall. J'aurais eu trop peur qu'il me demande une compensation en retour, si tu vois ce que je veux dire.

Callwin voyait tout à fait, mais elle ne pensait pas que cet homme était du genre à tromper sa femme. Sa grivoiserie n'était qu'une façade pour faire oublier le petit garçon chahuté de sa prime jeunesse.

— En tout cas, je te dois au moins ce repas. La dernière fois, c'est toi qui as payé.

— D’accord. Mais au fait, c’est quoi, ton reportage ?

Callwin but une gorgée d’eau.

— En fait, ce n’est pas tout à fait dans la poche. Il veut que je me fasse accepter par les Enfants de Marie et que j’écrive un billet racontant leur façon de vivre tous les jours jusqu’au Nouvel An.

Tout à fait dans l’esprit du *NOW*.

— Tu as déjà des contacts dans leur communauté ?

— Non, mais comme tu le dis, c’est le moment de prouver que je suis la meilleure.

— Certes, mais même les meilleurs auraient du mal. Tu veux que j’en parle à Stanley Warren ? Il est leur avocat, un bon moyen…

— Surtout pas. En tout cas, pas tout de suite. J’ai besoin de me prouver à moi-même que je suis la plus forte, tu comprends ?

Hurley la comprenait. Le regard des autres étant moins important que l’estime de soi, Callwin avait toujours ce besoin urgent d’avoir une bonne opinion d’elle-même.

— Bien sûr, fais comme tu le sens, mais surtout, n’hésite pas à m’appeler s’il le faut.

— Je sais. Allez, on se commande une bouteille de vin pour fêter ça ?

— Si tu me promets de ne pas prendre la route pour River Falls dans l’après-midi.

— Promis, fit Callwin qui croisa les doigts de sa main gauche sous la table.

28

— Vous ne savez rien ! lança Nathaniel, décontenancé par l'attitude étrange de Warren.

— Détrompe-toi, mon jeune ami. Je ne suis pas l'un des meilleurs avocats de la côte Ouest pour rien. Et je vais te dire une chose, ça m'aurait vraiment embêté de devoir tuer Mike Logan.

— C'est de la femme du shérif que vous êtes amoureux ?

Warren s'arrêta net et eut un sourire de bon perdant. Il s'était fait avoir par orgueil. Mais après tout, était-ce bien grave ? Les discussions entre avocat et client se faisant sous le sceau du secret, avait-on jamais dit que cela ne marchait pas dans les deux sens ?

— Oui, et si tu pouvais m'éviter que cela s'ébruite, je t'en serais reconnaissant.

— C'est votre vie privée, mais maintenant, allez-vous-en.

Warren fit non de la tête.

— Je te demande pardon. Et franchement, je crois que toute la société te doit des excuses, Nathaniel, fit-il d'un ton presque solennel.

— C'est quoi ces âneries ? !

— Que nous ayons cru que Lewis et toi, vous vous étiez fait agresser par un pervers peut à la limite se comprendre, Paul Ringfield et Jack Mitchell ont traumatisé cette ville. Mais que personne n'ait pensé ou n'ait osé dire tout haut que dans un drame amoureux impliquant trois personnes, les possibilités étaient double, en dit long sur la force de nos préjugés. Aussi modernes et progressistes que nous pensions être.

— Je ne comprends rien à votre charabia, partez !

Mais le ton n'y était plus. Nathaniel avait l'impression d'être devenu transparent.

— Ce n'est pas toi qui étais fou de jalousie, mais Bettany.

Nathaniel attrapa le bip et le pressa. Une émotion étrange lui défigurait le visage. Peur, colère, honte ? Les trois en même temps, selon Warren.

— Lewis et toi étiez amants.

— Taisez-vous ! hurla Nathaniel, qui du bras droit renversa tout ce qui se trouvait sur la table près de lui. Vous n'avez pas le droit ! Vous n'avez pas le droit de dire ça !

Warren sentit son cœur s'emplir d'une compassion infinie envers ce garçon. Vivre dans la peur et dans la honte depuis si longtemps. Préférer mourir plutôt que révéler la vérité. Quelle souffrance pouvait-on ressentir à être pris pour qui on n'est pas, à mentir en permanence sur ce qui constitue son moi profond ?

La porte s'ouvrit brusquement et le sergent Price fit son entrée, la main sur l'étui de son pistolet.

— Qu'est-ce qui se passe ici ?

— Rien du tout, répondit Warren d'un ton péremptoire en regardant Nathaniel droit dans les yeux.

L'adolescent regarda le policier, ouvrit la bouche mais aucun son n'en sortit. Le choc passé, il se sentait vidé de toute énergie et de toute colère. Pris de l'envie de s'enfouir sous terre et d'y rester à jamais.

— Nathaniel, dis-lui de sortir, reprit Warren, qui ne l'avait pas lâché du regard.

— Vous voulez que je le reconduise dehors ? demanda le sergent Price à Nathaniel en désignant l'avocat d'un signe de la tête.

Nathaniel était sous l'emprise de Warren, vaincu par la force de persuasion qui se dégageait de cet homme.

— Non, ça va aller, s'entendit-il répondre.

Le sergent Price leur jeta un dernier regard circonspect, et quitta la chambre sans un mot, refermant la porte derrière lui.

Warren se rapprocha de Nathaniel et s'assit sur un coin du lit.

— Tu penses que tu es un monstre ? demanda-t-il d'une voix douce.

Nathaniel sentit les larmes couler sur ses joues. Il avait toujours espéré passer à travers les mailles du filet ; désormais, tout le monde allait connaître le mal qui l'habitait.

— Que pourrais-je être d'autre ? Dieu a créé la Femme pour qu'elle s'accouple avec l'Homme dans le but de procréer. Les gens comme moi sont des anomalies de la nature. Oui, des monstres.

Il paraissait sincère.

— Pourtant, tu sais très bien au fond de toi que ce n'est pas le cas. Sinon, pourquoi serais-tu encore en vie ? Tu te serais suicidé, dit Warren, qui ajouta d'un air ironique : Ah, j'oubliais, le suicide est un péché, n'est-ce pas ?

Nathaniel savait très bien comment tout cela allait finir. Après tout, si cet avocat cherchait réellement à l'aider, autant jouer le jeu pour le moment. Cela ne changerait rien au résultat.

— Mon âme est maudite. Je suis impur. Si je crois en Dieu, Dieu ne croit pas en moi.

Warren repensa à une vieille chanson d'un groupe de rock et se retint de sourire.

— Tu penses sincèrement qu'aimer un autre garçon est une abomination ?

— Évidemment ! dit Nathaniel en lui jetant un regard méprisant. Nous sommes les anges de la mort. Si tout le monde était comme nous, il n'y aurait plus d'humanité.

— Jésus a dit : « Aimez-vous les uns les autres. » Tu ne fais que suivre ses préceptes. Il n'y a rien de mal à cela.

Sans avoir jamais réfléchi plus avant à ces questions, il était naturellement favorable au respect des droits des homosexuels, que cela concerne le mariage, l'adoption ou la lutte contre les discriminations au travail. Mais il n'avait pas eu l'occasion d'en défendre face à un tribunal, et se trouvait quelque peu démuni face au jeune garçon.

— Dieu a détruit Sodome parce qu'ils étaient sodomites.

— Je connais ce passage de la Bible. Je sais aussi que l'épouse de Loth a été transformée en statue de sel pour avoir voulu assister à la destruction, et que c'étaient surtout d'abominables pervers. (Warren s'interrompit puis ajouta d'un air abattu :) Mais comment peux-tu croire à des inepties pareilles ? Ce sont des légendes. Tout comme Athéna sortant de la tête de Jupiter. Les Grecs y croyaient dur comme fer dans les temps anciens. Et justement, dans ces temps-là, bien avant ton Christ, l'homosexualité était tolérée, voire encouragée. Dieu n'a rien à voir là-dedans. Ni le bien ni le mal ! La vision de la sexualité n'est que la résultante d'une certaine civilisation dans un lieu donné, en un temps donné.

Face à la détresse de Nathaniel, il avait retrouvé son excellence dans l'art de la rhétorique.

— Tu me dis que l'homosexualité est un crime, car elle entraîne la mort de l'espèce humaine. Donc, toutes les femmes stériles doivent aller en enfer, elles aussi ?

Nathaniel n'avait jamais pensé à cela, mais il y avait une énorme différence.

— Elles n'ont pas le choix, alors que rien ne m'empêche de prendre femme.

Warren maudit les religions plus que jamais il ne l'avait fait.

— Et les couples qui ne veulent pas d'enfants, qu'est-ce qu'on fait d'eux ?

— Je n'en sais rien, et franchement, je m'en moque. Ça n'a rien à voir.

— Au contraire, cela à tout à voir. Si Dieu a créé l'homme, ce n'est pas pour se reproduire. Les animaux se reproduisent. Ils ne font que ça : manger, dormir et baiser ! Si tant est qu'un Dieu ait créé les êtres humains, tu crois que c'est juste pour manger, dormir et forniquer ?

Nathaniel ne savait pas quoi répondre. Il n'avait jamais parlé de ce qu'il ressentait. Il savait simplement qu'il était un monstre et que son âme était maudite. Il avait le mal en lui ; tout comme Lewis Stark qui l'avait découvert et attiré à lui. C'était tout ce qui comptait.

— Et maintenant que j'y pense. Tous ces homosexuels qui sont mariés avec femme et enfants. Eux, ils procréent, n'est-ce pas ?

Warren s'était aperçu du changement d'attitude du garçon.

— Laissez-moi maintenant, et je vous interdis de parler de ça à quiconque. Vous êtes mon avocat et vous devez m'obéir !

« Et merde ! » jura Warren en lui-même. Il connaissait ce regard. Il l'avait vu tant de fois chez des prévenus résignés à leur sort.

— Bettany Thompson vous a surpris, toi et Lewis. Malade de jalousie, elle a tué Lewis. Je suis sûr que tu le sais, mais tu veux croire qu'elle était la main Dieu. Je ne laisserai pas commettre pareille injustice. Tu es innocent. Tu comprends, tu es innocent !

Il avait presque crié ces mots tant il était en colère. Il n'avait pas pour habitude de prendre autant à cœur la défense de ses clients, mais au-delà du simple cas de ce garçon, il savait que c'était celui de milliers, peut-être de millions d'adolescents malades de leur différence qu'il défendait. Il se devait d'être à la hauteur.

— Laissez-moi une nuit pour réfléchir. Une seule nuit, et je vous donne ma réponse demain matin.

Warren sentit l'anxiété redescendre à un niveau acceptable. Après tout, le garçon n'était peut-être pas aussi obtus qu'il le craignait.

— Pense bien à tout ce que je t'ai dit. Et aussi, pense à Lewis. Ce n'était pas un monstre, lui non plus. Il t'aimait et aurait aimé que tu te battes pour lui.

L'évocation de leur amour fit pleurer Nathaniel.

Des dizaines d'arguments affleuraient maintenant à la conscience de Warren. Mais il avait récupéré Nathaniel, un mot de trop pouvait le faire basculer à nouveau de l'autre côté de la raison.

Il se leva et vint poser une main paternelle sur l'épaule de Nathaniel.

— À demain.

La tête baissée, Nathaniel laissa couler ses larmes sans retenue.

Au rez-de-chaussée, l'ascenseur s'ouvrit et livra passage à l'avocat de Nathaniel. Margareth se leva d'un bond.

— Alors ? Vous avez réussi ?

Tandis qu'ils se dirigeaient vers la sortie, elle remarqua que l'homme avait perdu son sourire enjôleur.

— Pour l'heure, il a pris mes arguments en considération, et me donnera une réponse demain.

Sous un ciel parfaitement bleu, ils franchirent le seuil, happés par un froid cinglant qui leur fit remonter le col de leur manteau et resserrer leur écharpe.

— Ça veut dire qu'il n'est pas coupable ? demanda Margareth, pas certaine d'avoir bien déchiffré le langage de l'avocat.

Warren s'arrêta et se tourna vers elle. Derrière lui, un immense sapin de Noël dressait fièrement ses branches décorées de boules multicolores et d'étoiles scintillantes.

— Je suis désolé, mais je suis tenu au secret professionnel. Je ne peux rien vous dire.

Margareth comprit que les choses ne s'étaient pas aussi bien passées qu'elle l'avait espéré. Peut-être fallait-il lui parler de ses doutes ?

— Si je vous dis quelque chose, vous me promettez de ne pas le répéter ? lui demanda-t-elle, priant le Seigneur de lui pardonner par avance.

Warren avait besoin d'être seul, de faire le point. Cette étudiante commençait à l'agacer sérieusement.

— Je ne peux rien vous promettre, si cela peut aider mon client, dit-il d'un ton très professionnel.

Margareth jeta un regard méfiant aux rares personnes qui se trouvaient dans la cour de l'hôpital.

— Je vous le dirai en route.

Warren eut un sourire forcé. Il allait justement lui demander si elle pouvait se faire raccompagner par quelqu'un d'autre.

— D'accord.

Warren commençait à douter. Et si Nathaniel lui disait non ? S'il se renfermait définitivement dans le silence ?

Il déverrouilla les portes de la Porsche et s'installa au volant. Margareth attendit que la Porsche fût sortie du parking pour partager le fruit de sa réflexion.

— Je suis à peu près certaine que Nathaniel n'a pas pu commettre ce meurtre, dit-elle, tandis qu'un sentiment de honte l'envahissait.

Elle n'en avait jamais parlé à personne, trouvant son idée stupide. Mais depuis que Nathaniel s'accusait du crime, elle n'avait cessé de chercher à comprendre. Une hypothèse lui avait paru assez pertinente.

— Pour ma part, cela ne fait plus l'ombre d'un doute, dit Warren.

À l'extérieur, toute la ville était décorée pour Noël. Des passants pressés allaient et venaient, préoccupés par leurs préparatifs.

— Il vous l'a dit ? demanda Margareth, heureuse qu'il lui fasse confiance.

Profitant d'un feu rouge, il tourna la tête et lui jeta un regard sévère.

— Vous aviez quelque chose à me dire. Alors dites-le ou bien taisez-vous.

Il n'avait pas voulu être cassant, mais il avait besoin de faire le point. Trouver la faille qui obligerait Nathaniel à se rétracter.

Margareth baissa les yeux.

— Je ne pense pas que Nathaniel ait été amoureux de Bettany.

C'était tout simplement de la diffamation. Si elle se trompait, jamais Nathaniel ne lui pardonnerait cette accusation.

— Soyez plus précise, et cessez de tourner autour du pot.

Margareth se mordit l'intérieur des lèvres, puis se lança :

— Je crois qu'il aime les garçons, répondit-elle d'une voix à peine audible.

— Si c'était le cas, comment le prendrait votre communauté ?

Le feu passa au vert et l'avocat repartit en trombe.

— Je suppose que ce ne serait pas très bien pris. Les homosexuels sont des pervers. Je veux dire, dans la religion, se reprit-elle aussitôt. Moi, je crois qu'ils sont juste malades.

Warren eut un rire froid. « Juste malades » !

— Si Nathaniel est homo, alors je le plains. Vivre entouré de gens qui pensent que vous êtes un pervers, un malade, un dégénéré, un suppôt de Satan !

Margareth était écarlate.

— Maintenant, dites-moi le fond de votre pensée, qu'on arrête avec ça.

— Nathaniel aide son oncle à livrer des meubles. Je sais qu'ils passent souvent à Golden Hill. Peut-être est-ce pendant une livraison chez les Stark qu'il a rencontré Lewis ?

— Bettany Thompson aussi habite Golden Hill. Jolie théorie, mais ça ne tient pas.

Cela méritait tout de même d'être vérifié. Et il devait tenter de faire avouer son crime à cette Bettany.

— Alors peut-être qu'il y a eu une livraison chez Bettany, et qu'ils se sont rencontrés là-bas ?

— OK, admettons que votre cousin soit homo. Il rencontre Lewis. Ils ont le coup de foudre. Malheureusement, personne ne semble au courant ; si en plus, Nathaniel refuse de reconnaître ses tendances sexuelles, impossible de défendre cette théorie devant le tribunal. La seule chose qui peut sauver votre cousin est un aveu de Bettany, ajouta Warren plus pour lui-même.

Nathaniel avait dit trop de mensonges pour être crédible face à l'avocat des parties adverses. S'il déclarait maintenant qu'il était homo et amant de Lewis… Warren imaginait déjà l'indignation de la famille Stark et des « braves gens ». Non, la bonne foi de Nathaniel ne suffirait pas à le sortir d'affaire.

— Et vous ne pensez pas pouvoir lui faire dire la vérité, n'est-ce pas ? demanda Margareth avec une candeur désarmante.

Warren lui jeta un bref coup d'œil et se mit à rire de lui-même. Était-il homme à baisser les bras ? Il n'était pas le meilleur pour rien ; il ne ferait qu'une bouchée de cette Bettany.

— Margareth, pour l'instant, vous ne parlez de cela à personne. Et quand je dis personne, j'inclus votre grand-mère.

— Je ne comptais pas en parler.

— Faites-moi confiance. Je vous promets que votre cousin sera innocenté d'ici peu. Laissez-moi seulement mener les affaires comme je l'entends.

— Je vous le promets.

Nathaniel allait revenir sur sa déposition. Quant à ses pratiques sexuelles, elle était certaine qu'il pourrait en guérir.

— Si on parlait d'autre chose. Comment se fait-il que vous soyez à l'université ? demanda Warren.

29

Callwin ralentit l'allure et quitta la route pour le chemin de terre qui s'enfonçait dans la forêt. À en croire son GPS, le manoir se trouvait à moins d'un kilomètre. C'est dans ce genre de moment qu'elle pensait aux personnes qui sillonnaient en camionnette tous les coins des États-Unis pour en cartographier les moindres routes.

— Allez, ma grande, ne te déconcentre pas. Tu peux le faire. Tu dois le faire, se dit-elle à voix haute en éteignant la radio.

Elle avait quitté Seattle l'esprit conquérant, enivrée par quelques verres de vin. Maintenant, sachant l'arrivée toute proche, elle était de plus en plus fébrile. Si seulement elle avait lu la Bible, ne serait-ce qu'une fois ! Elle ne croyait plus en Dieu depuis des années et méprisait ces gourous adulés par des gens trop crédules, qu'ils utilisaient et manipulaient à leur guise.

À travers une percée dans le paysage sylvestre, elle vit se profiler le manoir et la tension monta encore d'un cran.

— Notre père qui es aux cieux, aie pitié d'une pauvre fille qui ne demande qu'à faire son boulot !

Jamais cette vieille folle n'accepterait sa proposition.

Le manoir apparut soudain en bout de chemin. Callwin essaya de se calmer et de faire le vide dans sa tête. Elle devait paraître naturelle et sincère.

Elle se gara à côté d'une vieille Buick, devant le bâtiment en bois. À peine avait-elle posé un pied à terre que la porte du manoir s'ouvrit, laissant le passage à un bigot caricatural venu à sa rencontre. Vêtements d'un autre âge. Chapeau ridicule. Grande barbe de patriarche. Gardant ses réflexions pour elle, Callwin réussit à sourire.

— Bonjour, monsieur. C'est ici que résident les Enfants de Marie ? l'interrogea-t-elle d'une voix avenante.

L'homme descendit les quelques marches du perron et se posta face à la journaliste, qu'il dévisagea longuement.

— Vous êtes journaliste ?

Callwin sentit son sourire s'effriter.

— Je souhaiterais m'entretenir avec Mme Richardson. Vous pouvez la prévenir qu'une journaliste du *News of Washington* aimerait la rencontrer.

L'homme se lissa la barbe, puis tourna les talons et remonta vers le manoir. Callwin avait tellement peur de commettre un impair qu'elle resta là sans bouger, comme tétanisée. Quand il fut en haut des marches, l'homme se retourna vers elle.

— Restez pas plantée là. Vous allez attraper froid.

Il la mena dans un salon du premier étage. Une vieille dame assise sur un fauteuil à bascule observait la forêt à travers de hautes fenêtres. Il se dégageait de la pièce une odeur semblable à celle de la naphtaline.

Si Hollywood voulait tourner la suite de *La Petite Maison dans la prairie*, Callwin savait où venir.

— Peter, tu peux nous laisser, dit la vieille dame en se levant de son fauteuil.

Callwin tomba immédiatement sous le charme. Rien à voir avec ce à quoi elle s'attendait. À soixante et onze ans, ce n'était pas une vieille peau décrépie, mais une femme encore belle, au visage lisse et au regard magnétique, qui avait dû être magnifique dans sa jeunesse. Sa voix bien posée, au timbre clair, était empreinte d'une incroyable autorité naturelle.

— Madame, la salua Callwin en retrouvant son sourire.

— Vous êtes journaliste ?

— Oui, dit-elle, sachant que le moindre faux pas se paierait cash.

— Ne me regardez donc pas comme ça. Je n'ai aucun pouvoir de divination, se moqua Miss Richardson. C'est seulement que vous êtes la dixième en trois jours.

Callwin ne put masquer sa déception. C'était foutu. Jamais plus Randall ne lui confierait de mission.

— Je comprends, mais je ne venais pas pour vous parler de Nathaniel. Je voulais juste vous proposer, enfin, si vous le permettez, de rester dans votre communauté jusqu'au Nouvel An.

— Expliquez-vous.

Callwin sentait ses jambes trembler. « Reprends-toi, tu as peut-être une chance. »

— En fait, je travaille pour le *News of Washington*. J'ai proposé à mon directeur de faire des billets quotidiens sur la façon dont vous vivez votre foi, ce qui permettrait aux gens de mieux vous comprendre, de vous…

— Arrêtez, la coupa-t-elle d'un ton sec. Vous n'avez rien proposé du tout. Comment osez-vous venir chez nous alors que vos intentions sont des plus malhonnêtes ?

Callwin se figea, bouche bée. Pire qu'une gifle. Le ton était glacial, la voix impérieuse.

— Une fille de votre journal est venue hier. Elle m'a fait la même proposition. Alors soit vous êtes la journaliste la plus idiote des États-Unis, soit votre direction a oublié de vous en parler.

— Je n'en savais rien, je vous le jure.

— On ne jure pas dans cette maison. Allez-vous-en maintenant. Dites à votre journal de ne plus m'importuner. Nous souffrons assez comme cela.

Miss Richardson lui tourna le dos et retourna s'asseoir près de la fenêtre.

— Venez, fit l'homme qui l'avait accueillie.

Callwin n'insista pas. Elle se sentait humiliée et honteuse. Pourquoi cet abruti de Randall ne lui avait-il rien dit ?

« Parce que j'aurais refusé. »

Elle avait tant espéré de cet entretien ! Elle avait tant besoin de reconnaissance !

L'homme l'abandonna sur le perron. Elle retourna vers sa voiture, mit le contact, fit demi-tour et repartit sur le chemin de terre.

Quand elle fut certaine que personne ne pourrait la voir, elle s'arrêta et laissa couler ses larmes.

30

La nuit était tombée quand Logan se gara devant sa maison. Il était près de 20 h 30, et la journée lui avait paru interminable.

Dans la cuisine, il se prépara rapidement un repas chaud – une barquette de chili con carne surgelé qu'il déposa dans le micro-ondes. En attendant qu'il soit prêt, il décapsula une bière qu'il alla boire devant la fenêtre. Tandis que son regard se perdait dans les illuminations de Noël des maisons du voisinage, il repensa à Stanley Warren. L'homme ne l'avait pas rappelé de la journée. Cela n'augurait rien de bon.

Le sergent Price lui avait fait un compte rendu de la visite de l'avocat à son client, déclarant que, pour sa part, il avait dû intervenir quand il avait entendu les cris du garçon, et le fracas des objets violemment projetés à terre. Malheureusement, il était incapable de lui dire de quoi ils avaient pu parler, n'ayant pas eu idée de tendre l'oreille.

La sonnerie du micro-ondes tira Logan de ses pensées. Le plat n'était pas tout à fait décongelé. Il en prit tout de même une bouchée, la mâchonna puis jeta le tout dans la poubelle et alla s'installer au salon avec sa bière et un paquet de chips.

Alors même qu'il était persuadé de faire une ânerie, il prit son portable et appela Hurley. Trois sonneries avant qu'elle décroche.

— Bonsoir, Jessica, je te dérange ?

— Je suis en voiture. Tu veux que je te rappelle quand je serai rentrée chez moi ?

Logan se sentait idiot. Pourquoi n'arrivait-il pas à lui dire tout simplement qu'il était jaloux ? Qu'il avait besoin qu'elle le rassure sur sa relation avec cet avocat de Seattle ?

— Non, c'est juste que j'aurais bien aimé que tu puisses te libérer demain matin.

— Pourquoi ? Il s'est passé quelque chose ? demanda-t-elle, inquiète.

Logan se détestait d'être si lâche, mais il était incapable d'affronter directement le problème.

— La sœur de Paul Brown est venue me faire un sermon. Elle veut porter plainte pour négligence et bavure.

— Mince. Et toi, qu'est-ce que tu lui as dit ?

— Rien. Elle s'est à moitié déshabillée dans mon bureau pour me montrer les sévices que son père lui avait infligés.

— Je vois, fit-elle, compréhensive. Elle veut que tu enquêtes sur leur père ?

— Non, il est mort dans un accident de voiture il y a plus de dix ans. Elle veut seulement que j'interdise aux journalistes d'assister à l'enterrement de son frère, et je m'étais dit que peut-être tu pourrais…

Il laissa sa phrase en suspens.

— Que je pourrais la convaincre de ne pas porter plainte, termina Hurley.

— Exactement. Je sais que ce n'est pas gagné, mais tu n'es pas fine psychologue pour rien. Et de toute façon, on ne risque rien à essayer.

Il se sentait tellement maladroit !

— Mais bon, je comprends que tu ne puisses pas venir, en tout cas…

— Ne t'inquiète pas. Je serai là. Mais je crois que tu surestimes mes capacités, cette femme te rend responsable du meurtre de son frère, la faire changer d'avis tiendra plus du miracle.

Logan sourit.

— Merci d'essayer, je te revaudrai ça. Je t'embrasse.

— Je t'embrasse. À très vite.

Avachi dans le canapé, il secoua la tête et alluma la télévision, qui diffusait la dernière comédie de Ben Stiller. Logan s'imagina en train d'étrangler Warren. « Un vrai gamin », se dit-il en piochant une poignée de chips.

Il faillit s'étouffer quand il entendit la porte d'entrée s'ouvrir. D'un réflexe, il saisit le couteau de chasse qu'il laissait sous un des coussins du canapé, et avant qu'il ne se rue vers l'entrée, il vit Hurley qui le regardait d'un air navré.

— La dernière fois le pistolet, cette fois-ci, le couteau, la prochaine fois, tu me noies dans la baignoire ?

— Qu'est-ce que tu fais là ? demanda-t-il en baissant son arme, conscient du ridicule de la situation.

— Je voulais voir ce que tu faisais quand je te laissais seul, répondit-elle en rangeant son manteau dans la penderie de l'entrée. Et franchement, jouer à Rambo devant *Tropic Thunder*, c'est pathétique.

Il sourit et alla ranger le couteau à sa place, sous un coussin du canapé. Celui-là même qui l'avait éventré un peu moins de deux ans auparavant.

— J'ai une faim de loup, tu as déjà mangé ?

— Non, fit-il en la rejoignant devant le réfrigérateur grand ouvert. On peut appeler le chinois, si tu veux.

Hurley prit une bière et referma le frigo.

— D'accord, je te laisse t'en charger.

Logan passa la commande habituelle avant de retrouver Hurley allongée sur le canapé. La télévision était éteinte et les premières notes d'un nocturne de Chopin créaient une atmosphère intime.

— Je peux enfin savoir ce que tu fais ici ?

— Je suis venue retrouver Leslie. Elle a besoin d'un coup de pouce.

Logan se détendit. Sur le coup, il avait réellement cru qu'elle venait pour retrouver Stanley Warren.

— Qu'est-ce qu'elle te veut ? Elle ne devait pas rentrer à Seattle ?

Hurley se redressa et s'assit en tailleur sur le canapé.

— Si, mais elle vient de décrocher un contrat avec le *NOW*. Une série d'articles à rédiger en immersion chez les Enfants de Marie.

Logan ouvrit de grands yeux.

— C'est quoi ces conneries ? Ne me dis pas que leur vieille gourou a accepté ?

— C'est là tout le problème. Elle s'est fait congédier en trois secondes. Elle a le moral à zéro.

— Pauvre petit amour-propre. Ça lui fera les pieds, fit Logan sans aucune compassion.

— Ne dis pas ça. Elle manque terriblement de reconnaissance. Elle est toujours très fragile. Pour une fois que tout allait bien dans sa vie…

Logan savait qu'il était injuste, mais c'était plus fort que lui : il détestait les journalistes, et surtout cette imbécile qui s'était mêlée de sa première affaire à River Falls.

— Tu m'as dit qu'elle faisait des piges régulières pour le *Seattle Tribune* et qu'elle venait de rencontrer un chirurgien plein aux as. Et tu veux que je la plaigne ?

— De l'argent et du sexe. Tu penses vraiment que c'est ça qui rend heureux ?

Logan aurait bien répondu « oui », mais il n'avait pas envie de se disputer ce soir.

— Disons que ça aide. Mais certes, l'estime de soi, c'est pas mal non plus.

— Bref, elle veut que je l'aide à faire changer Miss Richardson d'avis, dit Hurley en revenant sur Callwin.

— Et comment tu comptes t'y prendre ?

Tout comme lui, Hurley était agnostique et très éloignée de toute bondieuserie. Aucune chance qu'elle arrive à convaincre une vieille bigote.

— J'ai un atout dans mon jeu : Stanley Warren, lâcha Hurley.

Logan en aurait brisé sa bière dans sa main.

— Leur avocat ? fit-il d'une voix atone.

— Oui, je l'ai rencontré à un gala de bienfaisance pour le Darfour. Il m'a fait une très bonne impression. J'espère qu'il arrivera à la faire revenir sur sa décision, dit-elle comme si de rien n'était.

— Et pourquoi te ferait-il cette faveur ?

Si elle ne voyait pas l'insinuation, c'était qu'elle le faisait exprès.

— Parce que c'est un ami. Et entre amis, on se donne des coups de main. Normal non ?

« Elle se moque de moi ! »

— Super, et moi qui croyais que tu venais pour moi.

Sous la douce lumière du salon, Hurley vint s'asseoir sur l'accoudoir du fauteuil.

— Tu es incorrigible, mais c'est peut-être pour ça que je t'aime, fit-elle avant de poser ses lèvres sur les siennes.

Ils s'embrassèrent longuement.

— Pourquoi ne m'as-tu jamais parlé de lui ?

— Parce qu'il n'y a rien de remarquable à dire à son sujet. Tu sais, je ne le connais pas bien. En dehors de ce gala de charité, je ne l'ai revu que deux fois chez Marcy. Et tu connais les soirées chez Marcy ?

Marcy Pearlman. Une femme d'affaires qui aimait organiser des soirées avec le gratin de l'intelligentsia de Seattle, dans son magnifique appartement de trois cents mètres carrés.

« Beaucoup de m'as-tu-vu et de superficialité », se souvint Logan, qui avait accompagné Hurley une seule et unique fois.

— L'horreur totale !

— C'est ton point de vue. Bref, Warren m'a de nouveau abordée à ces occasions et nous avons parlé. De tout et de rien. C'est tout. Rien de très mémorable en vérité.

Toujours assise sur l'accoudoir du fauteuil, Hurley sentit la main câline de Logan lui caresser les cuisses.

— Tu veux dire que sa réputation de super avocat et de don juan est surfaite ? suggéra-t-il, soulagé.

Elle n'avait pas l'air de l'admirer outre mesure.

— Oh non ! C'est un très bon avocat. Il travaille pour Lawrence & Associates, et passe son temps à refuser des affaires tant il croule sous les demandes. Quant à ses conquêtes féminines, on lui en connaît tant que James Bond peut aller se rhabiller.

— Si ce n'est qu'il manque la véritable émeraude de Seattle à son tableau.

Hurley lui sourit et lui déposa un baiser sur les lèvres.

— Il est évident que je ne le laisse pas indifférent. Mais tout homme doit un jour rencontrer sa limite. Et les beaux gosses, sûrs d'eux et suffisants, ce n'est pas trop mon genre.

Logan lui sourit à son tour, pas tout à fait certain qu'il s'agisse d'un compliment.

— Et c'est quoi ton genre ?

— Le genre ours polaire, impulsif voire colérique, mais avec un petit cœur tout tendre à l'intérieur.

La définition ne lui déplut pas.

Mercredi 24 décembre 2008

31

Plus la nuit avançait sur River Falls, plus le froid s'intensifiait. Simon Beaver finit sa dernière canette de bière, et sauta de la rambarde de sécurité pour faire quelques pas le long de la quatre-voies. Les voitures faisaient très attention à ne pas l'accrocher. Simon sourit. C'était bien la première fois qu'on se souciait de son sort.

Il prit la bouteille de whisky qu'il avait gardée pour le grand final, l'ouvrit avec des gestes presque cérémonieux et en but une bonne rasade. Aussitôt il ressentit tous les bienfaits de ce médicament miracle.

Un souvenir lui revint en mémoire. Si seulement la vie ne reprenait pas ce qu'elle avait donné…

Simon courait. Il s'en voulait d'être en retard. Le révérend Parker détestait son manque de ponctualité, mais il n'avait pas eu le choix. Sa mère avait fait une crise d'hystérie et il avait dû rester plus longtemps que prévu à l'hôpital psychiatrique où elle était internée depuis un an. C'était de pire en pire à chaque Noël. Seuls les médocs arrivaient à la calmer.

Arrivé à l'église Saint-Jean-Baptiste, il se rua sous les arcades du bâtiment néogothique. À l'intérieur, une foule de miséreux faisait la queue pour un repas chaud et des vêtements propres. Mlle Linslay le vit. Les sourcils froncés, l'index accusateur, elle arriva sur lui.

— Tu es encore en retard. Si cela t'embête d'aider ces pauvres gens, tu n'y es pas obligé, le sermonna-t-elle.

— C'est ma mère. Elle a encore fait une crise. J'ai préféré attendre qu'elle se calme avant de la laisser.

Mlle Linslay était une vieille fille de soixante ans au cœur de pierre, que Simon soupçonnait d'utiliser la religion pour exercer son autorité sur plus mal loti qu'elle.

— Ça ne me regarde pas. Notre Seigneur n'a pas hésité à donner sa vie pour aider les autres. Il serait temps que tu l'apprennes.

Simon baissa les yeux. C'était la dernière fois qu'elle lui parlait ainsi. Sa mère méritait autant de respect que les pauvres hères qui venaient se réfugier ici pour un peu de chaleur. Il ne manquait pas d'églises dans le coin. Dès la nouvelle année, il chercherait une autre association caritative.

— Allez, viens, et ne fais pas cette tête. Toi au moins tu as un toit et un travail.

Ce n'était pas faux, mais il était loin d'être riche. Faute de bourse, il avait dû abandonner ses études. Il travaillait depuis près de deux ans chez UPS, à trier des colis. Ce n'était pas la grande vie, mais après tout, il n'avait que vingt et un ans, et tout l'avenir devant lui.

Mlle Linslay l'emmena au fond de l'église, derrière le maître-autel, où une bénévole s'affairait devant des tréteaux.

— Je te présente Stella, ma nièce.

Simon la salua et se présenta.

— Je m'appelle Simon. Je fais partie de l'association.

— Trêve de bavardage. Aide-la à préparer les sandwichs, lui dit Mlle Linslay en lui tendant un tablier et des gants.

— Oui, mademoiselle, fit-il avec un soupçon d'ironie.

Elle lui fit un sourire qui ressemblait plutôt à une grimace et repartit auprès du révérend Parker, qui avait commencé son sermon.

— Ma tante est vraiment spéciale. Il faut l'excuser.

La jeune fille était loin d'être une beauté et pourtant, dès qu'elle parla, Simon sentit que quelque chose se passait. Une voix douce et claire, presque fragile, et un regard attendrissant.

— Ouais, je crois qu'elle ne m'aime pas trop, mais je m'en moque. Je ne suis pas là pour lui plaire mais pour aider ces pauvres malheureux.

Il commença à tartiner des tranches de pain de mie.

— C'est la première fois que je fais ça. C'est ma mère qui m'a dit de venir. Ne le prends pas mal, mais moi, je ne crois pas en Dieu, dit Stella.

Simon s'étonna d'une telle confidence. Que faisait-elle ici ?

— Tu veux dire qu'on t'a punie et qu'on t'a obligée à venir ?

Stella eut un rire tout à fait charmant.

— C'est ma tante. Elle se plaignait du manque de bénévoles en ce soir de Noël. Les gens ne sont pas prêts à sacrifier leur petit confort du réveillon pour des sans-abri, a-t-elle dit. Je voulais lui montrer qu'il n'était pas nécessaire de croire en Dieu pour aider les autres.

Simon eut une moue peu convaincue.

— En fait, tu es juste venue pour régler un problème entre ta mère et ta tante. Bonjour la motivation ! se moqua-t-il.

Stella avait l'air très gentil, et ce n'était pas une gamine, mais elle manquait de maturité.

— D'accord, j'avoue. Mais le principal, c'est que je sois là pour les aider, non ?

Simon se tourna vers le Christ en croix et fit une brève prière muette pour cette jeune fille.

— Non, la charité, le don de soi doivent provenir d'un réel désir d'aider son prochain. On n'achète pas sa place au paradis.

— Je ne crois pas en Dieu, laisse tomber.

— Tu vois très bien ce que je veux dire. Il n'est jamais bon de mentir sur ses intentions, que l'on soit croyant ou mécréant.

Stella lui adressa un sourire éblouissant, qui le troubla plus qu'il ne l'aurait voulu.

— Tu sais que tu parles bien. Tu devrais être homme politique ou écrivain !

Écrivain ! Quelle drôle d'idée !

— Tu as quel âge ? lui demanda-t-il en disposant sur le pain beurré les tranches de saumon que Stella avait découpées.

— Dix-sept ans, mais je sais que j'en fais plus. Et toi, tu as vingt et un, vingt-deux... ?

Simon jeta un regard vers la travée où se trouvaient le pasteur et ses ouailles. Personne ne le regardait. Une étrange pensée traînait à la lisière de sa conscience.

— Vingt et un ans. Je suis beaucoup trop vieux pour toi.

— Dommage. Aucun beau garçon ne veut de moi, dit-elle sur le ton de la plaisanterie.

Simon lui sourit amicalement. C'était la première fois de sa vie qu'on le traitait de beau gosse. Il se savait d'un physique des plus ordinaire, mais comme Stella n'était elle-même pas très jolie, ses critères ne devaient pas être très élevés.

— Ne dis pas ça, je suis sûr que tu as un petit copain.

Stella baissa les yeux avec un petit air triste.

— Non, je suis bien trop moche, je le sais. Et moi, je ne crois pas aux miracles.

Simon fut réellement ému par cette confession soudaine. Impulsivement, il se pencha vers elle et lui vola un baiser. Stella devint écarlate. Tout le reste de la veillée, ils évitèrent d'en parler.

Le lendemain, ils se retrouvèrent dans son petit appartement de River Falls et firent l'amour pour la première fois de leur vie.

Jeudi 11 décembre 2008

32

Logan fut tiré d'un cauchemar par la sonnerie du téléphone. 5 h 26. Il maugréa un juron et attrapa son portable.

— Allô ? fit-il, la voix enrouée.

À ses côtés, Hurley s'enfonça sous la couette. Maudit téléphone !

— Quoi ? ! hurla Logan.

Hurley réapparut aussitôt et alluma la lampe de chevet.

Cela ne présageait rien de bon.

— J'arrive tout de suite, répondit Logan en raccrochant.

Puis, serrant le poing d'impuissance :

— Merde, merde, merde !

— Qu'est-ce qui se passe ?

Logan se tourna vers elle, le visage crispé.

— Nathaniel a tenté de suicider. Son état est critique. Il a perdu beaucoup de sang.

Hurley s'enferma dans le silence tandis que Logan était déjà hors du lit en train de s'habiller. Ça c'était vraiment la poisse ! Après Paul Brown, le deuxième suspect dans cette affaire de meurtre risquait de passer de vie à trépas, alors que Logan était censé assurer leur sécurité.

Il finit d'enfiler ses chaussures, se leva et jeta un regard vers Hurley, adossée à son oreiller.

— Je suis vraiment maudit. Mais pourquoi il a fait ça ? !

Hurley n'aimait pas le voir dans cet état.

— Je viens avec toi. Mais s'il te plaît, essaye de te calmer. De toute façon, tu ne peux rien faire.

— J'aimerais t'y voir ! Seize ans ! Putain, s'il crève…

Comment avait-il pu ne rien voir ?

— On n'est pas à un quart d'heure près. Viens prendre une douche, il faut que tu te calmes.

— Laisse tomber, c'est à moi de gérer ça, fit-il en sortant de la chambre, l'esprit bouleversé par de terribles pensées.

Il descendit l'escalier. Une fois en bas, il hésita. Il ne tiendrait pas sans aide.

Dans la cuisine, il attrapa le paquet de cigarettes qu'il avait soigneusement caché et se prépara un café. Dès la première bouffée, il sentit tout son corps se détendre.

« Qu'est-ce que c'est bon ! Jamais je n'aurais dû arrêter. »

Il entendit des pas dans l'escalier. Hurley avait passé comme lui ses vêtements de la veille.

— Je suis désolé, dit-il, la colère et le stress du réveil partis en fumée.

Hurley s'approcha de lui et lui passa une main câline sur ses joues pas rasées.

— Rome ne s'est pas faite en un jour.

Logan ressentit une bouffée de gratitude et de tendresse pour Hurley. Il lui tendit sa tasse et se refit un café.

Ils arrivèrent moins d'une demi-heure plus tard à l'hôpital George-Washington. Le sergent Taylor les attendait à l'accueil. Âgé d'une cinquantaine d'années, il semblait porter toute la misère du monde sur ses épaules.

— Bonjour, shérif, mademoiselle Hurley. Je vous jure que je ne me suis pas endormi de la nuit. Je suis insomniaque, vous savez ?

Il était affolé. Il craignait certainement pour son poste.

— Oui, je le sais. Même si par principe il faudra que tu fasses une déposition, tu n'as rien à craindre. Tu n'as fait que ton travail.

À savoir, passer la nuit devant la porte de la chambre de Nathaniel Morrison, en relais avec le sergent Nelson.

— Je n'ai rien entendu. Il a fait ça dans un silence total. Pas un cri, pas un bruit.

Averti par la réceptionniste, le docteur Nunn les rejoignit.

— Nathaniel est sous respirateur, il devrait s'en sortir, fit-il sans cacher sa fierté.

Logan pinça les lèvres pour ne pas exploser d'un rire nerveux.

— Merci, fit Hurley, extrêmement soulagée.

Si Nathaniel était mort, elle n'aurait osé imaginer la réaction de Logan.

— J'ai été un peu dur avec vous la dernière fois, je vous présente toutes mes excuses, dit Logan en sortant son paquet de cigarettes sous l'œil inquiet du chirurgien.

— Merci, mais je n'ai pas fait ça pour vous, mais pour lui.

Le médecin n'avait apparemment pas apprécié de se faire rembarrer trois jours plus tôt par un homme qui lui devait la vie. Logan ne lui en tint pas rigueur et sortit sur le perron pour fumer une cigarette.

— Comment a-t-il pu faire ça ? demanda Hurley, restée auprès du chirurgien et du sergent.

Taylor se racla la gorge en se passant la main dans ses cheveux clairsemés.

— Je venais de finir un sudoku, commença-t-il, avant de s'éparpiller : J'adore ça. Il paraît que c'est bon pour le cerveau. C'est ma femme qui m'a initié…

— Sergent, s'il vous plaît.

Taylor baissa les yeux comme un enfant pris en faute et reprit :

— Excusez-moi, mais je suis encore sous le choc. Je venais de finir un sudoku quand j'ai ressenti un besoin pressant, et comme je me levais, je ne saurais pas vous dire pourquoi, ma femme parlerait de sixième sens féminin, même si je n'y crois pas trop… pardon (il se racla à nouveau la gorge). Bref, je me suis dit que je pourrais jeter un coup d'œil sur le petit. J'ai ouvert la porte et tout de suite j'ai compris que quelque chose n'allait pas. J'ai fait trois pas dans la chambre et là j'ai senti que je marchais sur un liquide poisseux. J'ai baissé les yeux, et même si j'y voyais pas bien, y avait que la lumière du couloir, j'ai vu que c'était ni de l'eau ni de l'urine. Alors, je me suis rapproché du gamin et j'ai vu les veines de son poignet gauche tailladées. J'ai tout de suite appelé de l'aide, et c'est tout.

— Le sergent Taylor lui a sauvé la vie. Si vous pouviez glisser un mot pour une prime, il ne l'aura pas volée, intervint Nunn.

— C'est vous qui lui avez sauvé la vie. Moi, j'ai juste eu la chance de le trouver à temps.

Nunn le regarda d'un air paternaliste malgré ses dix ans de moins.

— C'est notre Seigneur qui vous a guidé.

Hurley se rappela que l'homme était très religieux et que c'était aussi pour ça que Logan l'avait pris en grippe.

— Comment s'est-il fait ça ?

— Avec un couteau du plateau-repas, répondit Nunn, sur la défensive. Le shérif ne nous avait pas recommandé de lui donner des couverts en plastique. Et, pour dire la vérité, nous n'avions pas repéré de tendance suicidaire chez lui. Nous sommes tous coupables de négligence.

Hurley en convenait. Pourvu que la famille ne porte pas plainte.

— Nous pouvons aller lui parler ?

Nunn eut un doux sourire.

— Il est encore inconscient, mais je pense qu'il devrait se réveiller dans la journée. Au plus tard demain.

— Bien sûr. Nous repasserons.

Elle alla retrouver Logan qui finissait sa cigarette.

— Bon, plus de peur que de mal, dit-elle d'un ton léger.

— Tu parles ! Le gamin a failli y rester et par ma faute, répondit-il en frissonnant.

Hurley enroula son bras autour du sien, fascinée par l'immense sapin de Noël qui scintillait dans la nuit.

— Le flic parfait n'existe pas. On ne peut pas tout prévoir.

— Je sais, mais ce n'est pas pour ça que je ne me sens pas coupable pour autant, répondit-il en écrasant sa cigarette.

Hurley le regarda avec amour. Malgré tous ses défauts, il avait un cœur d'or, et c'était aussi pour ça qu'elle était avec lui.

— Je vais appeler un taxi, il faut que je passe voir l'avocat de Nathaniel, et je te rejoins à 10 heures au cimetière, d'accord ?

— D'accord. Merci d'être venue.

Elle lui sourit et lui caressa la joue.

— Pense à te raser.

Il était sept heures du matin quand Hurley arriva devant la belle entrée du Lewis & Clark Hotel. Des poutres apparentes et des affiches anciennes joliment encadrées, représentant des trappeurs chassant dans la montagne et les différentes étapes de leur commerce de fourrure, tentaient de donner une touche locale à cet hôtel plutôt cossu.

— Bonjour, je dois voir Stanley Warren, il me faudrait le numéro de sa chambre, dit-elle en sortant sa plaque du FBI.

Le réceptionniste hocha la tête et la renseigna sans poser de question :

— Chambre 24, au deuxième étage.

Plutôt que de prendre l'ascenseur, elle emprunta le large escalier agrémenté de tableaux de belle facture rappelant le passé forestier de River Falls. Arrivée sur le palier du deuxième étage, elle avança sans bruit sur l'épaisse moquette jusqu'à la chambre 24.

Elle frappa deux petits coups secs. Au bout d'une minute d'attente, elle comprit qu'il n'était pas réveillé. Elle composa le numéro de l'avocat sur son portable et entendit très distinctement la sonnerie à l'intérieur de la chambre. Trois coups avant qu'il ne réponde. Sommeil lourd, s'amusa Hurley.

— Oui. C'est pour quoi ? fit Warren d'une voix empâtée.

— Bonjour, Stanley. C'est Jessica, Jessica Hurley. Je vous dérange ?

Silence. Puis, d'une voix tout à fait normale :

— Non du tout, je suis plutôt du genre lève-tôt.

Le ton était enjoué et frais. Sacré comédien !

— Tant mieux, dans ce cas, pourrions-nous nous rencontrer le plus rapidement possible ?

Elle s'était écartée de la porte afin qu'il ne puisse pas l'entendre autrement que dans son portable.

— Je vais regarder mon agenda, mais je pense pouvoir être à Seattle demain. Que pensez-vous d'un déjeuner ?

— Un petit déjeuner ce matin à River Falls m'irait tout aussi bien.

Un instant de surprise et il reprit :

— Très bien, alors 8 heures à mon hôtel ?

— Et pourquoi pas tout de suite, monsieur le lève-tôt, dit-elle en revenant frapper à la porte.

Cette fois, elle était certaine de lui avoir cloué le bec. Elle entendit des pas approcher. La porte s'ouvrit en grand, révélant un Warren en caleçon.

« Un vrai corps d'Apollon. »

— Vous m'avez eu, je me rends, fit-il en levant les mains en l'air.

Hurley eut un petit sourire en coin.

— Allez vous habiller. Je vous attends au restaurant.

— On peut rester ici. La chambre est suffisamment spacieuse. On sera plus tranquilles pour discuter. Ils servent le petit déjeuner dans les chambres, vous savez.

— Je n'en doute pas, mais si je passais cette porte, j'aurais trop peur que vous vous croyiez en plein rêve et ne m'écoutiez pas. Alors, à tout de suite, lança-t-elle en lui souriant avant de retourner vers l'escalier.

Il vint la retrouver un quart d'heure plus tard. Costume Cerruti, rasé de près, les cheveux encore mouillés.

— Puis-je m'asseoir à votre table ?

« Et en plus il embaume le Armani. »

— Faites donc.

Il s'assit et, posant ses avant-bras sur la table, se pencha vers elle.

— Avant que nous ne discutions plus sérieusement, je tenais à vous dire que c'est un plaisir de vous revoir. Vous êtes toujours aussi charmante.

— Vous n'êtes pas mal non plus. Mais pour que les choses soient claires, autant vous le dire tout de suite, je suis une femme fidèle.

— Vous n'êtes pourtant pas mariée. Rien ne vous y oblige.

Hurley secoua la tête. Son regard balaya la salle du restaurant. Il n'y avait pas un seul client. Leurs voix résonnaient étrangement dans ce décor élégant.

— C'est vrai, si ce n'est que j'aime Mike Logan. Mais l'amour est une notion qui vous dépasse, n'est-ce pas ?

Elle avait dit cela sans méchanceté, néanmoins Warren fit la grimace.

— Je suis navré que vous ayez une telle image de moi. Mais soit, c'est votre avis après tout, dit-il en se levant de table. Et si nous allions nous servir ?

Du café, du thé, du jus d'orange, du chocolat chaud, un assortiment de sandwichs, gâteaux et confitures les attendaient au buffet. Ils se servirent copieusement et retournèrent s'asseoir au moment où un jeune couple entrait dans la salle.

— Bien. Et maintenant, si nous entrions dans le vif du sujet ? Pourquoi teniez-vous tant à me voir ?

— J'ai un grand service à vous demander.

Le visage de Warren s'illumina d'un large sourire.

— Mais avant cela, je dois vous annoncer une terrible nouvelle. Nathaniel a tenté de se suicider.

Le sourire fut remplacé par une mine soucieuse.

— Ne vous inquiétez pas, ses jours ne sont pas en danger, mais il s'en est fallu de peu.

— Comment ça s'est passé ? demanda Warren, profondément touché.

S'il est difficile de connaître les véritables motivations d'un suicide, Warren pensait comprendre les raisons de Nathaniel. Hurley lui fit part des explications du sergent Taylor et conclut en rapportant les propos rassurants du docteur Nunn.

— Encore un mauvais point pour votre shérif, nota-t-il, effaré qu'on ait pu laisser un ustensile tranchant à portée de ce gamin.

— Il en a bien conscience. À ce propos, j'aimerais que vous me parliez de la dispute que vous avez eue avec Nathaniel dans la matinée.

Warren s'adossa dans son fauteuil. Apparemment, elle le tenait lui aussi pour partie responsable.

— C'est confidentiel, comme vous le savez. Vous ne pensez tout de même pas que cela pourrait avoir un rapport ? demanda-t-il avec dérision.

— Si, justement. Mais nous en saurons davantage lorsque Nathaniel reprendra connaissance.

Warren était bluffé par l'assurance toute professionnelle de la jeune femme. Plus il la côtoyait, plus il la désirait.

— S'il souhaite vous parler, ce dont je doute sincèrement.

— Nous verrons bien, conclut Hurley avec un sourire forcé.

Un autre couple venait d'arriver. Il était temps d'attaquer le cœur du sujet, avant que des oreilles indiscrètes ne s'approchent trop.

— Alors, quel est cet immense service que je pourrais vous rendre ?

— En fait ce n'est pas pour moi, mais pour une amie.

Hurley attendit que les nouveaux venus se soient installés un peu plus loin pour reprendre.

— Leslie Callwin, une journaliste au *News of Washington.*

Warren eut un mauvais pressentiment.

Hurley lui expliqua alors sa mission, sachant la façon dont Miss Richardson avait envoyé Callwin sur les roses.

— … et si vous pouviez user de votre pouvoir de persuasion pour qu'elle revienne sur sa décision, je vous en serais immensément redevable.

L'idée était certes alléchante, mais totalement fantasmagorique. Cette vieille folle devait être aussi têtue qu'un vieil Irlandais.

— Cela aurait été avec grand plaisir, mais je crains que vous ne surestimiez mes capacités, dit-il, sincèrement navré. Vous m'auriez demandé de décrocher la lune, peut-être, mais là c'est bien au-dessus de mes compétences. Ce genre de communauté vit à l'écart du monde moderne. Ils sont encore plus paranoïaques que Fox Mulder. Aucune chance qu'ils acceptent une journaliste parmi eux.

Au fond, Hurley s'y attendait, mais elle aurait été tellement contente pour son amie.

— Je vous ai donc réveillé pour rien. J'espère que vous ne m'en voudrez pas trop.

Cette mauvaise nouvelle avait suffi à lui faire perdre l'appétit. Elle allait devoir téléphoner à Callwin. Cela lui coûtait beaucoup.

Elle posa sa serviette sur la table et se leva.

— Je peux savoir ce que vous faites ? s'étonna Warren, l'œil malicieux.

— Je rentre chez moi, j'ai du travail en retard.

Elle avait surtout envie de prendre une douche et de se changer avant de se rendre à l'enterrement de Paul Brown. Encore une partie de plaisir.

— Je vois, dit-il sans la lâcher du regard. Et si je parvenais tout de même à la convaincre d'accepter votre amie, qu'est-ce que j'y gagnerais très concrètement ?

Surprise, Hurley se figea.

— Ça, il faudra voir avec elle. De toute façon, ce sera à des années-lumière de vos honoraires habituels.

Warren mima le dégoût et balaya l'air de sa main.

— De grâce, ne me dites pas que vous me prenez pour ce genre de personnage. Je sais ce qu'est un service. Je voulais simplement savoir si en retour, vous étiez prête à m'en rendre un autre.

— Lequel ?

— Un dîner en tête à tête, dans mon appartement. Car, figurez-vous, je ne suis pas seulement un bon avocat, mais également un fin cordon-bleu.

Hurley n'en revenait pas d'une telle outrecuidance. Et il paraissait certain qu'elle allait dire oui. Elle se rassit face à lui et se pencha en avant.

— Si Leslie Callwin obtient la permission de séjourner dans cette communauté, j'accepte avec plaisir ce dîner. Mais ce sera dans un lieu public. Un restaurant de mon choix. Et c'est non négociable.

Warren fit la moue. Dans ces conditions, le jeu en valait-il la chandelle ?

— Tant pis, laissons tomber. De toute façon, je n'avais aucune chance de réussir, mais je voulais savoir si vous accepteriez.

Hurley soupira. Elle ne le trouvait plus du tout attirant. Un beau parleur, narcissique, égocentrique, incapable d'un geste gratuit. Elle n'aurait jamais dû venir ici.

— Au revoir, monsieur Warren, fit-elle en se levant pour la seconde et dernière fois.

33

Margareth se pencha vers son cousin.

— Fais de beaux rêves.

Elle recula et suivit le sergent Nelson hors de la chambre, laissant Nathaniel avec ses parents et le docteur Nunn, les seuls dûment autorisés par le juge Burrough à voir l'adolescent.

— Merci beaucoup, dit-elle au sergent.

— Surtout, vous ne le dites à personne. Je vous fais confiance.

— Ne craignez rien.

Elle esquissa un faible sourire et reprit l'ascenseur. Elle sentait qu'elle ne pourrait pas longtemps retenir ses larmes. À la sortie de l'hôpital, complètement perdue, elle alla s'asseoir sur le banc de l'arrêt du bus. Elle connaissait la cause de la tentative de suicide de Nathaniel, mais ne pouvait en parler à personne, si ce n'est à son avocat. Or rien que le fait de penser à cet homme remplissait son cœur de colère.

Si seulement il y avait eu dans son entourage quelqu'un capable de l'entendre ! Malheureusement, elle connaissait très bien l'opinion des siens sur cette maladie : un signe du Malin. Grand-mère en particulier, par des sermons imagés et puissants, jetait l'anathème sur la société moderne, dont les manifestations les plus visibles de la décadence étaient la pornographie et l'homosexualité. Margareth aurait aimé pouvoir lui dire que Nathaniel n'était pas un monstre, mais elle ne pouvait prendre ce risque. C'était à Nathaniel d'en parler, pas à elle.

Le bus arriva. Elle y prit place et, l'esprit tourmenté par des pensées contradictoires, se laissa conduire jusqu'à l'arrêt Université. Là, l'âme confuse, elle se dirigea vers un des bars réservés aux étudiants.

– Regarde qui voilà ! s'exclama Luke, stupéfait par l'arrivée de Margareth.

Il était à peine 10 heures et quart. L'annulation d'un cours avait incité Luke et Gerald à aller boire une bière en attendant le suivant.

— À quoi elle joue, cette conne ? Tu crois qu'elle nous nargue ?

Ses parents lui avaient passé le savon de sa vie. La paire de claques servie par sa mère avait marqué ses joues durant une bonne heure.

— T'occupe, tu te souviens de ce qu'a dit le shérif, s'il lui arrive quoi que ce soit, il nous en tiendra pour responsables.

À l'inverse de Luke, il n'éprouvait aucune colère envers Margareth. S'ils s'étaient retrouvés au commissariat, c'était uniquement par la faute de Luke et de son désir de nuire à cette fille.

— Rien à foutre, c'est du pipeau. Il a rien contre nous, et tant qu'on la touche pas, j'ai quand même le droit de lui dire ce que je pense d'elle.

Gerald vit le barman servir à la fille une canette de jus d'orange.

— Tu as entendu les infos ? Son cousin a fait une tentative de suicide, je ne crois pas que ce soit le moment de l'emmerder.

Luke eut un rire ironique.

— Au moins, ça prouve qu'il a des remords, c'est déjà ça.

Comme ils étaient assis sur une banquette au fond de l'établissement, Margareth ne les avait toujours pas remarqués.

— Luke, il faut que je te dise un truc, dit Gerald très sérieusement.

— Arrête avec tes grands airs. C'est quoi le problème ?

— Tu peux être le roi des cons quand tu veux !

Luke lui opposa un doigt d'honneur.

— N'aie aucune pitié pour cette conne et sa communauté de maboules. Si tu savais ce qu'ils pensent de nous et de notre façon de vivre !

— Non, je n'en sais rien. D'ailleurs, je vais aller le lui demander.

L'idée avait jailli soudainement. Il s'en étonna lui-même.

— Pauvre mec ! Parfois tu me fais vraiment pitié, soupira Luke, qui finit sa bière d'un trait et attrapa son sac. Moi, je me casse. À plus.

Gerald le regarda partir et, à son soulagement, Luke sortit du bar sans faire d'esclandre, évitant de passer devant Margareth.

Gerald repensa à la conversation qu'il avait eue avec la mère de Kevin, qui le poussait à aller parler à cette fille. Mais il n'était pas très sûr d'avoir le courage de l'affronter. À cet instant, Margareth se retourna vers la salle et leurs regards se croisèrent. Elle baissa les yeux.

Gerald fut touché par son regard de chien battu. Il fit un effort sur lui-même, saisit sa bière d'une main, son sac de l'autre et la rejoignit.

— Excuse-moi, je peux m'incruster ?

Elle avait les yeux rougis et une mine à faire peur.

— Pourquoi ?

Il tira la chaise et s'installa.

— Parce que je te dois des excuses, mais je tiens tout de même à te dire que ce n'est pas moi qui ai appelé la police.

— Facile à dire, mais je ne vois pas qui ça serait d'autre.

L'amitié oblige à garder des secrets, mais Luke était allé trop loin. Gerald lui raconta ce qu'il s'était passé, et comment le shérif Logan leur avait fait la leçon.

— Mais bon, je ne veux pas me dédouaner, si je n'en avais pas parlé à Luke, jamais il n'aurait appelé la police.

— Tu veux mon absolution, je te la donne, dit Margareth d'un ton détaché.

Gerald aurait pu s'en aller. Il avait essayé de communiquer, mais elle ne semblait pas vouloir saisir la perche. Pourtant, il avait l'impression qu'elle souhaitait qu'il reste.

— Tu sais, tout le monde n'est pas d'accord avec ce que disent les journaux.

La presse faisait ses choux gras des aveux de Nathaniel, parlant de dérèglement comportemental lié à une éducation trop stricte et passéiste.

— Je le sais bien, mais ce n'est pas ça le problème, dit-elle dans un subit accès de colère.

Pourquoi restait-il ? Elle lui avait pardonné. Sa conscience ainsi soulagée, qu'attendait-il pour partir ?

— Alors c'est quoi ?

— Écoute, je ne sais pas ce que tu cherches, mais n'essaye pas de faire le gentil avec moi. Je sais très bien ce que tu penses de moi. Alors laisse-moi, s'il te plaît.

C'était un appel au secours. La dernière fois, elle lui avait hurlé dessus pour qu'il parte !

— J'ai parlé de toi à une amie. Elle m'a remis les idées en place. Elle m'a juste demandé depuis quand on jugeait les gens sans les connaître ou sur leur simple apparence.

Certes, Mme Fisher n'était pas vraiment une amie, mais il se sentait suffisamment mal à l'aise comme ça.

— Tu ne le savais pas avant ? ironisa Margareth.

— Si, mais tu vois ce que je veux dire, se défendit Gerald qui, pour se donner une contenance, but une gorgée de bière.

Margareth était à présent certaine qu'il s'agissait d'un pari entre lui et le copain qui venait de sortir. Une version moderne des *Liaisons dangereuses*. Peut-être croyait-il qu'elle n'avait pas lu le livre ?

— En fait, tu aimerais qu'on fasse connaissance ?

— Oui, je crois que c'est la seule façon de découvrir son prochain.

Le crétin ! Il essayait vraiment de lui faire la cour. Tout ça pour mieux l'humilier le moment venu… « Et si nous inversions les rôles… » Elle jouerait l'ingénue, et le moment venu, elle lui ferait payer tout ce qu'elle avait subi comme insultes et brimades depuis qu'elle était arrivée dans cette fichue ville.

— D'accord, qu'est-ce que tu veux savoir ?

34

— C'est vous qui décidez, mais franchement, ça ne peut que nous aider, dit Warren.

— Je me demande bien comment, ironisa Miss Richardson.

Il était près de 11 heures et Warren venait d'arriver au manoir. L'atmosphère y était particulièrement lourde. Au-delà de la tentative de suicide de Nathaniel, tout le monde était choqué par les articles parus dans les journaux que Warren avait apportés, qui faisaient un parallèle entre leur façon de vivre et la fragilité mentale de Nathaniel. C'était de la pure diffamation et Miss Richardson avait bien l'intention de porter plainte, si ce n'est que le premier amendement, protégeant la liberté d'expression, permettait de dire presque tout et n'importe quoi.

— N'oubliez jamais que c'est un jury de citoyens de la région qui va juger votre neveu. L'image qu'ils auront eue de lui durant tout le temps précédant le procès ne pourra être effacée par une simple plaidoirie, aussi sincère soit-elle.

— Pas forcément, les gens ne sont pas aussi stupides.

Elle n'en croyait pas un mot, mais l'idée qu'une journaliste puisse séjourner parmi eux lui répugnait.

— S'il vous plaît, vous venez du Texas. Vous n'êtes pas sans savoir que des dizaines, des centaines de Noirs ont été emprisonnés, voire exécutés, alors qu'ils étaient innocents.

— Je ne vois pas le rapport.

Warren avait l'habitude de travailler avec toutes sortes de tordus, mais cette vieille sorcière ne faisait que se jouer de lui. Elle était loin d'être aussi stupide qu'il l'avait cru.

— Le rapport est que ceux qui pensent que les Noirs sont la lie de l'humanité ne changeront pas d'avis au cours d'un procès. Ne faites pas d'angélisme : les jurés entrent avec leurs préjugés dans le prétoire, et ils en ressortent avec. Pour avoir participé et assisté à des centaines de procès, je peux vous dire que je sais de quoi je parle.

Un groupe d'hommes et de femmes se tenait en retrait dans le grand salon du premier étage. Ils écoutaient avec une vive attention les paroles de l'avocat.

— Grand-mère, cet homme n'a pas tort. Trois commandes viennent d'être dénoncées, rien qu'aujourd'hui. Ce qui fait six depuis que Nathaniel s'est déclaré coupable du meurtre, dit un des hommes en s'avançant.

Warren le regarda et l'espace d'un instant, il se crut dans la peau de Harrison Ford au milieu d'un camp d'Amish.

— Nous n'avons pas besoin de leur argent. Vous savez tous que le Seigneur a fait en sorte que nous n'en manquions jamais.

L'homme ne sut que répondre, mais une femme osa intervenir :

— Grand-mère, il ne s'agit pas que de ça. Nathaniel n'a pas pu tuer ce garçon. Il s'agit d'un malentendu, ou on lui a forcé la main. Nous ne pouvons pas l'abandonner à la vindicte de la population. Qui sait à qui ils s'en prendront la prochaine fois ?

Malgré son impassibilité apparente, Warren aurait bien embrassé cette dernière intervenante. À l'évidence, l'argument toucha Miss Richardson au cœur.

— Ils ne vont pas vous faire de cadeaux. Dès qu'il y aura un vol, un meurtre ou quoi que ce soit, vous pouvez être certaine que les Enfants de Marie seront les premiers suspectés. Et allez savoir, s'il prenait l'envie à un individu en colère de mettre le feu à vos manoirs, renchérit Warren.

Miss Richardson fusilla sa nièce du regard pour avoir donné à l'avocat matière à argumenter. Néanmoins, elle devait s'avouer que c'était une éventualité. La solution aurait pu être de quitter cette ville, mais elle avait promis à son unique enfant, sur sa tombe, de ne plus jamais l'abandonner et de mourir à ses côtés. Elle ne commettrait pas deux fois la même erreur.

— Et pourquoi aurais-je confiance en cette femme ? Quelle certitude puis-je avoir qu'elle ne travestira pas la réalité ?

— Ces articles seront quotidiens. Il vous suffira d'un jour pour la mettre à l'épreuve. De plus, je peux vous assurer que c'est une femme très droite. N'oubliez pas qu'elle est de River Falls. Elle n'a pas envie de voir sa ville natale taxée d'intolérance.

Warren venait d'improviser. Il faisait totalement confiance au jugement que Hurley portait sur son amie.

— Très bien. Appelez-la pour lui dire que j'accepte sa proposition. Mais si jamais elle venait à nous trahir, je ne laisserais pas cet acte impuni. Faites-le-lui bien comprendre.

Warren se garda bien de manifester tout signe de victoire.

— N’ayez crainte. Elle a tout à fait conscience de ses responsabilités.

Miss Richardson sentait qu’elle s’était laissé entortiller, mais ne voyait pas comment elle aurait pu refuser sans s’aliéner une partie de ses « enfants ».

— Maintenant, laissez-nous. Il est temps pour nous de nous réunir et de prier pour la survie de notre fils.

Warren hocha la tête et partit discrètement.

Quand il fut dans sa voiture, il laissa enfin éclater sa joie. Tel un champion sportif, il ressentait la jouissance de celui qui a réussi un exploit. L’image de Hurley lui revint à l’esprit. Il sut qu’il avait eu raison de ne pas perdre espoir, même s’il avait ruminé près d’une heure dans sa chambre d’hôtel après l’outrage qu’elle avait commis. Son esprit combatif avait fini par reprendre le dessus. Il s’était juré de convaincre Miss Richardson d’accepter Callwin. Pari réussi !

Sous le couvert de la forêt et des notes d’Oscar Peterson, il roula le cœur léger en direction de River Falls.

– Salut, Leslie. Entre vite, il gèle, dit Hurley.

Callwin l’embrassa et passa devant elle avant de se débarrasser de son manteau. Elles s’étaient appelées en début de matinée afin de se donner rendez-vous chez Logan pour le déjeuner.

— Tu es certaine que ton mec ne va pas débarquer ?

Elle ne se sentait pas d’aplomb pour une dispute.

— Certaine. Il doit manger avec ses lieutenants. Réunion de travail. Alors, pas trop déçue ?

Callwin haussa les épaules.

— Si, mais bon, ça va passer. Le truc, c'est que j'étais persuadée que j'arriverais à la convaincre. Faut croire que je ne suis pas aussi bonne que je le pensais.

— Pas de ça avec moi, rétorqua Hurley, qui la conduisit vers la cuisine. Tu m'as dit que tu étais la deuxième journaliste que le *NOW* envoyait et que d'autres s'y étaient cassé les dents, alors pas la peine de jouer au vilain petit canard.

Callwin ne l'ignorait pas, mais elle aurait bien aimé montrer à tous ces ploucs de River Falls qu'elle était une grande journaliste d'un grand quotidien.

— Ça ne m'empêche pas d'avoir le blues. En plus, je vais devoir rendre son chèque à ce gros tas de Randall.

Elle soupira, puis tenta de se réconforter en pensant au Noël qu'elle allait passer avec l'homme de sa vie.

— Tu m'avais dit qu'il te l'offrait quoi qu'il arrive. Si tu n'as pas signé de contrat et que ce chèque est bien libellé à ton nom, tu peux l'encaisser sans risque.

Callwin détourna son regard des jardins alentour pour le reporter sur son amie.

— Je sais, mais je ne veux pas lui être redevable. Je veux le voir en face pour lui parler de ses méthodes.

— Tu as peut-être raison, dit Hurley, qui sortit une salade et des tomates du frigo. Tu as très faim ?

— Non, une salade ira très bien, et si tu as une bière, je suis preneuse.

Hurley en sortit deux et en tendit une à Callwin. Comme deux vieux camarades, elles trinquèrent avec leurs bouteilles avant d'en boire une large rasade.

— Alors ton enterrement, pas trop dur ?

Hurley posa ses fesses sur le bord d'un meuble de cuisine.

— Si, la sœur de Brown était dans un état de désespoir total. La seule personne qu'elle aimait vient de mourir, elle se retrouve seule, sans plus aucune famille.

— Ouais, mais on ne va tout de même pas pleurer sur un putain de pédophile.

Hurley n'avait pas envie d'en discuter avec Callwin. Elle connaissait ses penchants réactionnaires.

— Je ne te demande pas de pleurer sur lui, mais sur elle. Promets-moi de garder ça pour toi, mais elle et son frère ont été des enfants battus. Même si je n'ai pas les détails, je sais que son frère a tout fait pour la protéger. À cause de cela, il a certainement été encore plus martyrisé qu'elle.

Callwin dut reconnaître qu'elle avait méjugé cette femme.

— OK, elle a le droit de pleurer, mais franchement, même si son frère en a bavé, ça n'excuse pas ses actes. Jamais tu ne me feras pleurer sur la mort d'une telle ordure.

— Leslie, le problème n'est pas seulement Paul Brown, mais ce qui pousse des milliers de personnes à se tourner vers la pédophilie. Tu n'imagines même pas le nombre de recherches de sites pédophiles sur Internet. Des gens bien sous tous rapports, mariés, bons pères de famille et n'ayant pas subi de sévices particuliers dans leur enfance. Ils se disent qu'ils vont juste voir, comme ça. Pour se frotter à l'horreur. Mais ils sont aussi coupables que les pédophiles.

Elle en avait discuté avec un collègue du FBI spécialisé dans la cybercriminalité.

— Tu veux dire que c'est la faute de la société ? Un peu facile pour déresponsabiliser les criminels. Tu devrais être avocate ! lança Callwin.

Elle ne serait jamais d'accord avec Hurley sur un tel sujet. Mais elle avait besoin de cette confrontation pour évacuer toute la frustration due à son échec de la veille.

— Les sociétés ne sont pas égales face à ce fléau. Selon les cultures, les chiffres vont du simple au triple, si ce n'est plus. Si nous voulons protéger nos enfants, il est capital, avant toute chose, de rechercher les causes de ces dérèglements psychologiques produits par notre société, plutôt que de simplement vouloir nous venger. Paul Brown est mort, et alors ? Il y a des centaines de Paul Brown qui continuent son œuvre.

— Tu ne comprends pas ce que je veux dire. Je ne te dis pas qu'il ne faut pas essayer de lutter contre ce fléau, mais juste que Paul Brown était une pourriture. C'est tout. Et que je suis contente qu'il soit mort.

— Paul était avant tout un enfant battu, peut-être violé lui-même. L'adulte qu'il est devenu, il le doit au fait que personne n'a sauvé cet enfant. Un voisin, un professeur, quelqu'un de son entourage aurait dû s'en apercevoir. Personne n'a rien fait.

— Arrête, tu me saoules ! s'énerva Callwin, avec une véhémence qui surprit Hurley.

Un silence pesant s'ensuivit. Hurley posa sa bière et se mit à préparer sa salade.

— Je vais me fumer une cigarette, je reviens, dit Callwin.

Elle se détestait quand elle agissait ainsi. Mais Hurley ne faisait aucun effort. Ne pouvait-elle pas comprendre ?

Elle prit son manteau et sous un ciel nuageux s'alluma une cigarette. Elle tirait sa troisième bouffée quand son portable sonna. Numéro inconnu.

— Allô ?

— Bonjour, mademoiselle Callwin, je suis Stanley Warren. Nous nous sommes vus cet automne, au gala de bienfaisance pour les enfants du Darfour.

C'était bien la dernière personne avec qui elle avait envie de parler. Le matin même, Hurley lui avait annoncé la mauvaise nouvelle par téléphone. Mais elle s'entendit répondre, très sérieusement :

— Bonjour, monsieur Warren. Et si c'était moi qui venais dîner chez vous à la place de Jessica ?

Un rire chaud et enveloppant lui résonna aux oreilles. Le bougre était diablement attirant. Et il le savait.

— Non, ce ne sera pas la peine, je voulais seulement savoir si pouviez déjeuner avec moi ce midi. J'ai des choses à vous dire.

— Pourquoi pas. Je suis avec une amie, nous mangerons tous ensemble.

Un silence, puis :

— D'accord. Le restaurant du Lewis & Clark, vous connaissez ?

À l'intérieur, Hurley était en train de préparer sa salade.

— Arrête ça tout de suite, on est invitées au restaurant, dit Callwin, de retour.

Étonnée, Hurley fronça les sourcils.

— Stanley Warren veut déjeuner avec moi. Je lui ai dit que j'étais avec une amie, et il a accepté.

On reconnaissait les vraies amies au fait qu'elles ne se formalisaient jamais d'une dispute et l'oubliaient aussi vite qu'elle était arrivée, songea Hurley, heureuse de passer à autre chose.

— Je ne suis pas certaine d'avoir envie de le revoir, dit-elle cependant, en se rappelant la pénible conversation matinale.

Callwin se rapprocha d'elle et lui sourit doucement.

— Moi non plus, mais au moins, ça nous donne l'occasion de lui dire ses quatre vérités.

L'argument était convaincant et quelles qu'en soient les raisons, c'était toujours agréable de se faire inviter à déjeuner.

– Heureux que vous ayez accepté de venir, dit Warren en se levant pour accueillir ses invitées.

Callwin et Hurley le saluèrent et prirent place en face de lui. Une bouteille d'un vin millésimé était posée sur la table. Warren remplit les trois verres.

— Avant toute autre chose, je souhaiterais m'excuser pour mon comportement de ce matin, dit-il en regardant Hurley d'un air confus. J'ai été fort maladroit, et je le regrette sincèrement.

— C'est peu de le dire, rétorqua Hurley.

L'homme ne manquait pas d'air. Elle n'aurait pas dû venir.

— D'accord, j'ai été particulièrement odieux, convint Warren, bon perdant.

Hurley fronça les sourcils. Était-il sincère ?

— Il me semble que vous vouliez me voir, intervint Callwin, qui se demandait à quel jeu ils jouaient.

Warren reporta son regard sur la journaliste et lui fit son sourire le plus éblouissant.

— En effet, décidément, je manque à tous mes devoirs. Je voulais vous voir pour porter un toast à la santé de Miss Richardson, qui a accepté de recevoir notre grande journaliste du *NOW* jusqu'à la nouvelle année.

Callwin ouvrit la bouche, mais aucun son n'en sortit. Hurley était elle aussi stupéfaite.

— Ne me faites pas marcher, car je vous promets que je peux être très méchante quand je le veux, dit Callwin une fois qu'elle eut digéré la nouvelle.

— Je ne m'amuserais pas à cela. Je sais que c'est très important pour vous, et vous pouvez remercier votre amie d'avoir insisté, car je dois vous l'avouer, je ne croyais guère en mes chances de succès.

Hurley ne savait plus quoi penser de cet homme. À la fois arrogant, trop sûr de lui, et en même temps capable de caprices d'enfant gâté révélateurs d'un terrible besoin de reconnaissance. Un cas intéressant, qu'elle se garderait, néanmoins, d'étudier.

— En tout cas, je vous remercie d'être revenu sur votre décision. Si votre proposition de repas tient toujours, je l'accepte, mais toujours à mes conditions, dit Hurley.

— Laissez tomber, il n'y a rien de pire que de passer la soirée en tête à tête avec une femme alors que les attentes de chacun divergent, répondit-il en la regardant dans les yeux.

Hurley détourna le regard et but une gorgée de vin, espérant que personne n'avait perçu son trouble.

— Je peux vous poser une question ? intervint Callwin, qui n'arrivait pas à croire à sa bonne étoile.

— Je vous écoute, dit Warren, particulièrement fier de son effet.

— Qu'est-ce qui vous a fait changer d'avis ? Vous devez bien vous douter que jamais vous ne coucherez avec Jessica.

Hurley lui fit les gros yeux. Warren eut un sourire triste.

— Je sais bien, mais je suis trop fier de l'image que j'ai de moi-même pour la salir par un comportement puéril.

Puis, s'adressant à Hurley :

— J'ai donc fait la seule chose qu'il me restait à faire : réparer mon erreur.

Exactement ce qu'elle avait pensé. Malgré ses manières quelque peu cavalières, l'homme avait un certain panache.

— En fait, vous vous fichez complètement de moi, conclut Callwin.

Surpris, Warren chercha une réplique, mais quand il vit le sourire en coin de la journaliste, il entra dans son jeu.

— À vrai dire, votre petit ami m'a téléphoné. Il voulait absolument passer Noël en votre compagnie. Je crains que maintenant il ne soit très en colère contre moi. Je compte sur vous pour arrondir les angles.

— Vous pouvez. (Et, d'un ton presque solennel :) En tout cas, peu importent vos raisons, je n'oublierai jamais ce que vous venez de faire pour moi.

— On ne va peut-être pas trop s'attarder là-dessus, mais avant de passer à autre chose, il faut quand même que je vous demande une faveur.

— Tout ce que vous voudrez.

— Miss Richardson était hostile à votre venue. C'est en expliquant qu'il fallait donner une bonne image de la communauté qu'une partie des Enfants de Marie l'a poussée à accepter.

« Tu aurais pu y penser toi-même ! » se dit Callwin.

— Le destin de Nathaniel Morrison peut dépendre de l'opinion des jurés envers cette communauté. Aussi je vous demanderai, s'il vous est impossible de trouver des bons côtés dans leur façon de vivre, de quitter les manoirs. De ne pas faire d'articles.

Pas très déontologique, mais on ne lui demandait pas non plus de faire du journalisme d'investigation.

— Je vous donne ma parole que j'agirai comme vous le souhaitez.

— Très bien. Alors soyez chez eux en fin d'après-midi.

— J'y serai.

Hurley était aussi ravie que Callwin. Outre le fait que son amie allait travailler pour le *NOW*, elle détestait se tromper sur les gens. Ce Warren n'était pas qu'un dragueur prétentieux.

35

« Qu'est-ce qui m'a pris de lui proposer un déjeuner ! »

À présent que la sonnerie de midi venait de retentir, s'il ne voulait pas poser un lapin à Margareth, Gerald n'avait plus qu'à aller la retrouver.

— Allez, magne-toi, j'ai une de ces dalles, lança Luke en rangeant ses affaires dans son sac.

Le cours d'anglais venait juste de finir. Les étudiants s'éparpillaient hors de l'amphithéâtre.

— Je ne pourrai pas, j'ai rendez-vous avec ma mère.

— Tu me fais encore la gueule pour tout à l'heure ? Au fait, qu'est-ce qu'elle t'a raconté, la tarée ?

Luke avait bien remarqué son air préoccupé quand il l'avait retrouvé au début du cours, une heure plus tôt.

— Rien de spécial. Elle m'a parlé de son cousin qui est entre la vie et la mort. Rien de très réjouissant.

— Je vois, ça t'apprendra à jouer les bons samaritains.

Ils retrouvèrent Kevin qui les attendait dehors.

— Je ne mange pas avec vous. Je dois aider ma mère pour les cadeaux de Noël, annonça Gerald à ce dernier.

— Ça, c'est un bon petit garçon à sa maman, persifla Luke.

Gerald lui fit un doigt d'honneur.

— On se retrouve après les cours, dit-il à Kevin.

Il traversa le parc du campus et rejoignit le parking. Margareth était sagement assise sur un banc. Gerald sentit la honte l'envahir à l'idée que de nombreux étudiants allaient le voir lui parler.

— Salut, fit-il en s'approchant.

Elle leva les yeux et lui fit un large sourire.

— Salut, on va manger ?

Il avait espéré qu'entre-temps elle trouverait une excuse pour refuser son invitation du matin. Mais non, il n'avait plus qu'à souffrir en silence.

— Je connais un petit resto sympa.

— Très bien, mais tu es sûr que ça ne t'embête pas ?

— Non, je t'ai dit que je te l'offrais. Une promesse est une promesse.

Elle le suivit jusqu'à sa voiture. Gerald fut soulagé quand il s'assit enfin derrière le volant. Il n'avait croisé personne de sa connaissance. Encore deux heures à tenir et après, « au revoir et à jamais ». La radio s'alluma au moment où il mettait le contact.

— Si tu veux, je peux éteindre la musique. Je comprendrais.

Margareth eut un petit rire.

— On n'est pas des Amish. Au contraire, on pense que la musique est l'un des moyens les plus purs pour s'adresser au Seigneur.

— Tu veux dire que tu écoutes tout ce qui est gospel, rock et pop chrétiens ?

— Et tu oublies le R'n'B chrétien. Mais vu qu'on ne se sert pas de l'électricité, sauf pour les urgences, en fait, on n'en écoute jamais !

Margareth avait été à deux doigts de ne pas venir au rendez-vous. Pendant la demi-heure passée à discuter avec lui au bar elle avait découvert un gentil garçon rongé de culpabilité. Il n'était pas le vicomte de Valmont qu'elle avait imaginé, et elle ne tenait plus à lui faire croire qu'elle était une Mme de Tourvel.

— Ma grand-mère, quand elle était jeune, était chanteuse de country, elle a eu son petit succès, du moins au Texas.

Elle devait faire très attention à ce qu'elle disait aux étrangers, mais ce n'était ni un secret ni une tare. Au moins, cela nourrirait la conversation.

— Et elle a décidé d'arrêter comme ça ?

— Non, pas comme ça, fit Margareth qui lui raconta alors comment Miss Richardson avait rencontré la Vierge, des années plus tôt.

Gerald se sentit plus serein. Cette fille était loin d'être une intégriste. Elle parlait très facilement, sans gêne ni réserve. Vraiment étonnant.

— Et ton cousin ? Son état est toujours stationnaire ?

— Je suis restée dans le bar jusqu'à midi. Aux informations, ils disaient que son état n'inspirait plus aucune crainte.

— Tant mieux, mais tu crois sincèrement qu'il est innocent ?

Il n'avait pas osé la contredire quand, le matin, elle lui avait fait part de sa conviction.

— Oui, sûre et certaine. J'ai une preuve, mais je ne peux pas en parler pour l'instant, répondit-elle avec assurance.

— Tu déconnes ! Son avocat est au courant ?

Margareth secoua lentement la tête.

— Oui, mais on attend le bon moment pour en parler. Pour l'instant, ce qui compte, c'est sa santé. (Puis, changeant de sujet :) C'est quoi, ce groupe ?

Gerald n'osa pas se montrer plus indiscret et répondit :

— One Republic, un groupe pour midinettes, mais moi j'aime bien.

Ils parlèrent musique sur le reste du trajet. Margareth, qui n'y entendait pas grand-chose, était fascinée par la culture musicale de Gerald, qui vouait une véritable passion au rock.

Quand ils se garèrent sur Quarter Box, elle n'avait plus aucun doute sur ses intentions. Ce ne pouvait être un fourbe. Une question la taraudait encore : « Qu'est-ce que je fais là plutôt qu'auprès des miens ? » De toute façon, elle n'était pas près de ressortir avec ce garçon.

— Chinois ? s'étonna-t-elle en regardant la devanture.

— Tu n'aimes pas ? s'inquiéta Gerald.

C'était un quartier populaire où il était sûr de ne rencontrer personne de sa connaissance.

— Je n'ai jamais goûté…

— Alors ça, c'est incroyable ! On est en Amérique, tout de même !

Margareth sourit gentiment.

— Il n'est jamais trop tard pour essayer.

Ils entrèrent dans le restaurant. Un serveur les convia à s'asseoir près de la fenêtre et leur tendit deux cartes, sans sembler prêter attention aux vêtements anachroniques de Margareth.

Gerald décrivit les différents plats à son invitée avant qu'ils ne commandent.

— Je peux te poser une question indiscrète ?

— Bien sûr, répondit Margareth.

— Il y a un truc que je n'arrive pas à comprendre : pourquoi tu as été autorisée à aller à l'université ? S'il y a un endroit emblématique de la vie moderne, c'est bien celui-là !

Margareth chercha à savoir ce qui se passait dans le crâne de cet étudiant. S'intéressait-il à elle sans arrière-pensées ? Pouvait-elle lui faire confiance ?

Elle pria silencieusement le Seigneur de lui faire un signe s'il fallait qu'elle se taise. Elle agissait toujours ainsi quand elle avait une décision importante à prendre. Elle fermait les yeux et un sentiment de confiance ou de défiance l'envahissait. Jusqu'à présent, elle n'avait jamais été trahie.

La regardant faire, Gerald se demanda si finalement elle n'était pas cinglée. Dix secondes qu'elle était devant lui sans rien dire. Il allait l'interrompre quand elle rouvrit enfin les yeux.

— Quand j'étais petite, je vivais à New York avec mes parents. Des années merveilleuses que je n'oublierai jamais. Mon père était professeur d'anglais et ma mère professeur de littérature comparée, à l'université Columbia.

Gerald hocha la tête, curieux de comprendre comment deux intellectuels d'une université aussi prestigieuse avaient pu se retrouver dans une secte si rétrograde.

— Un jour, alors que nous partions en week-end chez des amis de mes parents, je me suis rendu compte que j'avais oublié ma poupée fétiche. J'avais huit ans, précisa-t-elle.

Gerald sentit l'émotion qui s'était emparée de Margareth. La fin de l'histoire risquait de ne pas lui plaire.

— Mon père était au volant et ne voulait pas faire demi-tour. Mais ma mère a plaidé ma cause. Nous n'étions partis que depuis une demi-heure. Entre mes assauts et ceux de ma mère, mon père a fini par abdiquer et nous sommes retournés à notre appartement, en plein Manhattan. Mon père, le premier sorti de l'ascenseur, a aussitôt remarqué que la porte d'entrée était ouverte. Il nous a demandé de rester là, il est entré dans l'appartement et il a commencé à pousser des jurons, alors nous l'avons rejoint. Le salon était sens dessus dessous.

Le serveur revint avec leur soupe. Margareth s'interrompit un instant.

— Je me suis mise à pleurer. Ma mère a essayé de me réconforter pendant que mon père faisait le tour des chambres.

Margareth sentit sa gorge la serrer, ses yeux s'embuèrent, mais elle se força à continuer.

— Nous avons entendu un vacarme épouvantable. Mon père a juré à nouveau. Des bruits de lutte. Puis une détonation. J'ai cru que le temps s'était arrêté. Deux hommes cagoulés sont sortis des chambres en courant. Ma mère s'est mise à hurler, en faisant de grands gestes. Une balle l'a atteinte en pleine tête, et une autre m'a traversé le ventre. Je me suis réveillée deux jours plus tard, dans un hôpital…

Margareth ne put retenir ses larmes. Gerald se mordait les lèvres pour ne pas pleurer à son tour. Jamais plus il ne regarderait cette fille de la même façon. Il s'en voulait de l'avoir considérée comme une folle.

Margareth s'essuya les yeux, derrière ses lunettes.

— Quelques jours plus tard, ma grand-mère m'accueillait au sein de sa communauté. En fait, c'est une grand-tante très éloignée. Mes vrais grands-parents n'ont pas voulu de moi.

Gerald trouva étrange qu'on refuse d'élever l'enfant de son propre enfant ; il devait y avoir autre chose là-dessous.

— Je me suis toujours promis de faire comme mes parents. Même si j'ai dû batailler, ma grand-mère a finalement accepté que je fasse des études supérieures à l'université.

Gerald était le premier surpris de son empathie pour cette fille qu'il avait toujours méprisée. Une simple discussion et tout avait changé. Il faudrait qu'il en parle avec la mère de Kevin.

— Je suis vraiment désolé de t'avoir fait revivre ça. Je ne savais pas.

— Tu ne pouvais pas savoir, le rassura-t-elle. Étrangement, ça me fait du bien d'en parler. Parfois, je me dis que je devrais reprendre contact avec mes véritables grands-parents. Mais est-ce que ce ne serait pas trahir ma grand-tante ?

Gerald n'en avait aucune idée et préféra se taire.

— Je t'embête avec ma vie. Et toi, qu'est-ce que tu veux faire plus tard ?

— Travailler avec mon père. Il est à la tête d'une start-up dans l'informatique.

— C'est ce que tu veux faire ou ce que ton père veut pour toi ?

Gerald avait bien des rêves, mais il manquait d'ambition et de force de caractère pour aller à l'encontre du destin qui lui avait été tracé.

— J'aurais adoré être graphiste, mais ça veut dire quitter River Falls, et à la vérité, je me sens bien ici.

Margareth aimait la façon dont il parlait. Elle comprit enfin pourquoi elle avait accepté ce déjeuner. Elle baissa la tête sur sa soupe pour cacher son trouble.

— Ça va être froid, goûtons ça.

Gerald ne s'était aperçu de rien. Saisissant sa cuillère, il entama son repas.

36

Il était près de 15 heures, et Harry Miller revenait à peine d'un entretien qu'il avait eu avec son avocat dans l'affaire du meurtre de Paul Brown quand on sonna à la porte de son cabinet. Il s'étira dans son fauteuil et se leva pour accueillir son visiteur.

— Stanley Warren ? s'étonna-t-il après avoir ouvert la porte en grand.

— Lui-même, cher confrère, je peux entrer ?

— Je vous en prie.

Miller, le laissant passer devant lui, ne put s'empêcher d'admirer sa silhouette. Il ne déméritait pas sa réputation de plus beau parti de Seattle. Warren mesurait presque une tête de plus que lui.

— Je suis heureux de vous rencontrer, depuis le temps que j'entends parler de vous.

— En bien, j'espère ? rétorqua Warren, faussement inquiet.

Miller sourit.

— Allons dans mon bureau. Je suppose qu'il ne s'agit pas d'une simple visite de courtoisie.

— Malheureusement pas.

Ils remontèrent le corridor d'entrée. Au mur, de magnifiques lithographies de Warhol, et un Basquiat. Le bureau où ils entrèrent était, quant à lui, entièrement meublé de pièces vintage.

— J'ai un faible pour les années soixante, s'excusa Miller.

Dans la partie basse de la grande armoire occupant un pan de mur, un bar offrait un choix impressionnant d'alcools. Warren désigna une bouteille de bourbon. Miller approuva de la tête.

— Alors, comment trouvez-vous notre petite ville ?

Warren, qui jaugeait son confrère depuis le début de l'entrevue, était content qu'il fût de l'autre bord. Un homme avec un tel charisme aurait fait un adversaire redoutable auprès de la gent féminine.

— Très agréable, je comprends que vous ayez quitté Seattle pour le charme de la province, répondit-il sans en penser un mot.

Warren était un urbain de souche. Jamais il ne pourrait vivre loin de la pollution et du brouhaha.

Miller remplit les deux verres.

— Tenez.

Puis il alla s'asseoir derrière son bureau et invita Warren à prendre le fauteuil face à lui.

Une grande baie vitrée donnait sur le parc Lincoln et le palais de justice.

— Alors, que me vaut l'honneur de votre visite ?

— Je suis l'avocat de Nathaniel Morrison et, si vous le permettez, j'aimerais discuter de façon tout à fait officieuse de son cas.

Miller le regarda sans marquer de surprise et, portant son verre à ses lèvres, il en lampa une petite gorgée dont il savoura le velouté âpre.

— Je suis tout ouïe.

Warren s'adossa dans le fauteuil confortable et, d'une voix chaude, commença :

— C'est vous qui avez défendu Bradley Gibbons il y a deux ans, n'est-ce pas ?

Miller fronça les sourcils.

— Vous m'excuserez, mais je ne vois pas le rapport avec votre client.

Il parvint à garder son flegme, mais ce Warren le perturbait.

— Bien au contraire, et vous le savez très bien : Lewis Stark.

Miller hocha la tête et sourit. Son intuition lui disait qu'il vaudrait mieux arrêter là toute discussion. Mais la curiosité fut plus forte que la raison.

— Je m'en souviens. C'est effectivement ce jeune homme qui s'en était pris à mon client. Il l'avait battu en pleine rue, à la vue de tous, en lui lançant une kyrielle d'insultes homophobes.

— Gibbons était homosexuel, n'est-ce pas ?

Miller eut un franc sourire.

— Si vous le connaissiez, vous ne poseriez pas la question. C'est un homme dans la quarantaine. Une vraie folle qui s'assume. Un type adorable qui ne ferait pas de mal à une mouche. Avant son agression par ce jeune délinquant, il travaillait comme serveur dans un bar branché de River Falls. Tout le monde l'adorait. Il a déménagé pour la côte à présent.

Warren nota une certaine émotion dans la voix de Miller. Il était sincère.

— Lewis Stark avait à peine quatorze ans, n'est-ce pas ?

— Exact.

— Un acte terriblement odieux qui aurait dû entraîner une condamnation. Pourtant, Gibbons a accepté un arrangement avec la famille Stark et il a retiré sa plainte.

À ce moment précis, Miller ne douta plus de la finalité de cette conversation. Warren honorait sa réputation.

— Gibbons était vraiment un type bien. Le gamin s'est excusé. Il paraissait avoir de réels remords. Alors Gibbons a pardonné, et a accepté le chèque, d'un montant non négligeable, que lui offrait la famille Stark.

Warren savait que Miller savait qu'il savait ! Et pourtant il essayait de retarder le moment de la révélation. Était-ce si difficile de s'avouer homosexuel ?

— J'ai lu les papiers sortis à l'époque. On ne peut pas dire que Lewis se soit franchement excusé. Il a même répondu à une interview dans laquelle il expliquait que les homos étaient la lie de la société. Je m'étonne qu'un ardent défenseur de leurs droits comme vous l'ait laissé s'en sortir aussi facilement.

Miller se souvenait très bien de cette période. Un moment très désagréable, et très instructif à la fois.

— Il m'arrive de ne pas être à la hauteur.

— Non, fit Warren en secouant la tête. Vous avez compris que Lewis était homosexuel et ne s'en était pris à ce pauvre Gibbons que par déni.

Miller n'aurait su mieux dire. Il garda le silence et jaugea son homme. Était-ce du bluff ? Que savait-il vraiment ? Pouvait-il lui faire confiance ?

— Vous sous-entendez que Lewis Stark et Nathaniel Morrison étaient homos et se donnaient des rendez-vous secrets certains dimanches soir, à l'abri de tous ? dit-il enfin.

C'était la conclusion à laquelle il était arrivé, et depuis la tentative de suicide de Nathaniel, sa certitude qu'il était homo s'était renforcée.

— Vous avez tué Paul Brown parce que Lewis était un peu comme votre fils, si j'ose dire.

C'était la seule raison pour laquelle il pouvait l'avoir tué, avait pensé Warren. Même si de nombreux citoyens n'avaient pas semblé choqués qu'on assassine un pédophile, Warren connaissait trop bien la nature humaine pour ignorer que le meurtre n'était pas chose aisée. Il fallait un choc violent pour outrepasser ses résistances.

Miller leva les deux paumes en l'air en signe d'abdication et sourit aimablement. Après tout, qu'avait-il à cacher ? Warren était réputé pour être une tombe.

— Très bien, bas les masques, mais à la seule condition que vous me donniez votre parole que ce que je vous dirai restera entre nous.

— Je vous donne ma parole que je ne veux pas nuire à la mémoire de Lewis, et encore moins à Nathaniel.

Depuis la mort de Lewis, Miller n'avait qu'une envie : hurler à tout River Falls qui était réellement le jeune homme. L'enterrer sans révéler sa véritable nature était comme l'assassiner une seconde fois. Mais il lui avait promis de ne jamais en parler.

De son côté, Warren n'avait pas fait de telles promesses.

— Comme vous l'avez deviné, Lewis était homosexuel. Un pauvre gamin comme des millions d'autres, à travers ce pays et dans le monde. À l'adolescence, il a compris qu'il était différent et que la société ferait tout pour le lui faire payer, qu'il serait constamment humilié.

Warren ne sourit pas mais savourait sa victoire. Il ne lui restait plus qu'à convaincre Miller d'aller parler à Nathaniel et de le ramener à la raison.

— Vous exagérez peut-être un peu, dit-il.

Le problème des homosexuels était à des lieues de ses préoccupations ordinaires, cependant, il sentait que Miller avait envie d'en parler. S'il voulait l'avoir dans son camp, il devait être à son écoute.

— Vous plaisantez, j'espère ? le rabroua l'avocat.

Warren se reprit aussitôt. Le sujet était autrement plus douloureux qu'il ne l'avait supposé.

— Non, mais c'est ce que j'ai toujours pensé, dit-il le plus sérieusement du monde.

Mentir le moins possible est la meilleure façon de s'attirer les faveurs de quelqu'un, surtout d'un homme aussi intelligent que Miller, se dit-il, espérant ne pas l'avoir perdu.

— Je vois, et je ne vous en veux pas, dit Miller d'un ton plein d'amertume.

Il fit pivoter son fauteuil vers la baie vitrée pour contempler le parc un instant.

— Vous pensez que la société nous a acceptés parce que l'homosexualité n'est plus un tabou, que nous avons les mêmes droits que les hétéros ?

— Je sais bien qu'il existe toujours des gens qui ne tolèrent pas votre existence, mais il s'agit d'une minorité, dit Warren, qui n'aimait pas parler à un dos de fauteuil.

Il se leva et s'approcha de la baie afin de se poster face à Miller, toujours assis, son verre de bourbon à la main.

— Une minorité qui se compte par millions, monsieur Warren, et qui nous le fait savoir chaque jour que Dieu fait. Savez-vous que de par le monde, des milliers d'entre nous sont en prison, torturés ou assassinés après des parodies de procès ?

— Je sais, mais nous sommes en Amérique, pas en terre musulmane.

— Certes, sourit Miller, qui leva son regard vers lui. Il n'empêche qu'il est toujours aussi difficile d'être homosexuel dans cette société.

Warren but une petite gorgée d'alcool et accepta le rôle que voulait lui attribuer son homologue : l'avocat du diable.

— Vous êtes médecins, banquiers, avocats, stars du cinéma, de la chanson… Et vous parlez de chasse aux sorcières ?

Miller secoua la tête.

— C'est l'arbre qui cache la forêt. Le problème est bien plus profond que vous ne le croyez. La société entière est construite de telle sorte que nous nous sentons éternellement coupables. On nous stigmatise, comme si nous étions des anomalies. Vous ne pourrez jamais imaginer la douleur que ressent un homosexuel quand il prend conscience de sa différence.

L'homme avait besoin de parler, d'évacuer la douleur. Warren ne devait surtout rien dire qui risquait de le bloquer.

— Tous les parents de ce pays, y compris les ardents défenseurs de la cause homosexuelle, demandent à leurs chérubins qui est leur amoureux. Connaissez-vous un seul couple hétéro qui dirait à sa petite fille : « C'est qui ton amoureuse ? » ou à son petit garçon : « Qui est ton amoureux dans la classe ? » Mieux encore, connaissez-vous des parents qui racontent à leurs enfants des histoires de prince et de prince, ou de princesse amoureuse d'une autre princesse ? Accepteriez-vous que votre baby-sitter raconte de telles histoires à votre enfant ?

La question surprit Warren et le fit sourire. Il n'avait jamais vu les choses sous cet angle. Il s'était toujours considéré comme un défenseur des droits homosexuels, favorable au mariage et à l'adoption, mais il n'était jamais allé au bout de cette logique d'égalité.

— Notre jeunesse serait soumise au prosélytisme hétérosexuel ?

— Exactement. Toute l'éducation, parents, école ou émissions éducatives, envisage uniquement l'hétérosexualité. Vous n'imaginez pas la terrible angoisse qu'on peut ressentir quand on comprend que la société nous dénie tout droit d'exister. Elle nous accepte une fois majeurs, mais nous laisse nous débrouiller tout seuls durant l'adolescence, et c'est vraiment l'enfer.

Warren reconnaissait cet état de fait, mais devait-on dire aux enfants, dès leur plus jeune âge, que la sexualité était un choix personnel ?

— Je suppose, fit-il, sans trop vouloir s'avancer.

Des souvenirs douloureux assaillirent Miller. Quolibets et brimades des autres élèves, déni total de la famille, répudiation pure et simple par son père... Alors que cela devrait être le plus beau moment de la vie, l'adolescence des homosexuels était trop souvent un véritable chemin de croix. « Et tout le monde s'en moque ou ferme les yeux ! »

— Monsieur Warren, aussi tolérant que vous pensiez être, vous n'accepterez jamais que notre société propose à chaque enfant d'essayer les deux possibilités pour se faire sa propre idée de sa sexualité.

Miller avait sûrement raison, pourtant, au plus profond de lui, Warren n'arrivait pas à s'imaginer racontant à son fils l'histoire d'un prince qui aimait le berger, ou à sa fille celle d'une princesse amoureuse d'une soubrette...

— Allons, ne faites pas cette tête, je ne vous accuse pas d'homophobie. Vous êtes simplement programmé pour être hétéro. C'est pour cela que vous voulez que votre descendance soit hétéro. Ce n'est pas un choix conscient, c'est l'instinct animal de la grande majorité des humains.

— Vous pensez que c'est génétique ?

— Une anomalie génétique. On peut dire ça. Mais n'allez pas croire que je me prends pour un monstre de foire, ironisa Miller. C'est une anomalie comme une autre, et je demande seulement que nous soyons respectés en tant qu'êtres humains. Rien de plus. Rien de moins.

Une anomalie. Le terme était fort, et souvent péjoratif.

— Vous savez, il y a des gens victimes de toutes sortes d'anomalies génétiques et pourtant, on les laisse en paix. Je veux seulement que cela soit pareil pour nous.

Miller se leva et alla prendre une balle de base-ball posée sur une étagère à côté de son gant. Il se retourna et envoya la balle sur Warren. Par réflexe, celui-ci l'attrapa.

À quel jeu Miller jouait-il ?

— Je m'étais laissé dire que vous aussi aviez une anomalie génétique. Vous venez de vous dévoiler, dit l'avocat de River Falls.

Warren fronça les sourcils. Croyait-il qu'il était homosexuel ?

— Vous êtes gaucher. Ne le niez pas. Je viens de vous prendre en flagrant délit ! s'amusa Miller.

Warren eut un petit rire. Gaucher, une anomalie génétique ? Après tout, ce n'était pas idiot.

— On ne sait pas expliquer autrement le fait que génération après génération, il y a toujours dix à quinze pour cent de gauchers dans une population. C'est comme ça. Personne n'y peut rien, et même si à certaines époques on a essayé de vous éliminer, on a fini par se rendre compte que même des parents droitiers pouvaient concevoir des enfants gauchers. Et que surtout, en quoi cela pouvait être un problème ?

En tant que gaucher, Warren s'était intéressé à cette particularité. Durant des décennies, il avait été interdit aux gauchers d'écrire avec la main du diable. Il n'y avait pas si longtemps, on leur attachait la *vilaine* main pour éviter qu'ils l'utilisent. Déjà, dans l'Antiquité, on parlait de la *sinistra*, la « gauche », en latin. Être gauche, maladroit… Les droitiers avaient usé de tout un vocabulaire pour les stigmatiser. Une aberration, toujours vivace dans certains pays.

— Vous et moi sommes pareils, fit Warren, amusé par la tournure qu'avaient prise ses réflexions.

— En quelque sorte, si ce n'est que nous sommes en pourcentage bien moindre et que par conséquent, nous ne mettons nullement en cause la perpétuation de l'espèce, corrigea Miller avec une certaine ironie. L'homosexualité n'est pas une maladie. C'est un fait. Je rêve d'un monde où être homosexuel serait aussi grave qu'être gaucher.

Warren n'en revenait pas. Il s'était laissé manipuler sans y prendre garde. Lui, l'avocat qui menait toujours les débats, s'était fait avoir par plus fort que lui. Miller était un grand avocat, qui savait défendre sa cause.

— Belle démonstration. Vous devriez être avocat !

Miller sourit et répondit d'un ton serein :

— Allez, posez la question qui vous taraude.

Warren se demandait s'il n'allait pas lui proposer d'entrer au cabinet Lawrence & Associates. Un homme comme lui rapporterait à coup sûr des affaires juteuses.

— Quand Nathaniel a annoncé que Paul Brown ne les avait pas kidnappés et qu'il était lui-même l'auteur du meurtre de Lewis, parce qu'il était jaloux de Bettany Thompson, pourquoi ne pas avoir alerté le shérif que c'était peu probable ?

— Pour toutes les raisons que je viens de vous exposer. Si je me suis permis ce petit laïus impromptu sur la difficulté d'être homosexuel, c'est justement pour vous faire comprendre que la vérité est parfois pire que le mensonge.

Warren n'était pas certain de le suivre.

— Nathaniel a été élevé dans une secte religieuse très à cheval sur certaines valeurs. Pour lui, dire la vérité revient à s'accuser d'un crime bien plus grave qu'un meurtre passionnel. Et au-delà de sa propre famille, qu'en penserait la famille de Lewis ? À coup sûr, elle s'indignerait de telles accusations. Nathaniel n'a que seize ans. Je ne me sentais pas le droit de faire son *coming out* sans son autorisation.

— Votre hésitation a failli provoquer sa mort, remarqua Warren.

Miller hocha la tête et revint s'asseoir dans son fauteuil. Warren, toujours debout, regardait la balle de base-ball dans sa main.

— Je pensais que Bettany craquerait et qu'elle ne tarderait pas à annoncer la vérité. Je reconnais que je me suis lamentablement trompé. Je le regrette amèrement.

Warren perçut son émotion. Il projetait ses souffrances passées sur Nathaniel.

— Dans ce cas, il existe un moyen de réparer votre erreur. Je suis venu vous voir pour vous demander de lui parler, pour le convaincre de dire toute la vérité, aussi difficile soit-elle à assumer.

Miller lui jeta un regard où se mêlaient étonnement et remerciement.

— Ce serait avec grand plaisir, mais je ne suis pas certain que le shérif Logan voie cela d'un très bon œil.

— Je me charge de ça. Je vous tiens au courant dès que j'ai son accord.

— Passez par sa compagne, Jessica Hurley. Elle me connaît et a plutôt une bonne opinion de moi. Ça pourrait aider.

Warren lui sourit, étonné qu'il pût la connaître.

37

— J'espère que cela ne vous dérange pas trop, s'excusa Callwin, qui venait de déposer ses affaires dans la chambre.

— Non. Du moment que vous n'écrivez que des choses gentilles sur moi, ça ne me pose aucun problème, affirma Judith.

Miss Richardson avait demandé à la jeune fille de laisser son lit à la journaliste, afin qu'elle fasse chambre commune avec Margareth.

— Ne vous inquiétez pas pour ça, la rassura Callwin.

C'était vraiment étonnant. Alors qu'elle s'était sentie comme un chien dans un jeu de quilles lors de sa première visite, à présent elle ne ressentait plus aucun malaise. Même si le comité d'accueil n'avait pas été des plus chaleureux, elle avait eu droit à quelques sourires et à des souhaits de bienvenue acceptables. Deux hommes s'étaient proposés pour l'aider à porter ses bagages jusqu'au troisième étage et lui avaient montré sa chambre, avant que Judith n'apparaisse et prenne le relais.

— Oh, je ne m'inquiète pas. Le Seigneur habite ce manoir. Aucune idée malveillante ne peut naître entre ces murs.

Callwin eut envie de lui rappeler que des dizaines de SDF avaient été trucidés dans les sous-sols de ce havre de paix, mais ça n'aurait pas été très judicieux.

— Le paradis sur terre, ne put-elle s'empêcher de lancer.

Judith perçut l'ironie mais préféra ne pas la relever. Ils avaient besoin d'elle et de ses articles élogieux pour donner une bonne image de leur congrégation.

— Je vais vous conduire à notre grand-mère, si vous le voulez bien.

Callwin sortit à sa suite. Dans le grand salon du premier étage, Miss Richardson était assise dans un imposant fauteuil en cuir.

— Tu peux nous laisser, Judith, dit la vieille dame d'un ton affable.

La jeune fille quitta la pièce, après avoir pris soin de fermer les doubles portes vitrées.

Callwin jeta un regard par les larges fenêtres. La nuit s'était posée sur River Falls. Dans le salon, pour seule lumière, la flamme des lampes à pétrole.

— Je suppose que vous êtes contente de vous, attaqua Miss Richardson sans bouger de son fauteuil.

Debout devant elle, Callwin eut soudain l'impression d'assister à son procès.

— Je vous mentirais en disant le contraire.

Elle savait qu'à tout moment, cette vieille folle pouvait mettre un terme à son séjour dans leur secte. Elle devrait être attentive à tout ce qu'elle dirait, au choix de ses mots.

— Vous ne croyez pas en Dieu, n'est-ce pas ?

— Non, la vie m'a vite appris que l'homme ne pouvait compter que sur lui-même, qu'aucun Dieu n'était là pour le sauver, répliqua-t-elle en repensant aux prières inutiles de son enfance.

Miss Richardson la dévisageait. Cette jeune journaliste avait quelque chose de troublant. Ce n'était pas une simple arriviste avide de scoops. Il y avait en elle une humanité qu'elle semblait vouloir refouler.

Elle comprit alors que le Seigneur l'avait mise sur son chemin pour qu'elle sauve son âme.

— Vous savez ce qui vous attend ici ? dit-elle en gardant son ton sec et peu avenant.

— J'en ai une vague idée, mais je suis prête à faire tout ce qu'on me demandera.

Un chat sauta d'un fauteuil et vint se frotter contre les jambes de Callwin.

— Gribouille ! ordonna Miss Richardson. Viens ici.

Callwin se baissa, attrapa le petit animal dans ses bras et le caressa tout en se rapprochant de Miss Richardson.

— Tenez, je crois qu'il m'a adoptée, fit-elle alors qu'un doux ronronnement se faisait entendre.

Miss Richardson posa son chat sur ses genoux, et soupira tout en le caressant.

— J'aime à croire que ce chat est capable de repérer les êtres malfaisants. J'espère que vous ne serez pas l'exception qui confirme la règle.

— Non, vous n'avez pas à vous inquiéter. J'ai promis que je ne salirais aucun des membres de votre communauté et que je ne tenterais pas de dénigrer votre mode de vie. Je saurai tenir parole.

La vieille femme expulsa soudainement le chat de ses genoux et tendit ses mains en avant.

— Aidez-moi à me lever. Il est temps d'aller dîner.

Callwin saisit les mains de Miss Richardson. Elles étaient étonnamment douces et chaudes. Leurs regards se fondirent l'un dans l'autre. Callwin sentit que quelque chose se passait. Miss Richardson lui lâcha les mains et la magie disparut aussitôt. Callwin se sentit stupide. Il n'y avait pas plus de Dieu dans le ciel que de bonté dans le cœur d'un nazi.

— Vous allez devoir suivre toutes nos règles à la lettre. Au moindre manquement, je vous renverrai. Est-ce bien clair ?

— Comme de l'eau de roche.

Gribouille repartit s'installer sur son fauteuil près de la fenêtre. Il s'étira en baillant, donnant à voir ses petites dents blanches et pointues.

— Toute une série de tâches vont vous être indiquées. Mais, avant tout, vous allez devoir changer de vêtements. Il est hors de question que vous vous promeniez dans une telle tenue auprès de nos hommes.

Callwin s'y attendait, cependant elle avait espéré que son tailleur strict ferait l'affaire. Tant pis.

— Vous pouvez garder votre lingerie, et je vous interdis formellement de tenter de vous rapprocher d'un de mes enfants.

Callwin savait que cette femme n'avait jamais enfanté, mais que tout le monde l'appelait grand-mère.

— Ne vous en faites pas pour ça.

Avec leurs barbes et leurs habits d'Amish, ils lui faisaient autant d'effet qu'un glaçon dans la culotte…

— Ne soyez pas aussi méprisante. Nos hommes ne correspondent peut-être pas à vos critères de beauté dévoyés, mais croyez-moi, ce sont de vrais hommes, bien plus virils que ceux qui hantent vos villes décadentes.

Callwin fit profil bas. Ce n'était pas le moment de rire.

— Je voulais seulement dire que je suis déjà liée à un homme.

Miss Richardson se détendit et lui fit un sourire.

— Je préfère ça. Je n'aime pas les femmes légères. Dieu a créé la Femme pour servir l'Homme et lui être fidèle. Dès le début, elle a tenté de le corrompre. Depuis, chaque mois et à chaque enfantement nous nous rappelons notre péché originel.

« Bien sûr », ironisa Callwin en son for intérieur. Entendre ce genre de discours pendant trois semaines sans sourciller allait être diablement difficile.

On frappa à la porte vitrée. Callwin se retourna. Le visage d'une jeune fille se dessinait en contre-jour.

— Entre, dit Miss Richardson, puis, se tournant vers Callwin : Je vous présente Margareth. C'est elle qui partagera votre chambre. Elle va vous aider à trouver des vêtements plus décents. Vous avez à peu près la même taille. Si toutefois vous ne vous sentez pas à l'aise, nous les retoucherons à vos mesures.

— Je vous en remercie.

Miss Richardson la jaugea une dernière fois et lentement sortit du salon.

— Vous venez ? dit Margareth à l'adresse de Callwin.

— Je vous suis, répondit celle-ci, soulagée.

Elle avait craint que Miss Richardson ne lui colle une vieille bique aigrie pour la surveiller et la traiter comme une souillon. Mais non, cette Margareth était souriante et avait l'air aimable. La cohabitation devrait se dérouler pour le mieux. Le seul défaut qu'elle lui trouva était d'ordre vestimentaire.

« Mon Dieu, je ne veux pas ressembler à ça ! » Des habits de vieille fille, un chignon d'un autre âge et des lunettes aux montures immondes. Un vrai tue-l'amour !

— Grand-mère a son franc-parler, mais elle a un cœur d'ange, dit Margareth dès qu'elle eut refermé la porte de leur chambre.

— Je n'en doute pas. De toute façon, j'aime les femmes de caractère. On ne va tout de même pas se laisser marcher sur les pieds par les hommes, non ?

Callwin savait qu'elle prenait un risque en disant cela, mais elle avait l'impression que cette jeune fille n'était pas du genre à se soumettre à un homme.

— Vous ne devriez pas dire ça, répondit Margareth l'air désolé. Du moins si vous souhaitez rester quelques jours parmi nous.

— Pourquoi ? Les femmes n'ont pas les mêmes droits que les hommes dans votre communauté ?

Margareth s'approcha de la grande armoire à glace. Elle eut soudain honte de son physique.

— Ce n'est pas ça. Les hommes ont un rôle et les femmes un autre. Nous sommes complémentaires. Nous n'avons pas pour habitude de remettre en question les principes fondateurs de la Bible. Les choses *sont*, et puis c'est tout.

Callwin avait remarqué qu'elle avait baissé les yeux quand leurs regards s'étaient rencontrés par l'entremise du miroir. La jeune fille ne pensait pas ce qu'elle disait, mais n'avait pas le courage de le reconnaître. Callwin comprit alors qu'elle venait de trouver un moyen de supporter toutes les aberrations qu'elle vivrait ici. Elle se donna pour mission de sauver cette pauvre fille. De planter dans son esprit les germes de la rébellion. Cela pourrait être très amusant.

— Peut-être oui, mais peut-être non. Après tout, votre Seigneur a bien accepté que je vienne parmi vous, continua Callwin, sachant qu'elle marchait sur la corde raide.

Si ses propos étaient rapportés, nul doute que la vieille en ferait une crise cardiaque !

— Cela signifie simplement que vous êtes quelqu'un de bien et que nous pouvons vous faire confiance, n'est-ce pas ?

Cela était dit avec tant de candeur ! Jamais Callwin ne pourrait faire de mal à cette jeune fille. Elle se demanda alors si Miss Richardson était aussi dure qu'elle le paraissait.

— Tu sais, la confiance est quelque chose qui demande du temps et des preuves. Mais vois-tu, j'ai l'impression que je peux te faire confiance, que si je te racontais des secrets, tu ne les répéterais pas à ta grand-mère. Je me trompe ?

Margareth baissa les yeux sur ses chaussures et rougit. Cette femme était si naturelle, si gentille et si féminine. Était-il possible qu'elle soit envoyée par le Seigneur ? Le jour même où elle tombait amoureuse d'un garçon de la ville ?

— Excuse-moi pour mes manières. Je te demande pardon, fit Callwin, qui se méprit sur son silence.

Peut-être pas si ouverte que ça, après tout.

— Non, au contraire, vous pouvez me faire confiance. Je suis sûre que vous êtes quelqu'un de bien.

Callwin fut émue par le ton de sa voix. Elle paraissait sincère. Cela lui rappela sa première rencontre avec Hurley. Cette même certitude de voir en elle quelqu'un de bien. À des lieues de l'image qu'elle avait toujours eue d'elle-même.

— Merci. Et si tu me montrais tes habits ?

Margareth sourit et ouvrit l'armoire.

« La petite boutique des horreurs ! »

Margareth sortit une robe longue en toile imprimée de carreaux.

— C'est ma préférée. Elle vous plaît ?

Que répondre sans lui briser le cœur ? se demanda Callwin, catastrophée.

— Faut essayer, dit-elle avec un sourire.

Deux minutes plus tard, Callwin crut qu'elle allait fondre en larmes.

— Ça ne vous plaît pas ? s'inquiéta Margareth devant la mine défaite de Callwin.

— Non, c'est juste que ça manque un peu de… sex-appeal.

Les rougeurs envahirent à nouveau le visage de Margareth. « Pas près de te trouver un mec, toi », pensa Callwin.

— Je suis désolée, je croyais que ça allait vous plaire.

Une vraie mine de chien battu.

Callwin s'approcha d'elle et la serra dans ses bras.

— Elle est super, mentit-elle. Je te taquinais.

Margareth la crut et lui sourit, soulagée. Callwin sentit son cœur battre plus que de raison. Elle n'avait que dix ans de plus que la jeune fille, mais elle avait l'impression qu'elle aurait pu être sa mère. Les croyances de cette fille étaient des plus farfelues et rétrogrades et pourtant, au fond d'elle-même, un élan de sympathie atténuait son jugement.

— Si vous n'avez pas de bas en laine, je vous prête une paire.

— Montre-moi ça.

Mercredi 24 décembre 2008

38

Le regard perdu, Simon Beaver continuait de ressasser les événements marquants de sa pathétique existence, que l'alcool n'aidait pas à adoucir.

« Les grands devins des temps anciens en abusaient au moins autant que moi », se dit-il, se sentant tout à fait lucide.

— Le meilleur ami de l'homme ! s'exclama-t-il en brandissant sa bouteille de whisky. Toi qui nous aides à voir la vérité !

Il se mit soudain à pleurnicher comme un enfant et rabaissa son trophée.

— Je ne suis qu'une merde, une pauvre merde !

La neige s'était remise à tomber. Sur la quatre-voies, les voitures ralentissaient. Ralentissaient, ralentissaient et… s'arrêtaient ? Il plissa les yeux. Effectivement, une voiture venait de s'arrêter du côté de la rambarde de sécurité où il s'était installé. La portière côté passager s'ouvrit. Une femme dans la quarantaine, plutôt jolie et bien habillée, vint vers lui.

Simon Beaver eut soudain honte et enfouit sa bouteille de whisky dans une des larges poches de sa tenue de Père Noël.

— Monsieur, il ne faut pas rester là, vous risquez de vous faire écraser.

Elle avait l'air vraiment inquiet. Une bonne samaritaine qui voulait faire sa BA de Noël.

— Laissez-moi, je suis très bien ici. J'attends quelqu'un.

C'était la pure vérité. Une vieille salope habillée de noir, le visage caché derrière sa capuche et portant une faux dans la main droite.

— Vous avez bu ? Vous ne devriez pas. Venez, montez avec nous. Nous allons vous amener en ville. On s'occupera de vous.

Simon Beaver sentit les larmes lui monter aux yeux. Il avait tellement envie de dire oui. Après tout, la mort pourrait bien attendre quelques jours de plus.

Une portière claqua. Un homme tout aussi élégant sortit de la voiture à son tour.

— Chérie, voyons, nous allons être en retard, fit-il en se rapprochant d'eux.

Simon Beaver croisa le regard de l'homme et une défiance immédiate s'installa entre eux.

— Tu ne vois pas que c'est un ivrogne ? dit-il en désignant les canettes de bière qui traînaient par terre.

Simon Beaver le détesta immédiatement. Comment une femme aussi gentille pouvait-elle être amoureuse d'un homme aussi insensible ?

— Papa, on y va ?

Leur gamin avait baissé la vitre de la portière arrière. Jolie petite famille américaine. Putain de vie !

— Foutez le camp ! Laissez-moi tranquille ! hurla-t-il en sentant son cœur se briser. Cassez-vous !

La peur envahit les traits de la jeune femme. Son mari la prit par le bras et sans un mot l'entraîna vers la voiture. Ils s'y engouffrèrent et repartirent sans demander leur reste. Simon Beaver explosa d'un rire nerveux et, se plantant au milieu de la route, leur fit un doigt d'honneur.

Une voiture freina brusquement et l'évita de peu. Simon Beaver rit encore plus fort et retourna vers la rambarde de sécurité.

Il avait une bouteille à boire ; personne ne lui gâcherait ce plaisir.

Vendredi 12 décembre 2008

39

Quand Blanchett vint frapper à la porte de son bureau, Logan comprit que quelque chose clochait. D'un signe, il l'invita à entrer.

— Shérif, il s'est passé quelque chose.

Le regard de Logan l'incita à continuer.

— Stanley Warren vient de faire une déclaration à la presse sur le perron de l'hôpital George-Washington.

« L'enfoiré ! J'aurais dû m'en douter. » Plus tôt dans la matinée, il avait autorisé Miller à parler à Nathaniel. C'est Hurley qui avait insisté. Quand il lui avait demandé pourquoi, elle s'était prévalue de son intuition féminine. Elle était persuadée qu'il parviendrait à convaincre le jeune adolescent de dire toute la vérité.

Logan avait finalement accepté, à la seule condition qu'elle assiste à leur entretien.

— Qu'est-ce qu'il a raconté ?

— Nathaniel Morrison aurait avoué être homosexuel et être le petit ami de Lewis Stark.

— C'est quoi ces conneries ? ! s'étrangla Logan.

— Et il assure que c'est Bettany Thompson qui a tué accidentellement Lewis.

Logan eut l'impression qu'on venait de lui planter un couteau en plein cœur. Comment Hurley avait-elle pu participer à une telle mise en scène ?

Son portable sonna dans sa poche. C'était elle.

— Tania, vous venez avec moi. On fonce chez Bettany Thompson.

Tout en se levant de son bureau, il décrocha.

— Jessica ?

— Mike, je te jure que je n'avais aucune idée de ce qui allait se passer.

— Mais bien sûr !

— Il faut que tu me croies, Mike. Warren m'a simplement demandé de faire pression sur toi, parce que Nathaniel lui aurait assuré qu'il ne voulait parler qu'à Miller. C'est tout. À aucun moment, je ne me suis doutée qu'il comptait convier les journalistes et faire un coup médiatique.

Logan attrapa son blouson de sa main libre et sortit en trombe de son bureau.

— Peut-être que c'est vrai. Mais il me semble t'avoir demandé d'assister à leur entretien, non ?

Il remonta le couloir central d'un pas vif.

— Si, mais une fois sur place, Miller m'a dit de lui faire confiance, et de le laisser seul avec Nathaniel. J'ai accepté.

Logan secoua la tête et se tourna vers Blanchett.

— On prend votre voiture, fit-il avant de lui tendre son blouson. Vous pouvez m'aider ?

Il réussit à l'enfiler sans lâcher son portable.

— Tu te rends compte de ce que tu as fait ? demanda-t-il à Hurley.

— Je sais, mais je ne le regrette pas. L'important est que Nathaniel ait dit la vérité.

— Et Bettany Thompson ? As-tu seulement songé à elle ? Se faire accuser du meurtre du garçon qu'elle aimait, à la télévision ! Comment tu crois qu'elle a pris ça ?

— Je sais. Je suis d'ailleurs sur la route. Je me rends chez elle.

— Tu n'as rien à faire là-bas. Tu n'as aucune accréditation. Ce n'est pas ton enquête. Rentre à la maison. On en reparlera ce soir, gronda-t-il au moment où il débouchait sur le seuil du commissariat.

Le ciel s'était couvert de nuages. Bien qu'il fût presque midi, l'impression de crépuscule était saisissante.

— Mike, s'il te plaît, ne fais pas ça.

— Écoute, je n'ai pas le temps de parler. Je te rappelle dans la journée.

Et sans un au revoir ou un mot aimable, il raccrocha.

— Vous ne devriez pas être aussi dur avec elle, se permit Blanchett.

Logan lui jeta un regard noir.

— Je peux savoir de quoi vous vous mêlez ? aboya-t-il, conscient qu'il dépassait les bornes.

Il était tellement en colère qu'il était incapable de faire le moindre effort pour arrondir les angles. Blanchett n'ajouta pas un mot et sortit les clés de la voiture.

— Donnez-les-moi, je vais conduire, fit Logan. Pendant ce temps, appelez les Thompson. Dites-leur qu'on arrive, surtout qu'ils ne parlent à aucun journaliste, et qu'ils empêchent Bettany de faire une bêtise.

Blanchett hésitait à lui laisser les clés, dans l'état d'excitation où il était.

— Vous attendez quoi ? Les clés !

Elle les lui tendit.

— Si on a un accident, je vous promets que je vous fais un procès.

Logan eut un rictus et lui prit le trousseau.

— Je sais que je peux être une vraie tête de lard parfois, mais croyez bien que je tiens plus à votre vie qu'à la mienne. Allez, montez.

Quelque peu rassurée, Blanchett prit place côté passager. À peine eut-elle refermé la portière que Logan mettait les gaz, et sortait du parking dans un crissement de pneus. Ils étaient sur Flower Boulevard quand Blanchett réussit à avoir la mère de Bettany.

— Quoi ?... Vous ne savez pas où ?... Très bien, surtout ne bougez pas. Nous arrivons chez vous. Nous allons la retrouver.

Logan s'était arrêté à un feu, le regard fixé sur le boulevard.

— Elle a fugué ?

— Oui.

Logan serra les poings sur le volant et s'efforça de garder son calme. Puisque Hurley avait suivi son instinct en faisant confiance à Miller, il allait faire de même !

— On devrait appeler un hélico pour qu'ils survolent la ville.

— Oui, faites. Prenez la CB, et demandez aussi à Heldfield et à Morris de se rendre chez les Thompson.

Il ralentit et tourna à gauche.

— Ce n'est pas la direction de Golden Hill. Où allons-nous ? s'étonna Blanchett.

— Là où tout a commencé, répondit-il, en priant pour ne pas s'être trompé.

— Pourquoi retournerait-elle là-bas ?

Logan avait une idée très précise de ce qu'elle pourrait y faire. Mais il préféra se taire. Pure superstition.

Il accéléra.

Bettany fit une nouvelle embardée. Les larmes qui lui embuaient les yeux l'empêchaient de voir correctement la route.

Elle s'en voulait tant. Elle devait réparer son erreur.

Elle avait quitté River Falls depuis cinq minutes, et espérait retrouver le chemin qui menait à la cabane.

— Mon Dieu, pourquoi ? répétait-elle sans cesse.

Elle tourna et, oubliant toute prudence, roula à fond sur le chemin de terre. Manqua un virage. La voiture fit une embardée, se renversa et vint frapper contre un arbre. Par pur réflexe, elle avait mis sa ceinture en quittant le domicile familial. Malgré le choc, elle comprit qu'elle n'avait rien. Elle réussit à se dégager et s'éjecta du véhicule accidenté par la vitre.

Sans se soucier du froid, elle se mit en route. La cabane ne devait plus être bien loin. Elle l'avait en vue quand elle entendit la sirène d'une voiture de police.

« Mon Dieu, faites que j'aie le temps ! pria-t-elle. Je vous en supplie. »

Accélérant le pas, elle glissa dans une flaque de boue et s'étala de tout son long. Alors qu'elle se relevait une douleur terrible lui vrilla la cheville.

« C'est pas vrai ! »

Sortie sans même une égratignure de son accident, elle se foulait la cheville dans une flaque ! Elle serra les dents et repartit à la recherche de l'arme du crime.

Logan aperçut la voiture renversée à l'entrée du chemin de terre. Il freina à sa hauteur. C'était une Chrysler. La voiture de la mère de Bettany.

« Mon Dieu, si jamais vous existez, faites qu'elle n'ait rien », pria-t-il comme chaque fois qu'il se sentait totalement impuissant.

Il sortit de sa Cherokee et, avançant avec précaution sur le sol rendu glissant, s'approcha du véhicule accidenté. Ce fut avec soulagement qu'il constata qu'il était vide de tout corps inanimé.

— Elle est partie à pied, fit Blanchett, qui avait noté des traces de pas.

Elle aussi était rassurée. Cela lui rappelait la folle poursuite de Portnoy et de Spike près de deux ans auparavant, qui avait conduit au meurtre du pauvre Larry Brooks.

— Comment avez-vous su ? demanda-t-elle alors.

Elle n'avait pas osé le questionner durant tout le trajet, préférant se concentrer sur les divers appels de ses collègues qui, avec l'aide des deux hélicoptères des pompiers, quadrillaient le secteur.

— L'arme du crime se trouve toujours ici.

Ils avaient bien essayé de la trouver, le premier jour. Mais, certain d'avoir affaire à un pervers expérimenté, Logan avait pensé que l'homme ne l'avait pas laissée sur place et il avait abandonné les recherches. De toute façon, si tel avait été le cas, il aurait été inimaginable de retourner la terre sur des hectares de terrain, sans plus d'indication. Cela aurait pris des jours et des jours, et mobilisé beaucoup de moyens. Et surtout, dès le lendemain, Nathaniel Morrison s'était accusé du crime et avait donné un mobile tout à fait recevable…

— Mais pourquoi viendrait-elle la récupérer ?

Cela n'avait aucun sens. Le mieux pour elle était de nier. Ils n'avaient rien contre elle, hormis la nouvelle déposition d'un prévenu qui ne cessait de mentir.

— Pourquoi est-elle venue, corrigea Logan qui retourna vers sa voiture. Parce que c'est une fille fragile, et qu'il existe une forte possibilité pour qu'elle tente de mettre fin à ses jours.

Voilà. Il l'avait dit. Il espérait seulement se tromper sur ses réelles motivations, mais sa présence en ce lieu lui faisait redouter le pire.

Blanchett ouvrit de grands yeux et accéléra le pas pour retourner vers la voiture.

Une fois assis, Logan remit la sirène en marche, espérant qu'elle fuirait plutôt que de rechercher l'arme. Blanchett prit la CB et demanda à toutes les voitures et aux hélicoptères de venir les rejoindre sur Old Oak Road.

Pleurant, boitant, souffrant terriblement, Bettany était à bout de forces. Et incapable de retrouver l'endroit. Elle ne devait pas être bien loin, mais il faisait nuit et elle n'avait pas de repères. Elle se souvenait seulement d'une souche d'arbre recouverte d'une mousse épaisse.

La sirène se rapprocha. Elle entendit clairement une voiture qui arrivait vers elle.

« Non, non, non ! » se dit-elle en sanglotant.

Une portière claqua, puis une autre.

— Bettany ! hurla une voix. Tu n'as pas à avoir peur.

Ils étaient tout proches. Elle tomba à genoux, et allait faire une énième prière quand ses yeux tombèrent sur une souche à moitié pourrie. À quatre pattes, elle avança dans sa direction et commença à creuser la terre de tous côtés, cherchant l'endroit où ses doigts s'enfonceraient facilement.

– Bettany, je t'en prie, nous ne te voulons aucun mal. Tu n'as pas à te sentir coupable, fit Logan.

Peu importait ce qu'il pensait en réalité. Il devait, avant tout, empêcher qu'elle commette l'irréparable.

L'image du juge McArthur se fourrant le canon de son arme dans la bouche et appuyant sur la détente le hantait encore. Il n'avait pas su l'en empêcher. Il n'avait pas su trouver les mots. Un autre s'en serait certainement bien mieux sorti que lui.

— Bettany, s'il te plaît, montre-toi ! cria Blanchett.

Elle était allée directement à la cabane, mais personne n'y était venu.

— Bettany, tu n'as rien à craindre. Tu n'iras pas en prison ! hurla Logan, qui jetait des regards dans toutes les directions, guettant le moindre mouvement.

Si seulement il avait dit à Hurley de le rejoindre. Elle était psy. Elle aurait su la convaincre ! « Putain, si jamais elle meurt… »

Une détonation brisa le silence de la forêt.

Logan se figea. Blanchett sentit son cœur s'arrêter. Elle se mit à courir et rejoignit Logan, debout, les yeux brillant de larmes de rage. La lieutenant se mordit les lèvres, mais ne put retenir les siennes. Jamais elle n'avait vu Logan dans cet état.

Même si l'idée l'angoissait, elle devait trouver le corps de Bettany avant lui.

Logan parvint à se reprendre et s'essuya le coin des yeux, incapable d'une pensée cohérente. Une gamine était morte par sa faute, parce qu'il avait cédé aux caprices de Hurley ! Jamais il ne se le pardonnerait, jamais il ne lui pardonnerait !

Il avançait d'un pas mécanique, quand, soudain, il vit la plus incroyable et merveilleuse des apparitions. D'abord incrédule, il dut se rendre à l'évidence. Blanchett revenait vers lui en compagnie de Bettany, à qui elle avait prêté son blouson. La jeune fille boitait.

Il s'avança vers les deux jeunes femmes et passa un doigt paternel sur la frimousse de Bettany, maculée de boue.

— Tu m'as fait une de ces peurs, fit-il en maudissant le Dieu qui se jouait de lui.

Surprise, Bettany se laissa faire, émue par le geste réconfortant du shérif. Peut-être n'allait-il pas l'enfoncer, comme le lui avait dit la journaliste.

— J'ai voulu mourir, mais je n'ai pas eu le courage. Je veux vivre.

— Maintenant, il va falloir que tu nous dises toute la vérité, dit-il d'une voix apaisante.

La veille, Nathaniel, maintenant Bettany. À l'avenir, il lui faudrait être plus vigilant face à des mineurs en détresse.

— C'était un accident. C'était un…

Elle ne finit pas sa phrase et, se cachant le visage dans les mains, se mit à pleurer.

Logan n'aurait su dire pourquoi, mais il lui semblait qu'elle jouait la comédie. Alors qu'il ne ressentait que compassion pour elle quelques secondes auparavant, il en venait à douter de sa sincérité. Et si elle avait prémédité ce meurtre ?

Il aurait tout le temps de creuser l'affaire. Le principal étant que Bettany soit en vie.

— Attends, je vais te porter, dit-il.

La jeune fille tendit ses bras et s'accrocha à son cou. Il la souleva. Elle retint un cri quand ses chevilles s'entrechoquèrent.

— Tout va bien se passer, la rassura Blanchett.

À l'inverse de Logan, elle n'avait aucun doute quant à la nature accidentelle de la mort de Lewis.

— Oui, je l'espère, fit Logan en regardant où il mettait les pieds.

40

— Vous êtes certain de ce que vous dites ? s'exclama M. Morrison, abasourdi.

Aussitôt la conférence de presse terminée, Stanley Warren s'était engouffré dans sa Porsche Carrera et avait rejoint le manoir principal des Enfants de Marie.

— Il n'y a aucun doute possible. Lewis Stark et votre fils étaient amants.

Une expression de dégoût mêlé d'incrédulité était peinte sur le visage des parents. Miss Richardson se tenait de dos, près de la fenêtre du grand salon.

En cette fin de matinée, le ciel s'assombrissait de minute en minute.

« Il ne va pas tarder à pleuvoir, se dit-elle. Les larmes du Seigneur, à n'en point douter. »

— Mais nous nous en serions rendu compte, tout de même. Il n'est pas du tout efféminé, ni maniéré. Ce n'est pas possible !

M. Morrison était incapable d'admettre que son unique enfant pouvait avoir un tel vice.

— Nathaniel est très croyant. Jamais il ne s'abaisserait à une telle abomination, renchérit sa femme, en plein déni.

Jamais elle n'aurait de petits-enfants. Dieu ne pouvait pas permettre cela. Le diable ne pouvait pas entrer dans sa maison.

— Vous mentez, vous mentez ! hurla-t-elle en le pointant d'un doigt accusateur.

— Non, votre fils est innocent. Dès que nous en aurons les preuves formelles, il pourra rejoindre votre communauté. Vous devriez plutôt me féliciter, dit-il, en colère contre ces parents indignes.

Il venait d'innocenter leur enfant unique, et plutôt que de s'en réjouir, ils se lamentaient sur la sexualité de leur fils.

— Mon fils n'est pas homosexuel ! Qu'est-ce que vous lui avez fait, qu'est-ce que vous lui avez dit ? cria Mme Morrison.

Son visage était défiguré par la douleur. Warren aurait aimé lui donner un cours de rattrapage sur la tolérance et les valeurs chrétiennes. Mais cela aurait été en pure perte.

— Nathaniel devrait sortir de l'hôpital dans les prochains jours. Vous aurez tout le loisir d'en discuter avec lui.

Warren ne doutait pas un seul instant qu'il mettrait Bettany Thompson devant ses responsabilités. Une jeune fille de seize ans ne tiendrait jamais face à la persévérance d'un avocat chevronné comme lui.

— Allez-vous-en. Je vous déteste, je vous déteste ! hurla Mme Morrison.

Pour sa part, M. Morrison était tombé dans une sorte d'apathie. Son visage ne révélait aucune émotion. Contrairement à son épouse, il avait eu, que Dieu lui pardonne, des doutes concernant les tendances sexuelles de son fils. Il ne parlait jamais de femmes, il n'avait jamais flirté avec aucune fille de la communauté. Pourtant, Dieu sait qu'il était très beau garçon.

— Excusez-moi de lui avoir sauvé la vie ! fit Warren, écœuré.

Il s'approcha de Miss Richardson, toujours collée à la fenêtre.

— Pour mes honoraires, vous êtes toujours d'accord pour les verser à une organisation caritative ?

Miss Richardson se retourna. Il vit des larmes rouler sur son visage subitement vieilli.

— Oui, vous n'avez qu'à me donner son nom, répondit-elle d'une voix atone.

— De l'argent pour ce porc ! s'indigna Mme Morrison.

— Ma chérie, il faut que tu te calmes, intervint son époux, en prenant sa femme dans ses bras, qui s'effondra en sanglotant.

Pathétique.

Warren se retourna vers Miss Richardson.

— La Fondation pour le droit à la différence.

Ça leur ferait les pieds.

— Très bien, il en sera fait ainsi, répondit Miss Richardson.

Warren fut un peu déçu par sa réaction. Avait-elle compris de quoi il s'agissait ?

— Laissez-nous à présent, lui dit-elle.

Warren acquiesça et sortit, non sans jeter un regard méprisant vers la mère de Nathaniel, que son mari venait d'installer dans un fauteuil.

— Stanley, que s'est-il passé ? demanda Callwin.

Elle venait juste d'arriver à l'étage en compagnie de Margareth, qui lui avait demandé de venir.

— J'ai fait mon travail. J'ai innocenté Nathaniel Morrison.

Il aurait dû en être heureux, mais Callwin voyait bien que quelque chose le tracassait.

— Vous en faites une tête !

— Je viens de condamner un pauvre gamin à vivre chez des dingues qui n'auront de cesse de lui faire comprendre qu'il est un monstre.

Callwin fit une grimace d'incompréhension.

— Nathaniel est homosexuel. C'est Bettany Thompson qui a tué Lewis, sous le coup de la jalousie et de la haine.

« Merde alors ! Je me suis bien fait avoir », se dit-elle en revoyant Bettany torturée par la douleur. Mais à y repenser... elle lui avait effectivement dit qu'ils s'étaient battus et que le coup était parti tout seul. Callwin lui avait conseillé de ne pas en parler, parce que jamais elle n'aurait pensé que c'était elle qui avait agressé les deux garçons !

— Alors pourquoi faites-vous une tête de tous les diables ? demanda-t-elle alors qu'ils arrivaient sur le palier du rez-de-chaussée.

— Vous êtes idiote ou vous le faites exprès ?

— C'est bon, vous ne me parlez pas comme ça ! fit-elle en se plantant entre lui et la porte.

Devant le regard outré de la journaliste, Warren se rendit compte de sa grossièreté.

— Excusez-moi, mais ces gens me rendent dingue. Il fallait que ça sorte.

Callwin l'excusa aussitôt.

— Ils n'acceptent pas son homosexualité ?

— S'il retourne vivre avec eux, Nathaniel se tuera pour de bon.

Warren ouvrit la porte et sortit en compagnie de Callwin sur le perron du manoir. La pluie tombait toujours aussi fort. Ils restèrent à l'abri sous l'auvent.

— Il n'y a pas moyen de l'empêcher ? Au fait, comment avez-vous compris qu'il était homo ?

— C'est mon métier de tout imaginer pour défendre mon client. Si Nathaniel avait tué Lewis parce qu'il était jaloux de Bettany, on pouvait également imaginer l'inverse. Simple hypothèse de travail. Mais comme vous le savez maintenant, elle a été confirmée.

Callwin était sous le charme. Ça, c'était un homme pour Hurley.

— Allez voir Harry Miller. Il est homosexuel et avocat. Peut-être pourra-t-il vous aider à trouver une solution pour éviter à Nathaniel de retourner vivre avec ses parents.

Warren la regarda avec surprise. À croire qu'elle savait qu'il venait juste de le rencontrer.

— Vous avez raison. Je sais maintenant pourquoi Jessica tient tant à vous, fit-il en lui déposant un baiser sur la joue.

— De mon côté, je vais tâter le terrain. Il leur faut le temps de digérer la nouvelle. Peut-être ne sont-ils pas aussi homophobes que vous le croyez.

— Je l'espère. Au fait votre premier article, c'est pour quand ?

— Demain. J'avais commencé à rédiger quelque chose, mais je ne suis plus sûre de rien. Achetez le *NOW*, vous verrez bien.

— Je n'y manquerai pas. Au revoir, Leslie.

— Au revoir, Stanley.

Il lui fit un signe de la main et partit au pas de course sous la pluie battante pour rejoindre sa voiture. Il était content d'avoir discuté avec cette journaliste. Il n'aimait pas avoir le cœur empli de haine. C'était un optimiste, sûr de ses valeurs. Il détestait ne plus croire en l'homme. Callwin venait de lui rappeler qu'il ne fallait jamais perdre espoir.

Il mit le contact et s'amusa à faire rugir le moteur de son bolide sous les fenêtres de ces arriérés.

41

Logan se tenait derrière la vitre sans tain. Il regarda Hurley s'asseoir face à Bettany.

Comme il s'y attendait, Hurley n'était pas rentrée à la maison, mais l'avait attendu au commissariat. Elle lui avait parlé sur un ton strictement professionnel. Il aurait tout le temps de s'expliquer plus tard. L'urgence était d'éclaircir une bonne fois pour toutes l'affaire du meurtre de Lewis Stark.

Hurley avait souhaité participer à l'interrogatoire. Préférant se tenir loin d'elle, Logan avait accédé à sa requête et lui avait même donné l'autorisation de le mener seule.

— Bonjour, Bettany, tu as encore mal ? s'enquit Hurley.

En chemin, ils s'étaient arrêtés à l'hôpital. Un médecin avait diagnostiqué une simple foulure. Une infirmière avait massé sa cheville avec une pommade puis l'avait bandée, et on l'avait laissée repartir avec des béquilles.

— Ça peut aller quand je ne bouge pas.

— Tu peux nous raconter comment tout s'est réellement passé ? demanda-t-elle d'une voix douce.

— Suis-je vraiment obligée ? répondit Bettany en baissant les yeux.

« La honte et la culpabilité », nota Hurley en hochant simplement la tête.

— Je ne savais pas qu'il était homosexuel. Je vous le jure, reprit Bettany.

Hurley l'encouragea d'un sourire. La vérité allait enfin éclater.

On frappa à la porte de la pièce contiguë à la salle d'interrogatoire. Logan alla ouvrir. La sergent Travis entra, accompagnée d'une femme d'une quarantaine d'années.

— De quel droit interrogez-vous ma cliente sans la présence de son avocat ? tonna Jenny Summers, furibonde. Je vais vous poursuivre pour non-respect des droits élémentaires de tout prévenu.

— Bettany n'est pas inculpée pour l'instant. Nous voulions lui parler à titre de simple témoin, répondit Logan du tac au tac.

L'avocate fit une moue de mécontentement.

— Je demande à voir les bandes, ordonna-t-elle en fixant le moniteur qui diffusait ce qui se passait de l'autre côté de la vitre sans tain.

— Évidemment. Il n'y a aucun problème. La lieutenant Blanchett va s'en occuper.

Summers ressortit aussitôt de la pièce et, sans attendre d'y être invitée, entra dans la salle d'interrogatoire et ordonna à Hurley de cesser tout de suite de harceler sa cliente. Logan n'aimait pas du tout la façon dont elle venait de s'adresser à Hurley, mais préféra ne pas s'en mêler.

— J'exige que vous relâchiez ma cliente sur-le-champ !

Hurley s'efforça de conserver une contenance, mais elle était abattue. Bettany ne dirait plus un mot.

— Nous ne retenons personne contre son gré, nous voulions seulement que Bettany s'explique sur son geste, et nous assurer que tout allait bien.

— Et c'est pour ça que vous l'avez mise dans une salle d'interrogatoire, ironisa Summers.

Hurley ne répondit pas. C'était perdu d'avance.

— Mais je veux dire la vérité, intervint Bettany d'une petite voix. Je veux dire ce qui s'est passé.

— Je t'écoute. Tu peux me faire confiance, dit Hurley d'une voix encourageante.

Un petit rire narquois éclata dans la pièce.

— Ça suffit, la coupa Summers. Bettany, tu es en état de choc. Tes parents et ton frère t'attendent à l'extérieur. Tu n'as pas les idées claires, et ce que tu diras pourrait se retourner contre toi. Même si tu venais à te rétracter plus tard.

Le ton était sans appel. Summers lui tendit ses béquilles. Docilement, Bettany les saisit, et sortit sous le regard dépité de Hurley.

Logan attendit que l'avocate soit partie avec sa jeune cliente pour rejoindre Hurley.

— Sans ses aveux, on est loin du compte.

— Je déteste les avocats ! lâcha Hurley, qui se permettait enfin de laisser éclater sa colère.

Logan savoura cette phrase.

— Et moi donc !

Stanley Warren n'avait qu'à bien se tenir.

— On a vraiment besoin des aveux pour inculper Bettany ?

— La meilleure preuve de sa culpabilité, ce serait des empreintes sur l'arme du crime, mais comme tu le sais, elle a tenté de se suicider avec, alors évidemment, ses empreintes s'y trouvent.

Hurley resta un moment interdite.

— Tu crois qu'elle nous mène en bateau ?

— Je crois qu'elle a prémédité son acte et qu'elle était prête à nous raconter une version arrangée de la réalité. Un accident ou un truc dans le genre.

Logan s'était laissé berner. Ne jamais se fier à un visage d'ange.

— Mais pourquoi retourner chercher son arme ? C'est stupide.

— Tant qu'elle ne dira rien, nous ne pourrons qu'élaborer des supputations diverses et variées, dit Logan avant de reprendre sur un ton plus enjoué : Heureusement, il y a une bonne nouvelle dans tout ça.

Il laissa sa phrase en suspens et, devant l'air perplexe de Hurley, précisa :

— La défense de Nathaniel vient de se trouver grandement renforcée. Nous n'avons aucune preuve matérielle contre lui. Même si ses premiers aveux pèsent contre lui, Bettany savait où se trouvait l'arme du crime, ce qui fait pencher la balance de l'autre côté.

Hurley se sentit enfin soulagée du poids de la frustration. Son but n'était pas d'inculper Bettany, mais d'innocenter Nathaniel.

— Est-on au moins certain qu'il s'agisse de l'arme du crime ? s'interrogea-t-elle toutefois.

— Je l'ai fait envoyer au labo. Blake doit me rappeler dès qu'il aura les résultats, mais peux-tu imaginer qu'il en soit autrement ?

— Non, en convint Hurley.

— Écoute, j'ai du boulot par-dessus la tête. Il faut que je reparle à cette Summers et aux parents de Bettany. Rentre à la maison, je t'en prie, et surtout, n'essaye plus de me doubler.

Avec ce retournement de situation, il ne lui tenait plus rigueur d'avoir laissé Miller parler avec Nathaniel hors de sa présence. Maintenant, il voulait simplement qu'elle oublie cette histoire et le laisse travailler.

— D'accord, mais sache que je ne t'ai pas doublé.

Logan lui vola un baiser et la regarda sortir.

42

— C’est gentil, dit Miss Richardson.

Elle était assise dans un vieux et confortable fauteuil, dans une petite pièce du deuxième étage principalement occupée par un bureau en chêne massif. Des étagères garnies de livres de collection couraient sur l’un des murs.

— Vous savez, si vous voulez que je m’en aille, je comprendrai, fit Callwin qui se tenait assise de l’autre côté du bureau.

La pluie continuait de tomber derrière les vitres. Jamais nuit n’avait paru si sombre à la journaliste.

— Non, au contraire, je tiens à ce que vous restiez. Votre article est admirable.

Il était près de 21 heures. Le repas communautaire était terminé. Les membres de la communauté lisaient dans les salons, jouaient à des jeux de société ou aux échecs. Le soir était le moment de la récréation, mais aussi celui de la culture. Les enfants étaient au lit. Un grand frère ou une grande sœur leur racontait des histoires issues de la Bible, adaptées à leur âge.

Callwin s’était enfermée dans sa chambre et avait écrit une chronique sur Nathaniel, poussé à mentir par sa honte d’être homosexuel. À aucun moment, elle n’avait mis en cause les pratiques religieuses de la communauté. Callwin savait que de nombreux adolescents homosexuels préféraient cacher leur différence, qu'ils soient élevés ou non dans la religion.

— Je ne l'ai pas fait pour vous, mais pour lui.

— Je sais. Mais vous auriez pu nous accuser. Vous savez ce que nous pensons de l'homosexualité. Pourtant, vous avez préféré étudier le point de vue de Nathaniel. Très habile. Un enfant homosexuel en proie au doute. Effrayé par le regard des autres. Jouant en permanence une comédie dévastatrice et niant sa véritable nature. Très touchant. Et je dis cela sans ironie.

Miss Richardson n'avait plus rien à voir avec la femme autoritaire et sèche que Callwin avait rencontrée la veille. Cette histoire l'affectait bien plus qu'elle ne l'aurait imaginé.

— J'ai promis à l'avocat de Nathaniel de ne pas dire du mal de vous. Je tiens ma promesse, dit-elle, soucieuse de montrer qu'elle réprouvait leurs croyances, mais aussi qu'on pouvait lui faire confiance.

Miss Richardson se pencha sur son bureau, éclairée par la lampe à pétrole. De nouvelles rides semblaient s'être creusées dans la journée.

— J'ai toujours su pour Nathaniel. Et je suis certaine que d'autres s'en doutaient. Mais pas ses malheureux parents. J'espérais qu'avec le temps, le Seigneur saurait le guérir, mais il est des épreuves que nous devons traverser par nous-mêmes. J'ai longtemps pensé que c'était un signe du diable. Une façon pour lui de manifester son pouvoir, attendant une seule chose : qu'on abandonne Nathaniel, qu'on le lui livre sans défense.

Callwin s'étonna de ces confidences inattendues. Avait-elle oublié qu'elle parlait à une journaliste ? Ou avait-elle tout simplement confiance en elle ?

— Nathaniel est un enfant adorable. C'est le plus beau trésor de notre communauté. C'est pour cela qu'il est la proie la plus attirante pour le Malin.

— Vous pensez vraiment que le diable l'habite ?

Comment pouvait-on croire à de telles âneries ?

— Si seulement cela pouvait être aussi simple. Il ne nous resterait plus qu'à pratiquer un exorcisme et Nathaniel serait sauvé. Non, le Malin n'a corrompu qu'une infime partie de Nathaniel, en l'empêchant d'avoir des enfants.

Callwin était atterrée.

— Le diable n'a qu'un seul but : amener les hommes à disparaître. Il a toujours su trouver des hérauts pour porter son flambeau. D'Ève à Caïn, des pharaons aux Romains et aux Barbares, sans oublier les Napoléon et autres Hitler. Tous ces bouchers sanguinaires à la solde du mal. Mais les pires de ses créations sont les homosexuels. Imaginez un monde rempli d'êtres comme eux. En une génération, l'humanité disparaîtrait. Le génocide de l'humanité tout entière, n'est-ce pas le mal absolu ?

Callwin trouva l'amalgame profondément écœurant.

— Le fait de ne pas procréer serait comparable aux massacres d'innocents ? s'étrangla-t-elle. Vous vous rendez compte de ce que vous dites ? L'humanité pourrait bien disparaître, personnellement, je n'en ai rien à cirer. La Terre ne s'en porterait que mieux !

Athée convaincue, elle n'avait aucun respect pour le genre humain.

Miss Richardson ne sembla pas prendre ombrage de sa colère subite et eut un petit rire.

— J'étais comme vous quand j'étais jeune. Mais vous verrez, en vieillissant, vous comprendrez que la vie humaine est ce qu'il y a de plus beau. Certes, je veux bien concéder que je ne mets pas sur le même plan les homosexuels et les monstres sanguinaires que je vous ai cités, mais il est un proverbe qui dit que l'enfer est pavé de bonnes intentions. Les homosexuels ne veulent sans doute pas la disparition de l'espèce humaine. Mais qu'ils le veuillent ou non, leur sexualité ne peut conduire qu'à cela.

— Écoutez, vous n'arriverez jamais à me convaincre que le mal les habite. Moi ce que je veux, c'est juste qu'on les considère comme des êtres humains. Et vous savez pourquoi je suis certaine que les homos sont aussi humains que les hétéros ?

Miss Richardson l'invita d'un geste à continuer.

— Parce que les homos sont aussi cons que les hétéros !

Miss Richardson la regarda avec surprise.

— En plus, vous qui êtes une femme, vous devriez savoir que ce sont eux qui ont libéré les femmes, ceux d'entre eux qui, comme créateurs de mode, ont permis son émancipation vestimentaire et physique. Mais peut-être que l'émancipation des femmes n'est pas votre souci ?

Elle s'était promis de ne pas entrer en conflit. Mais primo, on ne se refait pas, secundo, elle se sentait en confiance, et tertio, elle ne pouvait pas laisser passer de telles énormités.

— Nous reparlerons plus tard de l'émancipation des femmes. Moi, tout ce que je vois, dans vos villes et dans vos journaux, ce sont des femmes dénudées, prêtes à tout pour de l'argent. Belle émancipation ! se moqua Miss Richardson.

— Vous confondez tout.

— Chut. Une autre fois, vous ai-je dit.

Callwin se redressa dans son fauteuil, étonnée de ressentir une véritable attirance pour cette femme qui assénait bêtise sur bêtise.

— Vous me disiez que les homosexuels ont libéré la femme grâce à la mode ? reprit Miss Richardson. Ça, mademoiselle Callwin, c'est une mascarade. Les homosexuels détestent les femmes. Et là où vous parlez de mode, moi je ne vois que mannequins anorexiques sans seins ni fesses. N'est-ce pas étrange, ce souhait des créateurs de mode de vouloir gommer les attributs féminins ? C'est cela, émanciper la femme ? Et je ne parle même pas du pantalon ou du fait de fumer le cigare ! Je ne porte pas ces gens dans mon cœur, loin s'en faut.

— C'est vraiment pénible de vous écouter. Vous mélangez tout. Peut-être que certains homos détestent les femmes, mais il y a bien plus d'hétéros qui les haïssent et les méprisent ! Les misogynes, les phallocrates, vous connaissez ? rebondit Callwin, heureuse de s'en sortir si brillamment. Je vous l'ai dit, il y a autant de cons chez les homosexuels que chez les hétéros, il y a donc forcément autant de misogynes chez eux. Et il suffit de voir les mecs la bave aux lèvres devant des mannequins pour comprendre que ces filles ont encore toute leur féminité.

— Admettons qu'ils n'en ont pas fait des hommes, mais des symboles de la luxure, est-ce véritablement un hymne à la femme ?

Callwin leva les yeux au ciel, effarée.

— Ça ne vous arrive jamais d'avouer vous être trompée ? Faut-il vraiment que vous ayez toujours le dernier mot, quitte à dire n'importe quoi ? (Elle marqua une pause.) Le pire, c'est que je suis persuadée que vous êtes quelqu'un de bien derrière vos habits et votre comportement de…

« Vieille mégère » resta coincé dans sa bouche. Pouvait-elle aller si loin ?

— N'en dites pas davantage, vous risqueriez de me froisser. Et pour être honnête avec vous, moi aussi je crois qu'il y a quelqu'un de bien derrière vos habits et votre comportement de jeune…

« Dépravée… ? » se demanda Callwin.

— Vous avez raison. Nous allons en rester là pour ce soir, mais je reviendrai à la charge.

— Rendez-vous demain soir. Nous reparlerons de tout ça, et de bien d'autres choses.

Callwin s'étonna de ce lien qui venait de se créer entre elles. Étrange. Peut-être que Callwin lui rappelait sa jeunesse, quand elle était encore une jeune femme qui croyait réussir dans la chanson.

— Je n'y manquerai pas, fit Callwin, qui reprit le cahier sur lequel elle avait rédigé son article.

Elle se leva et sortit de la petite pièce. Une douceur agréable régnait dans tout le manoir, grâce au chauffage central au fuel. La journaliste trouva Margareth dans sa chambre, assise à son petit bureau devant son ordinateur. Un modèle plutôt récent, mais non relié à Internet.

— Alors, ça lui a plu ? s'enquit la jeune fille.

Elle avait passé une partie de l'après-midi avec son cousin, à l'hôpital. Sur les conseils de Callwin, elle s'était abstenue de tout commentaire sur l'affaire en cours, s'en tenant à des sujets agréables, des souvenirs communs. Nathaniel avait paru apprécier sa compagnie. Elle lui avait promis de revenir le voir tous les jours jusqu'à ce qu'il rentre vivre parmi eux.

— Oui, on peut l'envoyer, répondit Callwin, qui lui tendit son cahier. Tu es sûre que ça ne t'ennuie pas ?

— Non, au contraire, j'ai l'impression d'être une journaliste. C'est plutôt amusant.

Margareth lui avait proposé de recopier elle-même le texte sur son ordinateur. Quand elle eut terminé,

Callwin copia le fichier sur une clé USB qu'elle brancha à son smartphone et envoya le tout au journal par sa connexion nomade à Internet.

« Vive la science », se dit-elle quand l'accusé de réception lui parvint.

— Je dois vous le reprendre, dit Margareth à la fin de l'opération.

C'était le deal. Passé l'envoi de son article quotidien, elle devait se couper du monde.

— Je veux juste regarder mes mails. Ça prend deux minutes.

— Ce n'est pas ce que vous aviez promis, répondit Margareth, mal à l'aise.

Callwin savait qu'elle pouvait très facilement gagner ce bras de fer. Mais à quoi bon ? Margareth ne méritait pas cela.

— D'accord, tiens, fit-elle en lui tendant son smartphone.

Visiblement soulagée, la jeune étudiante le rangea dans un tiroir qu'elle ferma à clé.

— On fait quoi maintenant ? Tricot, cartes ? s'enquit Callwin.

Aussi bizarre que cela puisse paraître, elle se sentait comme chez elle dans ce manoir. Cela lui rappelait les colonies de vacances. Des moments merveilleux où elle avait connu ses premiers émois sexuels, et partagé une franche camaraderie avec ses copines de chambrée. « Le bon vieux temps », songea-t-elle, assise sur son lit.

— C'est comme vous voulez. Le soir, on a le droit de faire ce qu'on veut. Pour ma part, je révise mes cours et je lis beaucoup.

Callwin hocha la tête, attristée par le sort de cette jeune fille. Il y avait tant d'énergie et d'enthousiasme en elle ; dommage qu'ils soient limités à ce manoir.

Dans la journée, elle avait appris que Margareth avait le droit d'aller à l'université pour devenir professeur. Cependant, personne n'avait voulu lui dire ce qui justifiait une telle dérogation à leurs règles communes. C'était le moment d'en apprendre un peu plus sur elle.

— Tu m'arrêtes si je suis indiscrète, mais on m'a dit que tes parents étaient morts dans un accident quand tu étais toute petite, et que tu n'avais plus de vrais grands-parents ?

Margareth détourna le regard. En à peine deux jours, voilà que deux personnes cherchaient à tout savoir sur son compte. Si elle s'était volontiers livrée à Gerald, elle n'était pas prête à raconter sa vie à cette journaliste, aussi sympathique soit-elle.

— Je n'aime pas en parler, répondit-elle.

Callwin comprit qu'il était trop tôt. La meilleure façon de la mettre en confiance était de se dévoiler sans mentir.

— Ça t'embête si je reste avec toi pour discuter de tout et de rien ? J'ai l'impression d'avoir dix ans de moins et de me retrouver dans ma chambrée de cité universitaire.

— Ne vous moquez pas. Je suis sûre que vous vous ennuyez déjà.

— Non, ne pense pas ça. Je suis bien ici, et à vrai dire, j'ai un tas de questions à te poser. En échange, je répondrai aux tiennes sur ma vie !

Margareth avait bien envie de faire confiance à cette femme. Elle était si belle, si intelligente, si gentille…

— Tant que je ne suis pas obligée de répondre…

Callwin sourit et posa ses deux mains sur ses genoux.

— Parle-moi de ta grand-mère. Je n'arrive pas à la cerner. D'abord elle me détestait. Maintenant, je crois que je lui plais bien. Elle prêche la tolérance et pourtant elle est complètement homophobe. Tu peux m'expliquer ça ?

Margareth baissa à nouveau la tête. Il était hors de question qu'elle lui révèle quoi que ce soit.

— Je préfère que vous en parliez avec elle. Si nous ne parlions que de vous ce soir ? J'aimerais mieux.

Habituellement, Callwin se méfiait quand les gens s'intéressaient à elle, mais Margareth ne lui inspirait aucune crainte.

— Qu'est-ce que tu veux savoir ? répondit-elle, souriante.

43

Logan rentra épuisé de sa journée.

« Summers est une vraie salope », se dit-il en passant la porte d'entrée.

Depuis qu'elle s'était entretenue avec Bettany, celle-ci leur resservait la première version, pourtant peu crédible désormais.

Bettany affirmait qu'en cette funeste soirée, elle avait emprunté la voiture de son frère alors qu'il dormait. Elle était allée rejoindre Lewis à la cabane. C'est là que Nathaniel les avait surpris. Ensuite, elle ne souvenait plus de rien. Jusqu'à son réveil chez son frère, où elle avait appris la mort de son amoureux en écoutant les informations. Sans preuve contradictoire pour démentir cette thèse, l'issue du procès s'avérait très incertaine.

Heureusement, Heldfield avait eu une idée lumineuse : et si, contrairement aux allégations de Bettany, Garth, son frère, l'avait accompagnée à son rendez-vous galant ? S'ils prouvaient qu'elle avait menti sur ce point, tout le monde en concluerait qu'elle avait pu mentir sur d'autres.

Logan avait aussitôt demandé qu'on prenne les empreintes de Garth, afin de les comparer à celles retrouvées à la cabane. Malheureusement, sans injonction d'une autorité compétente, Garth n'était pas obligé de se soumettre à une prise d'empreintes, et il avait refusé.

Aussitôt, Logan avait contacté le juge Burrough, qui avait préalablement demandé des éléments concrets invalidant le témoignage de Bettany ou mettant clairement en cause Garth Thompson. Logan s'était retenu de lui faire savoir ce qu'il pensait de lui.

Il avait alors rappelé Blake, qui lui avait confirmé qu'il était impossible de déchiffrer le numéro de série de l'arme, limé maladroitement, mais suffisamment pour ne plus être lisible. Un coup pour rien.

Quelque peu désabusé, il avait passé le reste de son après-midi au téléphone avec divers experts en droit et avait fini par se rendre dans le bureau du maire pour faire le point et lui donner son avis sur le meurtre de Lewis.

À aucun moment il n'avait eu le temps ni l'énergie de discuter avec Hurley.

— Bonsoir, Mike, comment tu te sens ? l'accueillit la jeune femme en venant l'embrasser.

Il se débarrassa de ses affaires.

— Lessivé. Et demain, ça recommence.

— Viens, laisse-toi faire.

Dans le salon, la lumière était tamisée et la musique de Tangerine Dream s'échappait des enceintes de la chaîne hi-fi. Logan trouva l'initiative touchante, mais il n'avait aucune envie de faire l'amour. Il se laissa néanmoins dévêtir.

— Allonge-toi sur le ventre.

Logan adorait se faire masser, malheureusement, Hurley n'était jamais très emballée par ce genre d'exercice.

Hurley se mit en petite culotte et vint s'asseoir sur les fesses de Logan, les jambes repliées sous elle. Elle se pencha et, dans un va-et-vient renouvelé, entreprit un doux massage le long de sa colonne vertébrale.

Logan grogna de contentement et ferma les yeux.

Durant plus de vingt minutes, il savoura ce traitement réparateur. La tension accumulée de ces derniers jours s'évanouissait comme par enchantement. Il eut un véritable frisson de plaisir quand elle s'attarda sur sa nuque.

Hurley était fatiguée, ses jambes commençaient à s'engourdir, mais c'était le prix à payer pour se faire pardonner.

Logan était prêt à s'endormir quand Hurley, en s'étirant, vint coller son ventre sur son dos et lui glissa à l'oreille :

— Fini.

— Encore un peu, marmonna-t-il, la tête enfoncée dans le canapé.

— Je n'en peux plus.

Logan se retourna sur le dos et prit Hurley dans ses bras. Maintenant il avait envie de faire l'amour. Ils s'embrassèrent, mais quand les mains de Logan s'attardèrent sur la culotte de la jeune femme, celle-ci sauta du canapé.

— Pas maintenant. Je meurs de faim.

Logan fit une moue de frustration.

— OK, mais tu ne perds rien pour attendre.

Elle lui fit un clin d'œil et attrapa son pantalon. Dans la cuisine, Hurley fit réchauffer le poulet et les petits pois qu'elle avait préparés pendant que Logan dressait la table.

— Excuse-moi encore pour ce matin, dit Hurley. J'aurais dû tout t'expliquer.

Logan n'avait plus de rancœur envers elle. Elle s'était fait piéger par deux avocats de talent. Ça pouvait arriver à tout le monde.

— Ce n'est pas grave. D'une façon ou d'une autre, Warren aurait convaincu Nathaniel d'avouer son homosexualité.

— C'est certain, mais j'aurais quand même dû te dire ce que voulait faire Warren quand il m'a demandé de te pousser à accepter que Miller voie Nathaniel.

— N'en parlons plus. C'est déjà oublié, fit-il en l'embrassant dans le cou.

Il était sincèrement soulagé d'avoir évité l'affrontement dans la journée. Il savait qu'à ce moment-là il aurait été incapable de juguler sa colère.

Ils discutèrent de tout autre chose et s'installèrent à table. Ce ne fut qu'une fois rassasiés et de retour dans le salon pour regarder un film que Hurley revint sur les déclarations de Bettany.

— Tu penses qu'un jury pourrait croire que Nathaniel a tué Lewis ?

Logan fit la grimace. Comme Hurley, il n'avait aucun doute quant au déroulement des événements, mais connaître la vérité était une chose, la démontrer en était une autre.

— J'ai eu le labo. L'arme qui a tué Lewis est bien celle qu'a déterrée Bettany. Et Blake a même sa petite idée de la raison pour laquelle elle a fait ça.

Hurley l'écoutait attentivement.

— Il a eu un cas dans le genre il y a près de dix ans. Un type qui pensait qu'après un tir, la poudre s'incrustait durant plusieurs jours dans la peau, avait plongé ses mains dans un bain d'acide. On a dû l'amputer de quelques doigts, et le FBI l'a coincé avec d'autres indices.

— Tu crois que Bettany avait peur qu'on lui fasse le test de la paraffine ?

— C'est ce que pense Blake. Mais Heldfield a eu une autre idée. Il est persuadé que le frère de Bettany a accompagné sa sœur à la cabane et que c'est lui qui a tiré. Bettany a eu peur qu'on découvre ses empreintes à lui sur l'arme.

« Évidemment ! » se dit Hurley. Aussi bien, Bettany n'y était pour rien et c'était le frère qui avait tout manigancé pour tuer Lewis.

— Il va falloir l'interroger, dit-elle.

— C'est fait, il s'en tient à sa première version. Il dormait et au petit matin, il a appris comme tout le monde la mort de Lewis.

Hurley fit la moue. Si on ne pouvait prouver l'identité du tireur, ce serait parole contre parole. Sans compter que Nathaniel était homosexuel et qu'il appartenait à une secte. Pas très valorisant devant un jury.

— Ce n'est pas juste. Nathaniel risque la prison pour un crime qu'il n'a pas commis, dit Hurley, désolée.

Confortablement enfoncé dans le canapé, Logan faisait défiler les chaînes, sans le son, sur l'écran de télévision.

— Ne sois pas si défaitiste. Warren est un très bon avocat. Je suis certain qu'il se réjouit par avance de mettre Summers au tapis.

« À moins qu'il ne préfère la mettre dans son lit », se dit-il. Si les avocats en général lui inspiraient du dégoût, il devait reconnaître qu'elle était carrément mignonne, avec ses airs de sainte-nitouche.

— Je ne vois vraiment pas ce qui te fait sourire, dit Hurley.

— Rien, j'imaginais la tête de Jenny Summers quand Warren aura définitivement innocenté Nathaniel, mentit-il.

Hurley lui passa une main sur le torse et se lova contre lui.

— Tu as raison, mais il y a tellement d'homophobes dans cette Amérique profonde qu'on n'est jamais sûr de rien. Tu te rends compte qu'un sondage dit que plus des deux tiers des Américains sont contre l'adoption par des homosexuels ?

Ils n'avaient jamais abordé ce sujet. Ce n'était certainement pas judicieux de le faire maintenant, se dit Logan.

— Ouais, fit-il mollement avant de reprendre d'un ton enjoué : Tiens, regarde, ils repassent *Saint Elmo's Fire*.

Les visages d'Emilio Estevez, Rob Lowe et Demi Moore s'affichaient sur l'écran plasma. Logan mit le son et leurs voix couvrirent celle de Hurley.

— Arrête ! Donne-moi la télécommande, fit Hurley, qui coupa le son. Je te parle d'un truc sérieux et toi, tu as l'air de t'en moquer royalement.

— Quoi, j'avais adoré ce film ! J'ai quand même le droit de me replonger dans ma jeunesse ?

Hurley s'écarta et le regarda droit dans les yeux.

— Rassure-moi, tu n'es pas contre l'adoption par des homosexuels ?

Il aurait pu lui mentir et passer à autre chose, mais elle était trop fine et ne le lâcherait pas tant qu'il n'aurait pas avoué.

— OK, je suis contre. Tu me rends la télécommande, fit-il en tendant la main.

Elle le regarda, abasourdie.

— Je n'en reviens pas. Tu es réellement homophobe ?

— Arrête tes bêtises, je ne vois pas le rapport. J'ai rien contre les homos, mais je pense seulement qu'un enfant a besoin d'un père et d'une mère. C'est tout. Allez, passe-moi la télécommande, s'il te plaît.

— Tu te rends compte de ce que tu dis ? Pourquoi deux hommes ou deux femmes n'auraient-ils pas le droit d'adopter ? Parce que ce sont des pervers, et qu'ils pervertiraient leur enfant ?

Logan n'avait pas envie de se disputer. Pourquoi le cherchait-elle ?

— Je ne dis pas ça. Je pense simplement que pour le développement harmonieux d'un enfant, il est bon qu'il ait un père et une mère.

— Ça, ce n'est pas prouvé. Et puis, les couples homosexuels ne sont pas coupés du monde. Il y a des frères, des sœurs, des parents.

« Pour une soirée tranquille devant la télévision, c'est raté », soupira Logan.

— Excuse-moi, ça n'a rien à voir. On parle d'élever un enfant au quotidien.

— Et après ? s'indigna Hurley. L'important, c'est l'amour qu'on lui porte, les valeurs qu'on lui enseigne. Où est le problème, que ce soient deux hommes ou deux femmes qui élèvent un enfant, à partir du moment où ils l'éduquent avec amour et respect ?

— Je n'en sais rien, je ne trouve pas ça normal, j'ai le droit, non ?

— Bel argument, ironisa Hurley. Et les femmes seules qui adoptent, c'est plus normal à tes yeux ?

Logan sourit.

— Mais rassure-toi, je suis également contre le fait que des parents isolés puissent adopter. Tant qu'il y aura des couples hétéros sur les listes d'attente, j'estime que la société n'a pas à priver des enfants d'un père ou d'une mère. Maintenant, s'il se trouve qu'il n'y a plus de parents hétéros pour prendre en charge tous les orphelins et enfants abandonnés en attente d'être adoptés, alors dans ce cas, je suis pour l'adoption par des couples homos ou par un parent seul. Ça te va, comme réponse ?

Hurley le regarda comme si elle découvrait un inconnu. Il était clair qu'il avait longuement réfléchi à la question. Ce n'était pas son genre de sortir spontanément une réponse si argumentée.

— En fait, tu préfères donner un enfant à un couple hétéro, même s'il le traite mal, qu'à un couple homo qui l'aimerait.

— Bien sûr ! C'est bien connu, les hétéros élèvent très mal leurs enfants, et tous les homos sont des anges !

Logan détestait ces discussions stériles.

— Le problème est celui de l'enfant. L'adoption est déjà un traumatisme pour un enfant. Apprendre qu'on a été abandonné par ses parents, c'est terrible à vivre. Alors pourquoi les rendre orphelins de père ou de mère une seconde fois ? C'est ajouter un traumatisme à un traumatisme.

— Tu ne te rends même pas compte des horreurs que tu profères. Tu essayes de justifier ton homophobie comme les nazis justifiaient le racisme ! C'est abject ! se déchaîna Hurley.

Logan en avait plus qu'assez. Il était certain de ne pas être homophobe, et c'était tout ce qui lui importait. Pourquoi insistait-elle ?

— Écoute, si tu es venue de Seattle pour m'agresser, ce n'était pas la peine de rentrer.

Hurley eut envie de le gifler tant il avait l'air sûr de son bon droit. Les pires des homophobes sont ceux qui s'ignorent, lui avait dit un jour un ami homo.

— Tu as raison, je n'aurais pas dû venir ! rétorqua-t-elle en se levant, furieuse.

Logan en resta coi. Qu'est-ce qui ne tournait pas rond avec Hurley ? Elle qui était si calme habituellement était devenue irascible, presque hystérique.

Il remit le son mais était à mille lieues des préoccupations des protagonistes du film. Il entendit la porte claquer et s'imagina courir après elle, la prendre dans ses bras et lui demander pardon.

— Putain, mais je n'ai pas à m'excuser ! fit-il entre ses dents.

Il se leva, se servit un verre de whisky et alla chercher son paquet de cigarettes.

Il entendit la voiture de Hurley partir sur les chapeaux de roue. Il n'en revenait pas du tournant qu'avait pris la soirée.

« Une montée d'hormones ! » ironisa-t-il, en sachant qu'elle le traiterait de foutu misogyne si elle pouvait lire dans ses pensées.

Sans chercher plus loin une explication, il s'alluma une cigarette, espérant que Hurley rentrerait dès qu'elle serait calmée.

Hurley frappa à la porte de la chambre 24 du Lewis & Clark.

Vêtu d'un simple jogging et en chaussettes, Warren vint lui ouvrir.

— Jessica ? Quelle agréable surprise, s'étonna l'avocat.

Il avait passé une après-midi de chien. Cette conne de Summers était vraiment une plaie. Intransigeante, puant la mauvaise foi et l'appât du gain. Et cela l'avait forcé à rester une journée de plus à River Falls pour étudier à la loupe tous les détails de l'enquête, notamment les indices récupérés sur place par le FBI. Il devait à tout prix faire plier le juge Burrough pour qu'on prenne les empreintes du frère de Bettany, comme le lui avait soufflé un lieutenant de police au téléphone.

— Si je vous dérange, je peux m'en aller, dit Hurley.

C'est emplie d'une rage qu'elle ne se connaissait pas qu'elle avait roulé en direction du centre de River Falls. Elle avait besoin de lâcher toute cette pression et aurait apprécié de pouvoir parler à Callwin mais, enfermée dans sa communauté, celle-ci était injoignable. L'image de Warren s'était alors imposée à elle.

Aussi saugrenue soit-elle, elle n'arrivait pas à s'en défaire. Après tout, elle ne risquait rien. Il s'était dit son ami. À lui de le prouver.

— Non, au contraire, j'ai la tête qui va exploser. Je n'en reviens toujours pas de ce qu'a osé faire cette Summers.

— Elle est avocate. Elle défend sa cliente, dit Hurley, qui n'en pensait pas moins.

— Possible, mais je suis certain que vous aussi trouvez ça particulièrement abject. Elle sait tout autant que nous que Lewis était homosexuel.

Hurley approuva de la tête. Elle avait bien fait de venir.

— Je vous attends au bar. Je vous devais une soirée, je n'aime pas avoir de dettes.

Warren eut un vrai sourire et la regarda descendre l'escalier. Une démarche de déesse. La soirée s'annonçait beaucoup plus intéressante qu'il ne l'avait cru. « Dieu a dû s'arrêter à River Falls. »

Moins de dix minutes plus tard, élégamment vêtu, il retrouvait Hurley au bar de l'hôtel. Un pianiste jouait des standards de jazz dans une ambiance feutrée.

Installée sur une chaise haute près du comptoir, Hurley avait déjà une coupe à la main. Warren commanda un whisky *on the rocks* et s'assit à côté d'elle.

— Dites-moi ce qui ne va pas, l'encouragea-t-il.

Elle avait tout fait pour ne pas laisser paraître son trouble, mais apparemment, elle n'était pas très bonne comédienne.

— Rien, je me sens juste idiote, dit-elle en faisant tourner l'ombrelle de son cocktail dans son verre.

— Et pour quelle raison ?

Hurley leva les yeux vers lui. Elle n'était plus aussi sûre d'avoir pris la bonne décision. La colère passée, elle se demandait s'il n'aurait pas été plus sage de rentrer.

— Vous n'avez jamais vécu de véritable histoire d'amour, n'est-ce pas ? lui demanda-t-elle.

Warren garda son air impassible, mais intérieurement il était ravi de cette entrée en matière.

— Non, je suis un monstre de mégalomanie et de suffisance. Vous savez, du genre qui se regarde dans la glace pendant l'acte amoureux, dit-il d'un ton très sérieux.

Hurley, l'espace d'un quart de seconde, fut horrifiée, avant de comprendre qu'il se moquait d'elle.

— Mais pour qui me prenez-vous ? s'offusqua-t-il gentiment. Bien sûr que j'en ai eu. Bien sûr que j'en ai souffert, mais cela en valait toujours la peine.

— Alors pourquoi êtes-vous seul ? Vous ne manquez certainement pas d'admiratrices.

Le psychologue qui sommeillait en Warren analysa, amusé, la façon dont elle retournait le problème. Plutôt que de parler de son couple et de la raison qui l'avait poussée à quitter le domicile conjugal un vendredi soir, elle reportait le problème sur lui.

— Parce que je suis trop difficile à vivre. Personne ne peut me supporter plus de quelques semaines. C'est comme ça, conclut-il d'un ton fataliste.

Hurley sourit, sans y croire un instant.

— Allons, je suis persuadée qu'un jour vous trouverez celle qui vous conviendra.

Warren n'en doutait pas. Encore moins quand elle le regardait avec ces yeux-là.

— Si nous parlions de choses plus frivoles. J'ai besoin de décompresser. Ça ne vous ennuie pas ? demanda-t-il.

— Non, pas du tout. De quoi voulez-vous parler ?

Warren sirota son whisky et tourna la tête vers le pianiste.

— De vous. Vous n'êtes pas de Seattle, n'est-ce pas ?

Deux heures plus tard, Warren s'effondrait sur le lit de sa chambre d'hôtel, en sueur et radieux. Jamais orgasme ne lui avait paru aussi intense. Il passa une main sur les seins de Hurley, certain cette fois que le Bon Dieu vivait à River Falls.

Mercredi 24 décembre 2008

44

Dans le froid glacial de cette veille de Noël, Simon Beaver s'assit contre la rambarde de sécurité de la voie rapide et se recroquevilla dans son costume de père Noël. L'alcool avait largement entamé ses capacités de réflexion et sa vigilance. Il ferma les yeux. Des souvenirs lui revinrent…

– Je suis vraiment désolée, monsieur Beaver, vous devriez essayer dans d'autres maisons d'édition, lui dit l'éditrice en chef.

— Merci de m'avoir reçu, répondit Beaver en fourrant ses planches dans sa sacoche.

La femme avait l'air sincèrement attristé. Mais sitôt qu'il eut quitté la pièce, elle passa à autre chose. Comme si de rien n'était. Pour Beaver, ce vendredi 20 juillet marqua la fin de ses illusions.

Cinq années qu'il s'évertuait à pousser les portes des maisons d'édition. Partout, la même fin de non-recevoir. Quand il arrivait à décrocher un rendez-vous, c'était pour se faire entendre dire qu'il avait un certain talent, mais que ses ouvrages pour la jeunesse ne correspondaient pas à la ligne éditoriale.

Il ressortit abattu de l'immense bâtiment situé dans le cœur historique de San Francisco. Il venait de fêter son trentième anniversaire. Stella lui avait fait promettre de cesser ces tentatives inutiles. Elle le harcelait depuis des mois. « Il est temps que tu grandisses et que te trouves un vrai job. » Il était caissier au Wal-Mart de River Falls. La paye était à peine suffisante pour le loyer de leur petite maison. Heureusement, Stella, secrétaire dans un cabinet d'avocats réputé, touchait un salaire tout à fait décent. Ainsi, bon an mal an, ils arrivaient à s'en sortir.

Il sortit un billet d'avion de la poche de sa veste. Son retour était prévu pour le dimanche au soir, après la Comic-Convention de San Diego, où il devait tenter pour la dernière fois de placer ses planches. Mais il ne se voyait pas prendre le bus jusqu'à San Diego. Et puis, les comics, ce n'était pas son truc. Des dessins stéréotypés. Des histoires affligeantes de nullité. Non, ce qu'il voulait, c'était écrire des récits pour les jeunes enfants, illustrés de dessins au pastel mettant en scène des animaux.

Stella avait prévu de passer le week-end chez une amie. Il ne risquait pas de la déranger. Et même s'il perdait de l'argent en échangeant son billet à la dernière minute, il économiserait deux nuits d'hôtel et son ticket d'entrée à la Comic-Con.

Avisant une poubelle près d'un arrêt de tramway, il y jeta sa sacoche sans le moindre regret. Stella avait peut-être raison, il était temps de grandir. Un jeune homme s'approcha et jeta un regard vers Beaver.

— Je peux la prendre ? fit-il en désignant la sacoche.

— Oui.

Le jeune homme regarda les planches les unes après les autres, l'air attentif. Beaver eut un pincement au cœur. Peut-être avait-il un certain talent ? Devait-il vraiment arrêter ? À ce moment, le jeune homme aperçut le tramway qui arrivait en haut de la rue et jeta les planches à la poubelle. Beaver sentit son cœur se fendre. Il croisa le regard du garçon. Gêné, celui-ci haussa les épaules.

— Je pensais à ma petite sœur, mais c'est vraiment trop mal dessiné, dit-il pour s'excuser.

Avait-il conscience que c'étaient des orignaux et qu'il parlait à l'auteur ?

— Oui, tu as raison, dit Beaver alors que le tramway stoppait à leur niveau.

Quand le tramway fut reparti, il laissa couler ses larmes.

Le voyage de retour avait été un supplice. Une vieille femme n'avait pas arrêté de jacasser, son mari n'ouvrant la bouche que pour dire « je sais », « c'est vrai », ou « tu crois ? ». Beaver regrettait amèrement d'avoir oublié son walkman.

L'avion se posa à 18 h 30. Beaver se sentit mieux. Cette terrible journée était désormais derrière lui. Comment avait-il pu se faire de telles illusions ? Il n'avait aucun talent. Il avait fallu l'intervention d'un garçon de seize ou dix-sept ans pour qu'il le comprenne. « C'est vraiment trop mal dessiné ! » Il rit bêtement.

Beaver n'avait que trente ans. Il avait une femme parfaite, une petite maison proprette, et la santé. Tout n'était pas perdu. Il pouvait se remettre sur les rails.

Son seul véritable regret était de ne pas avoir d'enfant. Ils avaient tout essayé. A priori aucun des deux n'était stérile. Il allait pourtant à la messe tous les dimanches, et même Stella l'y avait accompagné, quelquefois, quand son moral était au plus bas. Mais rien n'y avait fait. Ils songeaient à adopter.

À l'aéroport, il récupéra sa voiture et prit la route en direction de River Falls. Il faisait un temps magnifique. Le plus dur avait été de prendre conscience qu'il n'était pas fait pour le dessin. Il ne serait pas un de ces has been *qui passent toute leur vie à courir après des chimères.*

« Le Désert des Tartares, *très peu pour moi », se dit-il en imaginant sa nouvelle vie.*

Il pouvait reprendre ses études. D'ailleurs, Stella en parlait pour elle-même depuis quelque temps. Oui, il allait lui offrir tout ce dont elle avait toujours rêvé.

Enfin arrivé dans la vallée de River Falls, il sentit une certaine émotion l'étreindre.

Il comptait profiter de l'absence de Stella qui était chez une amie pour faire le ménage et jeter les cartons remplis de dessins et de textes. Il allait se débarrasser de son établi, de ses stylos, de ses pinceaux, de ses peintures, de son chevalet et de ses toiles. Le grand nettoyage. Quand elle rentrerait, elle trouverait un nouveau mari.

La nuit était presque tombée quand il arriva dans sa rue. Il s'étonna de voir la voiture de sa femme garée dans l'allée. Stella avait-elle changé d'avis ? Reconnaissant un deuxième véhicule, il fut pris d'un mauvais pressentiment.

Il se gara un peu plus loin, laissant sa valise dans le coffre, et remonta lentement la rue. À la seule lumière d'un réverbère, il passa sur le côté de la maison, se colla contre le mur tel un voleur et jeta un œil par la fenêtre du salon. La lumière était allumée. Deux verres étaient posés sur la table basse. « Arrête ta paranoïa. Marc est un ami. Rien de plus. » Il fit le tour de la maison et atteignit la fenêtre de la chambre. Les volets étaient clos. Se hissant sur la pointe des pieds, il obtint une vue plongeante sur le lit conjugal à travers un interstice.

Marc prenait Stella en levrette.

Beaver mit la main devant sa bouche pour ne pas hurler. Cocufié ! Il n'aurait jamais imaginé ça de la part de Stella. Elle était si douce, si aimante. Pourquoi ? Était-il un si mauvais amant ? Un si mauvais mari ?

Il s'effondra sur la pelouse du jardin, et, pour la deuxième fois de la journée, se mit à pleurer. Il n'était qu'un minable.

Lundi 15 décembre 2008

45

La sonnerie de la pause déjeuner venait de retentir. Gerald sortit de l'amphithéâtre et retrouva Kevin dans le couloir.

— Salut. Luke n'est pas venu ? s'enquit ce dernier.

— Non, il m'a laissé un texto. Il est malade, répondit Gerald.

Kevin ricana.

— C'est ça, la grosse flemme, tu veux dire !

— C'est clair, fit Gerald, qui n'avait aucun doute quant à la maladie supposée de son ami. En tout cas plus que onze jours, et à nous Aspen !

Kevin leva le poing et lança un « yeah ! » glorieux. Ce serait la deuxième fois qu'ils partaient ensemble aux sports d'hiver. Une semaine dans un petit cottage au bas des pistes. Le pied.

— Tu l'as dit. J'espère que les filles seront aussi canon que l'an dernier, dit Gerald.

— J'espère surtout qu'on s'en tapera une !

C'était facile d'admirer de superbes créatures descendant les pistes et bronzant à la terrasse des restaurants, mais autrement plus délicat d'en ramener une dans son lit.

— Parle pas de ça. Ça me déprime. Allez, on se dépêche. J'ai la dalle, s'impatienta Gerald, qui n'avait pas envie de faire la queue au resto.

— En fait, si ça te dit, on peut bouffer en ville. Ma mère veut te parler de la tarée. Elle n'a pas arrêté de me poser des questions sur votre arrestation, avec Luke. Je crois qu'elle te prend pour un mauvais garçon !

Gerald sourit. Il n'était pas dupe. Elle voulait surtout savoir s'il avait fait la paix avec elle. Elle n'allait pas être déçue.

— OK, ça sera toujours meilleur qu'à la cantine.

Vingt minutes plus tard, ils s'installaient dans un petit restaurant excentré. Comme à son habitude, Mme Fisher était ravissante. Elle était déjà à table et s'était commandé un apéritif.

— Bonjour, Gerald, fit-elle en se levant pour l'enlacer.

— Bonjour, madame Fisher, répondit Gerald, qui aurait bien voulu que son ami aille voir ailleurs s'il y était.

Ils s'assirent et passèrent aussitôt commande à un serveur débordé.

— Tu sais, je ne suis pas contente du tout. Kevin m'a appris que tu avais dénoncé cette jeune étudiante des Enfants de Marie, dit Mme Fisher en lui faisant les gros yeux.

Heureusement, le ton n'y était pas. La réprimande n'était que formelle.

— Ce n'est pas tout à fait ça, s'excusa Gerald, qui se tourna vers son ami. Tu aurais pu raconter la vérité !

— Écoute, fais-le toi-même. Moi, ce que j'en pense…

Sa mère adorait parler politique et des sujets de société en général. Il n'était pas mécontent qu'elle ait trouvé une autre « victime » que lui pour entendre ses opinions sur le monde.

Gerald toussota et raconta ce qu'il s'était exactement passé. Entre-temps, le serveur avait déposé une bouteille de vin rouge sur la table.

— Je préfère ça. Du moins, si tu m'as dit la vérité, le taquina Mme Fisher.

— Je vous jure que c'est vrai. Jamais je ne l'aurais dénoncée. Je ne suis pas comme ça, se défendit-il.

— Ouais, en tout cas tu ne te gênes pas pour dénoncer Luke, intervint Kevin, amusé par l'embarras de son meilleur ami.

Mme Fisher hocha la tête, contente que son fils ait noté la contradiction.

— Bon, est-ce que tu t'es excusé au moins ?

Il n'en avait pas parlé à Kevin. Cela allait lui faire un choc.

— Oui, en fait, je lui ai même offert un resto…

Kevin en avala de travers.

— C'est quoi ces conneries ? Tu veux sortir avec cette horreur ?

— Kevin, s'il te plaît ! le recadra aussitôt sa mère. On ne parle pas des gens ainsi.

Kevin soupira et se pencha en arrière pour permettre au serveur de poser le plat chaud. Un steak bien saignant, accompagné de pommes de terre sautées.

— Elle me faisait pitié, expliqua Gerald. Son cousin venait de s'accuser du meurtre de Lewis. J'ai senti qu'elle avait besoin de parler et je lui ai proposé un resto.

— Comme ça, pas de témoin. Pas bête, le bougre, se moqua Kevin.

— S'il te plaît, trésor, tu pourrais nous épargner tes commentaires sarcastiques ?

Trésor. Il détestait qu'elle l'appelle comme ça. Kevin ébaucha un sourire crispé et tailla sa viande.

— En fait, elle est plutôt sympa. Elle a des idées bien arrêtées sur la religion, mais elle est plutôt ouverte d'esprit. Quand je lui ai dit que le pape était un ancien nazi, elle a rigolé.

Kevin ne put s'empêcher de glousser.

— Excuse-moi, maman.

Gerald lui jeta un regard navré et continua.

— Elle adore la musique. Quand je lui ai fait écouter du rock, elle a vraiment aimé…

— C'est quoi, ce resto où on choisit sa musique ?

Sa mère jeta un regard courroucé à Kevin.

— Trésor, si ça t'embête que je discute avec ton ami, il faut le dire et on arrête tout de suite.

Kevin sentit qu'il était allé trop loin.

— D'accord, excuse-moi. Je me tais, promis juré.

— Pas de problème. C'était dans la voiture, en allant au resto. Je lui ai fait écouter la musique que j'aime, dit Gerald, gêné pour son ami.

— Et de quoi avez-vous parlé, à part ça ? demanda Mme Fisher, qui avait repris un ton amical.

Gerald se sentit étrangement mal à l'aise. Il avait toujours aimé discuter avec Mme Fisher et souvent fantasmé sur elle, mais c'était la première fois qu'il ne se sentait pas en confiance. Ou plus exactement, il n'avait pas envie de lui dévoiler cette partie de son jardin secret. Aussi moche que soit Margareth, c'était une fille très gentille et en d'autres circonstances, il était certain qu'ils auraient pu être amis.

— Un peu de tout, mais elle est plutôt réservée. Elle ne m'a rien dit sur elle à proprement parler.

Mme Fisher trouva l'attention délicate. Elle lisait à livre ouvert sur son visage. Ce grand nigaud ne se rendait même pas compte que Margareth l'avait touché bien plus qu'il ne le pensait.

— Bien sûr, dit-elle avec un zeste d'ironie.

Puis, comprenant qu'elle n'avait pas à se mêler de sa vie sentimentale, elle revint à un sujet d'ordre plus général :

— Qu'est-ce que tu penses du meurtre de Lewis ? Tu es pro-Bettany ou pro-Nathaniel ?

La presse locale et même régionale s'en était donné à cœur joie. D'un côté, Lewis était présenté comme un hétéro et Bettany comme une victime, tandis que pour l'autre bord, Lewis était un homo et Nathaniel, la véritable victime.

— Je ne connaissais pas Lewis. J'aurais du mal à juger, mais je n'arrive pas à imaginer qu'on avoue une homosexualité pour éviter la prison. En même temps, il a tenté de se suicider. Et il est revenu plusieurs fois sur ses dépositions. Franchement, je n'en sais rien, si ce n'est que ce garçon me paraît très instable.

« Décidément, Gerald vaut mieux que son père », se dit Mme Fisher en se rappelant son premier amour.

– Je peux te parler ?

Gerald se retourna. C'était Margareth.

— Je te laisse. On se retrouve après les cours, fit Kevin, qui n'avait aucune envie qu'on le voie avec cette fille.

Ils venaient à peine de rentrer du restaurant et s'étaient garés sur le parking de l'université.

— Ouais, mais vite. J'ai cours à 2 heures.

Il n'avait pas du tout apprécié que Kevin imagine qu'il était amoureux d'elle. Aussi gentille soit-elle, physiquement elle n'était pas du tout son genre.

— Est-ce que tu savais que Lewis était homosexuel ? Après tout, vous étiez du même monde, tu aurais pu être au courant.

— Franchement, non. Il était encore au lycée et autour de moi personne ne le connaissait. Tout ce que je sais c'est qu'il a frappé un homosexuel il y a deux ans. Il est possible que ton cousin veuille se venger en le salissant après sa mort.

C'était ce que rapportaient certains journalistes, mais Margareth n'y croyait pas.

— Nathaniel ne serait jamais tombé amoureux d'un hétéro. Ça n'a aucun sens. Il m'a avoué hier que c'était Lewis qui l'avait abordé quand il faisait une livraison chez des voisins.

— Je ne sais pas quoi te dire, si ce n'est qu'il faut laisser faire la justice. Apparemment, votre avocat est un des ténors de Seattle. Tu devrais être rassurée.

Margareth sourit. Gerald nota qu'elle avait un très beau sourire.

— Tu as raison, c'est gentil, fit-elle en restant plantée là, les mains dans le dos.

— Bon, je vais y aller.

Elle secoua la tête mais ne bougea pas. Avait-elle encore quelque chose à lui demander ?

— Au revoir, à bientôt, dit finalement Gerald en partant.

— Attends. Ça te dirait de visiter le musée indien, samedi prochain ?

Gerald se retourna. Margareth, écarlate, les yeux baissés derrière ses verres épais, se tortillait dans ses vêtements démodés.

— D'accord, on en reparle, mais il faut vraiment que j'y aille, s'excusa-t-il.

Qu'est-ce qui lui avait pris ? Pourquoi lui avoir laissé entendre qu'ils allaient se revoir ? Maintenant il allait devoir inventer une excuse bidon pour annuler.

46

— Aïe ! fit Callwin qui venait de se piquer le bout du doigt.

Elle leva les yeux sur ses compagnes de labeur. Trois femmes, de quarante à soixante ans.

— Je vous avais dit de prendre un dé. Vous êtes vraiment une tête de mule ! se moqua Susan.

Elles venaient de terminer de déjeuner. Dans ce manoir, on travaillait le tissu : confection de vêtements neufs et reprisage de ceux des pauvres qui vivaient dans les anciennes scieries. Tout le rez-de-chaussée avait été transformé en un atelier très agréable. On avait conservé les poutres apparentes. L'un des murs était couvert d'une enfilade de placards aux portes rustiques dans lesquels étaient entreposées des pièces de tissus, des broderies anciennes et toute la mercerie nécessaire au travail des couturières. Dans un angle, une antique machine à coudre à pédalier en état de marche. Au milieu de la pièce, deux grandes tables de bois massif, l'une pour la taille des vêtements selon des patrons rangés à proximité, et l'autre réservée aux couturières, avec leurs paniers débordant de fils multicolores.

Callwin était aussitôt tombée sous le charme.

— Vous croyez que je vais m'endormir et qu'un prince charmant viendra me réveiller ? demanda-t-elle sur un ton naïf.

Les trois femmes se mirent à rire, sans interrompre leur ouvrage. Elle s'était intégrée dans cette communauté avec une facilité déconcertante. Seulement quatre jours qu'elle était là, et elle avait l'impression d'être comme chez elle.

« Mais tout de même, je suis chez des cinglés de Dieu ! » s'était-elle dit la veille au soir, avant de se coucher.

C'était un petit miracle que tout se passe aussi bien. Elle avait demandé à Miss Richardson d'être exemptée de messe du dimanche, mais celle-ci lui avait répondu d'un ton sans appel qu'on ne pouvait s'y soustraire, sous peine d'expulsion immédiate. Si elle voulait savoir comment vivaient de vrais croyants, elle devait assister à leur messe, avait-elle affirmé. Faisant profil bas, la journaliste s'était excusée et s'y était rendue la mort dans l'âme.

Cela commença par divers sermons sur le diable qui cherchait la moindre faille pour s'infiltrer dans les consciences et obliger ses victimes à accomplir des actes immondes – référence directe à Nathaniel. Mais quand la voix de Miss Richardson s'éleva sous les voûtes de l'ancienne étable, tout le mépris que Callwin avait pour ces obscurantistes s'évapora. Et quand le chœur de la centaine d'Enfants de Marie entonna un cantique à la gloire de Dieu, Callwin sentit une vive émotion la toucher au cœur. C'était somptueux. Et il y avait tant de générosité, de pureté dans leurs voix merveilleusement synchronisées ! Les hommes se tenaient d'un côté de la travée centrale, les femmes de l'autre. Leurs chants se répondaient, s'enlaçaient dans une béatitude divine. Toute notion de temps avait disparu.

Quand Miss Richardson avait conclu la messe en reprenant l'Ave Maria de Schubert, Callwin avait senti que quelque chose venait de se dénouer en elle. La femme qui se trouvait à ses côtés lui avait passé un mouchoir. Elle se rendit compte qu'elle avait le visage baigné de larmes. À partir de ce moment-là, les derniers réfractaires à sa venue dans la communauté cessèrent de la considérer comme une âme impie.

Callwin était vite retournée dans sa chambre et y avait passé le reste de la matinée. Margareth était venue la retrouver, mais elle avait refusé de parler. À midi, elles étaient descendues ensemble pour le repas. Callwin avait passé l'après-midi à faire une longue visite dans les écuries en compagnie d'un homme charmant, malgré sa longue barbe et son costume austère.

Le soir venu, elle avait rejoint Miss Richardson pour la remise de sa chronique quotidienne, entièrement consacrée à la messe. Pas un mot sur le sermon homophobe de la vieille femme. Elle y décrivait simplement la magie de la musique. Le sentiment d'être en harmonie avec l'infini. La sensation de se perdre dans un doux cocon de plénitude, de ne plus exister en tant qu'entité individuelle, mais de se fondre dans quelque chose de beaucoup plus puissant.

— Si vous le permettez, j'aimerais aller me coucher, avait dit Callwin après que Miss Richardson eut lu l'article.

La vieille femme n'était pas dupe. Elle avait laissé Callwin regagner sa chambre sans l'interroger sur son trouble.

– Aïe ! fit Callwin en se piquant une nouvelle fois.

Elle regarda son index, au bout duquel perlait une goutte de sang.

— Vous êtes incroyable, reprit Susan sous le regard amusé des deux autres femmes. Maintenant, vous allez mettre un dé ou j'en parle à grand-mère.

— D'accord, accepta-t-elle, sachant cependant qu'elle avait l'esprit trop vagabond pour faire du bon travail.

L'important n'était pas le résultat mais le fait d'essayer et d'apprendre. Apprendre la couture évidemment, mais surtout la patience et la concentration. Apprendre à faire le vide en soi pour ne plus penser qu'à l'ouvrage à réaliser. Callwin s'étonnait chaque jour des découvertes qu'elle faisait sur cette communauté.

Certes, les croyances de ses membres étaient ridicules et rétrogrades, mais leur fonctionnement en vase clos, leur mode de vie plus lent, obéissant à des rites ancestraux, centré sur des tâches primaires comme l'agriculture, l'élevage, la menuiserie, la couture, l'éducation des enfants, étaient étonnamment reposants et rafraîchissants. Loin du tumulte de la ville, de la foule, de la course contre le temps, loin de la folie hypnotique des enseignes lumineuses, des publicités obscènes, des séries violentes et sexistes que servait, nuit et jour, la télévision, Callwin avait l'impression de découvrir un monde nouveau. Un monde qui était loin de lui déplaire.

— Tenez, vous irez moins vite, mais au moins vous ne tacherez plus les tissus, s'amusa Susan en lui donnant un dé.

Callwin la remercia et se remit à l'ouvrage, s'efforçant de canaliser le flot d'émotions qui remontaient à la surface.

Quatre heures plus tard, elle retournait dans sa chambre. Elle s'allongea sur le lit, le regard perdu sur les grosses poutres du plafond. Callwin aimait sa vie de citadine, mais devait s'avouer que cette journée passée à coudre, dans un silence quasi complet et en communion avec les autres ouvrières, l'avait emplie d'une certaine sérénité.

On frappa à la porte. Margareth rentrait de l'université, où elle passait une dernière semaine avant les vacances de Noël.

— Ça s'est bien passé ? s'enquit Callwin en se redressant.

À présent, il faisait nuit noire derrière la vitre. La journaliste remonta la mèche de sa lampe à pétrole.

— Oui.

— Tant mieux. En tout cas, moi je n'ai pas perdu mon temps. Regarde, fit-elle en montrant fièrement son doigt, sur lequel on distinguait de minuscules piqûres.

Margareth sourit et, après avoir enlevé son manteau, s'assit sur son propre lit.

— J'avais demandé à grand-mère de vous mettre aux écuries, mais elle n'a pas voulu m'écouter. La semaine prochaine, j'espère.

Elles en avaient discuté la veille. Callwin n'était jamais montée à cheval et était impatiente de tenter l'expérience.

— C'était perdu d'avance. Elle tient à ce que j'apprenne la vraie vie des premiers quakers ! « Il n'y a pas d'élévation de l'esprit sans souffrance », dit-elle en essayant d'imiter le ton de Miss Richardson.

Margareth rit de bon cœur. En l'espace de trois soirées, elle avait appris à apprécier la journaliste, qui avait toujours un mot pour rire. Une femme indépendante et large d'esprit. Elle ne doutait pas qu'elle devait faire des ravages auprès des hommes de Seattle. Mais c'était un sujet qu'aucune des deux n'avait encore abordé.

— Tu as eu le temps de passer voir ton cousin ?

— Oui, il va bien. Les médecins disent qu'il pourra sortir dans la semaine. Je lui ai assuré qu'il serait très bien reçu. Grand-mère m'a promis qu'elle le traiterait avec toujours autant d'égards, même si elle tient à avoir une sérieuse conversation avec lui à son retour.

Callwin secoua la tête. Vu les propos de Miss Richardson durant la messe de la veille, elle avait du mal à croire que Nathaniel resterait bien longtemps parmi eux. La liberté conditionnelle, ce n'était pas une très bonne idée dans ce cas.

— Bon, tout ça est très bien, fit Callwin, qui préféra changer de sujet. Tu sais, ça me coûte de l'avouer, mais je crois que je me plais bien parmi vous. Vous êtes des doux dingues, pas vraiment méchants. Je comprends mieux tous ces gens qui font une retraite spirituelle pour se ressourcer. Jamais je n'aurais cru ça avant d'arriver ici. Je n'en reviens pas. Je n'aurais pas mon Barry, je me serais peut-être définitivement installée avec vous.

Le ton n'était pas sérieux, néanmoins le message passa. Margareth était heureuse de ce changement de regard. La grâce du Seigneur avait touché son âme, la veille, à la messe. La jeune fille exultait, raffermie dans sa croyance.

— Vous êtes mariée ? lui demanda-t-elle.

Callwin eut un petit rire. Ce serait trop beau !

— Non, cela ne fait pas très longtemps que nous sommes ensemble, mais je crois bien que je suis amoureuse et qu'il l'est autant de moi. C'est un chirurgien réputé de Seattle. Un amour.

— J'en étais sûre. Vous êtes tellement belle que vous ne pouviez tomber que sur un prince charmant.

C'était dit avec tellement d'innocence et de sincérité que Callwin se retint de se lever pour l'étreindre sur son cœur.

— Merci, dit-elle en fixant Margareth.

Elle sentit alors que cette remarque n'était peut-être pas complètement anodine.

— Et toi, tu as un prince charmant ? Il me semble qu'Ethan te tourne pas mal autour.

Elle avait remarqué le grand gaillard, à qui elle donnait environ vingt-deux ans, et avait vite compris qu'il voyait d'un très mauvais œil qu'elle dorme avec Margareth. Pauvre type !

— Non, du tout, dit-elle en rougissant.

C'était touchant.

— Tu peux me le dire à moi. Tiens, je te dis un secret, et toi tu m'avoues de qui tu es amoureuse, OK ?

Margareth émit un « hum » peu convaincu.

— Barry est noir, dit-elle sur le ton de la confidence.

Margareth leva la tête et la regarda avec de grands yeux.

— Et alors ? Ce n'est pas un secret, ça ! Qu'est-ce que ça peut me faire ?

— Ben, je pensais…

— … que nous étions racistes ! s'offusqua Margareth. Vous savez, ce n'est pas parce qu'il n'y a pas de Noirs dans notre famille que nous sommes racistes.

Callwin avait effleuré la question avec Miss Richardson l'avant-veille, sans insister, de crainte de ne pas pouvoir se contrôler si les réponses sentaient le fumier.

— Toi peut-être pas, mais peux-tu en dire autant de ta famille ?

Margareth baissa les yeux. Elle avait conscience que toute la communauté ne partageait pas son point de vue.

— Je sais que tous les hommes sont des Enfants de Dieu. Si certains d'entre nous ne le pensent pas, c'est plus par méconnaissance et méfiance stupide que par méchanceté.

Quelle défense lénifiante ! Même si le racisme ordinaire n'était pas accompagné d'actes répréhensibles, il suffisait à stigmatiser toute une population, davantage que ne l'imaginait Margareth. Les mots sont aussi des armes.

— J'espère que tu as raison, dit seulement Callwin. Puis, revenant à sa préoccupation première : Alors tu es amoureuse d'Ethan ?

— Non, il est gentil, mais…

Elle s'interrompit, embarrassée. Callwin vit bien qu'elle se retenait difficilement de ne pas terminer sa phrase.

— Mais quoi ? Tu en aimes un autre ?

Margareth releva la tête. En plein dans le mille !

— Allez, dis-le-moi, je te promets de ne rien raconter à personne. Croix de bois, croix de fer, si je mens, je vais en enfer, dit-elle en faisant le signe des scouts.

Margareth rentra la tête dans les épaules. Comme une enfant prise en faute, elle avoua son péché.

— Oui, dit-elle d'une petite voix.

Callwin avait déjà rencontré des timides, mais à ce point, c'était pathologique.

— Qu'est-ce qui t'arrive ? Tu n'as pas à avoir honte. C'est au contraire une très bonne nouvelle.

— Non, pas vraiment, fit Margareth, qui s'en voulait d'avoir abordé le sujet.

Elle avait le cœur qui battait si fort qu'elle était sûre que Callwin devait l'entendre.

— C'est quoi le problème ? Il n'est pas amoureux de toi, c'est ça ? demanda Callwin d'une voix compatissante.

— Oui, non, bredouilla-t-elle. En fait, je ne sais pas, mais c'est surtout qu'il est de la ville.

Callwin ne s'attendait pas à ça.

— Je vois. Tu le connais, tu lui as parlé, ou tu as juste flashé sur lui ?

Toujours aussi mal à l'aise, Margareth maudit sa timidité.

— Oui, c'est un étudiant, il est très gentil. Je crois qu'on s'entend bien, arriva-t-elle à dire. Il m'a même invitée dans un restaurant.

Dans quelle galère était-elle allée se fourrer ? L'expérience de son cousin ne lui avait-elle donc pas suffi ? Callwin eut envie de lui dire qu'elle n'était pas du tout adaptée au monde moderne, aussi ouverte qu'elle pensât l'être.

— C'est lui qui est venu te voir ?

Margareth lui raconta tout depuis le début. Plus elle parlait, plus elle sentait ses épaules s'alléger d'un poids énorme. À l'inverse, Callwin était effarée par ce qu'elle entendait. Quand Margareth lui expliqua que Gerald avait été emmené au commissariat par sa faute, Callwin n'eut plus de doute quant aux intentions de ce fils de la bourgeoisie de River Falls.

— Je lui ai proposé de lui faire visiter le musée indien de River Falls, samedi qui vient. Il est d'accord, conclut Margareth, qui avait retrouvé son enthousiasme.

Comment lui faire comprendre qu'elle se fourvoyait ? « Fais-lui lire *Carrie* ! » lui glissa une petite voix dans sa tête. Ce garçon comptait l'humilier publiquement pour se venger d'avoir été accusé de dénonciation calomnieuse. Pourquoi pas au bal de fin d'année, où il lui renverserait un seau de sang de porc sur la tête, comme Sissy Spacek dans le film !

— J'aimerais vous demander votre aide, demanda Margareth. Je comprendrais que vous ne vouliez pas, ajouta-t-elle aussitôt.

— Tant que tu ne me demandes pas de décrocher la lune, dit-elle, craignant le pire.

— J'aimerais que vous me donniez des conseils pour être un peu plus jolie.

Le cœur de Callwin se brisa. C'était si émouvant, et si tragique.

« Bon, allons décrocher la lune… », plaisanta-t-elle en son for intérieur, sans entrain.

— Bien sûr, pas de problème !

47

Logan éteignit son ordinateur et, pour la énième fois de la journée, appela Hurley. Trois sonneries, puis la boîte vocale. Il raccrocha et serra les lèvres.

Depuis qu'elle était partie le vendredi soir, il n'avait eu aucune nouvelle. Juste un texto le lendemain pour lui assurer qu'elle était toujours en vie, n'avait pas eu d'accident de voiture, mais ne voulait toujours pas lui parler. Il lui avait laissé un stock de messages et lui avait même présenté de plates excuses. Mais rien n'y avait fait. Silence radio.

Il éteignit la petite lampe de bureau, et se leva en repensant à son subit accès de panique quand il avait imaginé qu'elle avait été kidnappée par un cinglé. Heureusement, Blake l'avait rassuré sur ce point. Il avait déjeuné avec elle le midi même à Seattle, en compagnie des autres experts du FBI. Elle n'avait pas parlé de leur dispute. « Ce n'est peut-être pas si grave », se dit-il. Qui peut savoir ce qui se passe dans la tête d'une femme ?

Il attrapa son blouson, baissa les stores et sortit de son bureau, qu'il referma à clé. Il était près de 20 heures. Il allait être en retard. Dans l'open space, il salua les agents de permanence de nuit, puis quitta le commissariat. L'air était glacial. Il s'engouffra dans sa Cherokee, mit le contact et poussa le chauffage à fond.

Sans musique, ruminant de sombres pensées, il roula près d'une demi-heure avant d'arriver au Chuck and Lara, un bowling qui faisait aussi office de restaurant, situé dans la grande zone commerciale à la périphérie de River Falls. Il n'avait pas le cœur à se distraire, mais une fois sur place, peut-être qu'il oublierait ses problèmes de couple et qu'il réussirait à passer une bonne soirée.

Il sourit en voyant la devanture étincelante, parée des couleurs de Noël, et la gigantesque quille de bowling habillée en père Noël qui trônait près de l'entrée. Quel kitsch !

Le restaurant était séparé des pistes de bowling par une immense baie vitrée. Il s'approcha de la table ronde où se trouvaient déjà deux de ses lieutenants et prit place à leur côté.

— Excusez-moi, je n'ai pas pu faire plus vite.

— Ne vous en faites pas. On n'est pas pressés, mais je dois dire que j'ai cru un instant que vous alliez vous défiler de peur de prendre encore une raclée, le taquina Heldfield.

Les trois hommes avaient pris l'habitude de faire un bowling une fois par mois. Un rituel sympathique qui permettait de décompresser, tout en renforçant leur confiance mutuelle.

— Tu plaisantes. La dernière fois, je ne me sentais pas très bien. Ce soir, cherchez même pas à me rattraper !

Heldfield rit de bon cœur, mais il eut l'impression que la bonne humeur de Logan n'était que de façade. Un problème de couple ?

Un homme corpulent, arborant une magnifique moustache, s'approcha d'eux en souriant.

— Bonsoir, shérif, bonsoir, lieutenants, fit Chuck Vance.

Les trois hommes saluèrent le patron du bowling.

— J'espère que la semaine que vous venez de passer ne vous a pas coupé l'appétit.

— Non, bien au contraire. Vous pouvez y aller sur les frites ! s'enthousiasma Morris.

Logan approuva de la tête. Chuck Vance était un chic type. Jamais il ne se mêlait de leurs affaires. À part leur offrir systématiquement les boissons, il ne faisait rien de répréhensible.

— Lara n'est pas là ? s'enquit Heldfield.

Tout comme son mari, elle portait fièrement son poids et promettait de cogner quiconque lui parlerait de régime.

— Non, elle a chopé une saloperie de grippe. À une semaine de Noël. Vraiment pas de bol.

— Vous lui souhaiterez un prompt rétablissement de notre part, dit Logan.

— Je n'y manquerai pas. Alors, qu'est-ce que vous prenez ? demanda Chuck en sortant son calepin.

Quelques instants plus tard, une serveuse déguisée en pin-up vint leur servir un cocktail.

— À quoi buvons-nous ? demanda Morris d'un air satisfait.

— Je propose qu'on lève nos verres à ta prochaine conquête. Il n'est pas bon de vivre seul ! se moqua Heldfield.

Du coin de l'œil, il étudia la réaction de Logan. Il ne fut pas déçu. Le shérif leva son verre mais n'avait pas souri à la remarque. Il y avait de l'eau dans le gaz entre lui et Hurley. Dommage, il aimait bien cette fille. Mais bon, River Falls ne manquait pas de beautés. « Un shérif est une proie de premier choix », se dit-il en observant quatre jeunes femmes en train de jouer au bowling de l'autre côté de la baie vitrée.

Un portable sonna. C'était celui de Logan. Il ne put cacher son sourire quand il vit le nom de Hurley s'afficher.

— Excusez-moi, je reviens.

Un peu à l'écart, il décrocha.

— Jessica ?

— Bonsoir, Mike, je suis sincèrement désolée.

Le son de sa voix était la chose la plus merveilleuse qu'il eût jamais entendue.

— Laisse tomber, c'est à moi de m'excuser. Mais tu sais comme je suis, « un gros ours impulsif »…

Il avait quitté la salle du restaurant et se tenait dans le couloir.

— Non, ne dis pas ça. C'est moi qui suis la seule fautive. J'aurais dû t'appeler, mais je ne sais pas ce qu'il m'a pris. J'ai vraiment pété les plombs. Je crois que je devrais aller consulter un psy.

Même si elle ne pouvait le voir, Logan approuva de la tête. C'était peut-être ce qu'elle avait de mieux à faire. Il avait toujours pensé que Hurley encaissait trop facilement les horreurs qu'ils voyaient dans leur travail. Par son impulsivité, Logan évacuait régulièrement ses montées d'angoisse, alors que Hurley ne montrait que très exceptionnellement des signes de lassitude. Il fallait bien qu'un jour elle craque.

— Bien sûr, tu ne dois pas garder ça pour toi, lui dit-il.

Hurley avait déjà suivi une longue thérapie pour être profileuse, comme le font les psychanalystes ou les psychiatres. Il n'y avait rien de mal à s'adresser à un spécialiste. Au contraire, il trouvait cela très sain, même si pour sa part il ne se sentait pas capable de se livrer à un inconnu.

— Je suppose que tu t'es fait un sang d'encre. Crois bien que je regrette, mais je n'étais pas en état de te parler. Il fallait que je reste seule.

— Je te l'ai dit. Il n'y a pas de problème. On en a vu d'autres. Repose-toi, dors et essaye de prendre du recul. Tout va bien.

— Je t'aime, Mike.

— Je t'aime, Jessica. À samedi.

— À samedi, répondit-elle avant de lui envoyer un baiser sonore.

Il sourit et raccrocha. Nom de Dieu, qu'est-ce que ça faisait du bien. Il l'avait vraiment dans la peau. Jamais il ne pourrait vivre sans elle.

Il retourna auprès de ses lieutenants. Heldfield nota tout de suite son changement de comportement. Les affaires avaient l'air de reprendre. C'était une bonne nouvelle. Il n'aurait pas aimé voir le shérif plongé dans les affres d'une séparation.

— Nous en étions où ? lança Logan, d'attaque pour le bowling.

Dans la nuit de Seattle, les eaux de Green Lake étaient d'un noir opaque. Debout dans le salon de son appartement, son portable à la main, Hurley observait d'un œil absent les amoureux se promener sur les berges du lac.

Elle se revoyait sans cesse dans les bras de Warren.

Elle s'était donnée sans aucune retenue à cet homme qu'elle connaissait à peine. Il aurait été facile de décharger sa culpabilité sur lui ou sur l'alcool. Mais c'était d'elle-même, sans aucune contrainte, qu'elle s'était rendue à son hôtel ; elle n'était même pas ivre quand elle s'était laissé déshabiller.

Elle se sentait complètement perdue. Elle avait la nausée. Pourquoi avait-elle agi ainsi ? La question tournait en boucle dans sa tête. Simple vengeance pour l'avoir abandonnée cinq années auparavant ? Non, elle n'était pas comme ça. N'était-elle plus amoureuse de Logan ? Warren correspondait-il mieux à son type d'homme ?

Elle était incapable de répondre à ces deux questions.

Elle qui avait toujours eu des idées très arrêtées sur la fidélité dans le couple, voilà qu'elle avait commis la pire des trahisons.

Dans la salle de bains, elle fit couler l'eau et se déshabilla. Devant le grand miroir mural, elle eut envie de s'arracher la peau, de changer de corps, de muer pour redevenir le papillon qu'elle avait toujours cru être.

Sans attendre que l'eau fût à la bonne hauteur, elle entra dans la baignoire. Immédiatement, la chaleur qui enveloppa son corps l'apaisa. Elle ferma les yeux et tenta de se calmer.

Il fallait qu'elle oublie ce qu'elle avait fait, comme si rien ne s'était passé.

Logan n'était pas obligé de savoir.

48

— J'ai préparé du thé. De l'assam, dit Miss Richardson en invitant Callwin à entrer dans le petit bureau.

— Merci.

Il était près de 22 heures. La journaliste venait tout juste de finir de rédiger son article, dans lequel elle s'étendait sur les bienfaits de l'apprentissage de la couture et, par extension, des travaux manuels qu'effectuaient les membres de la communauté. Certes, elle avait forcé le trait. On était plus dans l'imagerie d'Épinal que dans la rude réalité. Mais cela entrait dans le cadre de ce que lui avait demandé le directeur du *NOW* : faire rêver les lecteurs pour les fêtes de fin d'année.

Avec une lenteur toute calculée, Miss Richardson remplit deux tasses posées sur un plateau. Ensuite elle alla le porter jusqu'à son bureau avant de s'asseoir et d'inviter la journaliste à faire de même.

— Vous n'avez pas de sucre ? s'étonna Callwin.

Miss Richardson la regarda comme si elle avait vu le diable.

— Voyons, vous n'y pensez pas ?

— Désolée, fit Callwin, qui n'aurait jamais pensé commettre un impair avec une telle remarque.

À la lumière des deux lampes à pétrole, elle avait l'impression de se trouver en plein XIXe siècle. « Il faudra que j'écrive là-dessus », se dit-elle, étonnée de sa bonne humeur.

— Comment vous sentez-vous ? J'ai appris que vous vous êtes très bien débrouillée, la félicita Miss Richardson.

— N'exagérons rien, mais je suis plutôt contente de moi. D'ailleurs, j'ai écrit l'article de demain sur ce sujet. Tenez, dit Callwin, qui lui tendit son petit cahier.

— Non, ce ne sera pas la peine, répondit Miss Richardson et devant la mine dépitée de Callwin, elle s'empressa d'ajouter : Je vous fais confiance.

« Les gens sont vraiment étranges. » Dialoguer et apprendre à connaître son ennemi permettait quelquefois de changer radicalement de point de vue.

— Merci, dit-elle, touchée par le geste.

Les deux femmes portèrent leur tasse à leurs lèvres et burent une petite gorgée. Callwin le trouva trop puissant, mais fit comme si de rien n'était.

— Avez-vous jamais cru en Dieu ? demanda Miss Richardson en reposant sa tasse.

La question prit la journaliste de court. Elle dut réfléchir un instant avant de répondre.

— Oui, quand j'étais toute petite. Mais c'est comme pour le père Noël, il y a bien longtemps que je n'y crois plus.

— Pourquoi ?

— Parce que des enfants meurent de faim aux quatre coins du monde. Parce que des églises se sont effondrées sur leurs ouailles, parce que je ne peux pas croire à un centième des histoires racontées dans la Bible. Parce que je suis persuadée que la Terre a été créée pour les dinosaures, qui l'ont foulée bien longtemps avant nous, pauvres singes parlants !

Un de ses amis lui avait expliqué que les dinosaures avaient vécu pendant plus de cent millions d'années, contre moins de trois pour l'espèce humaine. Qu'avait donc fait Dieu, tout ce temps ? Avait-il essayé d'évangéliser les tyrannosaures ? !

Miss Richardson ne sembla pas démontée par cette attaque.

— Vous avez beaucoup de colère contre Lui, n'est-ce pas ? dit-elle d'une voix doucereuse.

— S'il existait, oui. Un Dieu qui laisse mourir ses enfants n'aura jamais mon affection !

Miss Richardson avait obtenu ce qu'elle voulait savoir. Callwin souffrait de ne pas avoir été entendue. Elle voulait être sauvée. Alors, Miss Richardson fit une prière silencieuse à la Mère de Dieu pour qu'elle trouve les mots et aide cette âme en perdition.

— Quelle est la chose la plus importante en ce monde pour chaque être humain ?

Callwin eut un soupir de dérision.

— Il faut que je réponde l'amour ?

— Je ne sais pas. À vous de me le dire.

Callwin tapa du pied sur le parquet. Elle détestait ce genre de conversation. Ça ne menait à rien. Ni l'une ni l'autre ne changeraient d'avis. Un silence s'installa. Miss Richardson avait tout son temps. Elle savoura son thé.

— D'accord, l'amour. Mais franchement, on n'est pas obligé de croire en votre Dieu pour s'aimer. Et vous le savez très bien.

— Ça, c'est vite dit, mademoiselle, la reprit Miss Richardson. Durant des millénaires, l'homme a cru à des dieux vengeurs qui appelaient les hommes à la guerre, aux massacres : les dieux égyptiens, grecs, romains, hindous et bien d'autres divinités païennes. C'est avec les premiers prophètes hébreux que l'amour devient le principal moteur de notre existence. C'est un fait historique.

Callwin n'était pas très calée en histoire mais voulait bien la croire.

— Peut-être, mais cela ne prouve pas l'existence de votre Dieu. Ce n'étaient que des hallucinés, des pacifistes avant-gardistes qui en avaient assez de se battre.

— Peut-être bien, mais peut-être que non.

— S'il vous plaît, je n'aime pas ce genre de discussion. Dites-moi où vous voulez en venir, on gagnera du temps.

Miss Richardson sentit qu'elle était en train de la perdre. Ne pas aller trop vite.

— Que Dieu existe ou pas, Son message a changé la face du monde. Si nous vivons dans un monde apaisé, c'est avant tout grâce aux paroles de Dieu et de Son Fils Jésus-Christ.

Callwin ne put retenir un rire moqueur.

— Primo, le monde est loin d'être apaisé. Ouvrez les yeux, il y a des guerres partout ! Secundo, c'est au nom de votre Dieu que durant des siècles les hommes se sont entretués ! Avez-vous perdu la mémoire ? Dois-je vous rappeler les croisades, les massacres de milliers d'innocents au nom de votre Seigneur ?

Miss Richardson ferma les yeux et en appela à la Sainte Mère de Dieu pour qu'elle efface ces paroles impies.

— Excusez-moi de m'être emportée, dit Callwin, qui détestait perdre la maîtrise d'elle-même.

— Dieu n'est en rien responsable de ces massacres. C'est uniquement le fait des hommes qui ont perverti Sa parole. Saviez-vous qu'en des temps anciens, la Bible était interdite de lecture parce que justement les paroles du Christ étaient tout sauf des appels au meurtre ? Le Christ n'a jamais parlé de guerre sainte ni incité à la haine. Bien au contraire, il a envoyé ses disciples répandre la parole divine, pour évangéliser tous les peuples. La parole et l'amour de son prochain comme seules armes. Lisez le Nouveau Testament. Cela vous fera le plus grand bien.

— OK, mais alors expliquez-moi pourquoi votre Dieu, si puissant, capable de construire la Terre en sept jours, ne peut empêcher des hommes de tuer en son nom !

Callwin en avait assez entendu.

— Il y a tellement de colère en vous que vous êtes incapable de voir que le simple fait de pouvoir éprouver ce sentiment vient du souffle de Dieu.

— Stop. J'en ai assez entendu pour ce soir. Ça suffit, jeta Callwin, qui se leva.

— Si vous sortez de cette pièce, vous pouvez faire vos bagages, mademoiselle Callwin, la prévint Miss Richardson, qui n'avait pas bougé.

Callwin la fusilla du regard et revint s'asseoir. « Quelle vieille conne ! » se dit-elle, oubliant toute la sympathie qu'elle éprouvait en entrant dans la pièce.

— Vous voudriez que le Seigneur empêche certains agissements des hommes. Mais ce serait contrevenir à la raison même de notre existence. La capacité pour chacun d'entre nous de choisir en permanence entre le bien et le mal. (Et, plongeant son regard dans celui de la journaliste :) Quelle est la différence entre un animal et l'être humain ?

Callwin en avait franchement assez d'être traitée comme une enfant. Elle n'était pas venue dans cette secte pour se faire donner des leçons par une vieille harpie.

— Heu, je ne sais pas, moi. La conscience, peut-être, dit-elle d'un ton sarcastique.

— Vous voyez que vous savez. Alors pourquoi vous plaindre que Dieu nous laisse le choix de nos actes ? Préféreriez-vous être un animal ? Le Seigneur laisse les hommes libres de faire le bien ou le mal. C'est un choix de tous les instants. S'Il ne sauve pas les enfants, c'est que des hommes ont choisi de les tuer, de les laisser mourir de faim, alors que d'autres hommes dans d'autres pays s'empiffrent comme des porcs et les observent sur leur poste de télévision. Ne vous trompez pas de coupable. Les seuls responsables du malheur des hommes sont les hommes. Il ne tient qu'à chacun d'entre nous de suivre les voies du Seigneur et d'entendre Son message d'amour.

— OK, et les cataclysmes, vous en faites quoi ? Ce sont les hommes qui font les tsunamis, les ouragans, les volcans ?

Miss Richardson se sentait épuisée, mais elle ne devait pas lâcher prise. Cette pauvre enfant ne demandait qu'à être sauvée.

— Les intempéries naturelles sont connues des hommes depuis l'aube des temps. Une fois encore, si les hommes bâtissent leurs maisons à flanc de volcan, sur des rives inondables, dans des régions sujettes aux tremblements de terre, c'est qu'ils se croient plus forts que la nature ou que leur cupidité les pousse à construire toujours plus vite et toujours moins cher.

— Arrêtez ! Cessez de défendre l'indéfendable. Vous savez très bien qu'aucun Dieu n'existe ! C'est tellement évident que je n'arrive pas à comprendre comment on peut croire de telles aberrations !

— Répondez encore à une dernière question : d'où vous viennent vos notions de bien et de mal ? Croyez-vous qu'elles soient innées ? Que vous les avez acquises à la naissance ?

— Non, ce sont des valeurs humanistes. Mais ce concept vous dépasse !

Miss Richardson lui adressa encore un de ses insupportables sourires.

— Au contraire, vous semblez oublier d'où nous venons. À l'origine, les humains n'étaient que des barbares. La notion de bien et de mal était inexistante. C'est le peuple hébreu qui a édicté des règles strictes et défini ces valeurs. En bannissant les sacrifices humains, la lapidation par exemple. Si vous aviez quelque connaissance religieuse, vous sauriez que le bien et le mal sont la pierre angulaire de nos croyances. C'est sur ces principes forgés par les premiers croyants que se sont construites toutes les valeurs que vous appelez humanistes. Les animaux tuent et ils ne trouvent pas cela mauvais, mais Dieu a appris à l'homme que c'était mal, tout comme le vol, l'infidélité, le mensonge. Les dix commandements, ma chère, sont d'abord des valeurs religieuses, reprises ensuite par les athées comme vous.

— Oh ! Et puis j'en ai assez, dit Callwin qui cette fois, se leva et sortit.

Miss Richardson n'essaya pas de la retenir. Elle était certaine d'avoir percé une brèche dans la carapace de la journaliste. Il ne restait qu'à l'agrandir un peu plus chaque jour, et la Vérité éclaterait au grand jour.

Callwin remonta dans la chambre. Margareth était devant son ordinateur.

— Vous vous êtes disputées ? s'inquiéta la jeune fille en voyant le visage crispé de Callwin.

— S'il te plaît, je n'ai pas envie de parler. Laisse-moi tranquille, dit-elle en allant s'allonger sur son lit.

Se sentant de trop, Margareth sortit de la chambre en silence, son ordinateur sous le bras. Une demi-heure plus tard, elle revenait. Callwin terminait ses valises.

« Je ne resterai pas une nuit de plus dans cette maison de fous. »

— Vous partez ? s'étonna Margareth.

— Oui, je n'ai plus rien à faire ici.

Margareth baissa les yeux.

— J'ai recopié l'article que vous avez écrit pour demain. J'ai beaucoup aimé. Ça vous ennuie si on l'envoie quand même ?

Callwin fut heureuse qu'elle ne lui demande pas de s'expliquer sur sa querelle avec « mère-grand ».

— D'accord, fit Callwin, incapable de refuser quoi que ce soit à cette pauvre fille.

Une fois le message envoyé, instinctivement Margareth tendit la main pour récupérer le smartphone. Callwin sourit, et Margareth l'imita.

À la lumière des lampes à pétrole, elle n'était pas aussi laide que d'habitude. Une idée germa dans l'esprit de Callwin. Elle avait pensé profiter de son passage dans la communauté pour insuffler des idées progressistes à cette jeune fille. Mais elle pouvait faire encore mieux. Elle allait préparer son départ pour River Falls. La vieille folle ne s'en remettrait jamais !

— Excuse-moi.

— De quoi ? Vous avez le droit de partir. Ce n'est pas une prison, ici.

— Excuse-moi de ne penser qu'à moi. Je t'avais promis de te donner des conseils pour plaire à un garçon de la ville. Je ne m'en irai pas tant que tu n'auras pas conclu. Mais que ceci reste notre secret, d'accord ?

— D'accord, répondit Margareth, dont le visage s'illumina.

Elle remercia le Seigneur d'avoir répondu à sa prière. Elle savait bien que la journaliste ne partirait pas si vite.

— Déjà, il va falloir s'occuper de tes lunettes, dit Callwin, qui se demanda à quoi elle ressemblerait avec des lentilles de contact.

Mercredi 24 décembre 2008

49

Simon Beaver avait de plus en plus froid. Sa bouteille de whisky était presque vide. « Ça sent vraiment le sapin ! » Le rire qui sortit de sa bouche fendilla ses lèvres gercées. Toujours emmitouflé dans son costume de père Noël, il grelottait, maudissant la neige qui venait de se remettre à tomber. Une voiture accéléra en arrivant à son niveau. Un petit enfant avait le nez collé à la vitre. Il crut reconnaître Jonathan…

– Papa, tu es sûr que le père Noël va venir ? demanda Jonathan, assis en tailleur devant le sapin.

À six ans, il faisait la fierté de son père.

— Bien sûr, tu as été très sage toute l'année, tu ne crois pas qu'il t'oublierait ?

L'enfant, réconforté, lui jeta un regard qui l'émut au plus profond de son cœur. Assis sur le canapé, Beaver serra Stella près de lui, et eut envie de l'embrasser pour cet enfant qu'elle lui avait donné.

Jonathan était arrivé comme un petit miracle.

Alors qu'il avait accepté leur stérilité, qu'il avait décidé d'abandonner son rêve de devenir auteur pour enfants, et qu'il avait surpris sa femme avec un de ses meilleurs amis, elle était tombée enceinte.

Après cette annonce, Beaver s'était bien gardé de dire à sa femme qu'il était au courant de son infidélité. Elle accepta qu'ils le prénomment comme son défunt petit frère. Même s'il n'y croyait pas vraiment, il avait l'impression que l'âme de Jonathan s'était retrouvée dans le corps de son fils.

— Il est temps d'aller te coucher, mon trésor, dit Stella en se levant.

Beaver avait bien remarqué un léger raidissement quand il avait passé son bras sur ses épaules. Plus les années passaient, moins ils faisaient l'amour. Mais Beaver s'en moquait. Il préférait de loin vivre avec une femme adultère que de se séparer d'elle. Il aimait le foyer qu'ils formaient. Le père, la mère et leur enfant. Un symbole christique que jamais il ne briserait.

Quand Jonathan fut enfin couché, Beaver rejoignit son épouse dans le salon pour installer les jouets sous le sapin. Il la trouva les bras croisés, le regard dur.

— Simon, pourquoi ne m'as-tu rien dit ?

Le sourire de Beaver s'évanouit. Il baissa les yeux et tenta de s'expliquer.

— Je voulais t'en parler après les fêtes. Je ne voulais pas tout gâcher.

— Tu as été viré il y a plus d'un mois. Comment veux-tu que je te fasse confiance ?

Ces mots étaient terribles et injustes. Elle qui le trompait effrontément, comment osait-elle parler de confiance ?

— Pardonne-moi, j'aurais dû t'en parler.

N'importe quel homme lui aurait jeté son infidélité à la figure, mais Beaver n'était pas n'importe quel homme. Il était toujours cet enfant timide et plein d'espoir qui rêvait d'un monde parfait. Il ferait tout pour ne pas le perdre.

— Il n'y a pas que ça, Simon. Regardons les choses en face. Ça ne peut plus durer entre nous. On ne s'aime plus. Ouvre les yeux.

— Ne dis pas ça, moi je t'aime comme au premier jour. Je t'en supplie, laisse-moi une seconde chance. Je vais retrouver un travail. Attends au moins que Jonathan soit plus grand. Je t'en supplie.

Depuis des années, Stella pensait à quitter son mari, mais aussi immature soit-il, elle avait une tendresse particulière pour lui, et ne s'était jamais résolue à franchir le pas. D'autant moins depuis la naissance de Jonathan. Elle avait elle-même assez souffert de voir ses parents divorcer. Après tout, Simon avait peut-être raison. Elle pouvait attendre. De toute manière, l'homme qu'elle fréquentait à présent n'était pas près de quitter sa femme.

— D'accord, mais je ne veux plus faire semblant. On dort ensemble, mais ne me demande plus de faire l'amour avec toi.

Drôle de famille modèle, mais c'était mieux que rien. Beaver remercia le Seigneur de ne pas lui avoir tout enlevé, et parvint à sourire.

— Si c'est ton souhait, dit-il, bien conscient d'être passé à un cheveu de la catastrophe.

Vendredi 19 décembre 2008

50

Warren en avait plus qu'assez de cette ville. Pourtant, il n'avait pas à se plaindre de son coup médiatique. En se portant volontaire pour défendre Nathaniel Morrison dans le seul but de pavoiser devant Jessica Hurley, il n'aurait jamais imaginé que cette affaire prendrait de telles proportions. « Le procès de l'homophobie », titraient la plupart des journaux de la côte Ouest. Des envoyés spéciaux des grands networks américains étaient même venus faire des directs et prendre le pouls de la population. À River Falls, les avis étaient très partagés. Les défenseurs de l'homosexualité d'un côté, les partisans d'une Amérique « morale et propre », de l'autre.

Répondant à de multiples interviews, il avait usé de son pouvoir de persuasion et de son charisme pour faire entrer dans la tête des gens que Nathaniel et Lewis étaient amants. Si un sondage effectué à Seattle montrait que les deux tiers des habitants étaient d'accord avec lui, un autre sorti le matin même indiquait que les trois quarts de la population de River Falls pensaient l'inverse.

« Si jamais il y a un procès, Nathaniel est foutu », pensait Warren, le regard perdu par-delà la fenêtre de la salle de réunion.

Il faisait un temps exécrable. Une tempête de neige était même annoncée pour le début de soirée.

La porte de la salle s'ouvrit enfin et Jenny Summers entra, sa mallette à la main. Bien que vêtue d'un élégant tailleur et coiffée par un professionnel réputé, elle n'éveilla aucun désir en Warren. « Une sorte de Sarah Palin en pire ! » se dit-il, fort peu impressionné par ses airs supérieurs.

— Bonjour, Stanley, vous allez bien ? dit-elle en souriant.

— Bonjour, Jenny, répondit Warren, qui se leva pour aller lui serrer la main. Que me vaut ce sourire ?

Ils s'étaient parlé très sèchement au téléphone, la veille au soir. Il avait été à deux doigts de l'insulter tant elle était aveuglée par l'enjeu de ce procès. Si Warren en avait l'habitude, les flashs faisaient tourner la tête de cette avocate, qui rêvait de quitter River Falls et d'être engagée par un prestigieux cabinet de la côte Ouest.

— Je viens de discuter avec les parents de Lewis et ceux de Bettany. Nous avons une proposition à vous faire.

Ce qui expliquait ce sourire de façade. Tout n'était pas perdu pour Nathaniel.

— Intéressant, mais je ne vois pas ce que vous avez à proposer, si ce n'est à admettre que mon client est innocent du meurtre dont on l'accuse.

Si elle percevait son soulagement, elle comprendrait qu'il n'avait aucune carte en main.

— Vous savez comme moi que vous n'avez aucun intérêt à aller à la confrontation dans un procès. Même si les mentalités ont changé dans les grandes villes, nous sommes à River Falls. Les anciennes habitudes ont la vie dure. Les gens ont toujours du mal à accepter l'homosexualité.

Warren fronça les sourcils. Summers n'était plus la même. Hier encore, elle ne faisait aucun cas de l'homosexualité de Nathaniel ou de celle de Lewis, et à présent elle prenait implicitement son parti.

— C'est vous qui le dites. Je n'ai pas peur d'un procès. Le juge Burrough est un homme d'une grande tolérance. Je ne doute pas qu'il réussisse à convaincre les jurés de l'innocence de mon client.

— N'en soyez pas si sûr. Burrough a bien l'intention d'être réélu juge. Il n'ira jamais contre l'avis général de la population.

— Qu'est-ce que vous me proposez ?

Summers posa sa mallette sur la grande table de la salle de réunion et en sortit une déposition qu'elle tendit à Warren. Elle l'avait elle-même écrite et corrigée après que Bettany se fut confiée à elle ; incapable de cacher la vérité plus longtemps, elle avait été sur le point de tout révéler aux médias.

— Garth Thompson est prêt à avouer le meurtre de Lewis, lâcha-t-elle, fière de son effet. Il déclare qu'il n'était pas très chaud pour laisser sa sœur sortir avec Lewis. Il les aurait suivis pour voir si tout se passait bien. Bettany n'a que seize ans. Un jury trouvera cela très crédible.

La déposition en main, Warren hocha la tête. Il n'en revenait pas.

— Il attendait tranquillement dans sa voiture quand il a vu Nathaniel sortir de la forêt et entrer en hurlant dans la cabane, continua Summers. Garth a pris son arme et est entré à sa suite pour venir en aide à sa sœur et à Lewis. Nathaniel s'est jeté sur lui. Ils se sont battus. Une première balle a brisé une vitre, une autre est partie, atteignant Lewis. Un simple accident et un délit de fuite.

Warren s'étonna d'un tel changement de ligne de défense. La veille encore, Summers s'en tenait à sa première déposition : un rendez-vous secret dans la cabane entre Bettany et son amoureux, puis l'intervention de Nathaniel, et pour finir l'amnésie.

« Un simple accident ? se dit Warren. Comme c'est pratique. Moi j'aurais dit un meurtre prémédité. »

Comme certains journaux de Seattle, il était persuadé que le frère était lié de près ou de loin à ce crime. Surtout depuis que Garth avait avoué, deux jours auparavant, dans le *Daily River*, qu'il allait de temps en temps à la cabane pour braconner, et que par conséquent, il n'était pas impossible qu'on y trouve ses empreintes, ainsi que celles d'autres chasseurs, d'ailleurs.

Summers lui sourit comme s'il s'agissait d'un simple jeu de l'esprit.

— Acceptez notre proposition, et votre client sera blanchi. Je vous le promets.

Warren frotta ses joues fraîchement rasées. Il aurait aimé comprendre ce changement d'attitude. Peut-être que Garth avait enfin pris conscience qu'il ne pouvait pas laisser croupir un innocent en prison ? Que toute faute méritait une punition ?

— Je suppose qu'il nous faudra donc revenir sur l'homosexualité annoncée de Lewis ?

— Effectivement. Mais si votre client veut continuer à dire qu'il était amoureux de Lewis et non de Bettany, comme nous en sommes persuadés, cela le regarde. Lui et sa conscience.

Warren adorait son métier d'avocat, et compte tenu de sa notoriété, il avait la chance de pouvoir choisir ses clients. Il ne prenait que ceux pour lesquels il avait un minimum d'estime, et avec lesquels il pensait pouvoir gagner. Il ne s'était jamais compromis et n'avait jamais bafoué la vérité. Aujourd'hui, pouvait-il agir autrement ? Allait-il prendre le risque d'aller au procès et de tout perdre ?

— De qui vient cette idée ? De vous ? De Garth, ou des parents de Lewis ?

Summers se rapprocha de lui et lui jeta un regard énigmatique.

— Pouvons-nous nous faire confiance ? Vous savez, si vous vous êtes senti agressé au cours de nos conversations, sachez que je ne faisais que défendre les intérêts de mes clients. Rien de personnel.

Ça, il voulait bien le croire. Elle était l'archétype de l'avocate prête à défendre tout et n'importe quoi pourvu qu'il y ait un beau chèque à la clé.

— Je n'en doute pas, dit-il avec un zeste d'ironie.

Summers recula et s'approcha de la fenêtre qui donnait sur le parc Lincoln.

— De moi. Je n'aimais pas l'idée d'envoyer un innocent en prison. J'ai convaincu Garth de dire toute la vérité, dit-elle fièrement.

Warren n'y crut pas une seconde. Que cherchait-elle ?

— Très bien. J'en parlerai à mon client. Vous aurez notre réponse dans l'après-midi.

Après tout, peut-être que l'essentiel était bien de blanchir Nathaniel, même au mépris de la vérité.

— Je suis heureuse que nous ayons pu parler calmement. Et pour sceller notre paix, je vous propose de déjeuner ensemble. Je tiens à vous prouver que je n'en avais pas personnellement contre vous.

Warren n'en revenait pas. Elle le draguait ! Ne voyait-elle pas qu'il était à des années-lumière de telles considérations ?

— Si vous le souhaitez, et puisque je dois repasser à mon hôtel, que diriez-vous du Lewis & Clark ?

— Parfait, le chef est un ami. Permettez que je vous invite.

— Avec plaisir, répondit-il de sa voix chaleureuse.

Intérieurement, il bouillait de colère. Cette femme était un véritable serpent. Un être à sang froid pour qui la vie d'un adolescent était quantité négligeable.

Cela raviva la blessure narcissique que lui avait infligée Hurley. Elle le snobait. Une semaine qu'il ne cessait de lui envoyer des messages. Pas de réponse. À quoi jouait-elle ? N'avait-elle pas compris que ce n'était pas juste une histoire de fesses ? Avait-elle oublié la volupté de leurs ébats ? Comment pouvait-elle faire comme si rien ne s'était passé entre eux ?

Il regarda Summers et n'y vit qu'une contrefaçon de bien piètre qualité. Mais puisqu'elle se croyait si forte, il allait lui montrer qui avait le pouvoir.

Une demi-heure plus tard, avec une fougue rageuse, il lui labourait les reins dans sa chambre d'hôtel.

51

Gerald avait réussi à éviter Margareth pendant toute la semaine. Il n'était pas très fier de lui, mais n'avait pas le courage de lui dire en face qu'il n'avait pas envie qu'on les voie ensemble. Kevin et Luke se moquaient de lui au point que ça devenait insupportable. Il jeta un œil au parking avant de retourner à sa voiture. La veille, il avait surpris Margareth en train de l'attendre et avait dû patienter une demi-heure avant qu'elle ne se décide à partir.

C'était le dernier jour de cours avant les vacances, Gerald se sentait soulagé. Une fois la quinzaine passée, elle l'aurait oublié.

— Gerald ! Attends ! cria une voix dans son dos.

« C'est pas vrai ! » se dit-il, comprenant ce que devait ressentir un évadé qui se faisait rattraper à deux doigts de la liberté.

Il se retourna et n'en crut pas ses yeux. Margareth venait vers lui, mais ce n'était plus la même jeune fille. Jetés à la poubelle, les vêtements de grand-mère ! Elle portait un manteau et un tailleur très chics, sans parler des chaussures à talons, qui mettaient en valeur des jambes galbées. Mais le plus impressionnant était son visage. Ni lunettes ni chignon. Ses cheveux mi-longs, ondulés, encadraient joliment son visage poupon. Son maquillage donnait un effet très naturel à l'ensemble, et Gerald fut hypnotisé par son regard profond et charmant.

— Margareth ? dit-il, presque incrédule.

— Bonjour, Gerald, je voulais te voir pour te dire que demain ça ne sera pas possible.

La bouche entrouverte, les yeux écarquillés, Gerald ressemblait à ce que Callwin lui avait prédit. Un grand benêt abasourdi ! Margareth eut un petit rire qui attira le regard de Gerald sur ses lèvres brillantes de gloss. Le charme opérait…

– Écoute. Règle numéro 1, il n'y a pas de filles moches, tu comprends ? À moins d'avoir une infirmité quelconque, comme une bosse, de la barbe, des dents de lapin ou un strabisme – et encore, il y a un remède à tout ça –, toutes les filles sont jolies. Après, on fait juste le choix de le montrer ou pas.

C'était vendredi matin. Callwin avait retrouvé sa bonne humeur. Non seulement sa colère était retombée, mais surtout, Miss Richardson l'avait mise aux écuries depuis deux jours. L'équitation avait été une véritable révélation. Un sentiment rare de liberté, l'impression d'être en osmose avec la nature.

— S'il y a des filles moches, c'est parce qu'elles le veulent bien ou qu'elles s'en fichent.

L'envie de se venger de Miss Richardson l'avait complètement quittée. Et tandis que sa complicité avec Margareth se consolidait, elle avait eu vraiment envie de l'aider à trouver un petit copain.

— Toi, tu as la chance d'avoir une très bonne hygiène de vie, et tu as un corps tout à fait acceptable. Comme moi, tu as de longues jambes. Les hommes adorent ça. Ton problème, c'est ton look. Excuse ma

franchise, mais aucun garçon ne pourra tomber amoureux de toi dans cet accoutrement.

Assise sur son lit, face à Callwin, Margareth avait baissé la tête. Elle savait bien qu'elle était loin de coller à la mode, mais elle avait toujours cru qu'un garçon intelligent saurait découvrir, au-delà de son apparence, sa beauté intérieure.

— La beauté est soumise à des codes, qui peuvent varier selon le lieu et l'époque. Peut-être qu'à l'ère préhistorique, tu aurais eu tes chances, mais dans le monde moderne, tu n'es qu'un monstre sur pattes, dit Callwin avec humour.

Elle chercha le regard de la jeune fille et vit alors de fines larmes couler sur ses joues. Très émue, elle vint s'asseoir près de Margareth et la prit dans ses bras.

— Je suis désolée, mon petit chat. Ne le prends pas comme ça. Je plaisantais, tu le sais bien. Allez, reprends-toi, tu vas être la plus belle. Je te le promets.

Margareth redressa la tête et Callwin se demanda si elle allait être capable d'une telle prouesse.

— Bon, on passe aux choses sérieuses. Déshabille-toi.

Quand Miss Richardson lui avait dit que les vêtements de Margareth lui iraient très bien, elle n'avait certainement pas imaginé que ça marcherait dans les deux sens ! Elle lui donna les vêtements avec lesquels elle était arrivée au manoir. La transformation fut radicale. Callwin en fut aussi stupéfaite que Margareth. Elle retira les épingles à cheveux qui maintenaient son affreux chignon, laissant se dérouler une belle chevelure.

— Alors, c'est qui la plus belle ? dit Callwin, toujours habillée d'une robe à carreaux d'un autre âge.

Margareth se remit à pleurer, mais c'étaient des larmes de joie. Pour la première fois de sa vie, elle se trouvait belle. Callwin vint déposer sur sa joue un gros baiser sonore. Elle aussi était heureuse du résultat.

Peut-être y avait-il un Dieu, après tout !

— Arrête de pleurer. On va passer à la touche finale. Avec ça, même la fée Carabosse passerait pour une princesse, et rassure-toi, tu es loin d'être une sorcière.

Quand elle eut terminé de la maquiller, elle sortit sa dernière surprise.

Au mépris des règles édictées par Miss Richardson, elle avait utilisé son smartphone et appelé une amie pour qu'elle lui procure des lentilles jetables adaptées à la myopie de Margareth. Le paquet était arrivé la veille. Callwin avait prétendu que ce colis était un cadeau de Barry, son amoureux de Seattle.

— Ce sont des lentilles de contact. Tu vas voir, ce n'est pas compliqué à mettre.

Quelques fous rires plus tard, Margareth put s'admirer sans lunettes. Elle avait un très beau regard.

— Bon, maintenant, on va tout enlever. Il ne manquerait plus que ta grand-mère te surprenne ainsi ! Mais garde tes lentilles…

– C'est bête, je me faisais une telle joie, répondit Gerald qui, intérieurement, se traitait de pauvre type.

Margareth fit comme Callwin avait dit, et le laissa mariner quelques secondes avant de lui dire :

— Mardi soir, je dors chez une amie en ville. On pourrait se faire un cinéma, si tu veux.

— Cool, on ira manger avant. Ça te dit ?

— D'accord, tu me donnes ton numéro de téléphone ?

Margareth ne se reconnaissait pas. Sa timidité naturelle s'était envolée sous le regard de Gerald, qui la dévorait des yeux.

— OK.

— À mardi alors ! lança Margareth une fois le numéro en poche.

Elle le quitta d'une démarche qu'elle espérait assurée, après les leçons que Callwin lui avait données dans sa chambre d'hôtel.

La journaliste l'y attendait.

— Alors, comment ça s'est passé ?

— Il est d'accord ! s'enthousiasma Margareth, qui se jeta dans ses bras.

Elles restèrent serrées l'une contre l'autre un long moment.

— Bon, maintenant que le plus dur est fait, il va falloir convaincre ta grand-mère de te laisser sortir mardi soir.

— Je vous fais confiance, dit Margareth, aux anges.

Callwin était particulièrement fière d'elle et de la façon dont elle avait manœuvré Miss Richardson. Celle-ci avait accepté qu'elles aillent en ville ensemble pour voir un ophtalmo et commander des lentilles. Mais elles ne s'étaient pas contentées de ça : Callwin avait pris une chambre dans un hôtel pour que Margareth puisse s'habiller et se maquiller et, l'euphorie aidant, lui avait suggéré d'aller chez un coiffeur.

— Si ta grand-mère a accepté que tu ne portes plus de lunettes, elle peut accepter que tu arrêtes le chignon ! avait lancé Callwin à Margareth pour la convaincre.

Margareth avait cédé et ne le regrettait pas. Elle n'avait plus qu'une envie : être au mardi soir.

52

Habillé de son plus beau costume rehaussé d'un nœud papillon, Logan entra dans le restaurant. Le maître d'hôtel s'avança.

— Bonsoir, shérif, c'est un honneur de vous recevoir. Si vous voulez bien me suivre, dit l'homme, un tantinet obséquieux.

Ils traversèrent un hall tout en longueur dont le luxe annonçait celui de la salle de restaurant. L'espace avait été agencé de telle sorte que malgré sa superficie, l'ensemble donnât une impression d'intimité feutrée. Les tables rondes, recouvertes de grandes nappes effleurant le sol, étaient garnies de couverts et de cristaux d'une sobriété de bon aloi, et l'agencement subtil des lumières mettait en valeur des toiles de maîtres que Logan estima être des originaux.

En ce vendredi soir, la salle était quasiment pleine. Au passage, Logan reconnut un certain nombre de personnalités de la ville, qui le saluèrent qui d'un clin d'œil, qui d'un hochement de tête. Depuis une sorte d'alcôve au fond de la salle, Hurley le regardait s'avancer.

— Je vous en prie, dit le maître d'hôtel en tirant la chaise pour permettre à Logan de s'asseoir.

Il prit place face à Hurley, et attendit que l'homme les eût laissés pour la complimenter.

— Tu es magnifique.

Comme lui, elle avait revêtu ses plus beaux atours : une robe noire au tissu soyeux dont le décolleté laissait deviner la naissance des seins, raffinée et sensuelle à la fois. Elle était passée chez le coiffeur et dans un salon de beauté. Une vraie star de Hollywood, pensa Logan, subjugué.

— Tu n'as pas mieux ? dit-elle, un peu déçue.

Il plissa les lèvres. Les compliments, ce n'était pas son fort.

— Tu m'as manqué, ajouta-t-il.

Hurley eut un petit rire de gorge absolument charmant.

— Tu ne changeras jamais, mais c'est pour ça que je t'aime. (Elle posa sa main sur la sienne. Elle adora le contact de sa peau.) Je veux que tu me promettes qu'on ne se disputera plus jamais.

— Je te le promets, mais à ton tour, je veux que tu me promettes de ne plus jamais me faire ça.

— Je te le promets, dit-elle en le regardant droit dans les yeux.

Même s'ils s'étaient longuement parlé au téléphone durant toute la semaine, ce ne fut qu'à ce moment-là que Logan se sentit réellement soulagé.

— C'est quand même bizarre notre relation, tu ne trouves pas ?

Hurley saisit la carte que lui avait remise le maître d'hôtel et répondit d'un ton badin.

— Pourquoi ? Tu crois que nous sommes le premier couple à affronter une crise ?

— Non, je pensais au fait que tu vives à Seattle et moi ici. Je me demande si, à terme, c'est viable.

Hurley leva les yeux de la carte.

— Ça veut dire quoi ? Tu veux que je vienne vivre avec toi ?

Ils en avaient déjà parlé. Elle ne serait jamais une femme au foyer.

— Non, je me disais que je n'étais pas obligé de me représenter aux prochaines élections.

— Tu reviendrais à Seattle ?

— Pourquoi pas ? Ça t'embêterait ?

Hurley n'en croyait pas ses oreilles. C'était la plus merveilleuse nouvelle qu'elle ait entendue depuis longtemps.

— Au contraire, j'en ai assez de passer mes nuits toute seule à Seattle, à attendre le week-end pour te voir. Mais on avait conclu un pacte. J'avais peur que tu le prennes mal.

Il n'avait pas vraiment envie de quitter River Falls, mais il ne voulait pas perdre Hurley.

— D'accord, je finis mon mandat et je reviens à Seattle.

Hurley sentit que c'était pour elle et non parce que son travail le lassait qu'il faisait ce choix. En d'autres temps, elle lui aurait répondu qu'il ne devait pas sacrifier sa carrière. Mais depuis qu'elle connaissait la cause de ses emportements, elle considérait que c'était en effet la meilleure chose à faire.

— Je ne veux pas te forcer la main, dit-elle néanmoins.

— Ne t'inquiète pas. Ça fait un petit moment que l'idée me trotte dans la tête. Cette semaine, j'ai compris que j'avais trop besoin de toi.

Aussi pataud qu'il soit parfois, c'était un amour. Elle mourait d'envie de lui révéler ce qu'elle lui réservait comme cadeau, mais le sommelier arriva et Hurley chassa cette idée. Un cadeau de Noël devait attendre le jour de Noël.

Ils commandèrent une bouteille de champagne pour fêter leurs retrouvailles. Ils en étaient à la fin de leur plat principal quand la conversation dévia sur le travail.

— J'ai appris pour Nathaniel, je trouve ça incroyable, dit Hurley.

— C'est son choix, on ne peut rien faire contre.

Nathaniel avait annoncé par l'intermédiaire de son avocat qu'il revenait sur sa déposition. Il avouait à présent qu'il avait menti au sujet de Lewis Stark et de lui-même. Aucun des deux n'était homosexuel. Il avait inventé cette histoire parce qu'il voulait salir la réputation de ce fils à papa, quitte à salir la sienne. Il avouait être fou amoureux de Bettany et l'avoir suivie jusqu'à la cabane. Là, il s'en était pris violemment à Lewis, quand le frère de Bettany était entré, une arme à la main. Il s'était battu avec lui, des coups de feu étaient partis, puis il avait perdu l'équilibre, trébuché, et s'était cogné la tête contre une table. Quand il avait repris connaissance, il ne se souvenait plus de rien et s'était enfui en courant.

— Je sais. Mais tu sais comme moi que c'est un pur mensonge, dit Hurley.

Elle était certaine que c'était Warren qui avait combiné cette version des faits pour se venger d'elle, qui ne l'avait pas rappelé depuis leur partie de jambes en l'air. Se souvenant de leurs ébats, elle fit la moue, et serra sa fourchette avec une rage silencieuse.

— Tu es trop sensible, Jessica, dit Logan, se méprenant sur sa réaction. Le plus important est que Nathaniel ne soit plus inculpé de meurtre.

— Tu parles ! Tu crois vraiment qu'il est sorti d'affaire ? Tu te rends compte de ce qu'il doit ressentir ? Renier ce qu'on est profondément, sentir que tout le monde est content de ce retour à la « normalité » !

Logan n'avait pas l'intention de revivre la soirée de la semaine précédente, d'autant moins qu'il était entièrement d'accord avec elle.

— J'ai discuté avec Warren. Je lui ai dit droit dans les yeux ce que j'en pensais. Il a fait le malin, fit-il en songeant à leur confrontation de l'après-midi.

Hurley sentit le sang quitter son visage. Était-il envisageable que Warren raconte tout à Logan ? Il fallait qu'elle lui parle et s'assure de son silence.

— Il m'a dit qu'il n'y croyait pas un seul instant. Mais c'est le souhait de Nathaniel de confirmer cette version élaborée par les parents de Lewis Stark, avec l'accord de Garth. Et c'est exactement ce qu'ils raconteront aux jurés de River Falls au cours du procès à venir.

— Transformer un crime homophobe en accident, c'est ça, son idée de la justice ? s'exclama Hurley.

Comment avait-elle pu céder aux avances de ce misérable type ?

— Écoute, Warren est bourré de défauts, le premier étant qu'il ne rêve que de te mettre dans son lit.

Hurley resta impassible. Savait-il ? Prêchait-il le faux pour connaître le vrai ? Jamais elle ne se pardonnerait cet écart.

— Mais en vérité, je ne crois pas qu'il soit d'accord avec cette thèse. En fait, j'ai fait ma petite enquête. Le sergent Nelson a écouté à la porte de la chambre de Nathaniel. Il a tout entendu. Warren a tenté de le dissuader d'accepter cette proposition, mais Nathaniel n'a pas voulu en démordre.

Hurley se sentit doublement soulagée. Logan ne savait rien et Warren n'était pas une ordure cynique.

— Il va falloir aider ce garçon. Le renvoyer dans sa secte n'est certainement pas la meilleure chose à faire, dit-elle.

— J'en ai bien conscience, mais qu'est-ce que tu veux qu'on fasse ? Nous n'avons aucun moyen de prouver que Lewis était homosexuel.

— L'autopsie n'a-t-elle pas démontré une… Tu vois ce que je veux dire ? dit-elle, pas très sûre du terme.

— Oui, répondit Logan. Quand je pensais encore que nous avions affaire à un pédophile, c'est la première chose que j'ai voulu savoir. Le légiste est formel, aucune intrusion anale, du moins récente. Lewis était sans aucun doute homo, mais il jouait clairement le rôle de l'homme.

Le serveur revint près de leur table, s'enquit de leur satisfaction, puis s'éclipsa en débarrassant les assiettes vides.

— Nous avons les seuls témoignages de Bettany, de son frère et de Nathaniel pour comprendre ce qu'il s'est réellement passé. À moins qu'ils n'aillent à l'encontre des maigres indices que nous avons, le jury ne pourra qu'entériner cette nouvelle version.

Ce n'était ni la première ni la dernière fois que la justice serait piétinée faute de preuves. Mais dans ce cas, c'était d'autant plus injuste que toutes les parties semblaient se mettre d'accord pour nier les droits de la victime : Lewis avait été assassiné uniquement parce qu'il était homosexuel !

— Nathaniel ne tiendra pas longtemps avant de refaire une tentative de suicide, dit-elle, effarée qu'il ait pu prendre une telle décision.

— Ce n'est pas sûr. Je suis allé le voir avant de finir ma journée. Il m'a plutôt rassuré. Sans avouer ouvertement qu'il mentait, il m'a dit avec ses mots à lui que c'était sa seule possibilité pour avancer, pour retourner auprès des siens sans se faire lyncher. Cependant, il veut faire comme sa cousine, reprendre des études à l'extérieur de leur communauté.

— Et alors, tu trouves ça bien comme solution ?

Il lui sourit, et ajouta :

— Tu sais, comme toi, j'ai eu peur que ce garçon fasse une bêtise. Alors après avoir vu Nathaniel, j'ai appelé… tu ne devineras jamais qui !

— Miller ? dit-elle à tout hasard.

Logan en était pour ses frais. C'était l'inconvénient de vivre avec une profileuse.

— Exact. Même si nous ne nous apprécions guère, je pense que c'est le mieux placé pour s'occuper de lui. Dans son langage d'avocat, il m'a clairement fait comprendre qu'il ne le laisserait pas tomber. Il comptait lui rendre visite avant qu'il ne retourne parmi les siens, ce week-end.

— À croire que tu n'es pas homophobe, dit-elle d'un ton malicieux.

— Eh oui. En revanche, plus je te regarde plus je me sens hétérophile, dit-il, heureux que la conversation ne se termine pas comme la fois précédente.

Elle lui fit un sourire enjôleur.

— On y va ?

— Je croyais que tu voulais un dessert ?

— Mon dessert, c'est toi, dit-elle avec un regard qui était une promesse.

53

— Allez on rentre, il se fait tard, fit Garth en posant une main sur l'épaule de sa sœur.

Bettany jeta un dernier regard sur la tombe de Lewis et se détourna, les yeux pleins de larmes. Jamais elle n'oublierait cette terrible soirée…

Cela faisait quelque temps que Lewis était distant. Les rares fois où il lui faisait encore l'amour, il avait l'air complètement ailleurs, et ses baisers manquaient de chaleur. Bettany avait essayé de discuter avec lui. Mais il la rassurait toujours en lui affirmant que tout allait bien. Elle avait mis cela sur le compte de son caractère macho. Elle aimait son côté mauvais garçon, alors que c'était un fils de bonne famille. À seize ans, Bettany était certaine d'avoir trouvé le père idéal pour ses futurs enfants. Quand il avait commencé à lui dire qu'il ne pourrait plus la voir tous les dimanches comme auparavant, sous prétexte qu'il avait besoin de se retrouver avec ses copains, pour des « soirées de beuverie entre mecs », elle avait trouvé cela bizarre. Lewis ne buvait pratiquement pas d'alcool, et surtout, pouvait-on préférer ça à des soirées avec une fille canon, très ouverte côté sexe ? Elle avait longuement hésité puis avait décidé d'en parler à son grand frère, Garth. En souriant, il avait tout de suite accepté la mission d'espionnage qu'elle lui avait confiée.

Garth avait expliqué à ses parents qu'ils iraient au cinéma le dimanche soir, et qu'il emmènerait sa sœur au lycée, le lendemain. Dès 19 heures, ils étaient en planque sur Golden Hill, non loin de la villa des Stark. Ils durent attendre jusqu'à 22 heures avant que le portail s'ouvre sur la voiture de Lewis.

Alors que jusque-là ils plaisantaient sur sa paranoïa de gamine jalouse, Garth et Bettany reprirent leur sérieux et commencèrent à le suivre. Au pied de la colline où se trouvait le quartier résidentiel, contrairement à leur attente, Lewis prit la rocade qui ceinturait la ville et partit vers l'est.

Bettany ne parlait plus. Garth était sur le qui-vive. Il aimait beaucoup Lewis. Un dur au cœur tendre. Le simple fait que les démocrates aient tenté de le salir parce qu'il avait mis sa raclée à une pédale, deux années plus tôt, jouait en sa faveur.

Lewis bifurqua et emprunta un chemin de terre qui s'enfonçait dans la forêt.

Garth ralentit et regarda sa sœur.

— Je ne sais pas où il va, mais ça ne me dit rien de bon.

Bettany acquiesça. Il n'allait certainement pas rejoindre des « copains de beuverie ».

— S'il te plaît, on continue, je veux savoir.

Garth lui sourit. Lui aussi avait envie de connaître le fin mot de l'histoire.

— OK, on y va.

Ils s'enfoncèrent dans le sous-bois. Au loin, les phares de Lewis étaient encore visibles. Garth attendit de ne plus les voir pour reprendre la route. Il savait qu'à tout moment, Lewis pouvait se rendre compte de leur présence. Néanmoins, ce dernier n'avait aucune raison de penser qu'il était suivi, ce qui devait le rendre moins vigilant.

Au bout d'une quinzaine de minutes à rouler au ralenti, à la seule lumière des feux de croisement, Garth comprit que la voiture de Lewis s'était arrêtée quand, à près de cinq cents mètres en aval, les phares de sa voiture s'éteignirent. Garth coupa le moteur et les phares. Soit il les avait repérés, soit il était arrivé à destination.

— Tu restes là. Je vais voir ce qu'il fabrique. D'accord ?

— Non, je viens avec toi, répliqua Bettany, qui n'avait pas la patience d'attendre un compte rendu.

— C'est hors de question. Ton mec est bien gentil, mais là, c'est franchement louche. Je ne veux pas qu'il t'arrive quoi que ce soit.

Il passa la main sous son siège et sortit le pistolet qu'il y cachait. Les armes, c'était sa passion.

— Qu'est-ce que tu fais ? s'inquiéta Bettany.

Il lui sourit à nouveau.

— On ne sait jamais. Allez, surtout tu ne bouges pas.

— J'ai peur. Imagine qu'il y ait un rôdeur et qu'il me kidnappe pendant que tu n'es pas là ?

Garth n'avait pas pensé à cette éventualité. Un frisson le saisit. Les anciennes scieries devaient se trouver à moins de cinq kilomètres et les manoirs appartenant à la secte dirigée par la vieille folle ne devaient pas être bien loin non plus.

— D'accord, mais tu restes tout le temps derrière moi. Si je te dis qu'il faut partir en courant, tu me prends la main et tu ne t'arrêtes que lorsqu'on sera dans la voiture.

— Oui, papa !

Cette fois, Garth ne sourit pas. Il commençait à se demander s'il ne serait pas plus judicieux de rentrer et d'avoir une discussion franche avec Lewis le lendemain.

Il ouvrit cependant la portière et sentit le froid le tétaniser. Il enleva la sécurité de son arme et avança sur le chemin à la faible lueur d'une lune à demi pleine qui passait entre les branches des arbres. Enfin, de la lumière. Une cabane de chasseur.

Si Lewis avait eu rendez-vous avec une femme, Garth était certain que cela aurait eu lieu dans un des motels au sortir de la ville. Trafic de drogue ?

« Merde, tu déconnes Lewis ! »

Il serra fermement le poing sur son arme et reprit son avancée, en prenant garde que Bettany restât toujours proche de lui. Quand ils furent près de la cabane, ils quittèrent la route et traversèrent les fourrés pour avoir une vue de côté. Il n'y avait qu'une seule voiture. Celle de Lewis.

— Je crois qu'on devrait rentrer, dit Garth.

Les trafiquants n'allaient certainement pas tarder. S'ils découvraient sa voiture, ils étaient faits comme des rats.

— Je t'en supplie. On jette juste un œil et on repart. Il n'y a pas l'air d'y avoir grand-monde.

Contrairement à son frère, pas l'ombre d'une seconde elle n'avait pensé à un trafic de drogue. Pour elle, c'était ici que Lewis la trompait avec une autre fille, ce qui expliquait son manque d'appétit sexuel, chose dont elle s'était bien gardé de parler à Garth. Elle voulait juste voir la tête de la salope qui lui avait pris son mec. Et en même temps, elle espérait se tromper. Il s'agissait peut-être autre chose : des copains de beuverie ou une initiation sectaire ?

— D'accord, mais dès que je dis qu'on part, on part ! rappela Garth.

— Oui, promis.

Ils sortirent des fourrés et, à moitié accroupis, avancèrent vers l'espace dégagé qui entourait la cabane. La lumière d'une lampe à pétrole éclairait l'intérieur. On percevait des voix. Celle de Lewis et d'un autre garçon. Un immense soulagement envahit Bettany. Pas de fille à l'horizon. Elle en aurait pleuré de joie. Garth fut soulagé par le timbre juvénile. Un petit dealer qui venait vendre sa cargaison à Lewis. Une arme devrait suffire à les impressionner et à les ramener à la raison.

Avec d'infinies précautions, ils firent le tour de la cabane en rasant les murs, pour se retrouver sous l'unique fenêtre. Ignorant sa sœur, Garth se redressa lentement et regarda à travers. Un puissant courant de haine et de dégoût lui broya les entrailles. C'était mille fois pire que ce qu'il avait imaginé.

Lewis et un jeune garçon, enlacés, s'embrassaient à pleine bouche.

C'était immonde, répugnant, abject ! Et sa sœur qui sortait avec ce dégénéré ! Il serra très fort son arme. Il leur aurait bien mis une balle dans la tête, mais il restait figé, incapable du moindre geste.

Soudain, la porte de la cabane s'ouvrit. Il vit sa sœur entrer et pousser un hurlement affreux.

Tout se passa en quelques secondes. Bettany bondit sur les deux garçons. Nathaniel tomba à la renverse et se cogna l'arrière du crâne contre une table. Lewis vit rouge et donna une gifle terrible à Bettany. Alors qu'il levait de nouveau la main sur elle, une balle lui traversa le corps.

Le bruit de la détonation sortit Garth de sa stupeur. C'était lui qui venait de tirer !

Il venait de tuer un homme.

Bettany hurla, sortit de la cabane et alla se réfugier dans les bras de son frère. Ils restèrent prostrés de longues secondes, avant que Garth ne prenne les choses en main. Il rentra dans la cabane et se pencha au-dessus de Lewis. Mort. L'autre garçon était toujours inconscient. Il prit un mouchoir qu'il avait dans son blouson, essuya ses empreintes sur l'arme et la posa dans la main de Nathaniel.

— Non, ça ne marchera pas, dit Bettany.

Alors qu'elle se sentait au bord de la crise d'hystérie, par elle ne savait quel miracle, elle arrivait à conserver un peu de sang-froid. Toutes les soirées passées à regarder des séries policières l'empêchèrent de commettre une erreur grossière.

— Toute arme a un numéro de série. À moins qu'elle ait été volée, ils auront vite fait de remonter jusqu'à toi. Il faut s'en débarrasser.

Garth en convint et remercia sa petite sœur pour ce trait de génie. Il reprit son arme, la leva et en donna un coup à Nathaniel, sur la tempe. Bettany poussa un cri. Garth lui expliqua qu'il ne fallait pas que le garçon reprenne conscience trop tôt et puisse les identifier. Il trouva dans une vieille boîte à outils rangée sur une étagère une espèce de grosse lime dont il se servit pour effacer tant bien que mal le numéro de série.

Ils sortirent de la cabane et retournèrent à la voiture. Il mit ses gants, prit le cric et une lampe de poche, ainsi que des revues pornographiques qu'il avait toujours dans son coffre. Bondage et SM. Il n'aurait jamais pensé qu'elles lui sauveraient un jour la peau.

Sa sœur ne posa aucune question.

Ils retournèrent dans la cabane dans le silence de la nuit. Il cacha les revues sous le matelas et expliqua à Bettany :

— Il est possible qu'en se réveillant, ce garçon ne se souvienne de rien. Dans ce cas, toi et moi sommes à l'abri. Mais si jamais il se rappelle t'avoir vue, tu n'auras qu'à dire que Lewis venait souvent ici avec toi, et que le garçon vous a surpris. Avec ces revues, jamais personne ne soupçonnera que ton mec était une tarlouze.

Bettany secoua la tête. Elle était incapable de se projeter dans l'avenir. Pouvaient-ils réellement s'en sortir ?

— Fais-moi confiance.

Elle acquiesça et suivit son frère à l'extérieur.

Ils marchèrent dans les fourrés avant de trouver le bon endroit. Garth creusa la terre gelée avec son cric. Quand il eut fait un trou de plus de quinze centimètres de profondeur, il y enfouit l'arme et le reboucha. Il éparpilla de la terre et des feuilles et tout reprit un aspect naturel. Rien ne témoignait de leur présence.

Il retourna dans la cabane. Après un rapide coup d'œil, il revint auprès de sa sœur.

Il était temps de partir.

Au petit matin, quand les informations avaient annoncé que Nathaniel Morrison affirmait avoir été agressé par un prédateur sexuel, Bettany crut que toute cette histoire allait être enterrée à jamais.

Et puis, Nathaniel était revenu une première fois sur sa déposition…

– Je suis désolée, dit Bettany en se dirigeant vers la sortie par la travée centrale du cimetière.

En liberté conditionnelle jusqu'à son procès, Garth n'en voulait pas à sa petite sœur. Elle devait vivre sans avoir sur la conscience le fait d'avoir envoyé à la potence un innocent, aussi pervers soit-il.

— Ne t'en fais pas pour moi. En plaidant l'accident, aussi bien, je ne ferai même pas un seul jour de prison, la rassura-t-il, sans éprouver le moindre remords pour le meurtre qu'il avait commis.

À la lumière des lampadaires, ils s'en retournèrent à leur voiture, alors que des flocons de neige commençaient à tomber.

54

— Asseyez-vous, je vous prie, dit Miss Richardson.

À quelques jours de Noël, la neige s'était enfin décidée à tomber. Dans la nuit noire de la forêt, de gros flocons charnus virevoltaient en tous sens, sous le regard attendri de Callwin, debout près de la fenêtre.

— Pour moi, c'est ça, Noël. La neige, fit la journaliste en venant s'asseoir face à la vieille dame.

Le thé était servi. Callwin en but une gorgée, étonnée d'y prendre goût.

— Aujourd'hui fut une très belle journée pour moi. Outre la neige qui commence à tomber, le Seigneur a fait recouvrer raison à mon petit-fils. J'étais persuadée que le Seigneur saurait le guérir de ses démons. Il est bon de croire que nos prières ne furent pas veines.

Callwin avait une tout autre interprétation de la réalité, mais elle n'avait pas envie de se quereller. Elle aussi avait passé une très bonne journée.

— Si vous le dites, fit-elle avec un brin d'ironie.

Miss Richardson ne la releva pas et reprit de son même ton doucereux.

— Quant à Margareth, vous avez eu une très bonne idée. Jamais je ne l'ai vue aussi pétillante et si heureuse. Je n'aurais jamais cru qu'une simple paire de lunettes et un chignon pouvaient vous changer comme ça.

« Et encore, vous ne l'avez pas vue maquillée et en tailleur ! » se garda bien de lui dire Callwin.

— Qu'on le veuille ou non, l'image de soi est très importante. Au-delà du simple fait qu'on y voit bien mieux avec des lentilles, fit la journaliste, qui ajouta : Margareth était complexée par son physique. Je lui ai juste montré qu'elle était aussi belle que n'importe quelle autre femme.

Et surtout, elle lui avait montré qu'elle était capable de séduire !

— Vous avez raison, vous avez bien fait, reconnut Miss Richardson.

Elle s'était attendue à se faire légèrement rabrouer. Il fallait croire que la rétractation de Nathaniel avait mis la vieille gourou sur un petit nuage.

— Alors, nous parlons de quoi ce soir ?

Miss Richardson la dévisagea longuement à la lueur de la lampe à pétrole. Callwin sentit qu'elle voulait lui faire une confidence, mais visiblement, elle n'était pas encore prête à se livrer. Miss Richardson reprit une attitude plus stricte.

— De vos articles. Eux aussi nous font le plus grand bien. Je n'ai jamais compris la haine d'une certaine élite envers nous autres, chrétiens traditionalistes. C'est d'autant moins compréhensible que, lorsqu'il s'agit de groupes traditionalistes d'autres pays, ces mêmes personnes vont jusqu'à se battre pour défendre leur survie.

Callwin n'était pas bien certaine de la suivre.

— Vous parlez de qui, exactement ?

— Connaissez-vous ce pays où certains enfants sont pris dès le plus jeune âge pour être formés à devenir des religieux ? Ils vivent de façon extrêmement spartiate, passent des journées entières à prier et à apprendre des textes sacrés. De jeunes garçons à qui l'on interdira, une fois devenus hommes, toute sexualité, et par conséquent le droit d'avoir des enfants. Un pays dont le leader charismatique est un religieux.

Callwin eut un doute. Les catholiques ? Mais non, ces pratiques dataient du Moyen Âge…

— L'Iran, répondit-elle, en se doutant qu'elle était tombée dans le piège.

— Non, les musulmans n'exècrent pas la sexualité, c'est d'ailleurs pour cela qu'ils ont le droit d'avoir plusieurs femmes. Non, je parle d'un pays qui bénéficie d'une extrême bienveillance de la part de la communauté internationale.

Callwin chercha encore, en vain.

— Allez, c'est qui ?

— Le Tibet, déclara Miss Richardson, fière de son effet.

Callwin en aurait ri, si son interlocutrice n'avait eu l'air très sérieux.

— Oubliez un seul instant l'oppression de la Chine sur sa population, et concentrez-vous uniquement sur les us et coutumes des moines bouddhistes. Ne trouvez-vous pas abject l'embrigadement de milliers d'enfants, dès leur naissance, dans le seul but d'en faire des bonzes ? Quelle démocratie accepterait cela ? Le plus drôle étant que des millions d'athées soutiennent cela, et sont en totale admiration devant un homme qui se prend pour une espèce de dieu vivant. Ils veulent même le mettre au pouvoir faisant fi de toutes les valeurs démocratiques qu'ils défendent par ailleurs. Ça serait à mourir de rire, si ce n'était pas une triste réalité.

Callwin ne s'était jamais penchée sur le sort des enfants condamnés à devenir moines, et se demandait si la vieille folle n'exagérait pas un peu. Cela méritait réflexion, mais était-ce bien pire que d'être communiste ?

— Vous oubliez que les Tibétains sont soumis à une répression sanglante.

— Je suis pour un Tibet libre et indépendant, mademoiselle, mais contre une République religieuse qui donnerait le pouvoir au dalaï-lama et qui laisserait la pratique des bonzes en l'état. Je me suis d'ailleurs toujours indignée que les associations défendant les droits des enfants ne s'érigent pas contre ces pratiques proches de l'esclavagisme. Sans parler des actes de pédophilie, aussi nombreux que chez les catholiques, mais rarement dénoncés.

Callwin s'étonna qu'elle s'en prenne de façon détournée aux catholiques, avant de se souvenir que les Enfants de Marie se disaient chrétiens traditionalistes. Ignorait-elle que la pédophilie existait partout ? se demanda-t-elle avant de répondre :

— Vous dites ça parce qu'ils ne croient pas à votre Jésus au Tibet ! se moqua Callwin, puis, plus sérieusement : Vous savez, ça changera, il faut laisser le temps au temps.

— On avait promis, à la libération du Koweït, que les droits des femmes et des chrétiens seraient respectés. Vingt ans plus tard, la Croix-Rouge y est toujours interdite, et les femmes y sont régulièrement battues ou mises à mort sur le simple prétexte d'infidélité, avérée ou non.

Miss Richardson prit sa tasse et la finit d'un trait.

Elle n'essayait pas seulement de convertir cette pauvre fille ; évoquer ces sujets lui faisait le plus grand bien. Cela lui rappelait sa jeunesse, un pan de sa vie qu'elle avait enterré depuis des dizaines d'années. Face à cette journaliste, la jeune femme éprise de liberté, féministe, rebelle et conquérante qu'elle avait été renaissait.

— Vous savez pourquoi j'ai décidé d'installer notre communauté dans ce manoir ? se décida-t-elle à révéler.

Mettre en confiance pour s'attirer l'amitié d'autrui.

Callwin ne voyait pas le rapport avec la discussion et se demanda si la vieille femme n'était finalement pas un peu sénile.

— Non.

Miss Richardson se mordilla les lèvres, et eut soudain un doute sur le bien-fondé de sa méthode. L'éventuelle conversion de Callwin valait-elle une mise à nu ? Elle hésita et décida de s'en remettre au Seigneur, qui avait amené cette jeune femme sur son chemin. Le hasard n'existait pas. Tout avait un sens, même si elle n'était plus certaine de le saisir.

— Pour retrouver l'enfant que j'ai abandonné, dit-elle en sentant chaque mot lui raboter la langue.

Un volet se détacha et vint frapper la fenêtre. Callwin sursauta et renversa du thé sur sa robe.

— Excusez-moi, dit-elle en se levant.

Elle alla ouvrir la fenêtre. Le froid glacial la fit frissonner. Elle se pencha au-dehors et bloqua le loquet du volet alors que quelques flocons tournoyaient dans la pièce. Vite, elle referma la fenêtre et resta debout près du radiateur.

— Retrouver votre enfant ? reprit Callwin, d'un air inquiet.

Ça sentait l'Alzheimer à plein nez.

— Oui, mais c'est une longue et triste histoire. Ouvrez donc cette armoire. Vous grelottez, dit Miss Richardson, qui pointa du doigt le meuble près de la fenêtre. Je vous laisse choisir.

Callwin sourit devant les bouteilles soigneusement alignées. Elle prit le temps de les examiner et d'en ouvrir quelques-unes pour en sentir leur effluve. Elle se décida pour un cognac.

Pas une journée depuis le début de son séjour, Callwin n'avait eu envie qu'elle lui raconte sa vie. Mais elle avait eu trop peur de sa réaction. Elle allait enfin tout savoir.

— Trinquons à votre longue et triste histoire.

La vieille dame approuva, et les deux femmes lampèrent avec délice le divin nectar.

— Il était une fois une jolie et jeune Texane…

Miss Richardson lui raconta d'abord son enfance. Son père mort sur les plages d'Omaha Beach. Sa mère l'élevant péniblement en faisant des ménages. Des années difficiles, qui devinrent terribles quand sa mère se mit en couple avec un vétéran de la guerre. Pas un méchant homme, mais un penchant certain pour l'alcool le rendait irascible. Par chance, flanqué d'une jambe de bois et gêné dans ses mouvements, il n'arrivait jamais à atteindre personne, même quand il voulait se battre contre les fantômes qui le hantaient.

— J'ai très vite compris qu'il fallait que je quitte le foyer. On chantait souvent à la maison avec ma mère. J'avais à peine quinze ans. J'ai tout quitté et je suis partie pour Dallas. Comme ma mère, j'ai commencé à faire des ménages, avec des négresses charmantes qui chantaient à tue-tête.

— Négresses ?

— Allons, allons, ne faites pas votre mijaurée. Tout le monde parlait comme ça à l'époque. Surtout au Texas. Croyez-moi, ce n'était pas méchant. J'ai toujours eu du respect pour ces femmes. Même si je regrette ce que leurs enfants et petits-enfants sont devenus, croyez bien que je ne doute pas de leur humanité à tous.

Callwin, perplexe, la laissa reprendre.

Miss Richardson fut très vite acceptée par ces femmes qui la surnommèrent Dorothy.

— Comme dans *Le Magicien d'Oz*, vous connaissez ?

Elle habitait chez une logeuse dans un des quartiers populaires de Dallas. Durant deux années, elle travailla six jours par semaine pour un maigre salaire, suffisant toutefois pour payer son loyer et se nourrir.

— Un jour, je rentrais du travail quand j'ai reconnu une amie qui faisait la queue devant un cabaret pas très reluisant où je ne me serais jamais arrêtée d'ordinaire. Ils passaient des auditions pour un radio-crochet. Je me suis mise dans la file. Et j'ai perdu, dit Miss Richardson, qui se détendait au fur et à mesure que l'alcool passait dans son sang.

Néanmoins, elle avait compris qu'elle avait trouvé sa voie. Avec ses maigres économies, elle prit des cours de chant. Une année plus tard, alors qu'elle n'avait que dix-huit ans, elle décrochait une place dans une espèce de cabaret-saloon de seconde zone, dans la banlieue de Dallas. Un repaire de représentants de commerce qui venaient y passer la nuit avant de repartir vers leurs affaires.

— Vous n'imaginez pas toutes les sales idées qui passent par la tête des hommes, dans ces endroits. J'ai échappé à plusieurs tentatives de viol. Mais j'avais mes protecteurs.

Elle ne se cacha pas d'avoir eu beaucoup d'amants. Des portiers, des livreurs, et même des étudiants. Callwin n'osa lui demander si elle se faisait payer, mais n'avait pas trop d'illusions.

— C'est là que ma chance a tourné. J'ai rencontré Ronny. Il avait près de cinquante ans, mais dès que nous nous sommes vus, ce fut le coup de foudre.

Callwin serra les mâchoires. Jamais elle ne croirait à une romance entre un vieux pervers et une jeune fille à la recherche d'un père. Quoi qu'elle en dise, elle s'était vendue à un vieux porc, se dit-elle en se resservant un verre de cognac.

— Il était dans l'immobilier. Une affaire qui marchait bien. Sa famille possédait un des plus grands parcs immobiliers de Dallas et des environs. Le problème était que je sortais avec un jeune *Noir*, fit-elle en insistant sur le mot.

Callwin sourit. Drôle de bonne femme !

— Après l'avoir quitté, je me suis rendu compte que j'étais enceinte.

Callwin s'étonna de cette longue confidence. La très stricte Miss Richardson, redevenue la petite dévergondée d'après guerre. Fascinant ! « Aurai-je moi aussi besoin me confesser à la veille de ma mort ? Ou veut-elle que je fasse de sa vie un roman ? »

À cette époque, l'avortement était interdit. Et même si Miss Richardson haïssait ce bébé qui risquait d'empêcher son mariage avec le beau Ronny, elle ne pouvait se résoudre à se faire charcuter avec des aiguilles à tricoter, ou à se rendre dans l'un de ces dispensaires clandestins sur lesquels les rumeurs les plus folles circulaient.

Elle prétexta la maladie d'une vieille tante et retourna chez sa mère. Son beau-père n'était plus que l'ombre de lui-même. Une épave qui passait son temps sur le canapé à écouter la radio, à râler contre les communistes et les nègres, et à boire des litres de bière. Quand elle expliqua que le bébé serait noir, sa mère accepta qu'il naisse sous X.

— Je pensais que c'était la meilleure chose qui pouvait lui arriver. Deux mois après l'accouchement, je me mariais en petit comité avec Ronny.

La famille de ce dernier, très à cheval sur les valeurs chrétiennes, n'accepta jamais cette souillon de basse extraction. Ses passages à la télévision à moitié dénudée n'arrangèrent rien.

— Mon Ronny était fou de moi. Il s'est mis toute sa famille à dos, mais personne ne pouvait rien contre lui. Il était doué en affaires. Il a vendu ses parts au reste de la famille et a créé sa propre holding. En peu de temps, il avait bien plus d'argent que la famille n'en avait jamais eu !

Callwin sentait elle aussi que l'alcool lui montait au cerveau. C'est dans un léger brouillard qu'elle écouta la suite de l'histoire. Comment ils achetèrent leur ranch, son premier rodéo, son premier disque, son premier et dernier tube… Le bonheur, jusqu'à ce qu'un accident de voiture lui enlève Ronny. Longue dépression. Jusqu'au jour où la Vierge lui apparut au-dessus de la tombe de son défunt mari. Elle décida d'utiliser sa fortune pour retrouver tous les membres de sa famille, mais aussi de celle de Ronny, qui avaient été ruinés dans un scandale immobilier retentissant au début des années soixante-dix.

— C'est à la naissance de Nathaniel que j'ai repensé pour la première fois à l'enfant que j'avais abandonné.

Elle avait fait des recherches et payé les meilleurs détectives privés du pays. Elle n'avait pas tardé à obtenir un nom. Clarence Derreck. Sa famille d'accueil l'avait rejeté et il avait passé sa vie de foyer en foyer, avant d'être mis à la porte à sa majorité. On retrouvait sa trace dans de nombreux centres pénitentiaires, du Texas à la Californie, puis plus rien.

— Aucune nouvelle, jusqu'à l'année dernière, dit Miss Richardson.

Ses yeux brillaient. Callwin n'eut pas le cœur de lui dire d'arrêter de boire.

— Le corps de Clarence a été retrouvé dans le charnier des catacombes de ce manoir.

L'alcool aidant, Callwin se sentit saisie par la même émotion qui étreignait le cœur de cette vieille femme.

— Mon pauvre garçon a été tué par ce monstre.

Miss Richardson pleurait. Callwin était dans un état second, les souvenirs de sa propre jeunesse tumultueuse lui revenaient. Ses deux avortements, mais surtout…

« Non, n'y pense pas, n'y pense pas ! »

Elle s'efforça de reprendre pied, se focalisant sur les paroles de la vieille dame en pleurs.

— J'ai alors compris que je devais retourner auprès de mon seul et unique enfant. Purifier par la présence du Christ ce terrible endroit où le mal avait sévi durant tant d'années.

— Je comprends, dit Callwin, qui avait réussi à reléguer ses propres démons à l'arrière-plan.

— Je me suis renseignée auprès des sans-abri qui vivent dans les anciennes scieries. Clarence a vécu parmi eux cinq années. Il paraît que c'était un brave homme. Toujours souriant et affectueux avec ses compagnons d'infortune. Vous ne pouvez pas imaginer combien je m'en veux de l'avoir abandonné.

Callwin comprenait la douleur de cette mère. Ce devait être atroce. Une déchirure jamais refermée.

— Écoutez, je vais vous laisser. Je crois que nous avons trop bu toutes les deux.

Callwin se leva et ressentit un léger vertige. Ses terribles chimères revinrent la hanter.

Miss Richardson nota le changement d'attitude. Elle comprit que c'était le moment de libérer la jeune femme des démons qui la torturaient.

— Leslie, dites-moi le mal qui vous ronge. Qu'est-ce qu'il vous est arrivé ?

Surprise, Callwin la regarda fixement. Elle ressentit comme un coup de sangle dans le dos.

Elle avait huit ans. Elle était assise sur le bord de son lit… le sexe de son père dans la bouche.

— Rien, il ne m'est jamais rien arrivé. Jamais ! cria-t-elle.

Elle partit en courant de la pièce, descendit les marches quatre à quatre et sortit du manoir le cœur battant à tout rompre. Elle glissa et s'affala de tout son long dans la neige.

— Pourquoi tu m'as fait ça ? Pourquoi tu m'as fait ça ? gémit-elle en labourant de ses ongles le sol boueux.

Mercredi 24 décembre 2008

55

Assis sur le banc du tribunal, Beaver était incapable de bouger. Il regardait Stella comme le diable en personne. Comment avait-elle pu oser ? Elle lui avait enlevé son enfant !

— Monsieur Beaver, c'est le meilleur jugement qui pouvait être rendu, se félicita son avocate, satisfaite de sa prestation.

Elle avait prouvé les infidélités de Stella durant leur mariage et le juge avait prononcé un divorce à ses torts exclusifs. Beaver pouvait garder la maison et tous les biens. Il n'aurait aucune pension à payer.

— Je n'ai plus le droit de voir mon enfant ! s'insurgea-t-il.

C'était l'arme terrible de Stella. Prouver qu'il n'était pas le père pour en avoir la garde exclusive, quitte à perdre sur tous les autres plans. Son nouvel amant était un homme d'affaires de River Falls âgé de cinquante-cinq ans, qui venait de divorcer de son épouse du même âge.

— Les tests génétiques ont parlé. Vous n'êtes pas son père. Elle vous a menti sur toute la ligne, monsieur Beaver, fit l'avocate en essayant de le réconforter.

Mais ne comprenait-elle donc pas qu'il s'en moquait éperdument ? Jonathan était son fils. Un point c'est tout ! Stella aimait son enfant, incontestablement. Mais lui aussi ! Il l'avait bercé, s'était levé la nuit pour le réconforter, avait changé ses couches, lui avait raconté des histoires le soir. En quoi un simple test pouvait-il tout remettre en question ?

— Jonathan sait qui est son père. C'est moi !

L'avocate prit un air navré et préféra ne plus argumenter. Tout ce qu'elle voulait à présent, c'était récupérer ses honoraires. N'ayant pas d'économies, Beaver lui avait proposé de la payer sur résultat. Elle avait étudié le dossier et avait vite compris qu'elle était certaine de gagner. Il ne restait plus qu'à vendre la maison et à récupérer les vingt mille dollars que son client lui devait.

— Je vous laisse, monsieur Beaver. Je vous appelle très vite.

Beaver resta assis sur le banc. Tout le monde était parti. Stella n'était même pas venue à l'audience, laissant son avocat plaider sa cause. « Même pas capable d'assumer ses actes », se dit-il, les larmes ruisselant sur ses joues…

Il sentit un liquide chaud lui couler sur le visage. Il redressa la tête.

— Arrête ! Ce con se réveille ! fit un jeune homme hilare.

Son copain était en train d'uriner sur la tête de Beaver. Celui-ci se leva d'un coup, mais perdit l'équilibre et retomba près de la rambarde de sécurité.

— Joyeux Noël, père Noël, lança le garçon en remballant son matériel.

Beaver leva le poing et proféra un chapelet d'injures, mais cela ne fit qu'accentuer le fou rire des jeunes gens, qui retournèrent à leur voiture et partirent en faisant vrombir le moteur, manquant l'écraser.

— Putain de vie de merde ! crachota Beaver en cherchant sa bouteille de whisky sur le sol neigeux.

Mardi 23 décembre 2008

56

— Je ne sais pas comment vous remercier, dit Margareth.

Callwin finit de lui poser du blush sur les joues et reposa ses pinceaux sur la tablette du lavabo.

— Tu plaisantes, ça me fait très plaisir. Regarde-toi.

Margareth se retourna et se trouva encore plus belle que la fois précédente. Elles avaient passé l'après-midi à faire du shopping pour trouver des vêtements à la mode. Callwin était particulièrement fière de ses choix.

— Ça me fait bizarre, j'ai l'impression d'être une vraie fille, dit Margareth.

Callwin lui sourit dans la glace. Elle avait gagné son pari. Il était évident que d'ici peu, Margareth quitterait sa communauté pour rejoindre la vraie vie.

— Et tu es même une très jolie fille. Je peux te dire que ton Gerald va faire des jaloux, ce soir.

— Je m'en moque. Je veux seulement lui plaire.

— Ne t'en fais pas pour ça, tu es superbe.

Margareth caressa son brushing d'une main délicate. Désormais, elle tâcherait de se coiffer comme ça le plus souvent possible.

— Allez, il est presque 7 heures. Il faut y aller, sinon ton prince charmant va t'attendre.

Margareth jeta un dernier regard dans le miroir et sortit de la salle de bains.

Callwin tendit son manteau à la jeune fille.

— Tiens. Il ne faudrait pas que tu attrapes froid.

Margareth l'enfila, et se jeta à l'eau.

— Je sais que vous ne voulez pas en parler, mais vous ne voulez vraiment pas revenir ? Grand-mère est d'accord. Elle ne vous en veut absolument pas. Je crois même que vous lui manquez.

Callwin eut un petit sourire triste…

Des hommes étaient venus la secourir alors qu'elle était effondrée dans la neige. Ils l'avaient ramenée au manoir et portée jusque dans son lit. Elle tremblait sans pouvoir s'arrêter. Miss Richardson était restée auprès d'elle jusqu'à ce qu'elle se calme. Alors, sans s'expliquer sur sa crise de panique, Callwin s'était levée et avait fait ses valises.

Personne ne lui avait posé de questions. Margareth lui avait rendu son smartphone et, sans un mot, Callwin avait quitté le manoir. Elle était montée dans sa voiture, et malgré un fort taux d'alcoolémie, elle avait pris la direction de River Falls.

Elle s'était enfermée dans une chambre d'hôtel trois jours durant.

Cela faisait si longtemps qu'elle refoulait le mal qui lui gangrenait l'âme, sans jamais trouver la force d'en parler. À quoi bon raviver les plaies du passé ? Mais celle-ci ne s'était jamais refermée. Elle avait failli téléphoner à Hurley, mais avait renoncé au dernier moment.

Elle maudit son père comme jamais.

Pour la première fois de sa vie, tout lui souriait. Elle avait un travail passionnant, la reconnaissance de ses pairs, des amies, et un homme qui l'aimait. Pourquoi fallait-il que des souvenirs vieux de plus de vingt ans viennent la submerger ? Des millions de bons souvenirs n'effaceront jamais un mauvais. Elle connaissait la chanson. Elle devait se faire aider. Pourquoi refusait-elle toute main tendue ? Parce qu'elle n'avait aucune confiance en l'humanité. Elle était persuadée que rien n'était gratuit en ce monde, que toute aide avait un prix. Mais lequel ?

— Je ne reviendrai pas, Margareth. Mais tu peux dire à ta grand-mère que, à moins qu'elle n'y voie une objection, je vais continuer à faire mes articles.

« Ne serait-ce que pour pouvoir payer tes vêtements et ton coiffeur ! » plaisanta-t-elle en son for intérieur.

En fait, elle n'avait pas attendu l'autorisation pour rédiger les articles de ces derniers jours. Elle connaissait maintenant suffisamment cette communauté, sans compter qu'elle ne manquait pas d'imagination, pour tenir jusqu'au Nouvel An sans avoir à remettre les pieds au manoir.

— Je crois que c'est le dernier de ses soucis. Vous devriez aller lui parler. Je ne sais pas ce qu'elle vous a dit, mais elle ne pensait pas à mal, j'en suis certaine.

— J'y songerai. Pour le moment, tu es ma seule préoccupation, fit-elle en lui passant le doigt sur le bout du nez.

— Vous savez, j'ai cru un moment que vous m'aviez oubliée.

— Une promesse est une promesse. Allez, il n'y a plus de temps à perdre. Ce soir est ta soirée.

Callwin n'avait pas oublié le rendez-vous galant de Margareth.

Elle était retournée au manoir en début d'après-midi et devant Miss Richardson, avait proposé à Margareth de passer la journée avec elle, jusqu'au lendemain. Miss Richardson avait donné sa bénédiction, après lui avoir fait promettre de ne pas faire de bêtises.

Elles allaient passer la porte de la chambre d'hôtel quand Callwin eut une illumination de dernière minute.

— Attends, je reviens.

Elle alla fouiller dans ses affaires et revint avec deux préservatifs.

Margareth devint écarlate.

— Je ne veux surtout pas t'inciter à la luxure, et te conseille même d'éviter de le faire le premier soir, mais on ne sait jamais. Si vous en arrivez là, promets-moi que vous vous en servirez.

— Je n'ai pas l'intention de le faire. Je veux dire, de coucher avec lui, bafouilla Margareth. De toute façon, vous venez me chercher dès que je vous appelle ?

Callwin lui mit les préservatifs dans la poche et la poussa dehors.

— Bien sûr, répondit-elle en claquant la porte.

Gerald regarda sa montre pour la centième fois. Il aurait dû s'en douter. Elle s'était moquée de lui.

Déjà, elle avait attendu la dernière minute pour le rappeler. Il avait passé tout le week-end à regarder l'écran de son téléphone, et tout le lundi à la maudire de l'avoir oublié. Il n'y croyait plus, quand, en début d'après-midi, elle l'avait enfin appelé. Il avait accepté aussitôt son invitation. Il en pinçait pour cette fille.

Un Hummer se gara sur le parking. Une beauté en sortit.

« Je ne le crois pas ! »

Elle était encore plus belle que la dernière fois. Elle lui rappelait une pom-pom girl qui le faisait craquer. S'il n'avait pas été certain qu'elle appartenait aux Enfants de Marie, il aurait pensé que ses deux meilleurs amis l'avaient piégé pour une caméra cachée.

— Salut, Margareth, tu vas bien ?

— Oui, excuse-moi pour le retard. Ma tante s'est trompée de route et on a dû faire demi-tour. Je suis désolée.

— Il n'y a pas de quoi. Alors, tu as choisi un film ?

Ils s'étaient donné rendez-vous devant le grand cinéma du centre commercial.

— En fait, je me disais qu'on pourrait manger d'abord et voir le film après ?

— Si tu veux. Ça te dit un McDo ?

Margareth y était allée une seule fois dans sa vie. Elle avait cru vomir. Tout avait un goût infect.

— Une pizzeria, plutôt.

— OK, va pour une pizza. Il y a un Pizza Hut à l'intérieur de la galerie.

Ils entrèrent dans l'immense mall, et sourirent en passant devant un père Noël qui prenait la pose avec des enfants intimidés sur ses genoux.

— Tu crois au père Noël ? demanda Gerald alors que Simon Beaver enchaînait les photos.

Margareth lui jeta un drôle de regard.

— Oui, je crois aussi à la petite souris et au croque-mitaine, répondit-elle d'un ton sérieux.

Gerald eut un petit rire. Il eut envie de lui prendre la main.

— Non, je voulais dire, est-ce que vous fêtez Noël comme tout le monde ? Le sapin, les chaussettes accrochées à la cheminée et tout le tralala.

Margareth préférait ça.

— Non, pas tout à fait. On fête la naissance de Jésus. Pas de chaussettes, ni de père Noël. En revanche, on décore des sapins.

— C'est quand même étrange de fêter la naissance de Jésus alors qu'il est né le 1er janvier, si on s'en réfère au calendrier, dit Gerald pour la taquiner.

— On ne sait pas quand il est né exactement. Est-ce vraiment important ?

Elle s'empressa d'ajouter :

— Avant que tu fasses ton malin, oui, je sais que les catholiques ont piqué cette date aux païens, qui célébraient le solstice d'hiver !

Elle lui avait enlevé les mots de la bouche. Ils allaient passer une délicieuse soirée.

— Tiens, c'est là. J'espère que tu as faim, leurs pizzas sont énormes.

— J'adore les pizzas.

Une heure plus tard, ils sortaient repus.

— Ça te dit vraiment un cinéma ? demanda Gerald.

Il se sentait bien. Ils venaient de parler à bâtons rompus. Ils avaient eu quelques fous rires, mais aussi des moments d'émotion. Il ne voulait pas prendre le risque de briser cet élan magique.

— En fait, je n'y tiens pas plus que ça. Si tu veux, on continue à parler.

Elle était aux anges. Elle se sentait légère, comme sur un nuage. Une merveilleuse sensation de plénitude.

Gerald s'enhardit et posa son bras autour de ses épaules. Margareth eut un léger moment de flottement et, se laissant aller, lui enlaça la taille.

— Ça te dit de faire un tour en voiture ? fit-il, se sentant enfin un homme.

— Oui, répondit Margareth en blottissant sa tête sur l'épaule de Gerald.

Elle avait le cœur qui battait à cent à l'heure. Tant de fois, elle avait imaginé cet instant. C'était aussi bien que dans ses rêves. Gerald était un beau garçon, élégant et attentionné. Amusant et ouvert d'esprit. Elle avait vingt ans. Elle avait bien fait d'attendre tout ce temps pour donner son cœur à un garçon. Gerald était le bon. Elle n'en doutait pas une seconde.

Voyant le jeune couple passer devant lui, Simon Beaver se souvint d'un Noël passé avec Stella. Une époque bénie. Il baissa les yeux et secoua la tête.

— Ça ne va pas ? s'inquiéta la mère de l'enfant qui se tenait sur les genoux du père Noël.

— Si si, tout va bien. Alors, comment tu t'appelles, mon bonhomme ?

– Il gèle, remarqua Gerald quand ils se retrouvèrent à l'extérieur du centre commercial.

Il serra encore plus fort Margareth contre lui. D'un pas vif, ils marchèrent jusqu'à son pick-up et s'y engouffrèrent, frigorifiés. Gerald mit le contact, poussa le chauffage à fond et lança son *Best of slows*.

— Tu me fais confiance pour la destination ?

Dans le clair-obscur de l'habitable, elle était carrément canon.

— Oui, je te fais confiance.

Il était à deux doigts de lui voler un baiser, mais il ne voulait pas tout gâcher.

Ils quittèrent le parking et se retrouvèrent sur la quatre-voies menant à River Falls. À la périphérie de la ville, Gerald bifurqua en direction de l'est. Il connaissait une petite route qui menait à un cul-de-sac sous les sapins, loin des regards indiscrets.

Moins d'un quart d'heure plus tard, il arrêtait le moteur, ne laissant que le chauffage et « Everybody's got to learn sometimes » des Korgies.

— Tu sais, je passe une très bonne soirée. Tu es vraiment une fille incroyable.

Margareth n'avait jamais entendu de mots aussi doux. Alors elle fit comme elle l'avait tant de fois imaginé. Elle approcha son visage du sien. Leurs bouches se rencontrèrent, leurs lèvres se soudèrent, leurs langues se cherchèrent.

Margareth eut une pensée furtive pour Callwin et ses préservatifs…

— Merde, fit Gerald.

Deux phares les éclairaient par-derrière.

Mercredi 24 décembre 2008

57

Callwin n’avait pratiquement pas fermé l’œil. Entre ses démons qui continuaient de la hanter et Margareth qui n’avait pas donné de nouvelles, elle avait passé la nuit à se ronger les sangs.

Margareth avait vingt ans. Quoi qu’elle lui ait dit en partant, elle avait dû passer la nuit dans les bras de son premier amour. Mais elle aurait pu lui envoyer un texto. Juste pour lui dire que tout allait bien.

Callwin ouvrit un nouveau paquet de cigarettes. Après son sevrage de quelques jours au manoir, elle s’était bien rattrapée. Elle jeta un œil à sa montre. 8 h 15. Il était encore tôt, mais elle ne tiendrait guère plus longtemps. Elle alluma sa cigarette et se posta devant la fenêtre de sa chambre d’hôtel.

Elle avait reçu une heure auparavant un mail de Boris Randall, qui lui assurait que les lecteurs étaient ravis de ses chroniques journalières et qu’il avait déjà des idées pour d’autres sujets. Recrachant un épais nuage de fumée, elle sourit en pensant à Barry. Il lui manquait terriblement. Elle avait besoin de réconfort, de quelqu’un qui la serre dans ses bras et lui dise « je t’aime ». Elle écrasa sa cigarette à moitié consumée et composa le numéro de Gerald sur son portable. Tant pis si elle les réveillait.

Apparemment il n'avait pas éteint son appareil. C'était toujours ça. Mais après trois sonneries, la boîte vocale se mit en marche. Elle eut un soupir amusé et raccrocha sans laisser de message.

— Petites marmottes, chuchota-t-elle.

Elle se donnait une heure avant de rappeler.

– Gerald, je suis la tante de Margareth. Je vous appelle pour qu'elle n'oublie pas de rentrer avant midi. Sinon, fini les sorties.

Callwin n'aimait pas ça du tout. Ce n'était pas le genre de Margareth, qui se levait chaque jour aux aurores. Peut-être n'avait-elle pas dormi du tout…

— Rappelle-moi, petite dévergondée, murmura-t-elle en regardant son téléphone désespérément muet.

Une heure plus tard, Callwin, ayant fini de se ronger les ongles de la main droite, se décida à appeler Hurley. C'était certainement ridicule, mais l'angoisse commençait à monter. Elle avait besoin de se défaire de son mauvais pressentiment.

— Leslie ? s'étonna Hurley.

— Salut, Jessica, je ne te dérange pas ?

— Non, mais tu ne devais pas être coupée du monde ?

Callwin pinça les lèvres.

— Écoute, je t'expliquerai plus tard. Tu pourrais me rendre un service ?

— Bien sûr. Dis-moi.

Callwin prit le bout de papier sur lequel était inscrit le numéro de Gerald.

— J'ai besoin d'un nom de famille. J'ai le numéro de portable et le prénom, ça te va ?

À l'autre bout du téléphone, Hurley ne cacha pas sa surprise. Dans quoi s'était-elle fourrée ?

— C'est possible. Mais il va falloir que tu m'en dises plus. Que tu me dises tout.

Callwin eut envie de lui dire de simplement lui faire confiance. Mais après tout, c'était une demande légitime. La confiance n'avait rien à voir dans cette affaire. Elle l'informa de son départ du manoir, et lui raconta comment elle s'était prise d'amitié pour une jeune fille des Enfants de Marie. Elle l'avait sortie de la secte pour une soirée en amoureux. Depuis, le prince charmant n'avait plus donné signe de vie.

— Une vraie mère poule, s'amusa Hurley à la fin de son récit.

— Moque-toi. Tu verras, quand tu auras des enfants.

Bien que ce ne soit pas du tout réglementaire, Hurley lui promit de faire le nécessaire et de la rappeler le plus vite possible.

Moins de vingt minutes plus tard, elle lui donnait l'information.

— Gerald Perkins. Il habite sur Golden Hill. Je te fais suivre le mail du FBI avec le fixe des parents et leur adresse. Évidemment, tu gardes ça pour toi, OK ?

— Ne t'en fais pas. Merci, vraiment ! Je te rappelle dès que je l'ai retrouvée. Bisous.

— À plus.

Callwin appela les parents de Gerald.

— Allô ? fit une voix de femme.

— Bonjour, excusez-moi de vous déranger. Je voudrais parler à Gerald, s'il vous plaît.

— Il n'est pas rentré. Puis-je savoir qui vous êtes ?

Après tout, ils étaient peut-être allés à l'hôtel – peut-être même étaient-ils dans la chambre d'à côté !

— Une amie, nous avions rendez-vous hier soir, comme il n'est pas venu et qu'il ne répond pas sur son portable, je me suis dit qu'il était peut-être chez lui.

— Il avait rendez-vous avec vous ? s'étonna Mme Perkins, méfiante.

— Surtout, ne lui dites pas que j'ai appelé. Vous savez comment il est. Il ne voulait pas dire qu'on se voie, mais on s'aime vraiment, dit-elle en prenant un ton légèrement juvénile.

Il y eut un silence, une hésitation. Finalement, Mme Perkins lui conseilla de téléphoner à Kevin.

— Il m'a dit qu'il passait la soirée chez lui et qu'il ne rentrerait peut-être pas. Je suis désolée qu'il vous ait posé un lapin.

Mme Perkins était sincère. Pour une fois que son fils s'intéressait à une fille plutôt qu'aux jeux vidéo !

— Je vois très bien qui c'est. Ça vous ennuie de me donner son numéro ?

— Non, je vous le passe tout de suite. (Et, tandis qu'elle cherchait le numéro :) Comment vous appelez-vous ?

— Leslie. Je suis en cours avec lui. Ça fait dix jours qu'on sort ensemble. Vous me promettez de faire comme si vous ne saviez rien ?

— Promis, dit Mme Perkins d'un ton amusé. Ah, voilà le numéro.

Callwin le nota sur un papier, la remercia et raccrocha. Elle appela aussitôt chez les parents de Kevin et après être passée par Mme Fisher, elle eut le fils au téléphone.

— Bonjour, Kevin. Est-ce que tu sais où est Gerald ?

— Mais vous êtes qui ?

— Je suis la tante de Margareth. La fille avec laquelle il est sorti hier. Depuis, plus de nouvelles. Si tu pouvais me renseigner, tu m'enlèverais un sacré poids.

— Je suis désolé, mais je n'en sais rien. Je ne savais même pas qu'il la voyait. Je vous jure, répondit-il, stupéfait.

Il avait l'air tellement surpris que Callwin ne doutât pas de sa sincérité !

« Et merde ! »

— Tu n'as pas une idée de l'endroit où il aurait pu aller ? Il ne t'a vraiment rien dit ?

— Peut-être chez Luke. Je vous donne son numéro.

Trois minutes plus tard, Luke lui tint le même discours. Il ignorait où pouvait se trouver Gerald.

Callwin était revenue à la case départ. 10 h 36. Ce n'était pas normal.

Elle ne savait plus quoi faire. Elle reprit son téléphone et rappela Hurley.

— Alors, tu les as retrouvés ?

— Non, et personne ne sait où ils sont. J'ai téléphoné à ses parents et à ses meilleurs amis. Personne n'a de nouvelles.

— Tu sais, s'ils ont fait l'amour pour la première fois, ils ont peut-être envie que ça dure le plus longtemps possible.

« Ça, c'est ce que j'aurais fait, mais pas une fille comme Margareth. »

— Écoute, Jessica, là j'ai vraiment besoin d'un gros service. Est-ce que tu peux voir avec ton mec s'il est possible de trouver leur position à partir du portable de Gerald ? (Elle marqua une pause, n'osant croire à cette possibilité :) Peut-être ont-ils eu un accident sur une petite route. Quand la batterie du portable s'éteindra, on n'aura plus aucun moyen de les repérer pour les secourir.

Alertée par la panique qu'elle devinait dans la voix de son amie, Hurley fut convaincue par ce dernier argument.

— D'accord. Va voir Mike au commissariat. Dès que nous avons leur position, vous irez ensemble.

— OK, j'y vais et merci.

Peu importait ce qu'elle pensait du shérif. Elle saurait mettre de côté ses sentiments personnels, pour le bien de Margareth.

Callwin se sentait de plus en plus mal. La lieutenant Blanchett attendait avec elle dans la cafétéria du commissariat.

— Ne vous en faites pas, on va les retrouver. Ils risquent même de ne pas apprécier ! essaya de plaisanter Blanchett.

Callwin avait tout raconté à Logan et à sa lieutenant. Il était 11 h 15, l'hypothèse de l'accident était de plus en plus plausible dans l'esprit de Callwin, qui ne voulait cependant pas imaginer le pire.

— Vous avez certainement raison. Voir la police débarquer en plein rendez-vous galant…, répliqua-t-elle, mais le ton n'y était pas.

La porte de la salle s'ouvrit brusquement. Logan, le visage fermé, s'adressa à Callwin.

— On a une position. Je viens d'envoyer un hélicoptère avec des secours. Moi, je m'y rends en voiture, vous venez ?

Callwin porta la main à sa bouche pour étouffer un cri.

— Qu'est-ce qui s'est passé ? demanda Blanchett.

— Je n'en sais rien. Le signal nous indique qu'ils sont à l'extérieur de la ville. À cinq cents mètres d'une route de campagne. Ils ont très certainement eu un accident, avec tout le verglas qu'il y a eu hier soir…

Callwin serra les mâchoires et s'efforça de se ressaisir. « Ne lâche pas maintenant, ma grande. »

Ils sortirent du commissariat. Dans un silence de mort, Logan, Blanchett et Callwin montèrent dans la Cherokee. Après avoir donné à Blanchett une carte routière avec le lieu supposé de l'accident entouré au feutre, Logan démarra en trombe et ouvrit la CB sur le canal de l'hélicoptère des pompiers.

Callwin avait envie de lui dire de rouler plus vite, mais ils dépassaient déjà largement les limites autorisées.

« Mon Dieu, si jamais vous existez, faites qu'elle soit en vie. Je vous en supplie », pria Callwin.

Ils venaient juste de sortir de la ville quand le pilote de l'hélicoptère leur annonça qu'il avait en vue un pick-up sur un chemin de terre, apparemment intact. Callwin explosa d'un rire nerveux. Même Logan eut un franc sourire. Il aurait détesté passer le réveillon avec deux jeunes cadavres sur les bras.

— Essayez de vous poser et allez leur parler, dit-il, soulagé.

Assise à l'avant, Blanchett se tourna vers Callwin.

— Je vous l'avais dit. Elle va sûrement être ravie d'être surprise en plein ébat par un hélicoptère et la police !

Callwin fut prise d'un fou rire incontrôlable.

— C'est bon, on s'est posés un peu plus loin. On va voir sur place, fit le pilote dans la CB.

Logan hocha la tête d'un air satisfait. Cette conne de Callwin lui avait vraiment foutu la trouille ! Plus de peur que de mal – c'est tout ce qui importait.

Ils avaient atteint la route de campagne quand le pilote reprit contact.

— On est allés jusqu'à la voiture. Il n'y a aucune trace des passagers. On a juste trouvé du sang sur le capot, fit-il, troublé.

— Non, non, NON ! hurla Callwin à l'arrière de la Cherokee.

Logan serra le volant à s'en faire mal aux jointures. « Pas ça ! Pas ça ! »

Ils quittèrent le chemin de campagne. Moins de six minutes plus tard, ils s'arrêtaient derrière le pick-up de Gerald.

Le pilote, le médecin et les deux infirmiers qui étaient à bord de l'hélicoptère étaient partis à la recherche du portable de Gerald.

— Restez avec elle, dit Logan à Blanchett.

Il sortit de son véhicule et s'approcha du pick-up. Le capot montrait des marques de coups et des traces de sang. La terre était piétinée. On s'était battus. Il mit ses gants et ouvrit la portière arrière. À première vue, rien d'anormal. Pas d'indice probant.

Il devait prendre contact avec ses amis du FBI. Il allait falloir sortir le grand jeu. Deux jeunes adultes disparus dans la forêt. S'ils avaient été enlevés, les statistiques démontraient qu'il ne leur restait guère plus de douze heures à vivre. Soit jusqu'à minuit. « L'heure de naissance de ce putain de Divin Enfant ! » jura Logan dans sa tête.

Il avait beau se dire qu'il ne fallait pas s'emballer, au risque de commettre une nouvelle erreur de jugement, c'était plus fort que lui. L'hypothèse d'un tueur en série le taraudait.

— Shérif ! Venez voir ! cria un des infirmiers.

L'homme était dans les fourrés, à près d'une vingtaine de mètres de leur position. Le corps d'un jeune homme reposait sur le sol.

— Il est mort, déclara l'infirmier après lui avoir pris le pouls.

Logan se baissa vers Gerald. Il tâta ses poches et y trouva le portable.

– Leslie, il faut que vous me disiez ce qu'ils avaient prévu de faire, dit Logan en secouant Callwin qui le fixait d'un regard vide.

— Je vous l'ai dit, elle ne réagit plus, intervint Blanchett, assise à côté d'elle sur la banquette arrière.

Logan pensa à appeler le médecin. Sans doute pourrait-il lui administrer un médicament quelconque qui lui ferait recouvrer ses esprits. Il eut une bien meilleure idée… ça faisait si longtemps qu'il en rêvait. Il lui donna une claque magistrale sur la joue. Blanchett en resta muette, mais avant qu'elle ait pu manifester son indignation, Callwin poussa un cri. Son regard affolé leur fit comprendre qu'elle était enfin sortie de son état léthargique.

Logan la prit par les épaules.

— Leslie, vous devez m'aider. Tout indique que Margareth a été enlevée. Elle est sûrement encore en vie. Vous devez nous dire où ils comptaient se rendre hier soir.

Déboussolée, Callwin mit un certain temps avant que les mots du shérif arrivent jusqu'à sa conscience. Quand elle comprit qu'il y avait une chance de sauver Margareth, toute hystérie disparue, elle retrouva un semblant de calme.

— Au cinéma. Ils devaient aller au cinéma. Celui du centre commercial.

Logan hocha la tête. Ils avaient enfin un début de piste.

— On y va. (Puis, se tournant vers Blanchett :) Tania, vous restez là, et vous attendez les équipes du FBI qui ne vont pas tarder pour le relevé d'indices.

Elle aurait préféré partir avec eux, mais un représentant de la loi devait rester sur place.

Logan remit le contact, fit demi-tour et, attrapant sa CB, demanda à Heldfield et à Portnoy de le rejoindre au centre commercial.

Une première hypothèse s'échafaudait dans son esprit. Vu l'endroit où se trouvait le véhicule, il semblait impossible que le (ou les) tueur les ait surpris par hasard. Le plus probable était qu'ils avaient été suivis. Avec un peu de chance, les caméras de surveillance du mall révéleraient quelque chose.

– Tout est informatisé. Il vaut mieux que mes hommes vous aident plutôt qu'on perde du temps à vous expliquer comment ça fonctionne, fit le chef de la sécurité du mall.

L'alerte enlèvement passait en boucle depuis une demi-heure. Elle avait été déclenchée juste après qu'une équipe de police était allée annoncer la mort de Gerald à sa famille. Un sale boulot dont le lieutenant Morris avait bien voulu se charger, accompagné de la sergent Linds.

— OK, fit Logan.

Ils étaient dans le PC sécurité et avaient affiché sur un des écrans les photos de Margareth et de Gerald.

— Je l'ai déposée juste après 19 heures à l'entrée principale, indiqua Callwin, qui se rongeait la peau autour de ses ongles.

Il y avait une dizaine d'écrans de contrôle devant eux. Chacun pouvait recevoir huit vidéos en même temps. Deux hommes se tenaient derrière des commandes aussi sophistiquées que celles d'une tour de contrôle. Sur l'écran principal, une vue de l'entrée apparut en temps réel. L'heure et la date étaient indiquées en haut à droite.

12/23. 7 PM. Il faisait nuit. Des dizaines de personnes entraient et sortaient. Seules, en famille, entre amis, avec ou sans Caddie.

— Mettez sur pause. S'il était à l'heure, Gerald doit être là, intervint Callwin.

La caméra était placée en hauteur et on avait du mal à voir les visages, surtout sur l'image fixe.

Tous cherchèrent du regard un individu qui pouvait ressembler au jeune homme sur la photo. Quatre ou six personnes pouvaient correspondre. Un des agents de sécurité tenta de zoomer, mais la qualité de l'image était exécrable.

— Je vais faire accélérer les bandes. Vous devrez repérer les personnes qui bougent peu. Des personnes qui attendent quelqu'un, fit l'agent de sécurité.

— Bonne idée, allez-y.

Logan regarda sa montre. Midi et quart. Moins de douze heures avant que les statistiques ne scellent la vie de Margareth. Les images s'accélérèrent. Très vite, trois personnes furent repérées. Deux hommes et une femme. Une chance sur deux.

— Stop, c'est elle ! s'écria Callwin quand elle vit une silhouette bondir sur un des deux hommes.

L'agent fit une pause et revint en arrière, remettant la scène à vitesse normale.

— Vous êtes certaine ? demanda Logan, dubitatif.

La jeune fille était en jean, les cheveux détachés. Rien à voir avec la photo trouvée dans le dossier universitaire de Margareth, sur laquelle elle portait des grosses lunettes et un chignon.

— C'était un rendez-vous amoureux. Je n'allais pas la laisser y aller comme ça, fit Callwin en montrant la photo.

Personne n'eut le cœur à sourire.

L'agent remit la bande en marche.

— Il ne nous reste plus qu'à les suivre et à observer le comportement des gens qui les entourent, reprit Logan.

Avec un parfait professionnalisme, l'agent retraça la soirée de Margareth et de Gerald, retrouvant les bandes de chaque caméra devant lesquelles ils étaient passés.

À leur surprise, ils n'allèrent pas au cinéma, mais au restaurant Pizza Hut. Logan fit accélérer la bande jusqu'à ce qu'ils en ressortent. Callwin ne put retenir des larmes quand Gerald passa son bras sur les épaules de Margareth et que celle-ci se serra contre lui.

Dans le PC sécurité, tout le monde retenait son souffle, ému par cet amour naissant.

— Regardez. Là ! fit le chef de sécurité.

Vingt années d'expérience sur ce poste. Il avait l'œil.

Il désigna sur l'écran un groupe de quatre personnes, dont une avait le bras tendu en avant.

— Reviens en arrière. Regardez-les bien.

Deux couples se moquaient de Margareth et de Gerald. Ils tâchèrent désormais de suivre d'un côté leur couple d'amoureux, de l'autre, les quatre jeunes gens. Ils virent la voiture de Gerald quitter le parking, suivie par la grosse berline des autres jeunes gens. Un gros plan permit de déchiffrer la plaque d'immatriculation, mais les visages n'étaient pas très reconnaissables.

— Vous avez fait du très bon travail. Je vous remercie, dit Logan, partagé entre soulagement et écœurement.

Ce n'était pas un serial killer, mais des petits cons qui s'en étaient pris à plus faibles qu'eux.

— Attrapez-les. Il faut qu'ils payent pour ce qu'ils ont fait, dit le chef de sécurité.

— Comptez sur moi !

13 h 10. Logan se gara sur les hauteurs de Golden Hill, devant la villa des Berkley.

Il avait fait tout le chemin avec pour seule compagnie une Callwin mutique. Pourtant il n'y avait eu aucun malaise entre eux. Perdu dans des pensées moroses, chacun se satisfaisait de la présence de l'autre.

Ils sortirent du véhicule et sonnèrent au portail. Une voix leur répondit par l'interphone.

— C'est pour quoi ?

— Je suis le shérif Logan. J'aurais quelques questions à poser à votre fils.

Un silence, puis un déclic et le portail s'ouvrit.

Une femme très bien habillée, maquillée et siliconée, affichant un sourire artificiel, les attendait à l'entrée de la maison.

— Je suppose que vous venez pour l'accident ?

Logan fronça les sourcils.

— Oui. Votre fils est là ?

— Non, il est chez sa petite amie. Vous voulez que je le prévienne ?

— Non, vous allez nous y conduire, si vous voulez bien.

La femme perdit de sa superbe et s'inquiéta enfin.

— Mais ce n'est que de la tôle froissée. Rien de plus.

— Où est la voiture ?

— Robert a dormi chez sa petite amie. Qu'est-ce que vous lui voulez ? Un simple délit de fuite pour de la tôle froissée. Vous n'allez pas l'inculper pour ça ?

— C'est ce qu'il vous a dit ?

— Oui, pourquoi ? Il y a un problème ?

— Je ne sais pas. C'est à lui de nous le dire. Je vous en prie, veuillez nous suivre.

Mme Berkley hocha la tête et, après avoir averti la femme de ménage qu'elle s'absentait un moment, elle s'enveloppa dans un superbe manteau de fourrure et monta dans sa BMW.

— Vous me suivez ?

Un quart d'heure plus tard, ils arrivaient devant chez les Marstein. La mère de Melany, clone de Mme Berkley, eut la même réaction face à la police. Elle leur dit qu'elle ne savait pas où était sa fille. Par un coup de téléphone de la mère à sa fille, Logan obtint une troisième adresse.

Ils reprirent la route et arrivèrent devant la villa des Rosberg, les parents de la deuxième jeune fille. « Beaucoup trop de voitures pour une seule famille », se dit Logan en se garant. Il sonna. Les quatre étudiants sortirent de la villa.

— Qu'est-ce que vous nous voulez ? fit le plus grand d'entre eux.

— Robert, qu'est-ce que vous avez fait ? s'alarma Mme Berkley, qui les avait suivis.

— On n'a rien fait du tout. Je te l'ai dit. On a eu un accident.

— Je pourrais voir la voiture ? demanda Logan, qui n'aimait pas du tout les manières de ces jeunes gens.

— Pas de bol, mon père vient de l'emmener à la casse, intervint Lindsay Rosberg.

— Quelle casse ? tonna Logan.

Les sales petits enfoirés voulaient faire disparaître les traces ! Qui sait si le corps de Margareth n'avait pas été dissimulé dans le coffre ; il serait bientôt broyé par les mâchoires d'un démolisseur de ferraille.

— Je ne sais plus.

— Ne jouez pas au plus malin avec moi.

— Mais qu'est-ce que vous avez fait ? répéta Mme Berkley.

— On n'est pas obligés de vous parler. On n'a rien fait, et si vous avez un problème, inculpez-nous de ce que vous voulez et adressez-vous à notre avocat, reprit la jeune fille avec un aplomb incroyable.

« Tu crois que ton pognon te préserve de tout, petite peste. Tu vas voir qui va gagner à ce petit jeu. »

Callwin se jeta sur Lindsay et d'une prise la serra à la gorge, jusqu'à l'étrangler.

— Dites-nous où votre père est parti ou je vous jure que je la tue.

Logan avait sorti son arme, qu'il braqua sur la tête de la journaliste.

— Je n'ai rien à perdre. Alors, parlez ou je lui brise la nuque.

Les étudiants se regardèrent, stupéfaits et terrifiés. Même Logan fut impressionné par le ton déterminé de Callwin. Elle paraissait capable de le faire.

— C'est bon. Lâchez-la. Il est parti chez Cars'n Crash, indiqua Theo, le petit ami de Lindsay.

« Jamais entendu parler », se dit Logan. Il prit son portable et demanda à un de ses sergents de joindre cette casse et de demander si une Mercedes Benz gris métallisé y avait été apportée.

Le temps sembla s'arrêter.

Callwin avait relâché Lindsay, qui la regardait les yeux chargés de haine.

Logan n'avait pas rangé son arme, prêt à tirer en l'air si besoin était pour calmer tout le monde.

— OK, parfait. Tu m'envoies une voiture dans chacun des domiciles suivants (il les lui énuméra) et demande un mandat au juge Beckett. Tu lui dis que c'est pour le rapt de Margareth.

— Quoi ? s'étrangla Mme Berkley.

L'ignorant, Logan se retourna vers les quatre étudiants.

— Vous êtes en état d'arrestation. Tout ce que vous pourrez dire à partir de maintenant…

Et il leur énonça leurs droits.

Il était 14 h 45 quand ils arrivèrent au commissariat.

Theo était monté devant avec Logan. Callwin était coincée entre les trois autres à l'arrière. Logan leur avait interdit de parler. Le silence était pesant.

Dès leur arrivée, des agents menottèrent les quatre prévenus avant de les mener dans des pièces séparées pour les interroger.

— Mike, je peux te parler une seconde ? demanda Hurley.

Elle n'avait rien à faire là, mais il n'était pas mécontent de la voir.

— Écoute, je n'ai pas vraiment le temps. On va interroger les gamins. D'ailleurs, si tu veux nous aider, pas de problème, je t'en confie un.

— D'accord, mais avant, juste une seconde, je veux savoir comment va Leslie ?

— Demande-le-lui. Elle est dehors, elle fume une cigarette. Rejoins-moi en salle d'interrogatoire.

Il y avait une effervescence peu commune dans le commissariat en cette veille de Noël. Logan avait dû rappeler nombre de ses agents pour aller perquisitionner chez les prévenus et interroger leurs proches. L'affaire était déjà évoquée dans les flashs d'information. Des appels à la prière pour retrouver Margareth saine et sauve étaient lancés par tous les religieux du coin. Des rassemblements s'étaient formés dans les églises, où l'on priait avec ferveur. « Balivernes ! » avait pesté Logan en découvrant tout ce cirque.

Hurley sortit du commissariat. Sous un ciel menaçant et dans un froid glacial, elle retrouva Callwin près du grand sapin de Noël.

— Leslie, comment tu te sens ?

Emmitouflée dans son manteau, elle haussa les épaules. Hurley nota les énormes cernes sous ses yeux rougis.

— Tu devrais rentrer chez toi et essayer de dormir. On va s'occuper de tout, dit-elle en lui posant une main affectueuse sur l'épaule.

— C'est de ma faute, de ma putain de faute ! Si on la retrouve morte, je ne me le pardonnerai jamais !

Elle tira sur sa cigarette et expulsa un épais nuage de fumée.

— Ne dis pas ça. Tu n'y es strictement pour rien. Tu as juste essayé d'aider une jeune fille à s'épanouir. Et puis, mets-toi bien ça dans la tête, personne n'aurait pu imaginer ce que ces quatre-là allaient faire. Personne.

Callwin parut ne pas l'entendre. Elle était ailleurs. Elle n'espérait plus retrouver Margareth vivante. Elle attendait seulement la confirmation.

— Je retourne à l'intérieur. Surtout, tu ne rentres pas seule. Tu dois te faire raccompagner. Tu me le promets ?

Callwin la regarda et quand elle comprit que Hurley ne bougerait pas avant d'avoir obtenu sa promesse, elle acquiesça.

— Je te le promets. Rentre, tu vas attraper la crève.

Hurley lui aurait bien tenu compagnie, mais l'urgence était de retrouver Margareth. Elle se dirigea directement vers la salle d'interrogatoire. Une jeune fille se trouvait face à Logan. Le maillon faible, avait-il tout de suite noté. Elle n'avait pratiquement pas parlé et jetait des regards implorants, tout en tentant de paraître sereine.

Hurley entra et se posa dans un coin de la pièce, laissant son homme agir mais prête à prendre le relais en cas de nécessité.

— Bon, on ne va pas y aller par quatre chemins. On sait que c'est vous qui avez agressé Margareth et Gerald. Ça ne sert à rien de nier. On a des bandes vidéo qui vous montrent en train de les suivre à la sortie du mall. Qui plus est, les experts de la police scientifique ont relevé un tas d'empreintes sur le lieu du crime. Dès que nous aurons les mandats, nous allons faire des prélèvements pour les comparer aux vôtres. Nous avons même retrouvé un chewing-gum dans un reste de vomi.

Melany s'arrêta de mâcher et blêmit.

— Si c'est le tien, on aura vite fait de prouver que tu étais sur la scène du crime.

— Je vous ai dit que je ne parlerais qu'en présence de mon avocat, dit-elle en évitant son regard.

Logan lui fit un sourire, les lèvres pincées.

— Tu connais tes droits, c'est bien. Maintenant je vais t'expliquer ce qui va se passer pour toi. Il faut bien que tu comprennes que nous vous tenons et qu'aussi fort que soit votre avocat, vous n'échapperez pas à un procès pour meurtre et enlèvement. Et c'est nous, la police (fit-il en se désignant des pouces) qui allons monter le dossier. S'il nous manque des preuves accablantes, je pourrai toujours arguer de ma forte présomption et dire que c'est toi l'instigatrice, que les autres n'ont fait que suivre tes ordres. Tu en prendras pour vingt ans minimum, si ce n'est la perpétuité – ou même la peine de mort.

Dans son coin, Hurley étudiait les réactions de Melany. Logan jouait sa partition à merveille. Elle ne donnait pas cinq minutes à la jeune fille avant qu'elle ne déballe tout.

— Je vais te dire ce qui s'est passé hier soir. Vous sortiez entre amis et vous avez reconnu Margareth. Tu sais, la timbrée habillée comme une Amish, sauf qu'hier soir, elle s'était faite belle pour plaire à un petit gars comme vous. Un fils de riches. Et ça, ça ne vous a pas plu du tout. On ne se mélange pas avec la plèbe. Alors vous les avez suivis pour leur donner une leçon. Ils s'étaient arrêtés pour passer une belle nuit romantique. Quand vous êtes arrivés, vous avez sorti Gerald de sa voiture dans l'intention de lui foutre une raclée, mais manque de bol, vous l'avez tué. Vous avez pris peur et avez essayé de cacher son corps. Et quand vous avez réalisé que ça ne servirait à rien, vous l'avez laissé sur place et vous avez enlevé Margareth. Alors maintenant, de deux choses l'une. Soit elle est morte et tu m'expliques comment, soit vous la détenez quelque part et tu as intérêt à me dire où, car je suis prêt à mettre hors de cause le premier d'entre vous qui me dira tout, fit-il avant de la laisser digérer ce long monologue.

Il s'adossa à son siège, le regard fixé sur le visage baissé de Melany. Elle tremblait de peur, et n'arrêtait pas de taper du pied.

— Je sais bien que tu n'as pas l'étoffe d'une tueuse, mais je n'hésiterai pas à te jeter en prison pour de longues années avec tes camarades si tu persistes à les protéger.

Elle redressa la tête. Sa détresse n'émut nullement Logan. Elle explosa en sanglots et abdiqua enfin :

— On n'a rien fait. Je vous le jure. On voulait juste leur faire peur. Rien de plus. C'est Lindsay qui a eu l'idée. Moi je m'en foutais. J'aurais préféré aller au cinéma comme prévu.

Logan n'essaya pas de lui faire accélérer son débit. Le moindre mot pouvait la bloquer, compte tenu de l'état de fragilité mentale dans lequel elle se trouvait.

— Theo et Robert ont sorti Gerald de la voiture et ont commencé à le frapper. Ils avaient trop bu. Ils ne se sont pas rendu compte de la violence de leurs coups. Je leur ai dit d'arrêter, je vous le jure, mais ils étaient comme sourds. C'est là qu'on a entendu un coup de feu.

Logan ferma les yeux et serra les poings. Qu'est-ce que c'était que cette histoire ?

— On n'a pas compris, puis on a vu une silhouette s'approcher de nous avec une de ces lampes torches aveuglantes. On n'y voyait rien. Il a tiré sur notre voiture et nous a ordonné de partir. On n'a pas cherché à comprendre. On est tous rentrés dare-dare dans la voiture en priant pour qu'il ne nous tire pas dessus. Je n'ai jamais eu aussi peur de ma vie. Je vous jure que c'est la vérité.

— À quoi ressemblait l'homme ? N'avez-vous rien remarqué ? Sa voix ? Il était jeune, vieux ?

— Je n'en sais rien. J'avais tellement peur qu'il nous tue ! Je sais seulement que ce n'était ni un gamin ni un vieillard.

Et elle se remit à pleurer.

Logan en savait suffisamment et était tenté de la croire. Mais cela signifiait une seule chose : il y avait un nouveau maniaque en ville !

— Tu veux boire quelque chose ? Un chocolat ? Un café ? lui demanda Hurley, qui s'était approchée.

— Oui, un chocolat, s'il vous plaît, balbutia la jeune fille.

Logan se leva et suivit Hurley qui quittait la pièce.

— Tu crois qu'elle nous ment ?

— Non, ça se tient. Elle était vraiment terrorisée, elle n'aurait pas inventé une telle histoire. De toute façon, nous allons comparer avec les autres.

— Et maintenant qu'elle a parlé, les autres vont très vite se mettre à table, ajouta Logan, sur la même longueur d'onde.

Il appela ses agents partis au Cars'n Crash et leur demanda s'ils avaient repéré un impact de balle sur la Mercedes de Theo.

— Oui. Un calibre 38.

Melany ne mentait pas. À moins qu'ils n'aient eux-mêmes tiré pour se créer un alibi…

— Amenez-moi le grand con, fit-il en parlant de Theo.

Moins d'une demi-heure plus tard, en présence de son avocat qui l'incita à tout déballer, puisque Melany l'accusait de coups et blessures ayant entraîné la mort, Theo passa à table. Il leur servit la même histoire que Melany, à un détail près : il jura que Gerald était toujours en vie quand ils s'étaient enfuis.

— Et s'ils nous menaient tous en bateau ? se demanda Hurley après ce second interrogatoire.

Elle avait du mal à se faire une idée. Les pleurs de Melany lui avaient paru sincères. Mais n'était-ce pas la force des pervers de jouer l'empathie pour manipuler autrui ?

— Est-ce qu'on a un autre choix que de les croire, pour le moment ?

— Je ne voudrais pas qu'ils aient caché Margareth quelque part et qu'ils la tuent dès qu'on les relâchera, dit Hurley. Tu me laisses interroger la deuxième fille ?

Logan, lui aussi, avait envisagé cette possibilité. C'est pourquoi il comptait les mettre sous filature dès que le procureur aurait prononcé leur mise en liberté.

— OK, je te laisse faire, répondit-il, ne cessant de penser aux minutes qui défilaient.

15 h 40. Il était plus que temps d'aller faire un tour chez les sans-abri qui squattaient les scieries désaffectées,

ainsi que dans les deux fermes les plus proches du lieu où avait été retrouvé le pick-up de Gerald. Il organisa ses patrouilles, et alors qu'il sortait du commissariat en compagnie du lieutenant Heldfield, Callwin s'approcha de lui et lui demanda des nouvelles. Il la regarda sans aucune animosité. Étrange, comme l'adversité pouvait souder deux êtres que tout séparait.

— À en croire nos suspects, une tierce personne serait intervenue et les aurait mis en fuite. Un maraudeur ou un fermier des alentours, à tous les coups. Vous voulez monter avec nous ?

— Non merci, dit la journaliste, soulagée.

Elle avait tellement craint qu'ils aient avoué l'avoir tuée et enterrée quelque part ! Mais était-ce un sort préférable d'être aux mains d'un pervers ?

Callwin regarda le shérif monter dans sa Cherokee. Elle eut un léger vertige et se décida à retourner à l'hôtel pour se reposer.

Simon Beaver était fatigué. Comme chaque veille de réveillon, il avait passé une très mauvaise nuit. L'image de son petit frère resurgissait sans fin des tréfonds de sa mémoire.

Néanmoins, il avait réussi à se lever, à venir au centre commercial et à enfiler sa tenue de père Noël. Depuis quatre heures, il prenait la pose pour des parents tout heureux de voir leurs rejetons dans les bras du père Noël.

Il n'avait qu'une envie, se coucher et être déjà au lendemain.

— Bonjour, père Noël, dit une petite voix.

Beaver regarda l'enfant qui s'adressait à lui, et crut que son cœur allait s'arrêter. C'était Jonathan ! Il leva les yeux et aperçut son ex-femme accompagnée d'un type qui avait l'âge d'être son père. Son nouveau mari.

— Je peux m'asseoir sur vos genoux ? demanda poliment Jonathan.

Beaver le regarda, incapable de prononcer la moindre parole. Son propre fils ne le reconnaissait pas.

— Eh bien, père Noël, soyez gentil, vous pouvez lui dire bonjour, fit le nouveau mari d'un ton légèrement agressif.

Beaver regarda l'homme puis Stella. Elle avait la main devant la bouche, de grosses larmes roulaient sur ses joues.

— Chérie, qu'est-ce qui se passe ? s'alarma le mari.

— Maman, pourquoi tu pleures ? ajouta Jonathan, inquiet lui aussi.

À l'abri derrière sa longue barbe blanche, qui lui mangeait tout le visage, sa capuche et ses gros sourcils blancs, Beaver était méconnaissable. Mais pas pour la femme qu'il avait aimée durant des années.

— Je ne me sens pas bien. On rentre, dit-elle d'une voix étranglée.

— Maman, je veux ma photo ! réclama Jonathan du haut de ses sept ans.

Beaver l'attrapa par la main et le prit sur ses genoux. Le photographe fit son travail, mais il n'aimait pas ce qu'il voyait.

— Un sourire, père Noël, dit-il d'un ton agacé.

Beaver se força à sourire et relâcha Jonathan.

— Merci, fit le mari d'un ton particulièrement désagréable.

Beaver se leva de son trône. Son regard croisa celui de Stella, qui se détourna vivement.

— Je vais faire une pause, je reviens, dit-il au photographe.

Le chef de la sécurité du mall s'étira en poussant un puissant râle de satisfaction. 18 h 57. Plus que trois minutes et les magasins fermeraient leurs portes. Le temps de laisser sortir les derniers clients, et il pourrait rentrer chez lui fêter le réveillon en famille, avec sa tendre épouse et leurs trois enfants.

On frappa à la porte du PC sécurité. Il alla ouvrir.

— Bonsoir, excusez-moi de vous déranger. Je sais que vous allez fermer, mais j'aimerais revoir les bandes, s'il vous plaît, dit Callwin.

La première impulsion de l'homme fut de la rembarrer. Ce n'était plus l'heure ! Mais son sens du devoir reprit le dessus. Margareth n'avait toujours pas été retrouvée. Alors, il demanda à son subordonné de remettre les bandes de la veille.

— Qu'est-ce que vous voulez voir exactement ? Ce sont bien les petits jeunes que vous avez attrapés, non ?

Il avait vu leur tête aux informations, sur un des multiples moniteurs de la pièce. Deux garçons et deux filles. Des enfants de riches qui s'en étaient pris à un pauvre garçon uniquement parce qu'il sortait avec une bigote. Où allait le monde ? !

— Oui, et non, il se pourrait qu'il y ait un autre complice, avança-t-elle prudemment.

L'avocat des jeunes gens avait prétendu, pour leur défense, qu'un inconnu serait intervenu et les aurait chassés. Le chef de la sécurité n'y croyait pas un seul instant. Mais si les parents faisaient jouer leurs relations, cette version pouvait être validée. Il n'y avait pas de justice !

— OK, revoyons ça.

Ils repassèrent les bandes et étudièrent les clients sur le passage du jeune couple. Alors que Callwin commençait à perdre espoir, l'assistant marqua une pause.

— Lui, fit-il en pointant un type en jean, avec un chapeau sur la tête. Ça fait deux fois que je le vois regarder des vitrines sans bouger.

Beaucoup plus attentifs, ils suivirent son parcours. Effectivement, il était en deuxième filature. Sa voiture sortit juste après celle des étudiants. Le numéro était clairement identifiable.

— Vous pouvez me faire une copie d'écran ? demanda Callwin, qui se retenait d'exulter.

Elle était à présent certaine que Margareth était en vie.

— Tenez, et bravo. Je n'aurais jamais pensé à ça, reconnut le chef de la sécurité, heureux d'avoir pris sur son temps pour trouver le véritable coupable.

Callwin lui sourit.

— On n'est pas payés pour rien, fit-elle en lui laissant entendre qu'elle travaillait pour la police. En tout cas, je vous remercie pour votre aide.

Elle sortit en hâte. Ce petit somme à l'hôtel lui avait fait un bien fou. Il lui avait surtout permis d'étudier à nouveau les faits sous tous les angles. Elle ne voulait pas commettre la même erreur que Logan sur l'enquête de Lewis Stark. Elle devait prendre le temps de la réflexion, envisager toutes les hypothèses. Par exemple, le jeune couple avait pu être filé par deux groupes distincts : les quatre étudiants et une tierce personne. L'homme qu'accusaient les étudiants.

Callwin avait reconnu la silhouette dès que l'assistant du chef de sécurité l'avait pointée du doigt. Même s'il ne portait plus son accoutrement habituel, il avait conservé sa barbe.

Elle devait tout raconter à la police.

Mais elle avait quelque chose à faire avant.

Contrairement à son habitude, Beaver ne retourna pas à son poste et garda son costume de père Noël. Ses plans pour la soirée étaient tout tracés. Ce n'était pas plus mal de mourir ainsi.

Il s'arrêta dans une supérette du centre commercial. Les clients qui le croisèrent lui sourirent, jusqu'à ce qu'il arrive dans l'allée des alcools et prenne deux packs de bière et une bouteille de whisky.

Quelle honte ! Quel exemple pour la jeunesse !

Il se moquait éperdument de ces réflexions offusquées. C'était presque amusant. Sous l'œil outré du caissier, il paya son dû et s'éloigna. Les vigiles n'allaient pas tarder à surgir pour lui demander de rendre son costume, alors il força le pas. Il évita le parking et partit en direction de la voie rapide. Il la longea un long moment sur le côté extérieur, avant d'enjamber la rambarde de sécurité. Il était tout juste 18 h 30. La nuit était déjà tombée. La circulation était fluide.

La soirée allait être dantesque, se dit-il en ouvrant sa première canette.

Il but sa première gorgée de bière comme s'il buvait le sang du Christ. C'était divin. Il se mit à entonner un vieux cantique de Noël et commença à se perdre dans ses souvenirs…

Callwin se gara un peu à l'écart des autres voitures du manoir. Il faisait nuit noire. Les fenêtres étaient toutes éclairées. Cela lui fit un drôle d'effet de revenir ici après les quatre journées qu'elle avait passées enfermée dans sa chambre d'hôtel.

Elle prit une grande inspiration et sortit de son Hummer.

La neige recommençait à tomber à petits flocons. Elle prit soin de ne pas glisser et monta jusqu'au perron. La porte s'ouvrit sur la carrure imposante d'un des membres de la communauté.

— Vous n'êtes pas la bienvenue ici, dit l'homme d'un ton lourd de reproches.

— Je dois parler à Miss Richardson. Dites-lui qu'il faut à tout prix que je lui parle.

L'homme la toisa de toute sa hauteur et lui demanda :

— Vous avez des nouvelles de Margareth ?

— Non, malheureusement pas, dit Callwin, qui insista : Dites-lui que je veux la voir, je vous en prie.

Des pas se firent entendre. Nathaniel venait de les rejoindre.

— Grand-mère veut vous parler, dit le garçon.

Il était sorti de l'hôpital dans la matinée et avait aussitôt regagné sa communauté.

— Heureux de voir que tu es guéri, dit Callwin d'un ton plein de sous-entendus.

Comment le garçon pouvait-il s'être ainsi dédit ?

— Merci, fit-il, paraissant ne pas percevoir l'ironie de Callwin.

Elle entra à sa suite dans le manoir. Ils montèrent directement au premier étage jusqu'au grand salon. Miss Richardson, dans son fauteuil près de la fenêtre, s'y trouvait seule avec son chat sur les genoux.

— Nathaniel, veux-tu bien nous laisser, s'il te plaît.

— Oui, grand-mère.

Il sortit et referma la porte derrière lui. Callwin s'avança. Elle redoutait de se trouver face à celle qu'elle avait trahie.

— Je devrais vous détester pour ce que vous avez fait, dit la vieille femme, le regard lointain.

D'une main machinale, elle caressait son chat avec un calme apparent.

Callwin se rapprocha. Il était temps qu'elle s'excuse.

— Je n'ai jamais pensé à mal. Je voulais seulement que Margareth s'épanouisse. Elle était amoureuse. J'ai cru bien faire, dit-elle, la gorge sèche.

Miss Richardson leva enfin les yeux sur elle. Un regard triste duquel toute trace d'autorité avait disparu.

— Pourquoi croyez-vous que nous nous coupions du monde ? Pour éviter de tels drames. La luxure corrompt votre société. Vous n'avez plus aucune valeur.

Cela était dit sans colère mais avec une grande lassitude. Callwin était venue dans une intention bien précise. Elle comprit alors qu'elle pourrait faire d'une pierre deux coups.

— Je vais vous dire pourquoi je ne crois plus en Dieu, dit-elle, se sentant prise d'un vertige qui l'obligea à s'appuyer contre la fenêtre.

Elle ferma les yeux pour juguler la terrible émotion qui la saisissait chaque fois qu'elle y repensait.

— J'avais huit ans. J'étais une petite fille pleine d'énergie et d'insouciance. J'adorais mon père. C'était un véritable héros à mes yeux. (Les larmes coulèrent.) Mais un jour, il m'a, il m'a… (Elle se mordit les lèvres jusqu'au sang et reprit.) Il m'a forcée à faire des choses, des choses ignobles. Chaque soir, je priais pour que cela cesse. Cela a duré deux longues et interminables années, avant que ma mère nous surprenne.

Elle était à deux doigts de la crise de panique. Elle prit de grandes gorgées d'air avant de conclure.

— Dieu n'existe pas, madame Richardson. Et s'il existe, c'est encore pire. Un dieu qui laisse violer des petites filles ne mérite que haine et mépris.

Elle avait enfin réussi à sortir le démon de sa cage. Pour l'heure, elle ne se sentait guère mieux.

— Qu'Il existe ou qu'Il n'existe pas est secondaire à mes yeux, mademoiselle Callwin. Ce qui importe, c'est

Son message, Ses commandements. Si chaque être humain les suivait un tant soit peu, aucune petite fille n'aurait à subir les abominations que vous avez subies.

Callwin la regarda, étonnée, pas certaine de tout saisir. Ne venait-elle pas d'avouer qu'elle ne croyait pas en Dieu ?

— Est-ce ce dont vous souhaitiez me parler ? reprit Miss Richardson sur le même ton lointain.

Callwin se promit de revenir discuter avec elle. Il fallait qu'elle aille plus loin. Du moins si Margareth revenait vivante.

— J'ai besoin de m'excuser auprès d'Ethan. Je sais qu'il est amoureux de Margareth. J'ai besoin de lui demander pardon pour le mal que je lui ai fait.

Miss Richardson hocha la tête.

— Nous allons aller le chercher, fit Miss Richardson, pour qui le pardon était l'un des fondements de la croyance.

— Je serai dans ma voiture. Qu'il m'y rejoigne, si cela ne le dérange pas.

— Allez-y.

Miss Richardson lui indiquait la porte. Callwin lui fit un petit sourire et la quitta.

La neige s'était arrêtée de tomber. Le ciel était opaque. Elle retourna d'un pas vif à sa voiture, ouvrit sa boîte à gants et en sortit son dernier achat, qu'elle mit dans la poche de son manteau.

Ethan arriva cinq minutes plus tard.

— Bonsoir, vous vouliez me parler ? demanda-t-il avec un air méprisant.

— Oui, mais d'abord, tu vas t'asseoir au volant.

Ethan fronça les sourcils.

— Pourquoi ? On vous a retiré votre permis de conduire ?

Callwin sourit et sortit son arme de sa poche.

— Parce que tu es un homme mort si tu ne le fais pas.

Elle avait pris soin de se garer suffisamment loin pour éviter que des curieux aux fenêtres puissent deviner ce qu'elle faisait.

Ethan ne broncha pas et attrapa les clés qu'elle lui envoya. Il se mit au volant. Faisant attention à le garder dans sa ligne de mire, elle s'assit côté passager.

— Maintenant, tu vas m'emmener là où tu retiens Margareth. Si tu tentes quoi que ce soit, je prendrai ça pour un aveu et je te tuerai comme le chien que tu es.

Il ne dit rien, n'essaya même pas de se défendre. Elle avait visé dans le mille.

Dans toute affaire de jalousie, il y avait soit un garçon jaloux, soit une fille jalouse. Dans le cas de Margareth, cela pouvait-il être le mobile ? Callwin s'était posé la seule bonne question : qui pouvait avoir envie de tuer Gerald et de kidnapper Margareth ?

Un homme amoureux de Margareth.

Dès qu'elle avait vu sa silhouette sur l'écran de contrôle du PC sécurité, son hypothèse s'était confirmée.

— Je n'ai pas fait de mal à Margareth, dit Ethan d'un ton serein en mettant le contact. Elle est à l'abri, elle a besoin de se reposer.

« Il essaye de te rassurer. Fais très attention. Il te tend un piège. »

— Je veux bien te croire. Je veux juste m'en assurer.

Ethan hocha la tête et roula prudemment sur le chemin de terre avant de prendre la voie rapide, qu'il abandonna un peu plus loin. Durant tout le trajet qui les mena sur un petit chemin, elle commença à regretter de ne pas avoir appelé la police. Serait-elle capable de tirer si nécessaire ? Et puis… n'importe qui à la place d'Ethan aurait tenté de se disculper du meurtre de Gerald. Pourtant, il n'avait posé aucune question. Il n'avait même pas cherché à savoir si elle avait prévenu la police.

« Il compte me tuer ! »

— C'est là. On est arrivés.

À la lumière des phares, Callwin essaya d'apercevoir une cabane ou un abri quelconque. Rien.

— Je te jure que si tu t'es foutu de ma gueule, je te bute !

Ils descendirent de voiture. Callwin prit garde de conserver une certaine distance entre eux.

— C'est par là, dit-il, en marchant dans le faisceau lumineux des phares.

Callwin entendit un bruit d'eau. Ils étaient tout proches de la rivière. Enfin elle vit la cabane. Une baraque en bois délabrée, manifestement à l'abandon.

— Passe devant, et pas de geste brusque.

Ethan lui sourit et entra dans la cabane. Il saisit une lampe à pétrole posée sur une étagère et alluma la mèche. Callwin avança de quelques pas.

Margareth était ligotée à un vieux lit en fer. Bâillonnée mais vivante.

— Maintenant, vous allez lâcher votre arme et la faire glisser sur le sol jusqu'à moi, ordonna Ethan, qui tenait la lampe enflammée juste au-dessus de Margareth.

— Quoi ? dit-elle, prenant conscience que si elle le tuait, la lampe tomberait sur la jeune fille. Non, c'est hors de question. Si je fais ça, tu n'auras plus qu'à nous tuer.

Ethan lui fit un large sourire.

— Nous voici donc devant un terrible dilemme. Soit vous me tuez et Margareth se transformera en torche vivante par votre faute. Soit nous restons comme ça jusqu'à ce que l'un de nous deux se fatigue. Pour ma part, je crains que mon bras ne tienne pas longtemps.

L'arme pointée devant elle, Callwin sentait la sueur inonder son front et couler dans ses yeux. Il n'était pas certain que la lampe se briserait ou se renverserait. Pouvait-elle prendre ce risque ?

— Je ne te donnerai pas mon arme.

Elle jeta un regard sur Margareth, qui avait cessé de gémir. Tétanisée, elle fixait la lampe à pétrole au-dessus de sa tête.

— Je ne suis pas ce que vous croyez. Vous pensez que je suis un malade, un serial killer, un violeur ? dit-il d'un ton méprisant. Non. Ça, ce sont vos fantasmes issus d'un monde décadent. C'est vous qui êtes malade, mademoiselle Callwin, pas nous.

— Alors explique-moi ceci, dit-elle en désignant le corps entravé de Margareth.

— Elle m'a vu mettre fin aux jours du garçon. J'ai paniqué. J'ai eu peur qu'elle porte plainte. Mais vous remarquerez que je ne l'ai ni violée ni maltraitée.

Callwin aurait pu le croire, mais quelque chose clochait.

— Qu'est-ce que tu espérais en la retenant prisonnière ? Dès que tu l'aurais libérée, elle aurait parlé à la police.

— Je sais. Mais je ne suis pas un tueur. Si j'ai brisé le cou de ce garçon, c'est pour le punir d'avoir osé poser la main sur Margareth.

Folie passagère. Exit le serial killer.

— Le mieux est de te rendre. Crime passionnel. Avec un bon avocat, tu ne prendras même pas dix ans. Par ailleurs, je suis sûre que Margareth ne portera pas plainte pour enlèvement si tu la relâches tout de suite.

— Possible, mais peut-être pas. J'ai l'intention de tenter ma chance. Vous allez me donner votre arme. Nous allons rouler une partie de la nuit. Quand nous serons près de la frontière canadienne, je vous libérerai et quand je serai suffisamment loin, je ferai parvenir un message à une autorité quelconque pour qu'on vienne vous chercher.

Callwin regarda Margareth. Elle imaginait l'horreur qu'elle venait de vivre. Après avoir vu son petit copain se faire amocher par les étudiants, elle avait assisté à sa mise à mort par Ethan.

— Ôte-lui son bâillon. C'est à elle de décider.

Ethan se baissa et, de sa seule main libre, détacha le bâillon.

Margareth, la bouche sèche, le maudit. Puis, retrouvant sa voix, elle se mit à hurler :

— Tuez-le ! Je veux mourir !

Callwin secoua la tête. Ça ne se terminerait pas comme ça.

Elle se baissa à son tour et posa son arme sur le sol. D'un geste, elle la poussa jusqu'aux pieds d'Ethan. Celui-ci s'en saisit et en gardant sa lampe dans l'autre main, il s'éloigna du lit à reculons.

— Détachez-lui les mains des barreaux, mais rattachez-les-lui ensemble. Je n'aimerais pas qu'elle fasse des bêtises.

Callwin s'approcha de la jeune fille ligotée aux montants du lit. Tandis qu'elle défaisait les nœuds compliqués, elle lui prodiguait des paroles douces et rassurantes. Ensuite, elle aida Margareth à s'asseoir, les jambes toujours entravées. Comme le lui avait ordonné Ethan, elle lui noua ses deux mains jointes.

— N'hésitez pas à serrer, insista Ethan, qui ne voulait prendre aucun risque.

Quand il fut satisfait, Callwin détacha les chevilles de Margareth.

— Bien, maintenant, nous allons tous retourner à la voiture. Cette fois, c'est vous qui allez prendre le volant, mademoiselle Callwin. Dans trois heures, nous devrions arriver à proximité de la frontière et tout rentrera dans l'ordre.

Si seulement cette idiote de Margareth s'était enfuie dans la forêt quand son copain s'était fait passer à tabac ! songea-t-il, amer. Lorsqu'il avait trouvé Gerald à moitié assommé près de sa voiture, il avait considéré comme un devoir de mettre un terme à cette vie. Il n'avait pas à toucher sa promise. Le Seigneur avait prévu que Margareth serait sienne. Le Malin ne pouvait pas compromettre les plans divins.

C'est alors que cette idiote de Margareth, restée dans la voiture et l'ayant vu briser la nuque de Gerald, s'était mise à hurler, jurant d'aller à la police. Ses tentatives pour la ramener à la raison étaient restées vaines. Il avait donc dû l'assommer avec son arme et l'amener dans cette cabane, le temps pour lui de prendre une décision.

Cette fouille-merde de Callwin venait de précipiter les événements. Il n'avait aucune confiance en la justice. Nul doute que Margareth l'accablerait. Il était bon pour la potence.

Callwin soutenant Margareth, elles sortirent de la cabane dans un silence de mort. Éblouis par la lumière des phares, ils retournèrent à la voiture. Callwin priait pour que Margareth ne tente pas d'action désespérée. Ethan voulait simplement se sortir d'une situation inextricable. S'il avait voulu les tuer, il l'aurait déjà fait. Elle se mit au volant. Ethan ouvrit la portière passager et poussa Margareth à l'intérieur. Callwin lui attacha sa ceinture et boucla la sienne. Ethan s'installa à l'arrière.

— Si vous essayez de provoquer un accident, croyez bien que j'aurai le temps d'appuyer sur la gâchette. Compris ?

— Je n'ai pas envie de mourir ce soir, rétorqua-t-elle, espérant garder son sang-froid jusqu'au bout.

Elle mit le contact, fit demi-tour et suivit les indications d'Ethan.

Margareth, les mains liées posées sur les genoux, se tenait prostrée, le regard vide.

Ils quittèrent le chemin de terre pour revenir sur une route de campagne. Après vingt minutes, ils avaient atteint la voie rapide qui contournait River Falls par l'est.

Assis à l'arrière du véhicule, tenant Margareth en joue, Ethan commençait à prendre conscience de la situation. Il ne s'en sortirait jamais s'il laissait ces deux femmes en liberté. Seul leur témoignage le reliait au meurtre de Gerald.

Il se souvint alors que la Femme avait été créée pour le bien de l'Homme. Quel mal y aurait-il à les sacrifier pour sa survie ? Il remercia Dieu de cette illumination, se sentant soudainement soulagé. Il referait sa vie au Canada ou ailleurs. Personne ne le retrouverait. Il enterrerait les corps et laisserait la voiture au fond d'un lac. Oui, voilà ce qu'il allait faire…

Jetant de fréquents coups d'œil dans le rétroviseur intérieur, Callwin remarqua le brusque changement d'expression d'Ethan. Il allait les tuer ! Son sang quitta son visage.

Simon Beaver regarda sa bouteille de whisky. Il ne lui restait plus qu'une gorgée, tout au plus. « Tout a une fin en ce bas monde », philosopha-t-il. Il porta la bouteille à ses lèvres et avala le liquide d'un trait, suçotant le goulot jusqu'à la dernière goutte.

Cela fait, il sut qu'il était temps de baisser le rideau. Le spectacle était terminé. Tout le monde pouvait aller se coucher et faire de beaux rêves. La vie de Simon Beaver s'arrêtait maintenant.

— Rentrez chez vous, braves gens, et n'oubliez pas de raconter de belles histoires à vos enfants, avant que la cruauté du monde ne les rattrape ! marmonna-t-il en se relevant.

Il ne tenait presque plus debout, assommé par la fatigue et l'alcool. Le flux des véhicules avait décru. Seules quelques voitures isolées circulaient à cette heure avancée. Les familles de River Falls étaient déjà attablées autour d'un repas de fête illuminé par la joie des enfants.

Simon prit un grand bol d'air, regarda la route et se promit qu'à la prochaine voiture qui passerait, il jouerait son dernier acte. Apercevant deux phares à l'horizon, il se mit en position. Quand il fut temps, il se rua sur la voie en poussant un cri de guerre.

Callwin savait qu'elle allait mourir. Dieu n'était qu'un sale connard aveugle et sadique.

— Tu vas nous tuer ! lâcha-t-elle en se mettant à trembler.

— Taisez-vous et regardez la route, dit Ethan, qui posa l'arme sur la tête de Margareth.

Personne ne les sauverait. Pourquoi lui avait-elle donné son arme ? Elle s'était prise pour une fine négociatrice, mais elle n'en avait pas la carrure. « Je suis qu'une pauvre conne ! »

C'est alors qu'elle vit surgir le père Noël.

Là, au milieu de la route, devant elle. Par réflexe, elle donna un violent coup de volant. La voiture dérapa, se coucha sur le côté, et ne tarda pas à faire un tonneau, puis un deuxième, avant de continuer en glissade sur le toit. Les deux airbags de l'avant s'ouvrirent en même temps. Callwin se retrouva collée contre son siège sans comprendre ce qui lui arrivait.

Quand le Hummer s'immobilisa enfin, elle se retrouva, un peu sonnée, la tête en bas, les pieds en l'air. Sans perdre une seconde, elle réussit non sans mal à se détacher et à s'éjecter à l'extérieur par la vitre qui s'était brisée. Des voitures s'étaient arrêtées sur les bas-côtés, après avoir allumé leurs warnings. Callwin passa de l'autre côté du véhicule et se pencha vers la vitre fissurée de la portière passager. Margareth était suspendue par sa ceinture et bloquée par l'airbag.

— Ça va ?

— Oui, répondit Margareth dans un souffle.

Elle entendit bien la vitre arrière se briser à son tour, mais elle s'en moquait. Déjà, tout un groupe de personnes s'approchait d'eux. Ethan n'avait aucune chance de s'en sortir. À moins qu'il ne soit suicidaire, mais le suicide était un péché mortel pour ces timbrés !

— Espèce de salope ! cria Ethan, qui s'était fracturé l'épaule.

Il tenait le revolver de Callwin à la main, la braquant tandis qu'elle tentait de dégager Margareth.

— Tu vas crever, cracha-t-il.

Tous les bons Samaritains firent aussitôt demi-tour et allèrent se mettre à l'abri derrière leur voiture ou la rambarde de sécurité.

— Tu es foutu, Ethan. Rends-toi. Je te l'ai déjà dit, on peut défendre un crime passionnel. Pas un meurtre commis de sang-froid.

Elle venait de frôler la mort. L'arme braquée sur elle ne produisait plus le même effet. L'adrénaline de l'accident semblait l'avoir immunisée contre toute autre peur.

Ethan était sur le point de tirer, mais il savait que cela ne servirait plus à rien. Les flics n'allaient pas tarder à arriver. Même s'il prenait une autre voiture avec des otages, il n'aurait aucune chance.

— Prends-t'en à un homme plutôt qu'à une femme, fit une voix dans son dos.

Ethan tourna la tête et sentit la haine l'envahir.

— Toi ? ! cracha-t-il en découvrant le père Noël.

— Allez, un peu de courage, tu n'es pas une mauviette.

Ethan cessa de braquer Callwin et visa Beaver.

— À quoi tu joues, pauvre débile ? Tu tiens tant que ça à mourir ?

Et comment ! Il n'avait plus rien à perdre. Il allait mourir comme son frère. Une balle en pleine tête. « Tradition familiale », se dit Beaver en continuant à marcher vers Ethan.

— Arrête-toi ou je te jure que je vais tirer.

Quand il avait vu la voiture arriver sur lui, il avait levé les yeux au ciel et attendu l'impact… qui n'était pas venu.

Au contraire, il avait assisté, bras ballants, à un terrible accident de voiture.

Il maudit le Ciel. Pourquoi un tel coup du sort ? Non seulement il lui était refusé le droit de mourir, mais il venait de tuer une famille d'innocents ! Avant de braquer pour l'éviter, la conductrice avait eu une expression terrifiée. Il avait regardé l'accident se produire dans un état second. Lorsqu'il avait vu une femme sortir de la voiture, il avait repris pied dans la réalité et s'était mis à courir pour lui venir en aide. C'est alors qu'il avait pris conscience qu'il tenait toujours sa bouteille de whisky à la main. Il était sur le point de la jeter quand il vit un autre rescapé, arme au poing, tenant en joue la conductrice.

Sans chercher à comprendre, il avait couru encore plus vite. Dieu lui laissait finalement une chance d'en finir.

– Arrête-toi ou je vais tirer ! le somma Ethan.

— Vas-y, montre-moi que tu as des couilles, le brava Beaver en levant sa bouteille de whisky d'un air menaçant.

Ethan appuya sur la détente mais rien ne se passa.

La conne n'avait pas enlevé la sécurité ! Le temps qu'il le fasse, Beaver était sur lui.

Callwin était restée accroupie près de Margareth et assista sans réagir à l'arrivée du père Noël. L'homme jouait son rôle avec conviction. Il se prenait pour un héros, mais il allait se faire tirer dessus et mourir. Elle voulut lui crier de ne pas bouger, mais le choc post-traumatique venait de la saisir de plein fouet. Prise de tremblements irrépressibles, elle se trouva incapable de parler.

Elle vit Ethan tirer. La balle ne partit pas.

Puis, on entendit un bruit mat quand la bouteille que tenait le père Noël rencontra le crâne d'Ethan, qui s'effondra de tout son long sur le bitume. Des « hourra ! » jaillirent dans la nuit. Callwin, arrivant à se maîtriser, saisit la bouteille et en donna un nouveau coup sur la tête d'Ethan.

S'étant emparé de l'arme, Beaver allait se la mettre dans la bouche quand un homme lui tapa l'épaule et lui dit : « Vous avez été génial, père Noël. Bravo ! » Là-dessus, les autres conducteurs, rassurés, vinrent le féliciter à leur tour. Il se mit à pleurer comme un enfant.

Cela faisait si longtemps qu'on ne lui avait pas manifesté un peu d'affection…

Quand il eut donné sa dernière interview télévisuelle, Logan retourna dans son bureau, et retrouva Hurley qui l'attendait en compagnie de Callwin.

— Je n'arrive toujours pas à le croire, dit-il, le sourire aux lèvres.

Les deux femmes ne l'avaient pas attendu pour se servir à boire. Il prit un verre et se servit un whisky en regardant la bouteille comme s'il la voyait pour la première fois.

— Vous avez été totalement inconsciente, dit-il à Callwin, mais je ne sais pas pourquoi, je n'arrive pas à vous en vouloir.

Il avait passé toute sa fin d'après-midi et son début de soirée à l'extérieur, à interroger les sans-abri et les habitants des fermes avoisinantes. Sans résultat. Margareth restait introuvable. Le FBI et ses chiens étaient eux aussi rentrés bredouilles. Ils étaient dans l'impasse et commençaient à douter de la version des quatre jeunes gens. Malgré l'insistance de leurs avocats, le procureur avait refusé d'accorder toute liberté sous caution tant que Margareth n'aurait pas été retrouvée. Logan avait été étonné mais ravi par cette position, persuadé qu'il était que les relations des parents permettraient de faire libérer ces gosses de riches. Il devait reconnaître qu'il avait méjugé le procureur.

Puis, à 20 h 30, alors que son moral était au plus bas, le standard s'était mis à crouler sous les appels. Un accident venait d'avoir lieu sur la voie rapide, impliquant un père Noël et un tueur fou ! Il y avait dépêché tout le monde, FBI compris. Là, il avait retrouvé Callwin,

Margareth, le tueur et le père Noël ! Toute sa vie, Logan avait trouvé matière à injurier les cieux. Exceptionnellement, il trouva une prière silencieuse pour remercier un Dieu auquel il ne croyait pas.

— Parce qu'au fond de vous, vous savez que je suis une fille géniale, répondit Callwin.

Logan sourit sans se forcer et avança son verre vers elle.

— Trinquons à votre folle échappée, dit-il.

Callwin reprit son verre et trinqua avec joie sous le regard incrédule de Hurley. Ils burent une gorgée de whisky et Logan reprit :

— Si vous voulez dormir à la maison, ça ne me pose aucun problème, lui proposa-t-il.

Il était sincère.

— C'est gentil, mais j'ai promis à Margareth de la rejoindre au manoir. Je lui dois bien ça.

— Tant pis. La prochaine fois, fit-il, en ajoutant : Joyeux Noël.

Il se sentait incapable d'en vouloir à quiconque. Malgré la mort de Gerald, il était soulagé de pouvoir refermer ce dossier, dans lequel il avait craint le pire.

— Qu'est-ce qui te prend ? Elle t'a tapé dans l'œil ? le taquina Hurley une fois Callwin partie, ravie que Logan change enfin de point de vue sur son amie.

Faisant mine d'apprécier du regard les formes de la journaliste qui remontait le couloir vers la sortie, Logan lâcha :

— Elle a un cul d'enfer.

Hurley dénigra la réponse d'un « pffff ! », se leva à son tour et prit son homme dans ses bras.

— Plus beau que le mien ? demanda-t-elle en lui prenant ses mains pour les poser sur ses fesses.

Jeudi 25 décembre 2008

58

— Voilà, c'est fini, fit la maquilleuse en s'écartant.

Beaver se leva et se regarda dans la glace. Il était méconnaissable, dans son beau costume gris perle. Un homme élégant, impeccablement coiffé et maquillé, le regardait droit dans les yeux. « Moi ! » s'étonna-t-il. Ses yeux s'embuèrent.

— Venez, on est prêts pour le direct.

Les télévisions se l'arrachaient. Un tel scoop le jour de Noël était du pain béni pour les grandes chaînes. La presse ne parlait que de lui. « Le père Noël sauve deux jeunes femmes enlevées par un psychopathe. » Un père Noël dont la vie en forme de roman noir se terminait comme un conte de fées. Beaver avait déjà tous les éditeurs à ses pieds pour lui faire publier son autobiographie, mais aussi ses contes illustrés pour enfants.

Il avait passé la nuit en observation à l'hôpital, le temps que son taux d'alcoolémie redescende. L'assistante de Larry King, envoyée sur place, l'attendait pour un duplex en direct sur CNN. Sa première interview. On le conduisit devant le grand sapin illuminé dans la cour de l'hôpital et on lui cala une oreillette.

Il se sentait fébrile. Il espérait être à la hauteur.

Tous les malades suffisamment valides étaient à leur fenêtre ou dans le hall d'accueil à le regarder béatement. C'était une si belle histoire !

— Articulez bien, et souriez, lui rappela l'assistante, qui se tenait près du caméraman.

Sur le moniteur de contrôle, elle vit que Larry King avait commencé son intervention, assis à son bureau dans les locaux de CNN. Quand il se tourna vers l'écran placé derrière lui, elle pointa le doigt sur Beaver, lui faisant comprendre que c'était à lui.

— Tout d'abord, cher père Noël, laissez-moi vous remercier pour votre cadeau, fit Larry King en tirant sur ses bretelles.

Beaver eut un sourire crispé. Il était tétanisé par le stress.

— Alors, comment vous sentez-vous ? Quel effet ça fait d'être le héros de toute une nation ?

— Je ne sais pas. Je veux juste dire à mon fils que je l'aime, et qu'il me tarde de le revoir…

À l'autre bout de la ville, Jonathan était collé devant son poste de télévision.

— C'est papa, c'est papa ! hurlait-il avec tout l'enthousiasme de son jeune âge.

Stella, qui avait passé la nuit à pleurer, repartit de plus belle, sous le regard navré de son nouveau mari.

À Seattle, Stanley Warren avait tenté de résister, mais ça avait été plus fort que lui. Il était allé sur Internet et avait visionné, comme des millions d'Américains, l'arrestation rocambolesque d'Ethan Spinner par le père Noël. Même si la résolution des caméras intégrées au téléphone potable n'était pas très bonne, c'était regardable et parfaitement cocasse.

— Hé, tu m'écoutes ? fit la jolie brune assise en face de lui dans l'un des plus beaux restaurants de Seattle.

— Oui, excuse-moi, c'est que nous n'avons pas beaucoup dormi, dit-il avec un air malicieux.

La brune retrouva le sourire et se remit à parler. Si seulement il pouvait oublier River Falls et sa nuit d'amour avec Hurley… La veille, il avait reçu un texto de la belle profileuse. Il avait perdu la partie. Or perdre n'était pas dans ses habitudes. Mais qui savait de quoi demain serait fait ?

– Je ne m'en remettrai jamais, dit Margareth.

Il était midi et elle refusait de se lever. Callwin était sur le point de partir. Aussi paradoxal que ce fût, elle sentait bien que les membres de la communauté ne lui étaient pas reconnaissants d'avoir sauvé Margareth, mais la considéraient comme responsable de l'arrestation d'Ethan.

— Ne crois pas ça. D'autres ont vécu des choses aussi terribles que toi et s'en sont sortis. Jésus n'a-t-il pas subi toutes les humiliations ?

Margareth la regarda et eut un petit sourire. Le premier depuis que Callwin l'avait retrouvée.

— Plus jamais je n'aimerai un autre homme, dit-elle en pensant à Gerald.

C'était l'homme de sa vie et il était mort de l'avoir aimée.

— On en reparlera une autre fois. Maintenant il faut que tu dormes. Tu as besoin de beaucoup de repos.

Le médecin était passé et lui avait prescrit des calmants. Il avait envisagé de la mettre sous antidépresseur si son état ne s'améliorait pas sous peu.

— Vous ne reviendrez jamais. Je le sais, dit Margareth d'une voix atone.

— Alors là, tu te trompes complètement, ma grande. Non seulement je vais revenir, mais encore, c'est toi qui vas venir à Seattle dès que tu t'en sentiras capable.

Tel était le plan de Callwin et de Miss Richardson.

Contrairement aux autres membres de la communauté, la vieille dame ne lui tenait pas rigueur du rôle qu'elle avait joué dans ce drame. « Les voies du Seigneur sont impénétrables », avait-elle rappelé. Les deux femmes avaient longuement discuté et étaient tombées d'accord sur le fait que Margareth devait quitter la communauté au plus vite. Les parents d'Ethan ne lui pardonneraient jamais d'avoir « trompé » leur fils. D'autre part, il fallait que quelqu'un vive à l'extérieur pour accueillir Nathaniel quand il serait en âge de quitter la communauté. Miss Richardson ne voulait plus de drames. Certes, elle n'accepterait jamais l'homosexualité du garçon, mais l'idée qu'il souffre de sa différence lui était insupportable.

— Vous me le promettez ? demanda Margareth avec un regard implorant.

— Tu as ma parole. Que je meure à l'instant si je mens.

Elle se pencha vers elle et l'embrassa sur le front.

Logan ouvrit un œil et s'étonna de l'heure affichée sur l'écran de son réveil : 12 h 10. Il tâta le lit à la place de Hurley. Vide. Il s'étira et se leva d'un bond. De gros flocons tombaient sur les jardins, les toits et les voitures. Tout était recouvert d'une épaisse couche moelleuse.

Une parfaite journée pour rester au chaud entre amoureux.

Après s'être douché, il descendit en peignoir dans la cuisine. Hurley lui avait préparé un petit déjeuner.

— Tu dormais si bien. Je n'ai pas eu le cœur de te réveiller.

— Merci, j'en avais grand besoin.

Il prit une longue gorgée de café et eut une pensée pour le lieutenant Heldfield, qui était de permanence. Il passerait le voir dans l'après-midi. Pour l'heure, il avait besoin de câlins. Il s'approcha de Hurley et lui déposa sur les lèvres un baiser parfumé au café.

— Joyeux Noël, ma belle.

— Joyeux Noël, mon amour, dit-elle en lui tendant une enveloppe décorée de stickers brillants en forme de cœurs.

Il devina tout de suite de quoi il s'agissait. Depuis le temps qu'ils parlaient de faire un voyage en Europe ! Venise, Rome, Paris, Barcelone ?

— Attends, je vais chercher le tien, qu'on ouvre ensemble.

Il lui avait acheté une parure, collier et boucles d'oreilles en pierres semi-précieuses.

— Non, ouvre d'abord, dit Hurley. J'espère que tu vas aimer.

Logan remarqua qu'elle trépignait. Il secoua la tête, amusé, et décacheta l'enveloppe. Il en sortit la photo. Il n'en croyait pas ses yeux.

— C'est ce que je pense ? fit-il, sous le choc, comprenant enfin les sautes d'humeur de sa compagne.

— Oui, tu es content ? demanda Hurley, qui n'arrivait pas à déchiffrer son expression.

Surprise, déception, abattement ou grande joie ?

— Si je suis heureux ? demanda-t-il, abasourdi.

Il s'approcha de Hurley et la serra très fort dans ses bras.

— Je suis l'homme le plus heureux du monde !

Ils s'embrassèrent avec une passion renouvelée et, sans lâcher Hurley, Logan posa sur le coin de la table l'échographie du nouveau membre de leur famille.

Épilogue

Callwin entra dans une grande salle semblable aux dizaines d'autres qu'elle avait vues dans des films : dans des parloirs isolés les uns des autres par des cloisons, des prisonniers discutaient par téléphone avec leurs proches assis de l'autre côté d'une vitre en verre ultra-sécurisé.

— Numéro 5, dit le gardien en lui indiquant l'un des parloirs.

La journaliste le remercia et alla s'asseoir. Il n'y avait encore personne. Elle posa son sac à ses pieds et attendit patiemment. Elle savait qu'elle n'avait rien à faire ici, mais ça avait été plus fort qu'elle. Il fallait qu'elle voie cette ordure avant qu'il ne meure.

La porte de la pièce d'en face s'ouvrit. Un surveillant conduisit un prisonnier menotté jusqu'à elle. Même dans sa tenue orange, il n'avait pas l'air d'un monstre. Plutôt d'un simple gratte-papier d'une quarantaine d'années, les cheveux clairsemés, maigre, le teint cireux. Il inspirait davantage la pitié que la crainte. Il s'assit en face d'elle et saisit le combiné.

— Bonjour, Leslie, heureux de vous rencontrer en chair et en os, dit-il en la regardant droit dans les yeux.

Immédiatement, le gratte-papier se transforma en monstre dans l'esprit de Callwin. Il y avait quelque chose de terriblement malsain dans son regard. Une lueur de folie et de perversion qui la fit frissonner.

— Bonjour, monsieur Snider, dit-elle, la gorge serrée.

L'homme sourit et lui dévoila une belle dentition. Un vampire !

— Appelez-moi Ray, si vous voulez bien.

Elle hésita, mais préféra ne pas le contrarier.

— Très bien, Ray. Vous êtes toujours d'accord pour répondre à mes questions ?

Elle avait cessé d'écrire sur la communauté des Enfants de Marie le jour même de l'arrestation d'Ethan Spinner. En revanche, elle avait rédigé un long article, repris dans plusieurs quotidiens de tous le pays, sur « Une journée en enfer ».

Comme Beaver, elle avait fait la une de nombreux journaux télévisés. Elle y racontait comment elle avait retrouvé Margareth et comment le père Noël les avait sauvées. Elle avait gagné un paquet d'argent et une reconnaissance définitive de la profession. Le *NOW* voulait lui faire signer une exclusivité pour ses futurs articles, tandis que les patrons du *Seattle Tribune* étaient prêts à la salarier pour un montant très alléchant. Mais elle avait décidé d'écrire un essai sur ces ordures qui s'en prennent aux femmes. Pour commencer, qui d'autre que l'homme qui avait voulu tuer Hurley ?

— Non, répondit Snider benoîtement.

Callwin fronça les sourcils. À quoi jouait-il ?

— Tant pis. Au revoir, monsieur Snider, dit-elle sans raccrocher pour autant.

— Que vous êtes chatouilleuse ! se moqua Snider, dont le regard s'attarda sur les seins de Callwin. Je voulais simplement dire que je n'ai aucune intention de figurer dans un livre. Je n'ai pas d'ego mal placé. Je me moque d'être l'un des plus grands criminels de tous les temps.

Callwin savait qu'il avait toujours refusé les interviews. Elle avait pensé qu'il avait enfin changé d'avis parce qu'elle avait écrit dans sa proposition qu'elle connaissait personnellement Jessica Hurley.

— Alors pourquoi accepter de me voir ? Juste pour mater des lolos avant de pourrir en enfer ? lança-t-elle, sur le point de se lever.

Snider leva lentement les yeux et croisa son regard.

— Ce serait une raison suffisante. Mais non, je voulais que vous fassiez passer un message à notre tendre amie commune.

Callwin regrettait d'être venue.

— Je vous écoute, répliqua-t-elle d'un ton glacial.

— Ça fait quelques mois que je demande à la voir, mais elle refuse de me parler. Je crois qu'elle n'a toujours pas digéré le coup de couteau que je lui ai planté dans la poitrine.

Il avait perdu son regard lubrique et semblait perdu à l'intérieur de lui-même.

« Quelle pourriture ! »

— Alors, vu que d'ici à quelques jours, je n'aurai plus guère de moyens de communiquer, je vais profiter de votre amitié pour elle pour vous confier un secret qui devrait lui plaire et qui, au passage, pourrait faire de vous une grande journaliste.

Qu'est-ce qu'il allait lui sortir ? Un truc du genre « Je suis innocent » ?

— J'ai beaucoup de sang sur les mains, Leslie, et à vrai dire, je ne le regrette pas. Voir mourir quelqu'un est une chose que tout le monde devrait expérimenter. C'est tellement divin. (Son visage prit une expression extatique répugnante.) Mais il se trouve que je ne suis pas le monstre pour lequel on aimerait me faire passer.

Et voilà, il allait essayer de se disculper. « Pauvre type, tu crois vraiment échapper à la peine de mort ? »

— Je ne suis qu'un pantin.

Il leva les bras et les secoua en penchant la tête sur le côté, comme désarticulé.

« Un vrai cinglé ! »

— Attention, croyez bien que je n'ai pas l'intention de demander un report de mon exécution. J'en ai plus qu'assez de vivre dans ces conditions. Surtout après avoir vécu de si magnifiques expériences, reprit Snider.

Callwin posa ses coudes sur la table et le dévisagea. Pouvait-il y avoir une once de sincérité dans ses propos ?

— J'aime quand vous me regardez comme ça. J'ai effectivement tué douze jeunes femmes. Toutes victimes de viol. Je les connaissais toutes. C'était moi le greffier lors de leurs procès. Mais ce que vous ignorez, c'est que je n'étais jamais seul pour perpétrer mes crimes. Et pour cause, ce n'était pas mon idée, au départ.

Avant de venir voir Snider, Callwin avait obtenu de Logan, par ses relations au FBI, d'avoir accès à son dossier. Parmi la multitude d'éléments, il y avait les témoignages des voisins des victimes. Certains avaient reconnu Snider, affirmant l'avoir vu dans leur immeuble sans se douter qu'il n'en était pas résident. L'un d'eux assurait avoir aperçu Snider accompagné d'un homme et leur attitude lui avait donné à penser qu'ils étaient amis. Le procureur avait bien tenté de creuser cette piste, mais sans autres indices et sans aveux de la part de Snider, elle avait vite été oubliée.

Se pourrait-il qu'il ait réellement existé ?

— Je ne vous raconterai pas mon enfance. Elle est à pleurer. Le parfait manuel pour fabriquer un psychopathe, dirait notre chère Hurley. Sachez seulement que très tôt, j'ai suivi des thérapies. C'est en novembre 1995 que j'ai déménagé pour Seattle et suis allé sonner chez le docteur Cleveland. De séance en séance, il a su voir le monstre qui est en moi. Ce serait trop long à vous expliquer, mais il m'a fait comprendre que je ne devais plus renier ma vraie nature. Au contraire, je devais la laisser s'exprimer. Pour ce faire, il m'a donné des conseils et une méthodologie. J'ai tué mes cinq premières victimes sans que personne ne décèle autre chose que des suicides. Par la suite, j'ai eu besoin de faire partager mon œuvre… À moins que ce ne soit lui qui me l'ait suggéré. Bref, pour les autres, je l'ai invité à me regarder faire. C'est toujours agréable de partager ses bons moments avec quelqu'un, n'est-ce pas ?

« Vivement qu'il crève ! » se dit Callwin, qui avait du mal à conserver son sang-froid.

— Quand je lui ai fait part de mon intention de tuer Jessica Hurley, il a tout de suite opposé son veto. Je ne devais m'en prendre qu'à des femmes victimes de viol, pour que la thèse du suicide soit plausible. Sans compter que la mort violente d'une profileuse du FBI amènerait tous les experts du pays à se pencher sur cette affaire. Je n'avais aucune chance de réussir, m'assura-t-il. Je me suis cru plus fort que lui. C'est lui qui avait raison. J'ai échoué. Ça s'est joué à ça, fit-il en marquant une distance entre son pouce et son index.

C'en était trop pour Callwin.

— Pauvre petite merde ! Je serai là pour te voir quand tu crèveras ! dit-elle en sentant la colère lui empourprer le visage.

— Calmez-vous, Leslie. Nous sommes entre personnes de bonne compagnie. Tâchez de rester digne, je vous prie, la nargua Snider, dont le regard revint se fixer sur sa poitrine.

Elle aurait dû se lever et le laisser à ses démons, mais la journaliste en elle était intriguée par ses révélations, aussi farfelues qu'elles puissent paraître.

— J'ai aimé Jessica en secret pendant des années. J'adorais quand elle venait déposer ses expertises dans les affaires de meurtres. Si belle, si élégante et si gentille avec moi. Je lui ai proposé un soir de boire un verre. À ma grande surprise, elle a accepté. Mais quand, à la fin du repas, je lui ai demandé si je pouvais l'embrasser, avec un air désolé, me regardant comme si j'étais un moins-que-rien, elle a refusé de poser ses lèvres sur les miennes, fit-il en approchant sa bouche de la vitre de séparation.

Callwin recula, dégoûtée. Snider se mit à rire et reprit une posture plus digne.

— Tout ça pour vous dire que si ma lame a raté son cœur, une fois en prison, j'ai pu parler à cette espèce de grosse brute. Vous voyez de qui je parle.

Là, il la testait. Elle devait lui répondre même s'il lui donnait envie de vomir.

— Mike Logan. Il n'est pas si rustre que ça quand on le connaît.

— Vous le détestez, avouez ! fit Snider, qui s'amusait comme un petit fou. Bref, je lui ai fait la promesse que je tuerais Jessica s'il ne la quittait pas. Je lui ai dit que je m'étais assuré les services d'un tueur à gages qui le surveillerait régulièrement pour me dire s'ils continuaient à se voir.

— N'importe quoi ! Personne ne connaît des tueurs à gages. De toute façon, pourquoi irait-il tuer Hurley une fois votre argent encaissé, et alors que vous êtes dans le couloir de la mort ?

Ça ne tenait pas debout. Incroyable que Logan ait pu se faire avoir !

— Détrompez-vous. Avant de m'installer à Seattle, j'ai travaillé dix ans à Chicago. En tant que greffier, j'y ai traité nombre d'affaires mafieuses. Logan le savait. Il a commencé à me croire quand je lui ai donné des détails précis sur ce milieu. Ne faites pas cette tête. C'était tout à fait crédible. N'oubliez pas que j'ai tué douze personnes. Je suis un homme dangereux, Leslie. Croyez bien que si nous n'étions que tous les deux, je n'hésiterais pas à tordre votre joli cou.

Callwin recula sur sa chaise et entrevit de nouveau le monstre. Il était là, à un mètre d'elle, prêt à lui sauter dessus et à la tuer. Rien à voir avec Ethan. Snider était le diable en personne.

— Logan n'a pas voulu prendre le risque. Que ne ferait-on pas pour l'amour d'une femme ? reprit Snider. Pourtant je ne bluffais pas, Leslie. Mon cher Cleveland est régulièrement venu me voir durant mon incarcération. C'est lui qui était chargé de veiller à ma vengeance. Je dois dire, pour être honnête, que c'est à lui que j'ai demandé de tuer Hurley. Mais il a réussi à me faire admettre que le pire châtiment serait de la séparer de l'homme qu'elle aimait. Les psychiatres sont vraiment très forts pour vous amener à leur point de vue !

— À l'évidence, il n'a pas tenu parole.

— Non. Par d'autres sources, j'ai appris que Logan s'était finalement remis avec Jessica. J'en ai fait part à Cleveland lors de l'une de ses visites. Je lui ai ordonné de tenir sa part du contrat moral qui nous liait. Il tuait Jessica ou je déballais tout à la presse. Il m'assura qu'il allait s'en charger, mais que cela prendrait du temps s'il voulait que son plan fonctionne. J'ai attendu des mois, puis Cleveland a cessé de venir au parloir.

— Et c'est là que vous avez compris que vous vous étiez fait baiser sur toute la longueur, ironisa Callwin.

— On peut dire ça. Je ne suis pas susceptible. À l'inverse de vous, je n'ai pas d'ego, je vous l'ai déjà dit.

« Tu parles ! Il est tellement énorme que tu ne le vois plus ! »

— Cleveland est mort il y a six mois, ai-je appris par ma mère. Un accident de voiture. Carbonisé. On l'a identifié grâce à ses empreintes dentaires.

Callwin fronça les sourcils. Si Cleveland était mort, il n'y aurait aucun moyen de prouver sa culpabilité.

— Vraiment très malin, poursuivit Snider. Aller jusqu'à se faire enlever toutes les dents pour refaçonner une mâchoire sur un cadavre volé dans une morgue… Quelle force de caractère, n'est-ce pas ?

— Vous pensez sincèrement que c'est ce qu'il a fait ? Pourquoi ne pas tuer Jessica ? Il savait que s'il la tuait, vous ne parleriez pas. Il savait que vous étiez sous son emprise.

Snider ferma les yeux et les rouvrit au bout de quelques secondes.

— Je pense qu'il a tenté de la tuer. Plusieurs fois. Mais ce n'est pas pour rien qu'il venait assister à mes crimes. Je crois qu'il est incapable d'en commettre un lui-même. Alors, en parfait lâche, il a préféré mettre en scène sa propre mort plutôt que d'assumer ce qu'il est. Un comble pour un psychiatre !

Un gardien regarda sa montre et s'approcha de Snider.

— C'est fini. Je te laisse une minute pour dire au revoir.

— Leslie, promettez-moi de retrouver cette pourriture. Tuez-le, car qui peut dire si un jour, il ne se sentira pas capable de tuer Jessica ?

Callwin ne répondit pas et, la main tremblante, raccrocha. L'idée que Jessica était toujours en danger la terrifiait. Elle vit Snider éclater d'un rire démoniaque en mimant à nouveau un pantin disloqué.

Elle attrapa son sac et quitta les lieux d'un pas vif. Elle courait presque quand elle revit la lumière du jour. Elle s'arrêta, se courba en avant et reprit son souffle.

Elle ne doutait pas de la véracité des paroles de Snider. Était-il possible que Cleveland fût encore à Seattle et ruminât son impuissance à tuer ? Qu'il en voulût inconsciemment à Jessica ?

Devait-elle en parler ? Mener son enquête toute seule ou ne mettre que Logan dans la confidence ?

Un coup de klaxon la fit violemment sursauter.

— Leslie, ça ne va pas ? demanda Barry, qui sortait de sa voiture.

À la lumière d'un soleil déclinant, il la prit dans ses bras et la réconforta avec de tendres mots d'amour.

Du même auteur :

SEPT JOURS À RIVER FALLS, 2008

UN AUTOMNE À RIVER FALLS, 2009

CHARITÉ BIEN ORDONNÉE, 2011

www.myspace.com/alexis_aubenque

Composition réalisée par FACOMPO (Lisieux)

Achevé d'imprimer en septembre 2011 en France par
CPI BRODARD ET TAUPIN
La Flèche (Sarthe)
N° d'impression : 65748
Dépôt légal 1re publication : octobre 2011
LIBRAIRIE GÉNÉRALE FRANÇAISE
31, rue de Fleurus – 75278 Paris Cedex 06

31/6147/8